Chère lectrice,

Aussi audacieuses et passionnées que Carmen, vos six héroïnes de ce mois pourraient, comme elle, avertir leur amant : « Si tu ne m'aimes pas, je t'aime ; et si je t'aime, prends garde à toi. » En Grèce antique, d'abord, le destin met en présence Helena, une jeune prophétesse, et Marcus Livius, un tribun romain. Entre eux, d'emblée, la passion flambe, souveraine. Une passion défendue, hélas, car *La maîtresse du tribun* cache un lourd secret… Plus tard, en Angleterre médiévale, Eleanor n'a que dix ans quand elle offre son cœur au *Chevalier de l'aube*, le nouveau et si beau champion du roi. Un jour, elle en est sûre, tous deux se marieront et seront très heureux. Mais quand le destin les réunit, des années après, les choses se révèlent beaucoup plus compliquées… Deux siècles plus tard, en 1421, *La pupille du roi* refuse de n'être qu'un pion sur l'échiquier de Sa Majesté. Non, jamais elle n'épousera l'homme que le souverain lui a désigné pour époux, cet arrogant chevalier qui, à son grand dam, détient une inavouable emprise sur ses sens… Autre époque, même dilemme : en 1610, Constance est elle aussi irrésistiblement attirée par un homme, Rory MacLaren, un noble écossais. Pourtant, elle s'oblige à lui cacher ses sentiments. Car que se passera-t-il si Rory découvre que, plusieurs mois par an, elle troque sa panoplie de jeune aristocrate modèle contre celle d'une redoutable *Lady Corsaire* ? En 1691, dans une Ecosse déchirée par les luttes de clans, Lorna Mac Bryde est enlevée par un farouche guerrier. Un homme implacable en quête de vengeance, et dont, pourtant, la mâle séduction ne la laisse pas insensible… Quant à Arabella, une pétulante fille de pasteur, sa première rencontre avec lord Beaumaris, un don Juan notoire, fait des étincelles. Pour lui damer le pion, elle lui ment en prétendant être une riche héritière — et se retrouve prise à son propre piège ! Découvrez vite *Arabella et le libertin*, un pétillant roman de Georgette Heyer, situé à l'époque tumultueuse de la Régence anglaise.

Enfin, le 1er mars, ne manquez pas, dans la collection Best Sellers *La dame au fleuret*, d'Elaine Coffman.

Bonne lecture, heureuse Saint-Valentin, et rendez-vous le 1er avril.

La responsable de collection

La pupille du roi

MARGO MAGUIRE

La pupille du roi

LES HISTORIQUES

éditions Harlequin

Cet ouvrage a été publié en langue anglaise
sous le titre :
THE BRIDE OF WINDERMERE

Traduction française de
MARIE-JOSÉ LAMORLETTE

Illustration de couverture :
Couple : © C. FORTIN L. SANDERS / THOMAS SCHLUCK

83-85, boulevard Vincent-Auriol, 75013 PARIS — Tél. : 01 42 16 63 63
Service Lectrices — Tél. : 01 45 82 47 47
ISBN 978-2-2808-3911-2 — ISSN 1159-5981

À cette époque…

L'héroïne de ce roman situé en 1421 est la pupille du roi Henry V d'Angleterre. Ambitieux et habile stratège, ce souverain peu loquace se borne, quand on l'interroge, à répondre d'un ton bref : « C'est impossible » ou « Ce sera fait ». Durant tout son règne (1413-1423), il n'aura qu'une préoccupation : occuper par une guerre étrangère les esprits turbulents de son propre pays. Pour faire diversion à la guerre civile qui menace, il affiche ses prétentions au trône de France et envisage même d'entreprendre une Croisade en tant que chef d'une ligue occidentale. Ce dernier projet ayant avorté, il débarque avec ses troupes en Normandie, marche vers Calais et traverse la Somme en prenant soin de ne pas soulever sur son passage les populations locales : défense aux soldats de piller et de violer, sous peine d'avoir la tête tranchée. Sa stratégie se révèle efficace puisque, au terme de plusieurs batailles sanglantes, il franchit les portes de Paris et obtient la main de la fille de Charles VI, le roi de France. Destiné à succéder à son beau-père, il mourra cependant à Vincennes avant de monter sur ce trône tant convoité.

1.

Northumberland, Angleterre
Fin avril 1421

Maudit soit cet homme ! Maudit soit ce sot de baron Somers !

Wolfram Gerhart Colston avançait à grands pas à travers la forêt, en direction du lac, loin de ses hommes. Comment Somers pouvait-il penser défier les ordres du roi ? Pour qui se prenait-il, dans le royaume ? Pour sa part, le monarque l'avait envoyé chercher la belle-fille de ce malotru et il la ramènerait ! Qu'il soit damné s'il revenait les mains vides ! En outre, il n'avait pas de temps à perdre. Peu importait la vigueur avec laquelle Somers essaierait de retenir la donzelle, il la conduirait à Londres.

Malgré l'obscurité, le puissant chevalier évita adroitement une branche tombée et continua son chemin vers le lac, espérant profiter de quelques instants de paix au bord de l'eau sombre. Il était près de minuit et il n'avait pu trouver le sommeil tant il était irrité par le récalcitrant baron, un ivrogne revêche et paresseux. Lady Edith, sa femme, ne valait d'ailleurs pas mieux avec ses manières charmeuses et ses battements de cils aguicheurs.

Wolf devait admettre qu'il était plus qu'exaspéré par toute cette affaire. Pour l'amour du ciel, qu'est-ce que le roi Henry V pouvait vouloir de cette petite Kathryn Somers ? Henry venait de rentrer de France avec sa jeune épousée, Catherine de Valois ; Wolf ne parvenait pas à comprendre ce que cette fillette du Northumberland avait de si important à ses yeux. Plus encore, il était fort courroucé d'avoir été désigné pour cette mission, et envoyé dans ce comté reculé pour en ramener l'enfant.

N'était-il pas connu pour sa détermination implacable, ses prouesses à la bataille et son indifférence à toutes les sottes futilités de la cour ? Il y avait tant de tâches plus essentielles pour les lieutenants d'Henry, qui venaient de rentrer en Angleterre, que Wolf était furieux de voir ses talents gâchés de cette manière.

Il espérait que ce n'était pas l'une des ridicules plaisanteries du souverain. En y réfléchissant, cela semblait peu probable. Depuis qu'il avait hérité du trône de son père, Henry était devenu respectable et beaucoup plus sérieux qu'il ne l'avait été dans sa jeunesse dévoyée. Non… ce n'était pas une plaisanterie.

L'unique consolation de ce voyage était que Wolf se déplaçait en qualité d'émissaire du roi. Avant de ramener la jeune Kathryn à Londres, il avait l'intention de passer par Windermere Castle, l'ancien château de son père, et de rencontrer son cousin, Philip Colston, l'actuel comte de Windermere.

Et il ferait tout ce qui serait en son pouvoir pour destituer cet intrigant.

Il avait la certitude que Philip était responsable de la mort violente de son père, le comte Bartholomew Colston, et de son frère aîné John. Leur mort remontait à vingt ans. Vingt longues années. Wolf envisageait de se rendre à Windermere pour trouver des preuves de la traîtrise de Philip.

Mais la petite lady Kathryn venait compliquer ses plans. Elle était la raison pour laquelle il n'avait pu gagner Windermere directement depuis Londres. Et maintenant il serait contraint d'emmener l'enfant avec lui dans son périple. Des rumeurs couraient que les Ecossais pourraient essayer d'enlever la petite fille, et Henry avait insisté sur le fait qu'il la voulait en sécurité entre ses mains.

Bien qu'il fît encore un peu trop froid pour nager, Kit Somers s'immergea dans le lac glacé et se lava rapidement, avant que la vieille Bridget puisse se rendre compte qu'elle avait quitté le château. Elle n'était certes pas insensible aux soucis de Bridget, mais elle avait vingt ans, maintenant, et avait dépassé depuis longtemps l'âge d'avoir besoin d'une nourrice. Or Bridget la couvait comme une enfant.

La vieille femme, une cousine éloignée qui avait été aussi la nourrice de sa mère et sa dame de compagnie, était sa seule alliée contre la solitude et la brutalité des quinze dernières années, celles qui avaient suivi la mort de lady Somers. Mais Bridget était devenue d'une inquiétude infernale. A présent, elle s'était mise à redouter les soldats du roi Henry qui campaient dans les champs, non loin du manoir du beau-père de Kit.

Un quartier de lune surplombait les arbres les plus bas et une brume légère glissait au ras du sol, donnant à la forêt un aspect surnaturel. Le lac était l'endroit parfait pour être seule et essayer d'ourdir un plan de fuite. Il n'en restait pas moins que cela s'avérait délicat.

Kit n'avait nul désir d'obéir à l'ordre du roi Henry et de se rendre à Londres, mais elle savait qu'elle ne pouvait défier ouvertement le souverain. Toutefois, s'il se trouvait qu'elle n'était pas au manoir et qu'elle n'avait pas reçu le commandement royal, on ne pourrait l'accuser d'ignorer l'ordre en question. Malheureusement, elle était certaine que cette maudite escorte envoyée pour la quérir parviendrait à la déloger de n'importe quelle cachette. Elle avait vu son chef de loin, un immense chevalier très musclé avec des cheveux noirs en bataille, et il ne semblait pas être homme à accepter aisément qu'elle refuse de l'accompagner.

Peut-être pourrait-elle s'enfuir ? songea-t-elle. Elle était aussi à l'aise sur un cheval que n'importe quel homme du voisinage, et son adresse à l'arc dépassait celle de beaucoup. Il n'y avait pas de raison qu'elle ne puisse pas rester dans la forêt et esquiver les soldats du roi pendant des semaines. Néanmoins, en pensant au sombre chevalier, elle dut admettre qu'elle n'y réussirait peut-être pas.

Et qu'en était-il de son beau-père ? S'il lui ordonnait de partir et qu'elle s'opposait à lui… Elle frémit. Ses représailles seraient plus promptes que celles du roi. Il valait mieux ne pas songer à ces conséquences pour le moment.

Kit sortit des profondeurs du lac et marcha vers la berge. Elle se tint un moment au bord et dénoua ses boucles blond clair pour les laisser tomber dans son dos. Comme elle aimait sentir l'air froid cingler son corps nu de cette façon ! Elle étira les bras et les leva au-dessus de sa tête, savourant le plaisir primitif qu'elle prenait à ce bain de fraîcheur.

Peut-être qu'une solution à son dilemme lui viendrait pendant son sommeil cette nuit-là. Mieux encore, peut-être que Rupert rentrerait enfin de sa mission à Londres. Après tout, il était possible — bien, relativement possible, rectifia-t-elle — qu'il arrive et la sauve du sort quelconque que le roi Henry avait à l'esprit pour elle. En tant que chevalier du souverain, Rupert pourrait peut-être intervenir et lui éviter d'aller à la cour.

En dépit de sa nature optimiste, Kit devait reconnaître que peu de choses avaient tourné jusque-là en sa faveur, dans sa vie, et qu'elle ferait mieux de ne pas espérer un sauvetage in extremis. Elle avait plutôt intérêt à se fier à ses instincts et à son tempérament fougueux pour se sortir de cette situation. Elle avait déjà réussi, par le passé, à éviter d'innombrables punitions de son beau-père en le prenant de court, le déroutant afin de détourner d'elle son attention.

Elle se demanda ce que le baron s'attendait à ce qu'elle fasse maintenant.

Wolf était assis sur un arbre tombé à la lisière du bois, face au lac, perdu dans ses pensées. Il avait la conviction que Philip Colston avait manigancé l'embuscade dans laquelle sa famille était tombée pendant qu'ils se rendaient à Brême pour rejoindre lady Margrethe, sa mère. Le comte Bartholomew et son fils John avaient sauvagement été tués sous ses yeux, et sous les yeux d'un de leurs compagnons. De leur groupe, seuls Wolf et un jeune écuyer, Hugh Dryden, avaient gardé la vie sauve.

En outre, pour le cas où l'embuscade aurait échoué, Philip s'était arrangé pour impliquer Bartholomew dans une tentative d'assassinat contre le roi Henry IV. Il s'était assuré que le nom de son oncle soit déshonoré et que Bartholomew Colston soit considéré comme un hors-la-loi en Angleterre si, par quelque miracle, ses fils ou lui réchappaient de l'attaque.

Philip et son complice, son père Clarence, ne s'étaient pas douté que quelqu'un avait survécu à l'échauffourée. Pour eux, tout l'entourage de Bartholomew avait péri. Toutefois, non seulement Wolf était sorti vivant de cette chausse-trappe en Allemagne, mais il avait gardé son identité secrète pendant toutes ces années pour se protéger, ainsi que pour se donner l'avantage de la surprise lorsqu'il serait prêt à revenir destituer Philip.

Wolf était si absorbé par ses réflexions qu'il ne remarqua pas une autre présence à proximité de lui avant un bon moment. Quand il leva les yeux vers l'eau du lac, il crut que le pâle clair de lune et la brume lui jouaient un tour, lui donnant à voir une apparition. Sortant des profondeurs, il y avait une jeune fille pareille à celles des histoires qu'on lui avait racontées quand il était enfant. Ses sentiments d'irritation et d'amertume se dissipèrent aussitôt, et il fut fortement intrigué.

La peau mouillée de la jeune naïade luisait dans la lumière argentée et sa chevelure, qu'elle répandit autour d'elle, semblait faite de la plus fine soie dorée. La nuit était fraîche, et Wolfram eut presque l'impression de voir qu'elle avait la chair de poule. La pointe de ses seins joliment formés était certainement dressée, et il sentit ses paumes le démanger de l'envie de la toucher.

Il la parcourut des yeux, appréciant ses jambes galbées, ses hanches rondes et sa taille fine tandis qu'elle sortait de l'eau dans sa direction, inconsciente de sa présence. Il fut incapable de respirer quand elle s'arrêta et s'étira dans l'eau peu profonde, rejetant la tête en arrière, levant les bras vers la lune. Il s'attendit presque à ce qu'elle lance un appel surnaturel à d'autres esprits tapis dans l'obscurité.

Elle détournait son visage de son regard, mais Wolf n'eut aucun mal à l'imaginer. Il se leva, comme saisi d'une transe, et se tint là, captivé, se représentant ses traits doux et aimables. La nymphe sortit de l'eau et se dirigea vers un tas de vêtements posés sur la berge. Elle commença à se sécher, mais, en entendant soudain un bruit de pas derrière elle, cette beauté éthérée attrapa une longue cape et la drapa hâtivement autour d'elle, se couvrant aussi décemment que possible étant donné les circonstances.

— Messire, vous êtes importun !

Kit avait retenu son souffle quand elle s'était tournée et avait vu le chevalier. Il s'avança rapidement vers elle, et elle n'eut aucune chance de se pencher pour prendre la dague cachée parmi ses habits. Elle ne voulait pas alerter cet homme sur le fait qu'elle avait une arme. Mieux valait se montrer polie et attendre l'occasion de saisir son poignard quand le besoin s'en ferait sentir, pensa-t-elle.

— J'hésite à m'excuser, dit-il, ne pouvant toujours pas distinguer son visage sous le capuchon qu'elle avait tiré sur sa tête. Je ne m'étais pas rendu compte de votre présence jusqu'à il y a un instant, et je ne puis dénier que j'ai apprécié ce que vous m'avez laissé voir.

— A mon insu !

— Vous avez froid.

— Cet individu est un malappris, marmonna Kit pour elle-même, tandis qu'il s'approchait encore.

Elle refusa de se laisser intimider par sa taille. C'était un grand homme vu de loin et il était carrément massif vu de près. Elle savait qu'il pourrait l'allonger sur le dos en quelques secondes. Si seulement elle pouvait attraper sa dague, se dit-elle. Elle n'osa pas se baisser pour s'en saisir, cependant, car il réagirait certainement, et elle serait sans défense contre lui.

Elle voulait s'en aller, mais ce géant ombrageux n'avait visiblement pas l'intention de la laisser partir. Elle se trouvait dans une situation impossible ! Peut-être qu'elle devrait simplement se mettre à courir. Elle était rapide et connaissait bien les sentiers de la forêt. Un homme de sa corpulence serait probablement plus lent qu'elle, mais si elle se trompait ? S'il réussissait à la rattraper ? S'il découvrait le cottage, son seul refuge dans les bois ? Néanmoins, elle ne pouvait rejoindre le manoir de lord Somers vêtue de sa seule cape. Les hommes de son beau-père risqueraient de la surprendre et...

— Où habitez-vous ? demanda-t-il d'une voix douce. Il n'est pas sûr pour une dame d'être seule dans ces bois. Mes hommes campent à proximité et je ne pourrais répondre de leurs manières s'ils découvraient une jouvencelle égarée dans le noir.

Par le ciel, c'était un gentilhomme. Kit poussa un soupir de soulagement et offrit une prière silencieuse de remerciement. Les règles de la chevalerie exigeaient qu'il lui doive le respect.

— Merci de votre sollicitude, messire, dit-elle, se sentant rassurée.

Elle devait changer de tactique. Si elle utilisait un peu de miel, comme ses belles-sœurs le faisaient d'une manière si irritante, elle pourrait peut-être l'éloigner.

— Je vais juste ramasser mes affaires et m'en aller…

— Où est votre maison ?

— Pas loin d'ici, répondit-elle de sa voix la plus désarmante.

— Je ne puis permettre que vous partiez sans escorte. La nuit est pleine de dangers, ma dame.

Kit avait envie de crier qu'il la laisse tranquille, mais elle se contint. Une discussion digne d'une dame avait plus de chance de gagner sa cause que si elle glapissait comme une des harpies des histoires de Bridget.

— De grâce, messire, laissez-moi rassembler mes vêtements et vous pourrez m'escorter jusqu'à mon cottage, proposa-t-elle d'un ton suave.

La chevalerie était une chose, mais qui pouvait dire comment cet étranger se comporterait ? Elle se défiait des hommes. Lord Somers, son beau-père, était méchant et brutal avec elle.

Kit faillit grogner quand il se baissa et ramassa toutes ses affaires d'un coup. Maintenant elle ne pourrait plus prendre sa dague. Et il y avait de fortes chances qu'elle ne puisse le semer, surtout sans ses bottes. Il lui était aisé de constater qu'il se mouvait trop agilement pour un homme de sa taille, avec grâce et détermination.

— Vous me mystifiez, ma dame, déclara-t-il.

— Oh ?

Kit se détourna et essaya de se calmer en s'engageant dans le chemin qui menait au cottage.

— Au début, quand je vous ai vue, j'ai pensé que vous étiez une nymphe des temps passés.

Y avait-il une trace d'amusement dans sa voix ?

— Maintenant, j'ai tendance à croire que vous êtes faite de chair et de sang, et cependant vous n'avez pas peur de moi. Comment cela se fait-il ?

Si seulement il savait qu'elle cherchait un moyen de reprendre sa dague pour lui glisser la lame entre les côtes…

— Naturellement, j'éprouve de la méfiance, messire. Je mesure combien je suis vulnérable. Avoir à compter sur votre sens des convenances et votre esprit chevaleresque ne me rassure pas complètement. J'espère, par tous les saints, que vous ne me voulez pas de mal.

Elle réprima un frisson. Si ses belles-sœurs pouvaient la voir en ce moment, elles se tordraient de rire.

Le cottage était presque en vue, maintenant, mais le soldat ne pouvait le distinguer, car la nuit était très noire et il était caché dans un bouquet d'arbres. Sa belle-mère l'avait fait construire pour l'usage de la famille, officiellement, mais Kit savait qu'elle l'utilisait à d'autres desseins. Par chance, lady Edith n'était pas là ce soir avec un de ses amants. Kit pourrait se glisser à l'intérieur, barrer la porte et attendre au chaud et en sûreté que le chevalier s'en aille.

— Nous y sommes, messire.

Elle s'arrêta et se tourna pour le congédier, mais il ne parut pas comprendre.

— Ma… ma mère m'attend, mentit-elle.

Il s'avança vers elle, et bien que Kit ne pût voir son visage dans le noir, elle perçut qu'il la regardait intensément. Elle se sentit très embarrassée d'être scrutée de la sorte, surtout par un homme qui venait de la surprendre à son bain. C'était totalement indécent.

— Elle… est malade, voyez-vous, et elle s'inquiétera beaucoup si…

— Qui êtes-vous ?

Sa voix était douce comme une caresse. Il s'approcha encore.

Sa proximité était troublante. La bouche de Kit s'assécha. Bien que le chevalier soit immense, elle n'avait plus peur, tout à coup. Une étrange curiosité s'empara d'elle tandis qu'elle s'avisait qu'aucun homme ne l'avait jamais affectée de la sorte.

— Je… euh…

Avant qu'elle puisse répondre, il laissa tomber les habits qu'il portait et prit son visage entre ses mains. Sa bouche effleura la sienne, en un léger frôlement qui la fit trembler. Il grogna tandis qu'il l'embrassait de nouveau, doucement au début, puis avec une exigence grandissante, qui la laissa hors d'haleine et désorientée. Il glissa les mains sous sa cape et les promena sur ses épaules, puis le long de son dos nu jusqu'à ce qu'elles atteignent le bas de ses reins. Il la pressa étroitement contre lui. Elle sentit son corps dur vêtu de cuir sur sa chair nue et une spirale de plaisir s'enroula au creux de son ventre. Elle n'avait jamais rien expérimenté de pareil auparavant. Même Rupert n'avait jamais…

Néanmoins, elle s'écarta de lui, choquée.

— Je vous en prie !

— Qui êtes-vous ?

— Laissez-moi partir !

— Mon nom est Wolf.

Son souffle brûlant caressa l'oreille de Kit, et il lui effleura de nouveau les lèvres d'un baiser.

Elle essaya de se libérer. Elle n'avait jamais été embrassée de cette manière et en était ébranlée.

— Qui êtes-vous ? répéta-t-il.

— Personne ! Je ne suis personne ! Lâchez-moi !

Sur ces mots, elle se dégagea et courut vers le cottage, sa cape flottant derrière elle. Quand elle fut à l'intérieur, elle barra la porte et s'adossa au mur rugueux jusqu'à ce que sa respiration se ralentisse, jusqu'à ce que son cœur cesse de battre follement.

Wolf savait avec certitude qu'elle ne voulait pas être trouvée avec lui, mais il était prêt à tout tenter pour la toucher et la goûter de nouveau. Elle était différente de toutes les femmes qu'il avait connues. Belle, séduisante, troublante… Il était secoué par la réaction qu'elle provoquait en lui, et le peu qu'il avait eu de cette déesse ne lui suffisait pas. Il la désirait comme il n'avait jamais désiré une femme jusque-là.

Mais la vérité était qu'il ne pouvait risquer d'offenser la noblesse locale en abusant d'une dame pendant qu'il était en mission pour Henry. Il devait écarter cette femme, cette délectable « personne », de ses pensées. Pour l'instant.

Finalement, il se détourna et s'enfonça dans la forêt pour rejoindre le camp. Il était un homme patient. Il reviendrait la chercher quand tout serait réglé à Windermere.

Kit ne put dormir de la nuit. Elle resta assise dans le noir avec une couverture autour d'elle et cependant elle frissonnait, même si elle ne pouvait vraiment se plaindre du froid. Elle aurait aimé sortir pour récupérer ses habits, mais elle craignait qu'*il* n'attende dehors.

« Wolf ». Le loup. Ce nom lui allait bien, se dit-elle. Il était certainement assez puissant pour conduire une meute de bêtes sauvages, et même s'il avait été doux avec elle, elle sentait qu'il pouvait être brutal autant que gentil. Dans le clair de lune, elle avait pu voir son hirsute crinière de cheveux noirs et ses yeux gris clair qui semblaient luire dans la nuit.

Elle devait vraiment essayer de trouver un moyen d'échapper aux hommes du roi le lendemain, mais elle ne pouvait penser qu'à Wolf. A ses lèvres, à la façon dont il avait glissé sa langue dans sa bouche, à ses mains touchant ses épaules, son dos, le bas de ses reins…

Rupert ne l'avait jamais embrassée. Il était parti avec le roi Henry plus de trois ans plus tôt, sans même qu'ils soient fiancés, promettant de revenir quand les territoires français auraient été regagnés. Mais la Normandie était tombée depuis longtemps maintenant et il n'était pas revenu. Combien de temps pensait-il la faire attendre ?

Kit se sentait vieillir de jour en jour. Sa belle-sœur Margery serait bientôt fiancée et Eleanor suivrait probablement d'ici un an ou deux. Kit aspirait à devenir la femme de Rupert et la maîtresse de sa maison. Et maintenant elle désirait aussi autre chose.

Les sensations que le chevalier avait éveillées en elle étaient sûrement un péché. Le seul fait de penser à ce qui s'était passé faisait renaître dans son corps ce nœud brûlant et palpitant qui lui serrait le ventre, et elle tressaillait au souvenir des caresses de Wolf. Mais c'était aux caresses de Rupert qu'elle devait songer. Ce serait la même chose avec lui, se dit-elle, et même mieux, quand elle serait sa femme.

Juste avant l'aube, elle sortit par l'étroite fenêtre située à l'arrière du cottage. Elle se faufila au coin de la maison, forçant ses yeux à percer la pénombre pour voir si quelqu'un guettait dans le noir. Wolf était parti, aussi elle ramassa ses habits et retourna en courant du côté du cottage qui lui semblait le plus sûr. Elle s'habilla rapidement, enfilant les vêtements de garçon qu'elle réservait à ses escapades, puis s'empressa de regagner le manoir de son beau-père.

Bien que la demeure de lord Thomas Somers fût vaste, Kit savait qu'on ne la croirait jamais si elle disait qu'elle avait passé la nuit à l'intérieur. Pas que son beau-père se souciât de savoir où elle était pendant la nuit ; la seule chose qui lui importait était qu'elle garde sa maison en bon état de marche, et qu'elle soit là pour être blâmée quand quelque chose n'allait pas. Toutefois, cette fugue lui procurerait l'excuse dont il aurait besoin pour la mettre à genoux, ce qui semblait être l'un de ses passe-temps favoris. De toute façon, Bridget aurait mis la maison sens dessus dessous pour la chercher, et Kit éprouva une bouffée de remords pour les soucis qu'elle causait à sa cousine. Bridget n'était pas en très bonne santé depuis quelque temps, même si Kit ne savait pas ce qu'elle avait exactement.

Elle courut à travers la cour et entra dans les écuries. Il y avait là maints endroits où elle pouvait dormir, et ce n'était pas la première fois qu'elle passait la fin de la nuit avec les chevaux.

Le soleil était haut quand le vacarme venu de dehors l'éveilla. C'était l'homme du roi Henry, sans nul doute, et elle n'avait toujours pas de plan. Son cœur lui sauta dans la gorge quand elle reconnut la voix tonitruante et courroucée. C'était celle de Wolf, l'homme du lac.

— Expliquez-vous, Somers ! ordonna-t-il. Où est-elle ?

Il n'y avait pas de gentillesse dans sa voix à présent, même s'il l'avait utilisée comme une caresse la nuit précédente.

Son beau-père avança d'un pas chancelant dans la cour. Kit regarda le soleil pour déterminer l'heure. Il n'était pas encore midi, mais lord Thomas avait déjà trop bu. Ses habits étaient froissés et souillés, et il arborait une barbe d'un jour. Son visage avait pris cet air méchant si familier à Kit, et il tenait à peine debout. Pas étonnant que le chevalier soit impatient. Il n'avait probablement pas reçu une réponse intelligible du comte depuis qu'il était arrivé.

— Elle était ici, je vous dis, et je vais la retrouver.

Somers plissa les paupières, et Kit reconnut les signes précurseurs de sa vengeance d'ivrogne. Elle ne voulait pas qu'il la rattrape quand il était dans cet état.

— Je reviendrai dans une heure, déclara le chevalier, son irritation à la hauteur de la colère du comte. A ce moment-là, je prendrai la jeune Kathryn et je partirai immédiatement. Faites en sorte qu'elle soit prête ou vous subirez les conséquences du courroux d'Henry.

Wolf se détourna et s'éloigna avec une grâce qui semblait démentir sa forte carrure. C'était un soldat jusqu'au bout des ongles, et Kit eut une brève occasion d'étudier son visage et son corps avant de bouger. Ses traits étaient bien dessinés et beaucoup trop plaisants à son gré. Même la vilaine cicatrice qui allait du côté droit de son front à sa joue gauche ne diminuait en rien son puissant magnétisme. Ses froids yeux gris étaient surmontés par d'épais sourcils noirs, qui rappelaient la densité et la noirceur de sa chevelure désordonnée.

Kit le vit passer les doigts dans ses cheveux d'un geste frustré et sut qu'elle devait faire vite. Elle ne se laisserait pas prendre par les hommes de son beau-père, pour être livrée à ce Wolf et ses soldats. Elle allait se cacher afin d'attendre Rupert, et seulement lorsqu'il serait venu la réclamer elle daignerait se rendre à Londres pour satisfaire le roi. Car si elle quittait la forteresse du comte Somers maintenant, comment Rupert la retrouverait-il ? Et il se dirigeait certainement déjà vers le nord pour venir la demander en mariage.

Kit sortit par le fond des écuries en tenant par la bride Old Myra, une jument que son beau-père avait récemment acquise d'un domaine voisin. Kit espérait qu'avec les bons encouragements Old Myra retournerait toute seule chez elle, à dix-sept milles à l'est de Somerton, et que les hommes du baron Somers suivraient sa piste. De son côté, elle n'avait nulle intention d'accompagner la jument dans son périple.

Sans se faire voir, elle conduisit Old Myra au bas de la colline, sous le couvert des arbres, la tourna en direction de l'est et lui donna une bonne tape sur la croupe. La jument détala comme si elle avait une guêpe sous sa bride. Et Kit s'enfuit en courant comme si elle en avait une dans ses chausses, également, mais dans la direction opposée.

Quand elle s'approcha du village, elle s'arrêta pour prendre une poignée de terre et la frotter sur ses bras et son visage. Si des hommes du baron se montraient, elle était certaine qu'elle pourrait passer pour un des villageois. Sinon, la riposte du baron s'abattrait non seulement sur elle, mais aussi sur les gens de Somerton. En soupirant et en disant une prière, Kit s'enfonça vivement dans les bois, avec l'espoir que sa ruse éloignerait les hommes de son beau-père de sa trace.

Malheureusement, Old Myra avait des plans à elle. Après avoir détalé en direction de son ancienne maison, elle rencontra un obstacle, un petit ruisseau gonflé par les pluies du printemps, et cela lui fit rebrousser chemin beaucoup plus tôt que Kit l'escomptait.

Sans la diversion offerte par la jument, les hommes du baron trouvèrent aisément Kit. Elle qui pensait qu'elle avait été si maligne de se rendre au village, sans songer que ses poursuivants commenceraient leurs recherches par là ! Pourquoi les traces d'Old Myra n'avaient-elles pu les tromper ? Pourquoi n'avait-elle pas eu l'idée de grimper dans un arbre et d'attendre qu'ils s'en aillent ? Ils ne l'auraient jamais cherchée dans les hautes ramures qui lui étaient si familières.

Kit était défaite, mais seulement pour le moment. Le chemin jusqu'à Londres était long, se dit-elle tandis qu'on la ramenait rudement au manoir. Quantité de choses pouvaient arriver avant qu'elle atteigne la cité, et elle se jura d'ourdir un plan qui lui permettrait de retrouver Rupert.

— Oh, mon enfant, ma petite fille ! gémit Bridget quand Kit fut traînée dans la cour.

Les hommes du baron se montraient brutaux avec elle, d'autant plus qu'elle avait essayé de leur échapper.

— J'étais si inquiète, ne sachant pas…

— Taisez-vous, femme ! lança lady Edith d'un ton courroucé.

Cette affaire avec sa belle-fille avait suffisamment dérangé sa vie ce jour-là sans qu'elle ait en plus à écouter les jérémiades de la cousine de Kathryn, une vieille folle.

Elle se tourna vers Kit.

— Je vois que vous vous êtes arrangée comme il convient à votre position, Kathryn.

Margery et Eleanor ricanèrent derrière leur main.

Kit déglutit. Elle savait qu'elle était sale et dépenaillée, mais elle refusait d'améliorer son apparence pour le plaisir de lady Edith ou de qui que ce soit d'autre, en fait. Elle raidit son dos et se redressa fièrement. Sa fierté et son sens de l'humour étaient les deux seules choses qui ne lui avaient pas été prises. Elle se donna du courage en pensant à Rupert et comment il viendrait la chercher. Si seulement son vrai père avait vécu, il l'aurait protégée et chérie…

— Où est la petite garce ? demanda lord Thomas d'un ton traînant, en sortant dans la cour.

Quand il tourna le coin et aperçut Kit, une lueur cruelle s'alluma dans ses yeux. Ses hommes reconnurent aussitôt son humeur et ne bougèrent pas pour aider ou protéger Kit. Elle avait rejeté leurs avances trop de fois pour pouvoir attendre du secours de l'un d'eux.

Kit refusa de flancher, même quand le baron Somers lança son bras en arrière et la gifla violemment d'un revers de main. Le coup lui fendit la lèvre inférieure et l'envoya à terre, mais elle se remit immédiatement sur ses pieds et commença à courir. Il était décourageant d'entendre le rire cruel de son beau-père derrière elle, puis les pas qui la suivaient et la rattrapaient. Ils allaient jouer avec elle comme un chat avec sa proie. Qu'ils la poursuivent à travers la cour et la laissent s'épuiser, avant de la ramener au baron pour une des brutalités qu'il avait à l'esprit, n'avait rien de nouveau pour elle. Kit ne se serait pas livrée à ce jeu de son plein gré, mais son instinct de fuir et de se protéger était le plus fort.

Cette fois, le baron se contenta de lui mettre un œil au beurre noir, même si le coup lui fit perdre conscience. On la traîna dans sa chambre où on l'enferma. Il fallut plusieurs minutes avant qu'elle recouvre ses esprits.

— Oh, ma fille chérie ! susurra Bridget, des larmes ruisselant sur son visage. Qu'est-ce qu'il vous a fait, cette fois ? Si ma Meghan était encore en vie, rien de cela n'arriverait.

Kit ouvrit son œil droit, celui qui n'était pas enflé, pour voir le petit visage de sa nourrice penché sur elle.

— Que s'est-il passé ? murmura-t-elle.

Bouger les lèvres lui faisait mal, et quand elle porta ses doigts à sa bouche elle comprit pourquoi. Du sang perlait encore à la blessure que Thomas lui avait infligée.

— Vous devez aller avec les hommes du roi, dit la vieille femme. Au moins, vous échapperez à ce diable de baron. Vous serez à l'abri de son caractère infernal.

— Mais Rupert…

— Rupert ne reviendra pas, ne le savez-vous pas ? Ne pouvez-vous le comprendre ? lança Bridget, exaspérée et frustrée.

Elle avait essayé d'en convaincre sa protégée mille et mille fois.

— Sûr que j'aime ce garçon, mais il est resté absent trop longtemps. Il ne peut compter que vous l'attendiez encore, après trois ans sans un mot. La seule façon dont nous avons entendu parler de lui a été par les quelques voyageurs qui…

— Oh, Bridget, j'ai mal à la tête.

Kit ne voulait pas penser que Rupert ne reviendrait pas la chercher. Comme elle ne voulait pas penser à Wolf venant l'emmener.

— Il vous a cognée fort, cette fois. Allons, lass. Vous devez faire confiance à Monmouth. Le fils du roi Henry Hereford ne peut vous vouloir du mal. Son père était juste, et vous avez entendu dire aussi bien que moi qu'il est un homme droit.

Bridget aida Kit à se relever.

Celle-ci jeta un coup d'œil de côté à sa nourrice. Son raisonnement était sensé, mais le cœur de Kit lui bondit néanmoins dans la gorge quand elle entendit des cavaliers s'approcher du manoir.

Wolfram se courba pour passer la porte et entrer dans la maison du baron Somers. Un feu dansait joyeusement dans la cheminée et Wolf aperçut le baron assis dans un grand fauteuil confortable à côté de l'âtre, buvant d'un gobelet de bois. Quatre de ses compagnons se vautraient près de lui, buvant aussi. Aucun d'eux ne se leva par respect pour un émissaire du roi.

— Entrez, messire, dit lady Edith en conduisant Wolf et trois de ses hommes vers le petit groupe.

— J'espère que vous avez trouvé la fille.

— Elle est dans sa chambre avec sa nourrice.

L'élocution du baron était beaucoup plus pâteuse que plus tôt dans la journée. En parlant, il frotta d'une manière éloquente les articulations meurtries de ses doigts.

— Alors je suggère que vous alliez la chercher.

Wolf n'avait nul désir d'arracher une enfant en pleurs aux bras de sa nourrice. Il vaudrait beaucoup mieux que l'un de ses beaux-parents s'en charge. Le baron Thomas quêta d'un regard l'aide de son épouse, mais elle recula d'un air offusqué.

— L'ingrate petite garce… Elle ne voudra pas m'obéir, protesta-t-elle. Elle ne m'a jamais obéi. Je n'irai pas.

— Je doute qu'elle veuille venir avec moi, remarqua le baron avec un rictus.

La patience de Wolf arriva à son terme. Il avait assez tourné en rond avec ces gens. Par le ciel, s'ils ne voulaient pas aller quérir la fillette, il irait lui-même, quelles que soient les conséquences. Il se dirigea vers l'escalier et grimpa les marches deux par deux.

— Quelle chambre ? lança-t-il derrière lui d'un ton courroucé.

L'un des deux avait intérêt à lui répondre, pensa-t-il.

— La troisième à droite, répondit paresseusement le baron. Mais vous aurez besoin… de la clé.

Wolf s'était déjà engagé en trombe dans le couloir.

Cette maudite porte était fermée à clé ! Qu'il soit damné s'il redescendait et demandait quoi que ce soit à cet ivrogne. Il donna un coup d'épaule dans la robuste huisserie en chêne et l'ouvrit avec un craquement sonore, avant de pénétrer dans la pièce.

Il regarda autour de lui, mais tout ce qu'il vit fut une maigre vieille femme blottie dans un coin et un jeune garçon très sale dont la lèvre déchirée saignait. Il avait un œil au beurre noir et fermé par l'enflure. Il n'y avait pas de fille ici. Le misérable baron lui avait menti ! Il allait être obligé de s'adresser de nouveau à ce sot !

— Où est-elle ? tonna-t-il.

Il crut entendre des rires qui venaient d'en bas.

Le garçon blessé s'avança vers lui. Son bonnet brun usé était abaissé sur son front, couvrant complètement ses cheveux. Wolf nota que son œil indemne était d'une rare et magnifique couleur vert mousse, frangé par d'épais cils bruns, et envahi par les larmes. Le jouvenceau battit plusieurs fois des paupières pour éclaircir sa vision, et Wolf vit sa légère grimace de douleur.

— Je suis Kathryn.

Wolf tourna la tête, certain que ses oreilles l'avaient trompé. Il aurait juré que c'était le *lad* qui avait déclaré qu'il était Kathryn. Toutefois, sa voix était agréable, avec un léger voile qui ne pouvait qu'appartenir… à une fille.

— C'est vrai, messire, dit la vieille femme d'une voix faible. C'est elle. J'ai mis ses affaires dans ces deux sacs.

— Vous ?

Wolf était stupéfait. Henry ne lui avait pas dit exactement à quoi s'attendre quand il arriverait à Somerton, mais ce n'était certainement pas à ceci. Une délicate petite jouvencelle, peut-être, mais pas ceci. Pas un garnement sale et estropié.

Il jeta un nouveau regard circulaire sur la pièce. Elle était vide de meubles, avec seulement un matelas de paille dans un coin. Le sol était couvert de jonchées fraîches, cependant, et une odeur agréable en émanait. Il y avait des fleurs dans un large pot en terre sous la fenêtre, et un crucifix de bois était accroché au-dessus du lit. Il se demanda si cette jeune... personne était responsable aussi de l'apparence bien tenue de la grand-salle. Il pensa que c'était probable, puisque ses beaux-parents semblaient incapables de s'en occuper. Malgré l'austérité du décor qui l'entourait, cette jeune Kathryn s'était créé un refuge accueillant, dans ce qui paraissait être autrement un environnement assez hostile.

Une vague compréhension de la situation de la jeune fille lui traversa l'esprit, et il s'avisa qu'il ne rechignerait pas devant l'occasion de mettre son beau-père à terre. Pour l'amour du ciel, si ce vaurien d'ivrogne ne supportait pas sa présence au point de la maltraiter, pourquoi ne l'avait-il pas mariée ?

— Je n'ai qu'une requête, messire, dit Kit.

Elle leva fièrement le menton, ayant visiblement du mal à demander une faveur.

— Que ma nourrice nous accompagne. Elle a toujours été avec moi, et depuis la mort de ma mère...

— Comme vous voudrez, coupa Wolf abruptement.

Il voulait quitter le manoir du baron Somers aussi tôt que possible, même si cela signifiait une charge supplémentaire.

— Rassemblez vos affaires, femme. Vous avez peu de temps.

— Patience, messire chevalier, reprit la jeune fille en le regardant droit dans les yeux. Quelques instants de plus compteront peu.

Il ne les laissa pas seules une minute. Si le baron frappait encore la jeune fille et la blessait plus sérieusement, leur voyage serait retardé indéfiniment. En outre, il ne tenait pas à ce qu'elle disparaisse de nouveau. A en juger par son apparence de mauvais garçon, elle pourrait bien réussir à lui échapper une nouvelle fois.

Il n'était pas certain si c'était elle ou son beau-père qui résistait à la convocation du roi, mais il ne voulait pas courir de risques. Il la ramènerait à Londres même s'il devait l'attacher sur son cheval.

De fait, le baron Somers refusa de donner une monture à Kathryn. Wolf n'était pas enclin à le supplier, et comme il avait prévu de prendre la « petite fille » qu'il avait imaginée devant lui sur sa selle, de toute façon, il en revint à son plan initial. Elle était plus âgée qu'il ne l'avait pensé, mais son destrier Janus pouvait porter leurs deux poids et même plus. En temps voulu, la vieille Bridget fut hissée sur un cheval de bât et postée à l'arrière, avec deux chevaliers de Wolf à ses côtés.

— Je ne puis imaginer ce que le roi veut de cette va-nu-pieds sale et sans valeur, observa lady Edith, assez fort pour que Kit l'entende.

Wolf la sentit se raidir, mais elle ne répondit pas à la méchante remarque de sa belle-mère.

Le baron Somers sortit en vacillant dans le grand soleil et s'appuya à la porte du manoir près de sa femme. Il haussa les épaules, plissa les paupières pour se protéger de la lumière et observa le départ des hommes du roi.

— Je veux qu'elle me revienne ! cria-t-il.

Kit entendit Wolf grommeler une réponse négative, de toute évidence pas destinée aux oreilles du baron.

— Vous m'entendez ? reprit Somers de sa voix avinée. Quand le roi en aura fini avec elle, je veux qu'elle revienne ! J'ai besoin de cette petite garce pour tenir ma maison.

Il était largement plus de midi quand ils quittèrent finalement Somerton. Wolf espéra que quand le roi Henry aurait réglé son affaire avec lady Kathryn, il ne serait pas chargé de la ramener au baron Somers.

2.

— Vous pouvez desserrer votre emprise, messire chevalier ! fulmina Kit. Le dos de votre monture est aussi large qu'une péniche. Je ne vois pas comment vous pourriez penser que je risque de tomber.

Kit n'avait jamais été logée aussi intimement entre les cuisses d'un homme auparavant. C'était une expérience troublante, mais elle souffrait tant et était si fatiguée de sa longue nuit sans sommeil dans le cottage qu'elle s'adossa au haubert de Wolf. Il relâcha son étreinte et grommela son déplaisir.

Elle savait qu'elle devait se méfier de lui. C'était un homme, après tout, et elle avait eu maintes rencontres déplaisantes avec les hommes du baron Somers. En outre, c'était lui qui avait profité d'elle la nuit précédente.

Il était rassurant de savoir que Wolf n'avait pas reconnu en elle la nymphe du lac. Elle décida qu'il serait plus simple et plus prudent de garder son déguisement jusqu'à Londres. Elle était consciente de l'intérêt d'être un garnement sale et dépenaillé plutôt qu'une jeune dame propre et bien habillée. Son beau-père et ses vils compagnons lui avaient appris cette leçon par un après-midi pluvieux plusieurs années auparavant. Par chance, lady Edith était arrivée et avait mis fin à l'incident. Kit en était sortie sans mal et beaucoup plus sage.

Elle détestait admettre qu'il n'était pas désagréable d'avoir les forts bras du chevalier autour d'elle, même s'il la serrait trop étroitement. Elle pouvait même se laisser aller à croire qu'il se sentait protecteur à son égard — ce que personne ne lui avait jamais montré. C'était une étrange sensation, d'imaginer quelqu'un se souciant d'elle.

Tandis qu'ils chevauchaient, elle se demandait ce que le roi Henry voulait d'elle, une fille ordinaire et de la campagne, originaire du Northumberland. Le roi avait été si occupé à se battre contre les Français et à se procurer une épouse française qu'elle ne pouvait imaginer comment il avait pu être au courant de son existence, et encore moins avoir le temps de s'inquiéter d'elle.

Tout ce que Kit savait de son passé était que son vrai père était mort avant sa naissance. Sa mère était Meghan, fille de Trevor Russell, le défunt comte de Meath en Irlande. Comment sa mère en était venue à épouser Thomas Somers, elle l'ignorait, mais c'était arrivé et elle était devenue la belle-fille du baron. Elle avait de vagues souvenirs de lord Somers avant la mort de Meghan, et il n'avait pas paru aussi négligé ni aussi brutal, à l'époque. De fait, c'était seulement après son mariage avec lady Edith et la naissance de ses filles qu'il s'était mis à trop boire. Et que la vie de Kit avait commencé à se détériorer.

Vu l'existence qu'elle avait menée jusqu'ici, elle ne pouvait comprendre les raisons du souverain de la convoquer à Londres. Bridget semblait particulièrement sûre que la meilleure chose pour Kit était de suivre l'ordre du roi et de placer derrière elle Rupert Aires et Somerton. La vieille nourrice souhaitait désespérément un changement dans la situation de sa jeune protégée.

Kit n'avait vu un miroir depuis des années, et elle était bien consciente qu'elle ne possédait pas un visage ravissant. Edith et ses filles s'étaient assurées qu'elle connaisse leur opinion sur chacun de ses traits et chacune de ses imperfections, de la misérable fossette qui creusait son menton « trop fort » à ses cheveux « qui manquaient de couleur, comme le foin dans les champs », même s'ils étaient bouclés et abondants. Le reste de la famille Somers la dominait d'une tête, et ils lui faisaient clairement sentir qu'ils jugeaient sa petite stature inférieure à leur taille. Ses yeux étaient trop verts et sa peau aussi pâle que la crème recueillie sur le dessus d'un seau de lait. Grâce à sa belle-famille, elle savait qu'elle n'avait rien de bien en elle. Pas étonnant que Rupert ne soit pas encore venu la chercher. Mais il viendrait, se rassura-t-elle. Il viendrait.

Ordinaire comme elle était, les domestiques l'aimaient bien et lui obéissaient aisément. Kathryn s'était habituée à mener la maison, car sa belle-mère ne s'y intéressait pas. Elle avait une bonne mémoire et un vrai talent pour les chiffres, ce qui lui servait pour tenir les comptes de son beau-père. Quand l'intendant du baron était mort trois ans plus tôt, Kit avait pris sa place pour s'occuper des revenus du domaine et superviser les redevances des paysans et leurs corvées. Lord Thomas n'avait pas eu à le remplacer, et Kit avait mesuré l'avantage d'être nécessaire. Elle travaillait consciemment pour devenir essentielle au baron Somers.

Elle espérait que s'il avait vraiment besoin d'elle, il ne la tuerait pas dans une crise de fureur due à la boisson.

En plus de ses capacités inhabituelles, Kit avait également appris beaucoup de choses sur les simples et les plantes médicinales, avec l'un des moines qui venaient régulièrement à Somerton pour commercer pour l'abbaye. De fait, elle entretenait un jardin d'herbes tout près de sa précieuse roseraie. Elle accompagnait souvent le frère Theodore dans ses soins aux vilains ou aux habitants de Somerton, et elle avait développé des connaissances importantes dans l'art de la médecine.

Bridget trouvait à redire à ses passe-temps favoris. Kit adorait monter à califourchon, en portant des chausses. Rien ne lui paraissait plus revigorant que de chevaucher à travers champs et de sentir le vent sur son visage et dans ses cheveux. Elle aimait aussi à se servir de sa fronde et de ses flèches, et à comparer son adresse à celle des chasseurs de la forêt de lord Thomas. Au grand dam de Bridget, elle grimpait aux arbres et s'allongeait parfois sur les branches qui surplombaient le lac pour admirer le reflet des nuages à la surface de l'eau.

Wolf supposait qu'elle s'était endormie. Son dos était appuyé contre son torse et il la soutenait depuis plusieurs milles pour l'empêcher de glisser de son cheval. Il se demanda quel âge elle pouvait avoir. Seize ans, peut-être ? Les haillons qu'elle portait rendaient impossible de discerner si sa silhouette était celle d'une enfant ou d'une femme. Elle était certainement assez âgée pour être mariée, alors pourquoi ne l'était-elle pas ? La situation avec le baron Somers et sa famille n'était visiblement pas bonne pour elle, et cependant elle était restée à Somerton avec ses beaux-parents.

Le défaut devait être son manque de qualités féminines. Sa façon de s'habiller était déplorable pour une jouvencelle. Quoi, il n'avait jamais vu auparavant une dame vêtue de chausses de drap et d'une tunique aussi grossières. En la regardant maintenant, il ne pouvait dire si Kathryn avait été coupable de provoquer le baron Somers et de le pousser à la battre, ou si cet homme prenait simplement un plaisir pervers à la maltraiter. Il accorda à Kathryn le bénéfice du doute et accusa lord Thomas d'avoir un caractère trop impétueux. Il n'appréciait guère les ivrognes qui battaient des femmes ou des enfants, et il ne pouvait nier sa satisfaction d'avoir ôté la jeune fille des griffes vicieuses du baron. Que ce malotru et ses semblables s'attaquent plutôt à des hommes de leur taille !

Lady Kathryn, néanmoins, n'était clairement pas une sainte. Elle était trop indépendante pour une lass. Comment elle avait réussi à lui échapper par deux fois était impossible à comprendre. Elle était exigeante, insistant pour emmener sa vieille nourrice et donnant des ordres à ses hommes comme si elle avait l'autorité. Elle était plus que sale… et cependant elle ne sentait pas mauvais comme un garnement des rues qu'il aurait eu la mauvaise fortune de croiser. De fait, elle sentait les fleurs. Les roses, pensa-t-il, bien qu'il ne soit pas expert en horticulture. Son parfum était frais, s'avisa-t-il avec un certain malaise, peut-être même qu'il était féminin.

Elle bougea légèrement, ce qui fit que ses hanches se pressèrent plus fortement contre lui, et il se remémora son expérience de la veille au bord du lac. Il déplaça le poids de Kathryn en se souvenant de la magnifique femme dorée qu'il avait juste eu le temps de goûter.

Il se rappela qu'il était un homme avec une mission. Il devait se concentrer pleinement pour regagner Windermere, comme il se l'était fixé. Il était au service d'Henry depuis plusieurs années, à présent, et avait conquis le respect et la confiance du roi. Maintenant, tout ce qui lui restait à faire était de trouver des preuves formelles de la culpabilité de Philip Colston. Alors, Henry serait obligé d'accepter sa requête et de lui rendre Windermere et sa réputation.

Même aussi résolu, Wolfram ne pouvait nier qu'il avait été fortement affecté par la femme du lac. Elle était chaque rêve qu'il avait réprimé, chaque aspiration qu'il avait combattue. Mais il connaissait bien la douleur d'aimer et de perdre la personne aimée, et il se jura de ne plus jamais retomber dans ce piège. Il avait perdu son père et son frère par un coup du sort. Et tandis que ces pertes et sa soif de justice lui donnaient une contenance froide et réservée, c'était l'apathie de sa mère qui tourmentait son âme depuis des années.

Wolf avait survécu à l'attaque fatale, mais Margrethe Colston ne lui avait plus parlé depuis vingt ans. Elle n'avait même pas reconnu son existence. Peu importait qu'elle soit au-delà de toute réaction, incapable de parler à quiconque — c'était le fait que le sauvetage de Wolf ne lui avait même pas donné une lueur d'espoir qui l'affligeait. La vie de son fils ne signifiait rien pour elle.

— Gerhart.

Bien qu'elle somnolât confortablement tandis qu'ils chevauchaient, Kit entendit la voix rude d'un soldat qui s'avançait à leur hauteur. Elle ne vit nulle raison de leur montrer qu'elle était éveillée, ce qu'elle était à peine, de toute façon. Elle avait besoin de réfléchir à la manière de s'échapper et de retourner attendre Rupert quelque part près de Somerton. Elle essayait de se tenir au fait de leur avance pour pouvoir retrouver son chemin le moment venu. Toutefois, il lui était difficile de faire attention, car elle était étourdie, sa tête la faisait souffrir et son œil tuméfié la lançait abominablement.

— Il va bientôt faire nuit, dit l'homme, parlant à celui qu'elle connaissait sous le nom de Wolf.

Kit se demanda pourquoi le soldat l'appelait Gerhart.

— La vieille femme tombe presque de sa monture.

Ses paroles étaient teintées d'un accent étranger, pas désagréable aux oreilles de Kit. C'était un homme de haute taille, puissant dans sa selle, et aussi blond que Wolf était brun.

Kit réprima son envie de se détourner pour voir comment Bridget s'en sortait. Wolf ne répondit pas tout de suite au soldat, et elle se demanda s'il essayait de décider de laisser ou non sa vieille nourrice tomber sur le côté de la route.

— Nous allons nous arrêter bientôt, dit-il enfin. Envoie deux hommes en avant pour trouver un lieu de campement.

Kit le sentit pousser un long soupir. Il devait être fort pressé de rejoindre Londres pour être si irrité par ce léger délai. Est-ce que les chevaliers n'avaient pas besoin de repos, eux aussi ? N'avaient-ils pas faim ? Elle sentit ses bras se resserrer autour d'elle. Contrairement à ce qu'elle pensait, Wolf ne semblait pas du tout fatigué. Elle songea qu'il devait avoir la résistance d'un cheval de trait. Pour sa part elle était lasse, cependant, et tandis que son esprit était tenace, elle savait qu'elle ne pouvait pas tenir tête à ce Wolf. Au moins pas pour l'instant.

Elle se sentait tellement en sécurité entre ses bras qu'elle blottit son dos contre lui. Plus tard peut-être, elle réfléchirait à s'échapper pour retourner dans un endroit où Rupert pourrait la trouver. Elle somnola de nouveau jusqu'à un peu plus tard, quand Wolf éleva la voix.

— Il y avait une femme hier soir à Somerton.

Au début, Kit fut surprise, pensant qu'il lui avait parlé. Mais avant qu'elle puisse répondre, elle s'avisa que l'homme qui s'était adressé à Wolf un peu plus tôt était de nouveau à leur hauteur.

— *Ja ?* répondit-il.

Kit aurait voulu le regarder, mais elle continua à feindre le sommeil.

— Quand nous aurons conduit la fille à Londres et que j'aurai réglé mes affaires avec Philip, je reviendrai la chercher.

— Qui est cette femme ?

— Je n'en sais rien. Mais elle était… intéressante. Fascinante.

L'autre homme rit.

— Je ne t'ai jamais vu aussi… *fasciné*, cousin.

Il attendit que Wolf s'explique, mais n'eut pas de réponse.

— Les femmes tombent à tes pieds depuis des années, et pourtant…

— Pas cette fois, coupa Wolf. C'était étrange. Elle était… différente.

Kit pouvait entendre l'étonnement dans sa voix. Elle éprouva un curieux sentiment de satisfaction en apprenant quel effet elle avait produit sur lui. Elle ne pouvait songer à aucun homme, autre que Rupert, qui l'avait jamais trouvée intéressante, et encore moins fascinante. D'un autre côté, la pensée de Wolf revenant la chercher à Somerton était alarmante. Il n'était pas un homme doux ou charmant comme son Rupert.

— Quel était son nom ?

— Elle n'a pas voulu le dire.

— Voilà qui est prometteur.

A travers ses cils, Kit vit que l'homme haussait un sourcil.

— Je suppose que ce n'était pas la charmante et séductrice lady Edith.

— Hmph.

Kit sentit le son qu'il émit plus qu'elle ne l'entendit.

— Il s'en faudra probablement de plusieurs mois avant que nous réglions nos affaires, Gerhart, dit le soldat avec amusement. Penses-tu qu'elle t'attendra ?

— Quelle différence si elle m'attend ou pas ? Elle sera mienne, répondit Wolf avec la plus grande assurance, et la satisfaction de Kit s'évanouit.

Comment osait-il supposer qu'elle tomberait à ses pieds lorsqu'il arriverait ?

Elle serra les dents pour dominer son irritation et se retint de parler. La vanité de cet homme était insurpassable. Quoi, il pensait que parce qu'il l'avait embrassée une fois il pouvait songer à la posséder ? Il ne la connaissait même pas ! Et il n'allait pas la connaître, se promit-elle.

— Et tu dis que tu ne sais pas qui elle est ?

— Non, Nicholas. Elle n'a pas voulu me donner son nom.

— Peut-être que si tu lui décrivais cette femme, ta petite lady Kathryn pourrait te dire comment elle s'appelle.

— Peut-être.

Sa lady Kathryn ! Combien de femmes ce loup se permettait-il d'avoir ? Kit réprima son impulsion de lui donner un coup de coude dans l'estomac. Elle savait qu'il portait un haubert métallique et qu'elle ne ferait que se meurtrir.

— Je pense qu'il vaut mieux que tu gardes tes pensées fixées sur Windermere et non sur une épouse potentielle. En outre, il y a lady Annegret. Elle est ta promise.

— Une épouse ?

Wolf eut un rire froid.

— Je n'ai pas mentionné une épouse.

Nicholas gloussa, et Kit fut furieuse. Quand il découvrirait qu'elle était la femme du lac, il… Elle résolut de ne pas lui laisser la moindre chance de savoir qui elle était.

— Ah, lady Kathryn se réveille, annonça Nicholas tandis que Kit bougeait nerveusement.

Elle était si courroucée qu'elle ne pouvait plus feindre le sommeil.

— Vous êtes-vous bien reposée, ma dame ?

— Tolérablement.

— Votre voix… Il est difficile de dire beaucoup de choses de vous sous cette couche de terre et ces haillons que vous portez, mais votre voix ne semble pas être celle d'une enfant. Nous pensions que nous avions été envoyés chercher une petite fille.

Nicholas la considéra avec plus d'attention, essayant de discerner ses traits sous la terre et les meurtrissures.

— Vous avez raison. Je ne suis pas une enfant.

Elle ne put masquer son ton irrité en regardant le beau soldat qui chevauchait à côté d'eux.

— Et vous attendez que nous croyions que vous êtes adulte ? demanda Wolf avec un rire incrédule.

— Je n'attends rien de vous, rétorqua Kit avec colère. Sauf un voyage non souhaité à Londres.

— *Ach*, alors ce voyage vous irrite ? demanda Nicholas en riant.

— Comment va Bridget ? Elle doit être prête à s'évanouir. Elle n'est pas habituée à chevaucher.

— La vieille femme est fatiguée, répondit Nicholas. Nous allons bientôt nous arrêter pour la nuit.

— Comment comptez-vous nous protéger pendant la nuit ? On dit qu'il est dangereux de voyager par ces routes…

— Je vous en prie, ma dame, persifla Wolf. J'ai neuf de mes hommes avec moi et ils seraient fâchés de vous entendre décrier leurs capacités de cette manière.

— *Neuf ?* Vous n'en avez que neuf ?

— Ce nombre sera suffisant. Maintenant, taisez-vous. Assez de ces babillages.

Kit frémit de rancœur à l'idée que cette brute grossière soit chargée de sa personne. Il n'avait pas le droit de lui donner des ordres. Et elle n'appréciait pas non plus la façon dont il la regardait en fronçant les sourcils.

Peu après, alors qu'ils atteignaient une colline herbeuse, ils aperçurent les deux hommes qui avaient été envoyés en avant pour trouver un endroit abrité pour la nuit. Ils avaient déjà découvert un emplacement possible et un petit feu pétillait joyeusement dans la clairière.

Ce fut avec un vif soulagement que Kit démonta et alla aider Bridget. La vieille femme était épuisée, et bien qu'elle ne soit pas particulièrement discrète d'ordinaire sur ses douleurs, elle se montra plus circonspecte que d'habitude ce soir-là. Les deux femmes s'éloignèrent à travers les arbres pour vaquer à leurs besoins personnels. Là, elles trouvèrent un ruisseau à l'eau fraîche et claire. Elles s'arrêtèrent pour boire tout leur soûl.

— Oh, votre œil, ma petite, dit Bridget en contemplant le visage de Kit. Laissez-moi vous le laver.

— Non, Bridget. Je préfère rester sale comme un vagabond pendant que nous sommes en compagnie de ces balourds d'Henry.

— Ces balourds, dites-vous ?

— Oui, des balourds, Bridget. Des balourds et des malappris.

— Oh, certes. Vous qui êtes allée en France, à la cour et dans tant d'endroits recherchés, vous pouvez à coup sûr reconnaître un malappris sur l'instant, je suppose.

— Ne vous moquez pas de moi, Bridget. Il faut peu d'expérience et encore moins de jugeote pour savoir que cet homme…

— Qui ? Sire Gerhart, le chef ?

— Que savez-vous de lui ?

— Eh bien, sire Clarence et sire Alfred ont un peu parlé, répondit Bridget en redressant son dos douloureux, sans doute pour me tenir réveillée et à cheval sur cet animal. Ils ont dit certaines choses…

— Par exemple ?

— *Par exemple*, reprit Bridget d'un ton irrité, et Kit comprit qu'elle éprouvait la patience de sa nourrice. Alfred a dit que sire Gerhart et son cousin sire Nicholas sont les petits-fils d'un prince allemand…

— Ha !

— … bien que Gerhart ait aussi quelques liens obscurs avec l'Angleterre. Tous deux se sont montrés d'une grande valeur pour le roi Henry et la rumeur prétend qu'ils recevront des titres et des terres à leur retour à Londres.

— Je peux deviner qui a lancé cette rumeur.

— Cela ne vous ressemble pas d'être aussi irrespectueuse, Kitty.

— Cela ne vous ressemble pas, *à vous*, de gober de telles sornettes, Bridget.

Kit se mit à marcher pour retourner au camp.

— Ce ne sont que des soldats ordinaires, venus pour me conduire à Londres, et la raison de cette convocation est le seul point obscur dans cette affaire. Le reste est parfaitement clair.

Bridget secoua la tête d'un air de doute.

— Il est également clair que Rupert ne pourra jamais me retrouver maintenant, et j'ai l'intention de remédier à cette situation dès que possible.

— Et comment vous proposez-vous de le faire ?

— Je ne sais pas encore. Promettez-moi seulement de ne pas vous inquiéter pour moi.

La nuit tomba lentement, par degrés. Ils avaient mangé un repas de viande séchée et, quand ils eurent terminé, les hommes s'éparpillèrent autour du feu pour trouver des places confortables où passer la nuit. Wolfram s'adossa à un arbre, s'enveloppa dans sa cape et ferma les yeux. Il pouvait entendre les ronflements réguliers de la vieille femme et il savait que la jeune fille n'avait pas bougé depuis un bon moment.

Alors qu'il allait céder à la somnolence, il aperçut un léger mouvement de l'autre côté du feu. C'était la fille qui s'était retournée. Maintenant elle était tranquille. Trop tranquille. Et sa position ne semblait pas des plus confortables pour dormir. Wolf put voir qu'elle retenait son souffle. Cette petite sotte allait tenter quelque chose. Aussitôt, il se tint en alerte.

Elle se redressa lentement, regardant autour d'elle pour voir si ses mouvements dérangeaient certains des hommes. Si tel était le cas, aucun d'eux — pas même ceux qui étaient de garde — n'en montra rien. Enfin, elle fut sur ses pieds et se tint baissée, au ras du sol. Elle s'écarta du campement jusqu'à ce qu'elle soit complètement dans le noir, puis se redressa et se mit à courir.

Wolf se leva en une seconde. Il ne pouvait croire à la folie de la jouvencelle. Par tous les diables, où pensait-elle aller ? Il fit signe aux sentinelles de rester en place, puis suivit en silence la trace de la fuyarde à travers bois.

Il accrut sa vitesse quand il entendit un bruit sourd et un cri étouffé. Il avait l'ordre de ramener cette fille à Londres en un seul morceau, et elle semblait avoir l'intention de lui compliquer la tâche. Il faisait si sombre que Wolf eut du mal à distinguer l'étroite gorge dans laquelle elle était tombée, même s'il savait qu'il se tenait au bord, la dominant. Kathryn était bel et bien là en bas, encore inconsciente de sa présence, et il écouta les jurons qu'elle lançait à voix basse. Il ne put s'empêcher d'être vaguement amusé.

— Aïe !

Elle essaya de se lever, mais sa cheville ne put supporter son poids et elle retomba.

— Enfer et damnation ! grommela-t-elle. Par tous les saints martyrs, mon œil, ma lèvre et ma maudite cheville sont endommagés. Maintenant je ne pourrai jamais…

— Laissez-moi voir votre cheville, déclara Wolfram en descendant auprès d'elle.

Elle glapit et sursauta violemment quand il parla.

— Tout doux, maintenant. Ce n'est que moi.

— *Que vous ?* Vous êtes la dernière personne que je voulais voir ! s'écria-t-elle.

Il sourit devant sa brutale honnêteté. Cela ne ressemblait pas aux dames qu'il avait fréquentées à la cour, songea-t-il, mais elle était encore jeune. Elle apprendrait.

— Probablement une entorse, dit-il d'un ton bourru en touchant sa cheville.

Elle tressaillit de douleur.

— Elle a déjà commencé à enfler.

Kit émit un grognement.

— A quoi vous attendiez-vous ?

Elle fut certaine d'entendre de l'irritation dans sa voix. Il passa un bras sous ses jambes, l'autre derrière son dos et la souleva. Elle fut assez surprise qu'il ne la jette pas sur son épaule comme un paquet de chiffons.

— Vous ne pouvez vous enfuir dans les bois en courant comme une dératée, dans le noir, et ne pas vous attendre à un désastre. D'autant que vous êtes une femme, et une femme aussi visiblement inexpérimentée.

— Oh, vraiment ? lança-t-elle avec dédain, refusant de le laisser se rengorger.

Il sentit qu'elle resserrait son emprise autour de son cou tandis qu'il se hâtait à travers bois. Il s'avisa qu'il cherchait à l'impressionner en démontrant comment il pouvait parfaitement se mouvoir dans l'obscurité sans incident. Cette fille avait du cran, et il admit qu'il éprouvait une admiration réticente devant son courage — en dépit du fait que sans elle il serait encore enveloppé au chaud dans sa cape, endormi. Quand ses doigts glissèrent sur sa nuque, il eut la pensée bizarre que son parfum était aussi frais et troublant qu'il l'avait été durant la journée, pendant qu'elle chevauchait avec lui. A cette idée, il faillit la laisser choir.

— Ralentissez, Gerhart ! commanda-t-elle d'un ton farouche. Je n'ai pas envie de me fouler l'autre cheville.

— A vos ordres, ma dame.

Elle était fichtrement assurée. Et impudente.

Personne ne dit rien quand Gerhart se rassit à la place qu'il avait quittée, le dos contre l'arbre, et qu'il prit lady Kathryn sur ses genoux. Elle se tourna pour s'écarter, mais sentit qu'il lui serrait les poignets comme dans des menottes. Ses yeux argentés la transpercèrent, ne tolérant pas d'autre écart.

— Vous allez rester près de moi pour la nuit.

Kit réprima un cri, mais garda sa voix basse.

— Vous ne pouvez être sérieux ! C'est totalement inconvenant !

— Pas plus inconvenant que de vous laisser courir et vous tuer en tombant dans un ravin quelque part.

Il drapa sa cape autour d'eux et appuya la tête contre l'arbre. Il attira celle de Kit sur son torse et laissa glisser son postérieur sur le sol, entre ses cuisses. Elle était beaucoup plus douce qu'elle l'avait paru auparavant. Peut-être qu'elle était vraiment adulte, comme elle l'avait laissé entendre, et non quelque adolescente portée sur les bêtises.

— Par tous les saints, je ne resterai pas ici !

Elle essaya de se lever, mais Wolf la retint par la taille jusqu'à ce qu'elle soit nez à nez avec lui, et la poitrine contre son torse.

— Vous resterez, dit-il, les dents serrées.

Il porta son attention sur son visage sale et meurtri, car une paire de seins incontestablement pleins et indubitablement troublants se pressaient sous le drap de sa tunique. De fait, il put sentir ses mamelons se durcir contre lui. Son corps menaça de se rebeller malgré son jugement, aussi se força-t-il à se concentrer sur le caractère obstiné et déplaisant de sa « prisonnière ».

Wolf était un homme discipliné et aux goûts sélectifs. Il n'avait certainement pas besoin de cette va-nu-pieds indocile et peu attirante. Il n'avait jamais été du genre à prendre une femme dans le simple but d'en avoir une, et il savait qu'il pourrait obtenir beaucoup mieux quand il reviendrait chercher la nymphe du lac. Et bientôt, supposait-il, il y aurait Annegret. Il n'avait rien à faire de cette jouvencelle intrépide qui était déterminée à se faire du mal.

Kit se laissa glisser à sa place. Son visage la faisait souffrir, son épaule et sa hanche la lançaient à la suite de sa chute et sa cheville lui semblait être en feu. Elle perdit tout intérêt à se confronter au chevalier du roi Henry. En outre, cette maudite brute ne voulait pas relâcher son emprise. En dépit de Wolf, et à la surprise de ce dernier, lady Kathryn tira son capuchon sur son bonnet éculé et s'endormit.

3.

Wolfram dormit peu. Lady Kathryn réussit à se pelotonner sur ses genoux et à dormir profondément pendant toute la nuit. Toutefois, ses mouvements, ses petits soupirs, ses grognements et la façon dont elle tirait sur sa cape empêchèrent le chevalier de fermer l'œil. Comment la vieille femme l'avait-elle appelée ? « Kitty » ? « Chaton » ? Cela lui allait bien. Il pouvait presque l'entendre ronronner de contentement tandis qu'elle s'enroulait dans son giron. Non, il ne s'était guère reposé.

Il se mit à bruiner vers midi et l'humeur de Wolf, qui était déjà déplorable, ne s'améliora pas. Il donnait à sa troupe une allure mesurée pour que la nourrice de Kathryn puisse suivre aisément, mais il pouvait voir qu'elle avait quand même des difficultés.

— Nicholas.

Le cousin de Wolf fut tiré de ses sombres pensées et leva les yeux.

— Occupe-toi d'elle.

D'un signe de tête, Wolfram indiqua l'arrière du cortège.

Kit bougea pour pouvoir regarder au-delà du torse de Wolf et vit Nicholas qui prenait Bridget avec lui sur sa monture. Il l'installa devant lui et les couvrit tous les deux de sa cape, pour qu'elle puisse chevaucher aussi confortablement que possible. Kit aurait remercié Wolf de sa gentillesse envers Bridget sans l'expression farouche de ses profonds yeux gris. L'homme était certainement d'un tempérament volatil, et elle ne voulait pas le provoquer. Pour l'heure, elle était reconnaissante d'être postée en sécurité devant lui, avec sa cape épaisse qui les recouvraient, et assez de chaleur émanant de son corps pour les réchauffer tous les deux. L'odeur insistante du cheval mouillé, de la laine mouillée et du cuir mouillé était étrangement apaisante.

Le léger crachin tourna à la pluie et ils poursuivirent leur chemin à travers les collines en direction de la Cumbria. Kit avait du mal à comprendre pourquoi ils obliquaient vers l'ouest alors qu'elle savait que Londres était au sud et un peu à l'est.

— Vous mesurez que vous nous conduisez dans la mauvaise direction depuis des heures, Gerhart ?

Elle utilisa le nom que tous les hommes lui donnaient, et non celui de « Wolf ».

Il ne lui répondit que par un rude grognement.

— Je pensais que vous m'emmeniez à Londres, reprit-elle. Si mon beau-père avait eu vent de ce détour, je doute qu'il aurait permis que je batte ainsi la campagne avec vous et vos soldats.

— Il est à même de s'occuper de votre bien-être, n'est-ce pas ?

Kit fut sensible à son sarcasme. Toutefois, elle avait sa fierté et refusait de le laisser penser qu'elle avait été élevée autrement que comme une dame.

— Il a promis à ma mère qu'il veillerait sur moi comme sur sa propre fille. Il m'a donné tout ce que…

— Il bat donc ses propres rejetons ? coupa Wolf.

Kit ne voulut pas se laisser humilier, aussi haussa-t-elle les épaules et ne répondit-elle pas.

— Quel âge avez-vous ?

Elle hésita avant de répondre. Elle était déjà avancée en âge pour ne pas être mariée, et c'était embarrassant. Elle eut envie de mentir, mais ne put s'y résoudre.

— Vingt ans, admit-elle finalement.

— Pourquoi n'êtes-vous pas mariée ? Ou au moins fiancée ?

Il ne doutait pas que le baron Somers aurait des difficultés à trouver quelqu'un voulant se charger de cette gueuse négligée qui manquait probablement de qualités féminines. Néanmoins, il ne voyait pas le bien-fondé de la garder au manoir de Somerton quand elle irritait visiblement le baron au point de le rendre violent.

— Je suis fiancée ! Enfin, presque, veux-je dire.

— Quoi, quelque soupirant local a demandé votre main ?

Le son incrédule de sa voix irrita Kit. Il se comportait comme si elle n'était pas mariable ! Qu'est-ce que ce grand benêt en savait ?

— Il se trouve que c'est l'un des gardes du roi Henry ! lâcha-t-elle avec colère.

— Qui ? demanda Wolf qui les connaissait tous.

— Rupert Aires.

Wolf se mit à rire d'une façon sonore. Rupert Aires était un jeune et beau chevalier au service d'Henry, et bien connu pour ses aventures amoureuses avec les dames de la cour. Il était toujours impliqué dans une escapade ou une autre. Sûrement que Kathryn se trompait au sujet de futures fiançailles avec lui. Sa loyauté envers Henry ne pouvait être mise en question, mais autrement le jeune homme était un fripon. Un coureur de jupons sans le moindre principe.

— Je suppose que vous ne le connaissez pas ?

— Bien sûr, que je le connais, répondit Wolf d'un ton irrité.

— Et alors ?

— C'est un bon soldat.

— C'est tout ? répliqua Kit en haussant la voix avec indignation. Un bon soldat ? Nous avons entendu parler dans le Northumberland de sa bravoure à la bataille, de ses prouesses au combat…

— Est-ce que sire Rupert a jamais vu votre visage ?

— Qu'est-ce que cela signifie ? Naturellement, qu'il a vu mon visage. Nous avons grandi ensemble. Nous…

— Je veux dire sans cette amusante couche de boue.

— Quelle couche… ? Oh.

Elle haussa le menton d'un cran.

— Rupert me connaît aussi bien qu'il connaît ses sœurs.

Wolf émit un autre grognement grossier.

— Rupert m'a dit que dès qu'il pourrait quitter la cour, il viendrait me chercher. Ne voyez-vous pas, Gerhart ? demanda-t-elle avec le plus grand sérieux. C'est la raison pour laquelle je devais essayer de retourner à Somerton. Rupert ne pourra me retrouver si je ne suis pas à la maison. Il est le seul motif que j'avais de rester.

Elle se tourna pour le regarder et découvrit son visage à quelques pouces du sien seulement. Il fronçait de nouveau les sourcils, mais Kit ne put s'empêcher de remarquer combien ses yeux gris étaient beaux, frangés par d'épais cils noirs. Ce constat la troubla. Elle baissa les yeux sur sa bouche.

— Nous nous rendons auprès du roi, lady Kathryn. Ne pensez-vous pas que vous verrez sire Rupert à Londres ?

La voix de Gerhart était coupante. Il n'aimait pas qu'elle fixe son regard intraitable sur lui. Elle était trop directe pour une femme et ses yeux, au moins celui qui n'était pas tuméfié, étaient somme toute trop distrayants.

Kit secoua la tête et détourna son visage.

— Je n'ai aucune idée de la façon de le trouver. Londres est immense et il se peut que Rupert soit en chemin pour Somerton afin de venir me chercher.

C'était au moins une explication pour la mésaventure de la nuit précédente, mais cela irrita Wolf d'une manière inexplicable. D'une certaine façon, il semblait injuste que lady Kathryn risque sa vie pour Rupert Aires, un homme qui avait quelques-unes des plus belles femmes et des plus légères d'Angleterre à ses pieds.

Si Aires avait un engagement envers Kathryn Somers, il avait une curieuse façon de le montrer. Wolf savait que tous les gardes d'Henry avaient reçu un congé bien payé à leur retour de France deux mois plus tôt. Apparemment, Aires n'avait pas jugé bon de se rendre à Somerton pour réclamer sa « fiancée ». Peut-être que s'il l'avait fait, Henry n'aurait pas jugé nécessaire d'envoyer Wolf dans le nord pour en ramener cette naïve jouvencelle.

— Aucun des gardes d'Henry n'a été mis en congé, déclara-t-il.

Il était sûr du contraire, mais si cela rassurait lady Kathryn et la dissuadait de vouloir retourner à Somerton, ce petit mensonge en valait la peine.

— En êtes-vous certain ?

— Relativement.

— C'est un soulagement, dit-elle. Maintenant j'aurai juste à penser à un moyen de le trouver quand nous atteindrons Londres. Si nous atteignons Londres. Vous ne m'avez toujours pas dit pourquoi nous n'allons pas vers le sud.

— Nous n'allons pas directement à Londres.

— Non ? Où m'emmenez-vous ?

Wolf n'était pas habitué à être questionné par quiconque, en particulier par un brin de fille comme elle, impertinente et insignifiante. Il lâcha un soupir irrité et répondit brièvement :

— A Windermere Castle.

— Windermere ! Mais c'est en Cumbria ! A des *milles* de notre chemin !

— Merci, ma dame, mais je sais très bien où se trouve Windermere.

— Mais cela nous prendra un temps fou ! Et Rupert…

— Je commence à voir les mérites des méthodes disciplinaires du baron Somers.

— Pourquoi ne vous êtes-vous pas rendu d'abord en Cumbria avant de venir me chercher ?

L'exaspération de Kit était à la mesure de celle de Wolf.

— Parce que cela serait allé contre mes ordres.

— Comment cela ?

— Le roi a été fort net. Il voulait que je vous aie sous ma garde le plus tôt possible.

— Mais pourquoi ?

— Dormez.

Kit ne se méprit pas sur son ton bourru ni sur son froncement de sourcils familier, et comprit que leur discussion touchait à sa fin.

— Mais, sire Gerhart…, insista-t-elle.

Son regard se durcit, et elle s'avisa qu'elle devrait garder ses questions pour un autre moment. Elle n'avait pas intérêt à vérifier si Wolf pensait vraiment que le baron Thomas avait raison de la battre.

Leur progression était moins bonne que Wolf ne l'avait espéré. Le groupe n'avait pas encore atteint Windermere Castle et la nuit tombait vite, avec la pluie. Il était aisé de voir que la vieille femme ne tiendrait plus longtemps, aussi envoya-t-il deux hommes en avant pour chercher un endroit abrité où ils pourraient camper. Les soldats quittèrent rapidement le vallon détrempé et disparurent au-delà de la colline.

Il faisait complètement noir quand Wolf et ses compagnons rattrapèrent les estafettes qui avaient trouvé une petite auberge appelée *La hache tordue*, à la lisière d'un modeste village. Il y avait trois chambres disponibles, et les hommes de Wolf les louèrent. Il y avait également un repas chaud à prendre dans la salle commune et Kit en fut heureuse, car la viande séchée qu'ils avaient mangée satisfaisait fort peu son appétit. Elle espérait également que le chevreuil rôti, le pain et le fromage aideraient à revigorer la pauvre Bridget, qui était dans un piètre état.

Sa cheville ne lui causait qu'une faible douleur quand elle marchait, la portant à croire qu'elle était simplement meurtrie et pas tordue comme Wolf l'avait dit. La longue journée passée en selle, sans s'appuyer sur ses pieds, avait fait beaucoup pour la soulager. Après le souper, elle fut capable de monter les escaliers avec soin et de mettre Bridget au lit. La voix de la vieille femme était rauque et sa respiration difficile à la suite des longues heures passées dans un air froid et humide.

— Otez cette boue de votre visage, dit la nourrice quand elles atteignirent leur chambre. Si seulement vous pouviez vous voir, lass ! Elle coule en ruisselets. Il n'est pas convenable pour une dame de qualité d'être aussi sale.

— Je ne veux pas avoir l'air d'une dame, Bridget.

— Et pourquoi, je vous le demande ?

— Le moins on en sait sur moi, le mieux c'est.

— Je suppose que vous parlez par là des petits-fils du prince ?

Kit leva les yeux au ciel et se détourna pendant que sa nourrice se lavait dans une bassine.

— Petits-fils ou pas, Rupert m'attend à Londres.

Elle refit face à Bridget juste comme la vieille femme était prise par une quinte de toux. Kit regretta aussitôt de l'avoir rudoyée.

— Je ne vous demande pas de mettre une des robes que je vous ai apportées, mais cela ne vous ferait-il rien de vous nettoyer un peu et de me laisser voir votre œil et votre lèvre ? Il ne serait pas bon pour vous qu'ils s'infectent sous toute cette saleté.

Kit céda et se lava la figure avec précaution. La plaie de sa bouche ne la gênait qu'à peine, mais son œil lui faisait terriblement mal. Il était moins enflé, à présent, cependant la meurtrissure avait pris une couleur violette bordée de vert.

— Cela va avec la couleur de vos yeux, plaisanta Bridget.

Elle étreignit brièvement Kit en la prenant par les épaules.

— Vous ne savez pas combien je suis contente que nous soyons loin du baron Thomas et de sa femme. Cet homme…

— Oui, nous sommes loin, répondit Kit en lui rendant son étreinte.

Elle avait envie de parler de ce voyage à Londres et sentait d'une certaine manière que sa parente pouvait avoir une réponse à ses questions.

— Bridget, ma chère vieille mère, pourquoi pensez-vous que le roi Henry m'a fait quérir ?

Bridget la regarda en face et fut sur le point de répondre, puis elle se détourna.

— Je… je ne suis pas sûre de le savoir, Kitty. Peut-être qu'il a connu vos parents, l'un ou l'autre.

— Pourquoi ai-je l'impression que vous en savez plus que vous ne le dites ?

— Vous avez une nature soupçonneuse, c'est tout.

Bridget pivota, apparemment irritée par sa jeune protégée.

Kit avait posé plein de questions sur ses parents auparavant, mais n'avait jamais reçu de réponse satisfaisante. Elle savait qu'elle n'en aurait pas plus maintenant.

Le matin, la pluie avait fait place à un crachin soutenu et Kit décida, avec un frisson, qu'elle ne ferait pas un mille de plus tant que Bridget ne serait pas en meilleur état pour voyager. La vieille femme avait toussé le plus clair de la nuit, et Kit savait qu'elle ne se sentait pas bien du tout. Elle natta ses cheveux en une tresse serrée et tira son vieux bonnet brun sur son front, couvrant complètement ses cheveux. Elle ordonna à Bridget de rester couchée et s'enveloppa dans sa courte cape pour aller chercher le petit déjeuner.

Bien qu'elle sache que les hommes s'étaient répartis dans deux des trois chambres qu'ils avaient louées, Kit n'en vit aucun. La seule personne en vue était la femme de l'aubergiste qui la salua avec raideur, manifestement peu impressionnée par son apparence grossière.

Cela n'avait pas d'importance. Tout ce que Kit voulait, c'était du porridge pour Bridget et elle et savoir où était Wolf. Elle avait besoin de lui parler avant qu'il décide du trajet de la journée.

— Sire Gerhart est dans les écuries, l'informa la femme d'un ton bref.

Ses manières indiquaient clairement que si elle l'avait pu, elle aurait conseillé au puissant chevalier de laisser derrière lui cette fille en haillons.

Kit n'accorda pas d'attention à ce manque d'égards. Elle souhaitait juste parler à Wolf dès que possible.

Wolf resserra le harnais de Janus et installa ses étriers sur les flancs de son destrier. Quand il leva les yeux, il aperçut lady Kathryn qui s'approchait. Du moins pensa-t-il que ce devait être Kathryn, bien qu'il ne pût en être sûr car son visage était propre.

A l'exception de la vilaine meurtrissure de son œil et de la fente au milieu de sa lèvre inférieure, c'était un visage surprenant. Pas un visage délicat ou ravissant, loin de là, mais un visage fascinant, fort et volontaire. Frangés par de beaux cils épais, ses yeux verts intrépides — dont l'un était noir et injecté de sang — rencontrèrent son regard d'une façon directe inhabituelle chez une femme. Des sourcils pâles et bien dessinés les surmontaient gracieusement. Des pommettes hautes complétaient un nez bien formé et des lèvres pleines. Une fossette creusait son menton. Quand il s'avisa qu'il la dévisageait fixement, il refit face à Janus et relâcha lentement son souffle. Par tous les diables, où était la petite gueuse en haillons qu'il avait laissée endormie à l'auberge ?

Pourquoi n'avait-elle pu être l'enfant qu'il s'était attendu à trouver, ou une dame comme celles qu'il avait connues à la cour ? Dans l'un ou l'autre des cas, il lui aurait été plus facile de traiter avec elle qu'avec cette fille obstinée et dérangeante qu'il avait découverte à Somerton. Elle était trop impulsive et imprévisible à son goût. Il ne savait jamais à quoi s'attendre de sa part, et maintenant avec son visage lavé…

— Gerhart.

Sa voix était autoritaire et aussi directe que son regard.

Elle était dérangeante, certes, et contrariante.

Il se demanda où était l'humble jouvencelle qui avait été battue par son beau-père deux jours plus tôt seulement. Il fit le tour de Janus et leva chacun de ses sabots pour les examiner, essayant d'ignorer sa présence.

— Nous ne pouvons reprendre la route aujourd'hui.

Ses paroles étaient impérieuses.

— Oh ?

Il contrôla sa réaction, refusant de se laisser emporter. Le ciel savait qu'elle réussissait à avoir de l'effet sur lui chaque fois qu'elle parlait. Il avait résolu de rester impassible face à elle tandis qu'ils approchaient de Windermere Castle. Il ne lui permettrait pas de le mettre en colère, comme il ne se laisserait pas toucher par les quelques ruses féminines qu'elle pouvait posséder, aussi ténues soient-elles.

— Bridget est malade. Elle ne peut voyager.

— Nous partons dans une demi-heure, déclara-t-il d'une voix ferme. Plusieurs de mes hommes ont pris les devants. Si vous n'avez pas encore rompu votre jeûne, je vous suggère de le faire maintenant, parce que vous n'aurez pas d'autre occasion.

Ce balourd ne l'avait manifestement pas entendue !

— Mais Bridget est souffrante ! Elle ne peut voyager sous la pluie !

— Elle le peut et le fera, répondit Wolf avec un calme contrôlé. Elle montera avec Nicholas, comme hier. Sinon, elle peut rester ici, à l'auberge.

— Vous ne comprenez pas ! Je suis responsable d'elle. Je…

— Vous ? Je croyais que c'était l'inverse. Que votre nourrice vous accompagnait pour s'occuper de vous.

— Bien sûr que non ! Bridget n'est plus capable de rien faire pour moi depuis ces dernières années, sauf de panser mes…

Le regard farouche de Wolf la fit s'interrompre.

— Bien. Ce que je veux dire, insista-t-elle, c'est que Bridget vieillit et qu'elle ne peut travailler comme autrefois. Elle est avec moi depuis mon plus jeune âge, et en tant que la cousine éloignée de ma mère…

Wolf leva une main pour la faire taire.

— Assez !

— … je ne la laisserai pas…

— Cessez !

— … voyager dans son état.

— D'après l'aubergiste, Windermere n'est qu'à deux heures de chevauchée d'ici.

La contrariété de Wolf était claire dans sa voix.

— Je vais voir votre nourrice moi-même et juger si elle est en état de voyager.

Il commença à s'éloigner, mais hésita assez longtemps pour la fustiger. Se détournant et levant un doigt afin de ponctuer ses paroles, il déclara :

— Vous feriez bien de contrôler votre nature querelleuse. Cela rendrait la vie beaucoup plus simple.

Sa remarque suffit à Kit pour lui donner envie de lui décocher un bon coup de pied alors qu'il passait près d'elle, mais alors il fit quelque chose d'impensable. Il lui tapota le dessus de la tête comme il l'aurait fait pour un chien et ajouta :

— Vous devriez laver votre visage plus souvent, jeunette. Il n'est pas si vilain.

— Quoi ? Espèce de grossier personnage, de vaurien au cœur noir et au crâne épais…

Il ne s'attarda pas pour assister à son déferlement d'indignation d'avoir été traitée de la sorte.

Wolf trouva Bridget dans la chambre qu'elle avait partagée avec lady Kathryn. La vieille nourrice avait un bol fumant de porridge devant elle et il arpenta la pièce, lui posant des questions sur sa santé. Elle était pâle et toussait terriblement. Pendant un moment, Wolf envisagea de céder aux instances de la jeune fille. Il ne voulait pas causer d'inconfort à la vieille femme et ne souhaitait pas être responsable de l'aggravation de son état. Toutefois, Bridget insista en disant qu'elle était en assez bonne forme pour voyager. En tout cas, si elle pouvait monter avec l'un des soldats.

Comme ils n'avaient qu'un court trajet à parcourir, Wolf l'estima capable de couvrir cette distance. Mais il maudit le sort qui l'avait rendu responsable de deux femmes. Que savait-il de ces sottes créatures ? Il était un guerrier, pas une nourrice.

— Sire Gerhart, dit Bridget d'un ton hésitant, comme il se dirigeait vers la porte.

Il s'arrêta et se retourna, lui laissant l'occasion de continuer ce qu'elle voulait dire. Il espéra qu'elle ne serait pas trop longue pour qu'ils puissent se mettre en route. Windermere n'était qu'à une paire d'heures.

— Au sujet de ma Kit... C'est une bonne fille. Elle n'a jamais eu l'intention de causer des ennuis à personne.

— Je ne suis pas de votre avis, répondit Wolf en se préparant à partir.

Il trouvait la déclaration de la vieille femme en assez grande contradiction avec son expérience personnelle.

— Vous ne comprenez pas, reprit Bridget. Elle a dû être forte. Indépendante. Elle n'a eu personne pour veiller sur elle, à part moi, et il y a eu des fois...

— Somers ?

La nourrice hocha la tête.

— Il a failli la tuer par deux fois. La seule chose qui l'a arrêté était qu'il ne pouvait mener le domaine sans elle. Et le baron ne savait jamais quand un des chevaliers du roi Henry viendrait pour voir comment elle allait.

— Des chevaliers ?

Elle fit signe que oui.

— Envoyés par Henry ?

— Le baron Somers n'a jamais pu deviner la raison de ces visites. Elles paraissaient n'être que des visites de politesse, mais le baron a toujours soupçonné qu'ils venaient voir Kit pour une raison quelconque. Ils posaient toujours des questions sur elle…

— Quand est-ce qu'un de ces… chevaliers est venu pour la dernière fois à Somerton ?

— Eh bien, cela remonte à quelques années. Je ne crois pas que le nouveau roi Henry ait envoyé quelqu'un.

— Et qu'en est-il des propriétés ? Vous dites que lady Kathryn aide le baron Somers à mener son domaine ?

— Non, elle ne l'aide pas, répondit Bridget.

Bien sûr que non. Il avait simplement mal compris la vieille femme. Il se tourna pour partir, mais les mots suivants de Bridget le figèrent sur place.

— Elle s'en occupe toute seule. Elle est habituée à prendre les choses en charge.

Il ne faisait aucun doute que lady Kathryn se souciait de sa nourrice. Pendant tout le trajet de deux heures, elle regarda en arrière toutes les quelques minutes pour voir comment la vieille femme se portait, et Wolf percevait son impatience. A aucun moment, cependant, il ne prévit la façon brutale dont Kathryn échappa à son étreinte et sauta à bas de Janus dès qu'ils atteignirent la cour intérieure de Windermere. Elle alla immédiatement à Nicholas, qui était encore en selle et soutenait Bridget.

— Allons, allons ! s'exclama-t-elle. Je vais avoir besoin d'aide. Faites-la juste glisser…

Kit prit aussitôt les choses en mains. Nicholas jeta un coup d'œil à son cousin, qui observait la scène avec un amusement intrigué. La vieille femme descendit, et Kit passa un bras autour d'elle.

— Tout doux…

Elle leva les yeux vers Nicholas, puis vers Gerhart.

— Eh bien ? lança-t-elle d'un ton impatient. Je suppose que l'un de vous ne peut pas venir m'aider ?

Nicholas démonta sur-le-champ et aida Kit à soutenir Bridget, qui avait une respiration sifflante.

— Tout va aller bien maintenant, ma vieille mère. Ne vous inquiétez pas, susurra la jeune fille à sa nourrice, renversant leur rôle.

Bridget était visiblement malade et avait besoin de chaleur et de repos. Kit était d'avis de faire appel au guérisseur local ou à un herboriste, mais avant qu'elle puisse se renseigner, deux des hommes envoyés en avant par Gerhart s'approchèrent d'eux. Hugh Dryden et Chester Morburn avaient attendu leur arrivée.

— Bonjour, messire, dit Chester. La gouvernante nous a informés que le comte est absent du château jusqu'à ce soir.

Le petit groupe commença à traverser la cour, en direction des marches de pierre du donjon. La faiblesse de Bridget l'empêchait de se mouvoir rapidement et Kit l'entourait de sa protection. Elle n'accorda aucune attention au rapport de Chester ; elle voulait juste mettre sa nourrice au lit.

— Malgré l'absence du comte, maîtresse Hanchaw nous a fourni des chambres et des victuailles. Les hommes sont bien logés et sire Nicholas et vous avez à votre disposition des chambres convenables. Je crois que lady Kathryn et maîtresse Bridget partageront des appartements. Il y a d'autres hôtes présents ici, en raison de la foire de Windermere qui commence demain.

Gerhart semblait préoccupé et ne prêta que peu d'attention

aux déclarations de son soldat. Toutefois, Kit remarqua que le chevalier et Hugh Dryden communiquaient par un regard. Le soldat adressa un signe de tête à son seigneur et se dirigea vers les écuries avec Chester.

Kit avança lentement et avec précaution pour ne pas fatiguer Bridget. Mais ces petits pas ennuyèrent Wolf. Sans réfléchir, il souleva la vieille femme dans ses bras et la porta le long des marches et dans la grand-salle.

Kit lui fut reconnaissante de son aide, certaine que Bridget n'aurait pu gravir l'escalier. Les marches, le château et tout ce qui l'entourait étaient massifs.

Kit n'avait jamais rien vu de pareil. Sans Bridget, elle serait restée dehors, bouche bée devant l'énorme forteresse de pierre qui ne ressemblait à rien de ce qu'elle avait contemplé jusqu'alors. Les murailles avaient paru plus qu'imposantes de loin, mais le souci de la jeune fille pour Bridget l'avait empêchée de bien les apprécier. Le pont-levis, la herse et les douves étaient également dignes de sa considération, et elle décida de les inspecter de près à la première occasion.

La grand-salle était décorée avec de magnifiques tapisseries accrochées aux murs et des bannières colorées qui pendaient du plafond voûté. Plusieurs croisées longues et étroites perçaient les murs et il y avait un vitrail en haut de l'arcade. Le soleil de fin d'après-midi filtrait par les ouvertures et réchauffait l'immense salle.

Regardant d'un peu plus près les bannières et les jonchées qu'elle avait sous les pieds, Kit détecta un aspect négligé et une odeur désagréable, probablement due aux restes jetés sous les tables et les bancs pour les chiens.

Elle se jura que lorsque Rupert et elle seraient mariés et qu'elle serait la maîtresse de son château, elle ne permettrait jamais un tel manque de propreté. Les jonchées seraient toujours fraîches et les tentures en bon état, comme elle les avait maintenues à

Somerton. Et elle aurait des fleurs. Des vases et des pots pleins de fleurs. De telles conditions dans une forteresse aussi belle étaient impardonnables.

— Sire Gerhart, je présume ?

Une femme plus âgée que Kit s'approcha d'eux, vêtue d'une cotte grise et d'un tablier. Ses cheveux étaient complètement recouverts par une guimpe de toile blanche, aussi la jeune fille ne put-elle dire s'ils grisonnaient, mais son visage était agréable avec seulement quelques rides autour des yeux.

Gerhart se contenta de lui adresser un signe de tête. Kit le sentait hostile, mais elle ignorait pourquoi. Jusqu'ici, elle pensait qu'ils avaient été bien traités, mis à part le fait que le comte n'était pas là. Elle ne pouvait croire que Gerhart s'offense de son absence. Après tout, il n'avait pas été prévenu de l'arrivée du chevalier et devait rentrer le soir même. Les affaires que Gerhart avait à traiter avec lui pouvaient sûrement attendre le souper.

— Suivez-moi. Je suis maîtresse Hanchaw, gouvernante de lord Windermere.

Elle plissa le nez avec déplaisir et jaugea Bridget du regard.

— Maîtresse Hanchaw, dit Kit alors qu'ils se dirigeaient vers un autre escalier, avez-vous un jardinier ? Y a-t-il quelqu'un ici qui s'y connaisse en simples et plantes médicinales ?

— Qu'est-ce qui la tourmente ? demanda la gouvernante, visiblement ennuyée d'avoir à accueillir une malade dans le château, même si elle faisait partie d'une troupe du roi. Pas une gorge méchamment irritée ou une congestion ?

— Simplement un froid qui lui est tombé sur la poitrine. J'aurai besoin…

— De grâce, qui êtes-vous ? Vos messagers m'ont dit d'attendre l'émissaire du roi escortant lady Kathryn Somers et…

Elle plissa ses yeux bruns en observant Kit avec plus d'attention. La jeune fille la vit grimacer devant sa tenue. En silence, elle remercia les saints d'avoir au moins le visage propre, à présent.

— Vous parlez à lady Kathryn, maîtresse, répondit Nicholas à sa place.

— Nous n'avons pas le temps de bavarder, déclara Kit d'un ton exaspéré. Je vous prie de faire venir le jardinier, ou demandez-lui de me procurer des pétales et des feuilles de primevères, et des racines d'iris s'il en a. Quoi qu'il ait contre la fièvre conviendra.

La gouvernante regarda Kit d'un air réprobateur.

— Mais, *ma dame*…

— De grâce, faites ce que je dis. Ma cousine est très malade, et je dois l'installer et veiller à son bien-être.

Longeant rapidement un corridor obscur, le groupe atteignit finalement la chambre que Kit devait partager avec Bridget. Maîtresse Hanchaw indiqua les chambres de Gerhart et de Nicolas situées en face, puis se tourna pour ouvrir la porte de Kit.

C'était une pièce sombre et ténébreuse, avec des croisées fermées par des contrevents. La seule lumière venait de deux candélabres posés sur le coffre, que Nicholas et la gouvernante éclairèrent. Gerhart déposa doucement Bridget sur l'épais couvre-lit en velours, le lit étant lui-même drapé de lourdes tentures. La respiration sifflante de la vieille femme empirait, entre des quintes de toux, et Kit était anxieuse de faire quelque chose pour elle. Elle glissa des coussins dans le dos de Bridget pour la redresser et l'aider à respirer.

— Pour ma part, je pense qu'elle devrait prendre de la gentiane et de l'achillée, dit la gouvernante quand Bridget se calma un instant.

— Maîtresse, la requête a été claire, non ?

L'impatience et l'hostilité de Gerhart étaient impossibles à ignorer. Kit lui sut gré d'intervenir, car son ton intimidant produisit un effet immédiat sur maîtresse Hanchaw. Elle tourna les talons et s'éloigna rapidement. Quand elle fut partie, Kit se demanda de nouveau ce qu'il y avait en cet endroit qui rendait Gerhart aussi irascible. Même si elle s'était déjà rendu compte qu'il ne possédait pas le plus affable des tempéraments, elle ne l'avait pas encore vu se comporter injustement.

— Merci, messire, lui dit-elle.

Il hocha à peine la tête. Il y avait dans ses yeux une profondeur troublante, une sorte d'expression tourmentée.

— Votre nourrice est votre cousine ? demanda-t-il, et l'impression fugitive de Kit se dissipa.

Elle avait de nouveau devant elle un homme puissant, qui exerçait un froid contrôle sur lui-même.

— Oui. Une cousine éloignée. C'est une dame… de la noblesse.

Sa voix vacilla tandis que le plein effet de son regard scrutateur la transperçait. Elle baissa les yeux sur ses lèvres et se rappela la chaleur et le goût de sa bouche. Sa présence la troubla brusquement. Il était si attirant, et il s'était porté à l'aide de Bridget avec une telle simplicité !

— Elle est la petite cousine de ma mère. Une Cochran du comté de Louth…

— Arrêtez, ordonna-t-il en levant une main. Je gage que j'en sais plus sur votre famille que je ne le souhaite.

Nicholas vit l'éclair de colère qui passa dans les yeux de Kathryn.

— Pouvez-vous vous débrouiller seule, à présent, lady Kathryn ? s'enquit-il vivement.

Kit maudit Wolf en silence pour lui donner l'impression d'être une enfant et se tourna vers son cousin.

— Oui, certes.

— Alors à plus tard, ma dame.

Nicholas la laissa avec Bridget pour rejoindre sa chambre. Wolf était déjà parti.

Le jardinier arriva avec le prêtre local qui s'y connaissait en herboristerie. Ils se prononcèrent tous les deux pour une décoction de racines d'iris et d'écorce de saule, qu'ils donnèrent à Bridget avec la bénédiction du père Fowler et ses prières pour un prompt rétablissement. Comme leur prescription ne différait pas beaucoup de ce que Kit avait prévu d'administrer à Bridget, elle les laissa faire sans intervenir. Qui pouvait savoir ? Peut-être que les prières du prêtre feraient plus de bien à la malade que les poudres médicinales.

Les deux hommes venaient de partir quand des serviteurs arrivèrent avec des seaux d'eau chaude qu'ils versèrent dans un robuste baquet de bois. La plus jeune, une jeune fille aux cheveux bruns, ajouta du bois dans le feu et l'éventa, faisant jaillir une flamme vive.

— Il fait un peu froid, dit-elle en jetant un coup d'œil à Bridget endormie dans le grand lit. Nous allons garder le feu bien chaud pour la dame, là, afin de chasser l'humidité.

— Merci.

Kit ôta son bonnet et commença à défaire sa longue natte serrée.

— Il y a un banquet spécial prévu pour ce soir, ma dame, reprit la servante. Je doute que maîtresse Hanchaw ait cru bon de…

— Maggie ! s'écria une autre servante plus âgée. Tu n'as pas à raconter d'histoires sur maîtresse Hanchaw. Bien sûr, qu'elle allait prévenir la dame.

Maggie souffla.

— Elle allait le faire, je te dis, insista sa compagne.

— Annie, tu sais aussi bien que moi qu'il n'y a rien que cette sorcière aime mieux que de mettre une belle dame dans l'embarras.

Maggie versa un seau dans la baignoire.

— Rappelle-toi comment elle tourmentait lady Clarisse…

— Tiens ta langue, sotte que tu es ! Ou tes sornettes vont te faire chasser, et moi aussi !

Maggie se tourna vers Kit avec dignité, ignorant Annie.

— Comme je le disais, ma dame, il va y avoir une grande célébration ce soir pour le début de la foire. Elle commence demain dans la ville de Windermere, et tous les barons et seigneurs des environs vont y venir. Avec toutes leurs dames, aussi voudrez-vous sûrement être à votre avantage.

Annie se mit à rassembler les linges qu'elles devaient porter aux autres hôtes du château.

— Le grand Lawrence viendra vous chercher pour souper...

— Quel dommage pour votre œil, dit Maggie en étudiant le visage de Kit. Il est tout vert et jaune. Impossible de le cacher, je suppose.

Kit secoua la tête et congédia les servantes en les assurant qu'elle pouvait prendre son bain seule. Elles avaient certainement des choses plus urgentes à faire s'il y avait des invités.

Bridget, profondément endormie, respirait aisément et régulièrement. Kit se coula dans l'eau chaude et se lava pour ôter la saleté de son voyage, pensant aux deux servantes et à leur querelle.

Elle se demanda qui était lady Clarisse, et pourquoi les paroles de Maggie avaient tant effrayé Annie. Ce château de Windermere était un étrange endroit. Kit le trouvait encore plus étrange que le manoir de Somerton, où lord Somers passait ses journées dans l'ivresse pendant que sa femme couchait avec tous les voisins et les visiteurs de passage. A Somerton, au moins, une personne connaissait sa position — ou savait qu'elle n'en avait pas.

Même Wolf avait semblé comprendre rapidement la situation au manoir. Son mépris pour le beau-père de Kit était évident, comme son dégoût pour les coquetteries éhontées de lady Edith.

Il aurait dû être facile à Kit de se détendre dans la baignoire après ses journées passées en selle, mais la pensée du taciturne Wolf la hantait ; la façon dont il pouvait la faire fondre d'un seul regard de ses intenses yeux gris, puis se détourner et user de mots qui la faisaient se sentir comme une enfant, châtiée, rabrouée, vertement remise à sa place, la poursuivait.

Elle se demanda ce qui arriverait s'il découvrait qu'elle était la femme du lac. Elle était prête à parier ses bottes qu'il ne l'appellerait plus « jeunette ».

Comment pouvait-il la traiter ainsi ? Il la rendait si confuse qu'elle avait envie de donner des coups de pied dans quelque chose. C'était un tyran qui prenait plaisir à la rabaisser. Elle n'avait rien à faire d'un homme comme lui. Elle avait Rupert.

Rupert, qui n'était jamais autoritaire. Il était drôle, facile à vivre et toujours souriant. Il ne fronçait jamais les sourcils, ni ne prenait un air sévère comme ce Gerhart-Wolf. Rupert la connaissait depuis tant d'années et il se satisfaisait d'elle, même si elle manquait de la sophistication de la cour. En outre, elle l'aimait depuis longtemps ; dès qu'elle arriverait à Londres, elle le trouverait et l'épouserait. Ce mariage était ce qu'elle avait prévu, ce qui l'avait gardée saine d'esprit pendant qu'elle attendait que Rupert vienne la chercher à Somerton. Et rien ne pouvait changer cela.

Un peu plus tard, alors qu'elle était assise devant le feu pour sécher ses cheveux, Bridget s'éveilla.

— Comment vous sentez-vous, ma vieille amie ? demanda Kit.

— Comme si l'énorme vache Mathilda d'Edmond Grindcob était assise sur ma poitrine.

Kit se mit à rire.

— Cela ne m'étonne pas. Vous avez une terrible toux sèche et votre respiration est sifflante. Mais nous vous guérirons avant longtemps.

— Qu'est-ce que ces vieux mulets m'ont donné ?

— Rien que je ne vous aurais donné moi-même.

— Bien. Ne les laissez pas m'approcher sans vous, dit Bridget d'une voix sifflante.

— Je ne le ferais jamais.

— J'en suis sûre, Kitty. Venez vous asseoir près de moi.

Elle tapota le matelas et toussa.

— Je crains qu'il ne faille un moment avant que je sois guérie.

Kit se leva et s'assit sur le bord du lit.

— Sottises. Vous irez mieux très bientôt. Prête à vous rendre à Londres.

— Vous devez vous habiller pour le dîner avec le comte.

— Je suppose, répondit Kit.

Elle savait que Bridget allait insister pour qu'elle porte quelque chose de présentable et elle n'avait pas le cœur de se disputer avec elle maintenant, alors qu'elle était si faible et si pâle.

— Mettez votre cotte en velours vert foncé, Kit, dit la nourrice. Avec votre guimpe crème. Cela vous va si bien.

— Quoi ? Pas la blanche ?

La cotte blanche avec son bliaut délicatement brodé avait appartenu à sa mère, et avait été fidèlement conservée par Bridget. La jeune fille était surprise que sa nourrice ne lui suggère pas de porter sa plus belle toilette ce soir-là.

— Vous devez garder la blanche et dorée pour le jour où vous serez présentée au roi Henry. Promettez-le-moi.

— Entendu, vieille mère.

Kit rit en commençant à s'habiller.

— Je vous jure que je porterai la blanche et dorée seulement comme vous le voulez.

— Et conduisez-vous bien, l'exhorta Bridget.

— Vous me connaissez, ma mie, dit Kit en essayant de la rassurer.

Bridget leva les yeux au ciel.

Wolf se souvenait bien de Philip Colston. Bien que son cousin approchât de la quarantaine, il n'avait pas beaucoup changé au fil des années. Il portait toujours la même moustache bien taillée, comme l'était la petite barbe brune qui ornait son menton. Il y avait un peu de gris sur ses tempes et un profond sillon entre ses sourcils.

Ses lèvres avaient toujours le même pli cruel.

Il était difficile à Wolf de rester paisiblement assis dans la grand-salle que son père avait présidée si longtemps auparavant. Il se rappelait chaque détail, jusqu'aux morceaux de verre des vitraux et aux bannières maintenant usées qui pendaient des énormes poutres en chêne. Il pouvait presque imaginer ses frères, John et Martin, revenant avec le comte après une partie de chasse ou une visite au village — lui-même étant trop jeune pour les accompagner.

Il avait à la mémoire le souvenir très vif du cercueil de Martin porté à travers la grande porte, et de la silhouette éplorée de sa mère s'appuyant sur son père tandis qu'ils suivaient le corps de leur fils cadet jusqu'à la crypte familiale. C'était la dernière fois où il avait vu sa mère avec une expression.

Wolf se remémora douloureusement la convocation qu'ils avaient reçue d'Allemagne à l'automne 1401. Margrethe, sa mère, était partie rendre une longue visite à ses parents après la mort de Martin. Le messager avait informé Bartholomew que son épouse était malade à Brême, peut-être même mourante, et que le comte devait venir sur-le-champ avec ses deux fils restants.

Sur la route de Brême, des bandits de grand chemin les avaient attaqués, s'en prenant férocement à eux, les abattant et les massacrant ; les laissant tous pour morts.

Les blessures de Wolf étaient importantes et il n'avait survécu que grâce au dernier acte héroïque de son frère pour le protéger — un acte qui avait coûté sa vie à John —, ainsi qu'à la prompte réaction d'un page pas beaucoup plus âgé que lui.

Le page était le jeune Hugh Dryden, qui avait réussi à panser Wolf suffisamment après l'attaque et à le conduire dans une abbaye voisine. Là, les moines avaient guéri toutes ses blessures, sauf celle, terrible, qui lui avait laissé une cicatrice sur le front, l'œil et la joue. Des semaines plus tard, les deux garçons avaient été emmenés à Brême où ils avaient rejoint Margrethe et ses parents. Mais Margrethe Gerhart Colston, déjà désespérée par la mort de Martin, ne s'était jamais remise de ses pertes. Elle restait assise dans sa chambre, jour après jour, fixant la cour et attendant la mort. Le fait qu'il lui restait un fils ne faisait nulle différence pour elle.

Son père et ses frères aînés étant morts, Wolfram était le nouveau comte de Windermere, mais incapable de réclamer son titre. Le nom de sa famille avait été complètement discrédité en Angleterre, et c'était à lui maintenant de trouver la preuve dont il avait besoin pour restaurer l'honneur des siens. Il lui avait fallu prendre le nom de son grand-père pour revenir en Angleterre. Seuls Nicholas Becker et Hugh Dryden connaissaient sa véritable identité. Il n'avait pas l'intention de révéler qui il était jusqu'à ce qu'il tienne en main la preuve qu'il lui fallait. A ce moment-là seulement, il se montrerait sous son vrai jour à Philip et s'assurerait que justice soit faite.

Wolf savait que Philip avait hérité sa nature félonne de son père, Clarence, mais il possédait en plus une perversité que ce dernier n'avait pas. Wolf sentait la bile lui monter dans la gorge quand il se rappelait les actes de cruauté de Philip — toujours perpétrés contre des personnes plus petites et plus faibles que lui, et toujours en secret. Seuls les enfants le savaient, ainsi que quelques jeunes servantes, et aucun d'eux n'avait jamais osé le dire aux adultes. Oui, Wolf connaissait bien le penchant de Philip pour faire souffrir les autres. Il portait encore des marques de quelques douloureuses rencontres — jusqu'à ce qu'il ait appris à se tenir loin de son cousin.

Les tables étaient installées, et les serviteurs commencèrent à apporter la nourriture dans la grand-salle sous la direction de maîtresse Hanchaw. Tous les hommes de Wolfram se trouvaient là, ainsi que les hôtes de Philip et de nombreux nobles des environs avec leurs dames. Wolf se souvint d'avoir appris la mort récente de la jeune épouse de son cousin. Cela semblait être un manque flagrant de correction de la part de Philip de donner une telle fête si tôt après la mort de Clarisse.

Mais Wolf connaissait le vrai caractère de Philip. Cet homme et son père avaient fait massacrer sa famille. Philip était capable de n'importe quelle abomination, et Wolf devait dominer la colère qui menaçait de briser sa calme façade.

— Il est intéressant — et inhabituel — que le roi Henry envoie des émissaires à travers tout le pays, n'est-il point vrai ? demanda Philip.

— Voulez-vous dire que vous n'avez jamais été visité auparavant ? répliqua Nicholas en répondant pour Wolf.

Il sentait bouillir la colère de son cousin et voulait lui laisser le temps de la maîtriser.

Philip jeta un regard soupçonneux aux deux solides chevaliers envoyés par le roi. Il y avait quelque chose de vaguement familier dans les yeux gris argentés de celui qui se nommait Gerhart.

— Aurais-je dû l'être ?

— Certes, répondit Nicholas. C'est simplement une politesse de la part de notre souverain. Sa Majesté est longtemps restée à l'étranger. Comment peut-elle savoir comment vous vous portez sans...

A cet instant, lady Kathryn fut escortée dans la grand-salle par un valet dégingandé. Nicholas finit ce qu'il avait à dire à lord Philip, mais Wolf ne l'entendit pas. Il était saisi par la transformation inattendue de la jeune fille. Bien que ses cheveux soient complètement recouverts par une coiffe bordée de vert, elle portait à présent une toilette de femme. Une cotte de velours vert foncé drapait ses formes féminines de son cou à ses pieds. Elle était élégante dans sa simplicité, mais Wolf lui-même pouvait voir qu'il y avait de superbes broderies le long de ses larges manches.

La cotte elle-même révélait peu de la silhouette de Kathryn, mais la grâce de ses mouvements était indéniable. Ses mains et ses poignets étaient propres, à présent, et il s'avisa qu'ils étaient fins et délicats. Les dommages causés à son visage guérissaient, et il fut étrangement satisfait de noter qu'elle n'altérait pas le regard direct de ses yeux émeraude pour se plier à sa position d'invitée du comte dans la grand-salle de Windermere.

Wolf eut vaguement conscience que lady Kathryn avait le port d'une duchesse.

4.

Wolf recouvra l'usage de la parole quand il dut présenter Kathryn à Philip. Elle salua le comte en inclinant la tête d'une manière quasiment royale. Puis elle prit le bras qu'il lui offrait, laissant Wolf et Nicholas les suivre jusqu'à l'estrade. Plusieurs hôtes se trouvaient là, attendant le comte pour s'asseoir et commencer à manger.

Kit nota que même si Wolf ne fronçait pas vraiment les sourcils en la regardant, son expression semblait troublée. Il paraissait complètement stupéfait de voir qu'elle était ce qu'elle disait.

Une femme.

Une femme adulte.

Le mot « jeunette » lui vint à l'esprit, et elle releva son menton d'un cran.

— Vous ornez ma grand-salle de la façon la plus délicieuse, ma dame, dit Philip en la faisant asseoir à sa droite.

Wolf et son cousin allemand étaient assis à quelque distance du comte et de Kathryn, mais ils pouvaient entendre leur conversation. Wolf songea que lady Kathryn paraissait petite et vulnérable, avec son œil tuméfié et la fente de sa lèvre. Ses muscles se contractèrent instinctivement ; il savait qu'elle était exactement le genre de victime que Philip appréciait.

— Il y a de nombreux mois que Windermere n'a pas été béni

par les charmes d'une aussi plaisante personne, entendit dire Wolf au comte.

— Nos condoléances pour la perte de votre dame, dit l'un des barons.

Kit fronça les sourcils, touchée pour Philip.

— Oh, mon Dieu. Votre épouse est morte… récemment ?

— Oui, Clarisse est morte en novembre dernier, la malheureuse, marmonna le comte.

Le nom de « Clarisse » traversa Kit comme une flèche. Qu'est-ce que Maggie avait dit d'elle ?

Wolf ne détecta pas la moindre émotion chez son cousin pendant qu'il parlait de sa défunte épouse. De fait, Philip semblait par trop captivé par lady Kathryn, ce qui ne plaisait guère au chevalier. Tout homme normal aurait été capable de montrer au moins un signe extérieur de chagrin pour sa jeune épouse morte six mois plus tôt. Au lieu de cela, Philip était suspendu aux lèvres de Kathryn et n'avait toujours pas lâché sa main.

— Comme c'est terrible pour vous, messire, dit Kathryn en se ressaisissant. Cela a-t-il été soudain ?

Les tranchoirs furent enfin apportés sur la table avec des plats de viande et de gibier. Tout le monde se mit à manger, ce qui força Philip à cesser de toucher lady Kathryn. Wolf remarqua l'expression de sollicitude qui s'était peinte dans les yeux de la jeune fille devant le deuil du comte. Il savait qu'elle ne pouvait comprendre le vrai caractère de Philip lors d'une première rencontre, mais il trouva néanmoins sa sympathie irritante.

— Non, répondit le comte à Kit. Ma femme était malade depuis quelques mois… Elle avait quelque chose à l'estomac.

Il agita la côte de bœuf qu'il tenait à la main comme pour écarter ce sujet. Kit jugea l'attitude du comte inconvenante. Elle connaissait peu le monde au-delà de Somerton, mais elle était certaine qu'une marque de chagrin eût été appropriée. Il ne faisait pas de doute dans son esprit que le comte de Windermere était un homme froid, et son étrange attitude lui fit froncer légèrement les sourcils. Elle ne pouvait savoir que son expression serait vue comme une marque d'apitoiement et non comme un signe de perplexité.

Philip accordait une attention presque exclusive à lady Kathryn, un fait qui fut commenté par de nombreux convives des tables voisines. L'œil tuméfié de la jeune fille fut dûment remarqué, mais il fut dit qu'elle avait fait une chute avant de partir de chez elle dans le Northumberland. Nul ne savait vraiment pourquoi elle se rendait à Londres ou quelles étaient ses relations avec le roi Henry, mais les spéculations allaient bon train sur le fait que le roi en avait fait sa pupille et qu'elle était sous sa protection. On disait aussi qu'il lui choisirait probablement un époux.

Wolf ne fit rien pour apaiser les rumeurs concernant Kathryn, car lui-même ignorait totalement pourquoi elle avait été convoquée à la cour. En outre, il décida que ces rumeurs et ces théories seraient à l'avantage de la jeune fille. Il soupçonnait que moins l'on aurait de certitudes à son sujet — en particulier Philip — le mieux ce serait.

Kit était épuisée quand Philip la raccompagna finalement jusqu'à sa chambre. Elle ne souhaitait rien tant que le collant et lascif gentilhomme lâche son bras et la laisse entrer chez elle. Il l'avait poursuivie de ses avances toute la soirée et maintenant son visage était près du sien, et son haleine empestait la cervoise rancie.

Comme elle était son invitée et qu'elle avait promis à Bridget de bien se conduire, Kit ne lui marcha pas sur le pied et ne lui envoya pas son genou dans le ventre quand il glissa un bras autour de sa taille et aplatit sa main moite sur son postérieur.

— Un petit morceau si appétissant..., marmonna-t-il alors que Kit essayait de se dégager.

— Messire, lâchez-moi. Sur l'instant.

— Vous me plaisez, Kathryn, dit Philip d'un ton traînant. Jeune, tentante… Quelle ruse dois-je utiliser pour vous attirer…

Kit chassa sa main d'une tape et envisageait de faire bien pire quand sire Gerhart apparut soudain dans le corridor, portant une bougie et vacillant légèrement, tandis qu'il chantonnait une chanson paillarde. Il vint vers eux, perdit l'équilibre et heurta le comte à l'épaule. Kit fut surprise par sa maladresse, car bien qu'il soit massif elle avait remarqué qu'il se mouvait toujours avec agilité et fermeté.

— Désolé, messire, lâcha Gerhart d'une voix lente. Un vin magnifigue, une soirée dibine…

— Reculez, balourd disgracieux !

— Je vous en prie, messire.

Kit se plaça entre les deux hommes avant que le comte puisse tirer sa dague. Il ne serait pas bien qu'ils se battent dans le corridor devant sa chambre. Saisie de panique et à peine capable de penser à ce qu'elle devrait faire pour apaiser l'humeur déraisonnable du comte, elle bredouilla de son ton le plus conciliant :

— Ce… chevalier a simplement… abusé de votre bon vin… et de votre hospitalité. Laissez-moi… l'aider à regagner sa chambre… de sorte qu'il n'embarrasse pas plus avant… notre troupe.

Elle prit la bougie à Gerhart et le tira par le bras, l'éloignant du comte.

— Venez, sire chevalier.

Puis elle se tourna vers Philip.

— Bonne nuit, messire.

Là-dessus, elle plaça un bras autour de la taille de Gerhart pour le soutenir dans son ivresse et l'entraîna dans le corridor. D'un rapide coup d'œil en arrière elle vérifia, immensément soulagée, que Philip ne suivait pas.

— Espèce de pompeux crétin…, marmonna-t-elle.

Wolf était vraiment trop grand et trop fort pour qu'elle le

soutienne encore longtemps. Il fallait que sa chambre soit proche, sinon elle n'aurait d'autre choix que de le laisser s'affaler par terre dans le corridor.

— Quelle est la porte de votre chambre, Gerhart ?

— Celle-ci… Non, peut-être… un peu plus loin.

Il pesait trop lourdement sur elle. Ils allaient tomber tous les deux.

— Vous sentez encore les roses, jeunette, dit Wolf en titubant légèrement.

Kit fut étonnée qu'il l'ait perçu. Elle se lavait toujours avec un savon à la rose, mais pensait que ce parfum était trop subtil pour être remarqué par quelqu'un d'autre qu'elle.

— Ici. On y est.

Il chancela contre une porte qui s'ouvrit sous son poids. Par miracle, aucun d'eux ne tomba. Kit se retrouva avec le bras de Wolf autour d'elle plutôt qu'avec le sien autour de sa taille, où elle se souvenait pourtant parfaitement de l'avoir placé. Malgré son ébriété, il avait réussi à l'empêcher de choir. Il la tenait fort étroitement, à présent, et la respiration de Kit s'accéléra. Puis il courba la tête, approchant dangereusement ses lèvres des siennes, les touchant presque, et la jeune fille ne put contrôler la traîtresse réponse de son corps à sa proximité. Elle savait que c'était fou, mais elle brûlait de sentir le contact de sa bouche, désirait éprouver…

Une goutte de cire brûlante tomba sur sa main et elle sursauta. Elle revint à la raison et s'écarta aussitôt de lui.

— Pouvez-vous vous débrouiller, maintenant, ou dois-je appeler quelqu'un pour vous aider ? demanda-t-elle, le souffle court.

— Pourquoi aurais-je besoin d'aide ? rétorqua-t-il d'une voix remarquablement ferme.

— Pourquoi… Oh, vous n'êtes pas du tout ivre, n'est-ce pas ? s'exclama-t-elle, voyant l'amusement qui pointait dans ses yeux et comprenant qu'il s'était joué d'elle.

— Bien sûr que non, jeunette. Je ne bois jamais trop, répondit-il, troublé par sa propre conduite.

Il n'avait jamais feint l'ivresse auparavant, ni aucun autre état. Il se dit qu'il s'était senti obligé de suivre quand Philip avait entraîné Kit hors de la grand-salle, uniquement parce qu'il s'était juré de la protéger. Après avoir vu les regards concupiscents de son cousin pendant le souper, il n'avait pas eu confiance et avait craint que la jeune fille ne soit pas en sûreté seule avec lui dans un corridor obscur.

— Quoi, espèce de... butor menteur ! s'écria Kit. Et je sens les roses, vraiment !

Elle chercha du regard quelque chose à lui lancer, mais, ne voyant rien à sa portée, elle pirouetta sur elle-même et sortit en trombe de sa chambre, le laissant dans le noir.

Quand elle atteignit sa propre chambre, elle referma la porte plus doucement qu'elle l'aurait voulu par égard pour Bridget qui dormait. Son sang cognait à ses oreilles. Elle n'était pas sûre si son état venait de sa colère, de sa contrariété ou de sa crainte de ce qui aurait pu arriver si elle avait laissé Wolf l'embrasser. L'aurait-il reconnue comme la femme du lac à la suite d'un baiser ?

Debout dans la pénombre, elle était en proie à la détresse, mais ses lèvres inquiètes esquissèrent un lent sourire quand elle songea à Wolf feignant l'ébriété. Il avait fait cela pour elle. Sans son intervention, soit elle aurait dû se soumettre au comte, soit faire quelque chose d'aussi embarrassant. Ni l'une ni l'autre de ces options n'était acceptable, et Wolf lui avait évité d'avoir à faire un choix. Son sourire s'élargit. Sa méthode de sauvetage avait été parfaite. Peut-être qu'il ne manquait pas totalement d'humour, finalement.

Kit ôta sa coiffe et son voile et se demanda s'il avait simplement usé de diplomatie, ou si la vue du comte s'en prenant à elle lui avait donné l'impulsion d'intervenir. Cette question l'intrigua tandis qu'elle s'asseyait sur le lit près de Bridget et tâtait son front fiévreux. Personne n'avait jamais jugé utile de se porter à son secours auparavant. Pas même Rupert.

Le feu s'était pratiquement éteint dans la cheminée quand Kit se dévêtit à la lueur de la bougie et enfila une fine chemise de nuit blanche. Bien que la chambre soit dans l'ombre, elle savait qu'il y avait un petit lit dans le coin. Elle avait l'intention d'y passer la nuit pour ne pas déranger Bridget. Alors qu'elle levait la chandelle et se tournait, un son étrange lui vint aux oreilles des profondeurs de l'ombre. Elle s'immobilisa pour écouter. Finalement, elle entendit une voix qui parlait en un murmure rauque et rieur. C'était un son sinistre.

— Le coq a trouvé une autre jolie petite poule pour décorer son perchoir !

Kit leva un peu la chandelle pour mieux éclairer la pièce. Une ombre bougea devant la cheminée, et elle sut que la personne qui avait parlé était là. Trop effrayée pour s'approcher de l'apparition, elle posa la bougie et retourna au lit de Bridget. Sa dague était cachée sous un oreiller. Elle ignorait ce que l'intrus voulait, mais elle prévoyait de se protéger et de protéger Bridget.

— Qui êtes-vous ? Que voulez-vous ?

— M'est avis que le loup, cette fois, va contrecarrer les projets de notre oiseau et le servir au souper.

Bridget gémit un peu dans son sommeil, ce son faisant violemment sursauter Kit.

— Vous dites des fadaises ! Sortez à la lumière et laissez-moi vous voir.

La dernière chose qu'elle souhaitait en réalité était de voir le démon qui parlait, mais elle rassembla son courage et exigea une confrontation.

La petite silhouette courbée s'écarta lentement de la cheminée et s'approcha du coffre sur lequel Kit avait posé la bougie. Quand elle s'arrêta près de la lumière, elle se détourna. Kit vit que ce n'était rien d'autre qu'une vieille femme, courbée par une bosse dans le dos et vêtue d'une étoffe sombre et grossière.

— Aah ! Il sera bon de le voir vaincu ! s'exclama la vieille en tapant dans ses mains avec ravissement.

— Qui êtes-vous ? demanda Kit dans un murmure.

— Moi ?

Elle regarda Kit d'un air incrédule, ne pouvant croire que quelqu'un ne la connaissait pas.

— Je suis la comtesse de Windermere.

Elle rejeta sa tête en arrière et rit en silence. C'était un rire bizarre qui donna des frissons à Kit, tandis qu'elle contemplait la vieille femme qui s'amusait sans bruit.

— Je... je pensais que la comtesse... était morte à l'automne dernier. Vous n'êtes pas... Vous ne pouvez pas être... son fantôme, n'est-ce pas ?

De nouveau ce rire infernal. Kit trembla, persuadée d'avoir affaire au spectre de la pauvre Clarisse.

— Agatha.

— Quoi ? chuchota Kit, complètement déroutée.

— Moi ! Je suis Agatha. Epouse de Clarence l'Usurpateur.

— Qui est Clarence ? demanda Kit en plein désarroi.

— Clarence était le père du paon qui fait maintenant la roue dans Windermere Castle. Philip, on l'appelle.

Ces devinettes donnaient la migraine à Kit, et elle commençait à penser que cette Agatha n'était pas plus une apparition que Bridget.

— Que voulez-vous ?

— Prenez garde. Il a besoin d'une nouvelle poule pour lui donner des poussins. La dernière n'a pu lui en donner.

— Je ne vous comprends pas ! Ne pouvez-vous parler simplement ?

— Votre loup trouvera tout ce qu'il lui faut s'il prend le temps et sait où regarder.

— Mon loup…

Kit s'avisa avec un choc que la vieille mentionnait Gerhart, qui ne se faisait pourtant jamais appeler Wolf.

— Qui voulez-vous dire ? Que racontez-vous là ?

— Des yeux d'argent. Une crinière noire. Le comte légitime.

Elle prononçait ces mots comme s'ils faisaient partie d'une chanson, une chanson souvent répétée.

— Vous parlez de sire Gerhart ?

— Aah, c'est ainsi qu'il s'appelle ? Le fils de Bartholomew et de Margrethe. Enfin venu réclamer son titre.

Elle rit de nouveau de son étrange rire silencieux.

Pour finir, elle se détourna et retourna en boitant dans l'ombre. Puis elle disparut.

Kit resta immobile un moment, craignant de bouger. Cela avait été l'expérience la plus étrange de sa vie, et elle n'avait aucune idée de ce qu'elle devait en faire. Est-ce que la vieille s'était évaporée dans les airs ? Où aurait-elle pu aller, autrement ? La porte ne s'était pas ouverte, et elle n'avait pu sortir par la fenêtre. Finalement, Kit rassembla son courage et alla éclairer un candélabre. Avec plus de lumière, elle vérifia que la vieille femme avait vraiment disparu.

Il fallut un long moment à Kit pour s'endormir. Elle se réveilla de bonne heure en entendant Bridget tousser et siffler, et elle se leva pour donner de la potion curative à sa vieille compagne. Ensuite, elle fut incapable de se rendormir. La pièce était froide, aussi ajouta-t-elle du bois dans le feu. Puis elle fit les cent pas, s'interrogeant sur les événements de la soirée précédente.

Malheureusement, pas grand-chose n'était clair au sujet de la visite de la vieille bossue. Elle avait dit qu'elle était Agatha, de cela Kit était sûre. L'ancien comte était Clarence, et Agatha se disait sa comtesse. Si cela était vrai, pourquoi la vieille dame errait-elle la nuit dans le château, apparaissant et disparaissant dans les airs, et balbutiant des devinettes comme une folle ? Quel comte digne de ce titre permettrait à sa mère de divaguer dans des haillons grossiers, incommodant les hôtes du château ?

Kit ouvrit les contrevents et vit que l'aube pointait à peine. Cela semblait être une agréable journée printanière, la pluie s'étant arrêtée dans la nuit. Le ciel était encore chargé, mais la brume faisait paraître les troncs d'arbres plus noirs et les feuilles plus vertes. Même l'herbe, à distance, était plus vibrante que Kit s'en souvenait. C'était un pays magnifique, avec de beaux champs labourés sur les collines et une ville de belle taille dans le lointain.

Elle versa de l'eau dans la bassine et commençait à se laver quand elle vit une petite souris grise traverser la pièce et disparaître derrière une immense tapisserie qui allait du sol au plafond. Kit n'y avait guère prêté attention jusque-là, car l'ouvrage était noirci par l'âge et cela empêchait d'en voir les détails.

Se demandant où était le trou de la souris, et voulant le bloquer, Kit s'approcha de la tenture et l'écarta suffisamment pour chercher la fissure. Mais elle trouva bien autre chose. La tapisserie recouvrait un faux mur en pierre qui cachait une porte accrochée à des charnières dissimulées. Un petit trou rond, juste assez grand pour y mettre deux doigts, était creusé dans le vantail. Kit y enfila ses doigts et il y eut un déclic silencieux. La porte s'ouvrit lourdement.

Il faisait trop sombre pour y voir dans le passage humide et poussiéreux, aussi Kit prit-elle un candélabre. Puis elle jeta une couverture sur ses épaules et s'engagea à l'intérieur. Elle découvrit que le passage était court, juste assez grand pour contenir un étroit escalier en spirale qu'elle se mit à gravir. Juste au moment où Kit se disait que ces marches n'en finissaient pas, elles s'arrêtèrent finalement devant une porte en pierre semblable à celle de sa chambre. Elle activa le déclic et se retrouva derrière une grande tapisserie. Jetant un coup d'œil au-delà, et prenant soin de ne pas faire de bruit, elle découvrit ce qui était manifestement la chambre de lady Agatha.

La vieille femme ronflait bruyamment dans un lit drapé de tentures aussi lourdes que celui où dormait Bridget. La pièce était sombre, et le chandelier de Kit jetait de longues ombres sur le sol et sur les murs. En s'avançant, la jeune fille se demanda s'il était prudent de s'introduire dans la chambre d'une vieille folle endormie.

Avant qu'elle puisse se retirer, cependant, Agatha ouvrit ses yeux noirs et les fixa sur elle.

— Eh bien, eh bien !

— Je... je me demandais comment vous étiez entrée dans ma chambre, dit Kit, mal à l'aise.

Elle se sentait une intruse, même si la vieille femme s'était introduite chez elle la nuit précédente.

— Je vous attendais.

— Moi ?

Agatha s'assit dans son lit et enfouit sa tête dans ses épaules. Elle sourit, montrant plus de gencives roses que de dents.

— Oui, vous. Bien sûr.

Elle jeta ses jambes sur le côté du lit et se leva. Dodelinant de la tête, elle boita jusqu'à la fenêtre. Elle écarta les contrevents, regarda dans la cour située trois étages plus bas et vérifia qu'il n'y avait personne. Pendant que Kit l'observait, elle traversa la pièce pour prendre un petit tabouret de bois et le porta à la croisée. Elle se tourna pour faire un clin d'œil à Kit, puis elle monta sur le tabouret, tendit la main au-dehors et s'efforça de sortir un morceau de granit du mur extérieur.

— Je n'y arrive pas. Il faut que vous la sortiez.

— Quoi ?

— La pierre ! s'écria la vieille avec impatience. La pierre !

Derrière, il y a ce qu'il lui faut pour… Là, mettez votre main là.

Elle fit monter Kit sur le tabouret et lui fit tendre la main à l'extérieur.

— Tirez doucement. Vos doigts trouveront le trésor.

Les manières d'Agatha commençaient à irriter Kit, qui regrettait de s'être introduite dans sa chambre. Pour satisfaire la vieille femme, elle suivit ses ordres, ne pouvant toutefois s'empêcher de se demander à quoi allait mener ce petit jeu. Puis, alors qu'elle allait ramener son bras à l'intérieur, sa main trouva la pierre descellée.

Avec soin, elle la tira et se tourna pour la remettre à Agatha.

— C'est ça ! C'est ça ! Le coq va cuire pour le déjeuner !

Kit repassa la main dehors et glissa les doigts dans le trou. Là, elle sentit un morceau d'étoffe qui contenait quelque chose de solide, de lourd et de métallique, de la taille d'une grosse pièce. Elle tira le paquet, le défit et vit qu'il s'agissait d'une lourde bague richement travaillée : un sceau sur lequel était gravé un paon, les plumes déployées.

— A qui est ce sceau ?

— C'est celui de Bartholomew Colston, jadis perdu, jadis volé, seulement pour être refait à neuf et différent.

— Vos devinettes m'égarent, ma bonne femme. Ne pouvez-vous parler plus simplement ?

— Montrez-le seulement au loup et à personne d'autre, sinon il vous arrivera du mal.

L'exaspération de Kit finit par dominer ses efforts de bonne volonté.

— Bien, je pense que je vais laisser ce trésor où il était, dit-elle en remettant le sceau dans la niche du mur.

Pourquoi lady Agatha le cachait à Philip ne la regardait pas, et elle ne voulait pas être mêlée à leur dispute.

— Non ! siffla Agatha. Vous devez le prendre ! Cachez-le et ne le montrez à nul autre qu'au loup.

— Je vous en prie, lady Agatha, dit Kit en reprenant le sceau avec réticence. Je ne souhaite point me mêler de vos affaires avec votre fils. Je...

— N'appelez pas ce vautour mon fils ! Il n'est pas de mon sang !

— Eh bien, qui qu'il soit, vous devriez peut-être lui rendre son sceau, si c'est ce que c'est.

Elle essaya de donner la bague à la vieille femme, mais celle-ci lui referma les doigts dessus.

— Pourquoi refusez-vous de comprendre ? s'écria-t-elle, irritée. Prenez-le ! Cachez-le ! Le loup saura qu'en faire !

Kit soupira. Elle prit le sceau, leva le chandelier et s'enveloppa de nouveau dans la couverture.

— C'est bon, lady Agatha, dit-elle à contrecœur. Je le ferai.

Retournant à la porte dérobée, elle refit face à la vieille femme qui paraissait satisfaite.

— J'ai attendu tant d'années... Dites-lui de chercher Tommy Tuttle à Londres. Peut-être qu'il en dira plus...

— Qui est Tommy Tuttle ?

De nouveau le rire silencieux, mais pas de réponse.

— Ne laissez personne découvrir ce passage, prévint lady Agatha.

Kit se détourna, se glissa derrière la tapisserie et franchit la porte. En quelques minutes, elle se retrouva dans sa chambre avec Bridget. C'était comme si elle n'en était jamais sortie.

La fente de la lèvre de Kit avait pratiquement disparu, et elle sourit largement à la vue et aux bruits de la foire quand elle se rendit en ville à cheval avec le comte et ses amis. La meurtrissure de son œil était d'un pâle vert-jaune, et n'était plus aussi vilaine que la veille. Lord Philip lui avait prêté une monture, et même si elle était obligée de monter en amazone à cause de sa robe, c'était une journée agréable pour être dehors et se mouvoir librement.

Elle n'avait jamais voyagé au-delà de Somerton, et les marchés qui se tenaient dans la petite ville étaient peu importants et peu dignes d'intérêt. La foire de ce jour-là à Windermere stupéfia Kit même si elle s'y attendait, car tout ce qui entourait le comte était grand et somptueux. La ville était magnifique, pleine de bruit et de couleurs, de musique et de divertissements. Les relents de nourriture cuite en plein air lui mettaient l'eau à la bouche, et la vue des enfants excités qui couraient parmi les étals était réjouissante.

Le comte richement vêtu chevauchait à côté d'elle, tandis que Wolf était à quelque distance en arrière avec Nicholas, Hugh et quelques-uns de ses hommes. Kit ne put s'empêcher de remarquer que les gens de la ville et les franc-tenanciers gardaient leurs distances avec le comte et elle. Ils demeuraient les yeux baissés et tenaient leur langue. Une fois que le comte était passé, ils portaient une main à leur bouche et marmonnaient entre eux.

L'hostilité des citadins n'échappa pas non plus à Wolf. Il savait que lorsqu'il réussirait finalement à reprendre son titre et ses propriétés à Philip, il aurait la difficile tâche de redresser les torts commis au cours des dernières années. Il se souvenait assez bien de Philip pour savoir que ces torts seraient nombreux et importants.

Le comte aida Kit à descendre de sa monture. Wolf les regarda se diriger vers l'étal le plus proche, où un marchand vendait des ceintures et des bourses en cuir très travaillées. La jeune fille ne lui avait pas parlé du tout depuis la veille, et il découvrait que ses irritants bavardages lui manquaient. Sa tête était encore modestement couverte, ce jour-là, et elle portait une cape sur une cotte de couleur lie-de-vin aux longues manches flottantes. Bien que ses vêtements ne fissent que suggérer ses formes féminines, une chose était devenue parfaitement claire : lady Kathryn Somers n'était pas une enfant, et son manque de raffinement ne faisait que renforcer son mystère.

L'envie de l'embrasser la veille au soir avait été puissante, et il devait admettre que Kathryn était une femme plus attirante que l'intrigante blonde qu'il avait pensé désirer au bord du lac de Somerton. La seule idée de tenir Kit comme il l'avait fait dans sa chambre la nuit dernière suffisait à le traverser d'un élan douloureux. Il fronça les sourcils devant son manque de discipline. Ce n'était qu'une femme. Et elle appartenait à Rupert Aires. Sa tâche était seulement de l'escorter à Londres. Rien de plus.

A l'immense satisfaction de Wolf, il semblait que Kathryn n'était pas contente d'être contrainte à la compagnie du comte. Elle s'écartait fréquemment de Philip pour converser avec les autres dames et seigneurs, mais le comte s'arrangeait toujours pour lui reprendre le bras et l'attirer loin de leurs compagnons.

— Ma chère lady Kathryn, dit lord Philip, venez par ici. Je dois vous montrer un étal dans cette allée.

Tandis que le comte et Kathryn s'éloignaient dans l'allée boueuse, deux jeunes garçons arrivèrent en courant, donnant des coups de pieds dans une grosse pierre ronde, chacun essayant d'empêcher l'autre de l'avoir. Le jeu se durcit et l'un des garçons tomba. Il glissa dans une grande flaque de boue et, sans le vouloir, éclaboussa Kathryn.

Philip devint furieux. Wolf le vit se jeter sur le garçon, le prendre par l'oreille et le tenir méchamment jusqu'à ce qu'un de ses hommes, un individu à l'air mauvais appelé Ramsey, vienne se charger de l'enfant. Celui-ci, qui avait environ dix ans, se mit à pleurer.

— Je... je vous en prie, Votre Seigneurie, larmoya-t-il. Je suis désolé. Je ne voulais pas...

— Espèce d'avorton abruti ! N'as-tu pas de bon sens ? Je

devrais te pendre avec les misérables chiens mangés de puces qui t'ont donné la vie…

Wolf fut courroucé par la réaction disproportionnée de Philip à cette offense. Certes, un peu de boue avait taché la cape de Kit, mais le comte giflait le garçonnet à le rendre inconscient. Sûrement que ce genre de traitement n'était pas nécessaire et ne ferait qu'attiser la rancœur des gens de la ville. La nouvelle de tels incidents se répandait comme la poudre.

— Je veux qu'il soit puni ! Clouez-le ! Assurez-vous-en ! cria Philip comme deux autres de ses patibulaires compagnons s'élançaient sur le garçon.

— Que peux-tu faire ? demanda Nicholas, sentant la colère de Wolf.

— Rien. Fichtre rien.

Wolf serra les poings et se tint fermement immobile.

— Si tu interviens, Philip en prendra offense et Henry…

— Sacrebleu, comme si je ne le savais pas, Nick !

Pourtant, il devait d'une manière ou d'une autre empêcher Philip de continuer à torturer l'enfant. S'il n'agissait pas, celui-ci se retrouverait avec l'oreille clouée à un poteau, ou avec la main ou le pied empalés. C'était une situation intolérable ! Il fallait qu'il…

— Pitié ! intervint Kit.

Elle passa un bras sur les épaules et la poitrine du garçonnet, par-derrière, et empêcha qu'il soit emmené par les gardes.

— De grâce, messire ! Retenez-vous ! plaida-t-elle.

Wolf la regarda pendant qu'elle protégeait le garçon de son corps, sans se soucier de la boue que ses vêtements mettaient sur ses propres habits, ni de la menace des gardes de Philip. Plusieurs personnes de l'entourage du comte s'étaient approchées et observaient l'incident avec intérêt.

— Messire, puisque je suis la victime, ne me permettrez-vous pas de punir le coupable ?

— Le coupable ? Vous l'appelez simplement « coupable » ? lança Philip d'un ton sarcastique. Je déclare qu'il est une menace et qu'il doit…

— Je vous en prie, messire, reprit doucement Kit, son ton ne trahissant pas le mépris qu'elle éprouvait pour le comte en cet instant.

La lueur méchante qui brillait dans ses yeux lui rappelait le baron Somers quand il se préparait à la frapper. Son cœur battit plus fort à ce souvenir, et elle rassembla son courage pour prendre la défense de l'enfant.

— Laissez-moi décider du sort de ce garçon.

— Pourquoi pas, messire ? lança une voix de l'entourage du comte.

— Oui, comme ce serait amusant. Laissez lady Kathryn fixer la punition de ce petit gueux.

Philip écarta ses gardes d'un geste.

— Qu'avez-vous à l'esprit ? demanda-t-il, s'efforçant de faire comme si ce tour des événements était parfaitement acceptable.

Mais ses narines frémissaient, sa lèvre supérieure tremblait et Kit n'était pas dupe de son ton doucereux. C'était un homme parfaitement haïssable.

Wolf regarda Kit qui tournait l'enfant vers elle. Il vit qu'elle essayait de le calmer d'un regard aimable, mais elle devait garder l'air sévère pour le bénéfice du comte.

— Puisque ce lad n'a rien de mieux à faire que de harceler des dames qui ne se doutent de rien, déclara-t-elle fermement, qu'il me serve de page. Il portera mes paquets, fera mes courses et obéira à mes moindres caprices.

Un murmure d'assentiment passa dans le groupe. Peu de personnes pensaient que le garçon méritait d'être cloué au pilori pour son offense.

— Ce devrait être une punition suffisante pour un garçon

qui, j'en suis sûre, aimerait beaucoup mieux jouer par une si belle journée.

Wolfram put presque voir Kathryn retenir son souffle tandis qu'elle attendait la décision du comte, et quelque chose se contracta dans sa poitrine pendant qu'il observait son tranquille tourment. S'il avait été plus près, il aurait dû se garder de l'embrasser pour son sens de la justice et sa tentative d'éviter à l'enfant une punition aussi brutale pour une simple faute d'inattention.

— Qu'il en soit ainsi ! déclara enfin Philip. Tu as entendu la dame ! Cesse de te tortiller, lad, et mets-toi au travail !

Le cœur de Kit battait si fort qu'elle était certaine que Philip devaït l'entendre.

— Merci, messire, murmura-t-elle.

Elle donna à l'épaule du garçon une pression presque imperceptible, puis le relâcha et lui demanda son nom.

— Alfie, ma dame, répondit-il d'une toute petite voix. Alfie Juvet.

— Fort bien, Alfie. Ta première tâche sera de m'aider à enlever un peu de cette boue. Viens. Conduis-moi à ta mère.

Elle se tourna vers Philip.

— Excusez-moi, messire. Je reviens dans un instant.

Kit quitta le groupe et Alfie la suivit.

— Vis-tu près d'ici ?

— Oui, ma dame, répondit-il en passant devant. Dans cette allée.

— Ta mère est-elle chez toi ?

— Je… je n'en suis pas sûr, avec la foire et tout ça…

Elle pensa qu'il allait se remettre à pleurer et posa une main douce sur son épaule pour le rassurer. Il avait perdu son bonnet dans la boue, et il rejeta la tête en arrière pour écarter ses longs cheveux de ses yeux.

— C'est bon, Alfie. Nous allons nous arranger.

Elle se détourna pour s'assurer qu'ils n'étaient pas suivis par le comte ou quelqu'un de son entourage et fut surprise de découvrir Wolf. Elle ne s'attendait pas à trouver là le grand chevalier ombrageux. Qui plus était, elle ne souhaitait pas particulièrement le voir. Sa seule présence l'obligeait à penser aux élucubrations de la comtesse Agatha, et elle avait à se soucier de trop d'autres choses en ce moment. Le comte était le premier de ces soucis. Kit sentait que Philip était un homme dangereux, et elle savait qu'elle devait rester sur ses gardes en sa présence.

— Ici, ma dame.

Alfie entra le premier dans la cuisine modeste mais bien équipée d'une simple maison de l'allée, et appela sa mère.

Personne ne répondit.

— Apparemment, elle n'est pas là, observa Wolf en les rejoignant. De l'eau et des chiffons propres feront l'affaire, lad. Va les chercher pour la dame.

— Oui, messire.

Alfie fouilla dans les placards de sa mère pour trouver ce qu'il fallait, puis versa de l'eau fraîche dans une bassine. Il mouilla un chiffon, le tordit et se mit à nettoyer la cape de Kit.

— Je suis marri d'avoir abîmé votre cape, ma dame. Je ne voulais pas…

— Je sais que tu ne l'as pas fait exprès. Et ne t'inquiète pas. Elle redeviendra propre quand elle sera lavée. Tu sais, je me souviens de quelques-unes de mes bêtises quand j'avais ton âge.

Elle ne mentionna pas qu'elle connaissait aussi les punitions qui en résultaient.

Alfie leva les yeux vers elle, à peine capable de croire ses mots. En la regardant à présent, il ne pouvait l'imaginer courant dans des rues boueuses.

— Oui, ma dame.

— J'ai un nom, Alfie, dit-elle. C'est Kathryn, bien que mes amis m'appellent Kit.

Elle se lava les mains dans la cuvette et se sentit plus à l'aise dans l'humble petite cuisine qu'elle ne l'avait été depuis des jours.

Wolf prit un autre chiffon propre et le mouilla. Il saisit le menton de Kit dans une main et tourna son visage vers la lumière pour pouvoir ôter la boue de sa joue et de son nez.

— Vous auriez pu dire à Philip que vous vous plaisez à vous grimer avec de la boue.

Kit rougit et essaya d'ignorer le puissant chevalier, ainsi que la cavalcade effrénée de son cœur dans sa poitrine. Elle resta muette. Il la rendait nerveuse, même s'il ne faisait que plaisanter avec elle.

Elle s'adressa au jeune garçon.

— Quand nous rejoindrons le comte, tu devras être particulièrement respectueux, Alfie. Je crains qu'il ne soit pas content que tu nous suives, aussi essaie de ne pas te faire voir, et…

— Tenez-vous tranquille, voulez-vous, Kit ? Je ne veux pas vous faire mal, déclara Wolf d'un ton bougon, en réclamant son attention.

Elle se tint parfaitement immobile et étudia les pierres de la cheminée. Puis elle baissa les yeux sur la table éraflée. Elle pensait que Wolf se montrait déjà extrêmement gentil avec elle et se demanda comment il pourrait être encore plus attentionné avec sa joue et son œil meurtris. Elle aurait dû s'attendre à sa gentillesse, puisque c'était tout ce qu'il lui avait témoigné jusque-là — même quand il était en colère contre elle. Mais elle n'avait pas expérimenté beaucoup d'amabilité dans sa vie.

Juste ciel, comment était-elle supposée garder l'esprit clair quand Wolf se tenait assez près d'elle pour qu'elle puisse sentir l'odeur de son haubert en cuir et son parfum, propre et viril ? Elle savait que si elle le regardait dans les yeux, elle était assez proche pour voir les paillettes argentées de ses prunelles grises et compter chacun de ses longs cils noirs.

— C'est le mieux que je puisse faire, ma da… euh, dame Kit, déclara Alfie en s'écartant pour juger de son travail.

La cape était loin d'être propre, mais le plus gros avait été enlevé.

— Ce sera suffisant, Alfie, dit Kit, qui avait presque le souffle coupé par la proximité de Wolf.

Si seulement il la touchait de nouveau… l'embrassait… Elle trembla à cette pensée impertinente, mais reprit rapidement ses esprits.

— Maintenant, as-tu une tunique propre à enfiler ?

Elle leva brièvement les yeux vers ceux de Wolf, qui s'obscurcissaient, et y vit une surprise égale à la sienne. Qu'elle soit maudite, elle ne se souvenait plus de la couleur des yeux de Rupert.

5.

Le comte montra fièrement la ville, comme s'il était personnellement responsable de sa beauté. Il se vanta tellement devant le moindre tas de briques, le moindre recoin ou le moindre pont que Kit se lassa fort vite de sa compagnie.

Et elle ne pouvait pas dire qu'elle l'ait trouvé particulièrement agréable depuis qu'elle l'avait rencontré le soir précédent. En plus de l'arrogance évidente de cet homme, elle sentait en lui une froideur qui la faisait presque frissonner quand elle était près de lui. Il lui aurait plu infiniment de pouvoir quitter Windermere sur-le-champ, mais elle devait tenir compte de Bridget qui avait besoin de repos afin de se remettre. Et il y avait Wolf, également. Kit ne pensait pas qu'elle pourrait l'inciter à partir avant qu'il ne soit prêt.

Alfie la suivit dans la foire toute la journée, portant tout avec empressement et gardant une contenance respectueuse et contrite. Elle essaya de le rassurer à maintes reprises et d'arranger ses petites bêtises. Mais Philip réagissait envers le jeune garçon avec une méchanceté qui frôlait la cruauté, et cela glaçait Kit de penser comment le comte se comporterait s'il était seul avec l'enfant.

Wolf se tint occupé de son côté. Kit se surprit à regarder fréquemment autour d'elle pour voir si elle pouvait apercevoir le déroutant chevalier, et elle le découvrit souvent en train de parler à des marchands, des tenanciers et aux gens de la ville. Il s'entretenait avec aisance avec les personnes qu'il rencontrait, et Kit se rendait compte que celles-ci l'appréciaient et le respectaient.

A son vif désarroi, elle remarqua plusieurs dames de l'entourage du comte qui essayaient d'accrocher le regard de Wolf. Quand elles y réussissaient, les sourires qu'il leur décochait étaient dévastateurs, même pour Kit à qui ils n'étaient jamais destinés. Elle était trop consciente qu'il n'avait pas de sourires pour elle. Seulement des froncements de sourcils et des airs sombres. Ou des regards intrigués. Elle savait qu'elle n'était pour lui qu'une contrariante curiosité.

Elle fut déraisonnablement irritée quand il accorda son attention sans défaut à lady Christine Wellesley, la fille d'un baron voisin. Christine était une beauté rousse aux yeux bleu foncé, et avec des fossettes dans les joues. Sa cotte élégante était ajustée et à la mode. Sa chevelure était exposée, avec seulement le plus fin des voiles de soie pour la couvrir partiellement. Et quand Wolf lui souriait, Kit avait envie de la tuer.

Mais pourquoi ? Elle était la première à admettre qu'elle n'avait aucune prétention à faire valoir sur sire Gerhart, et elle savait qu'elle ne pouvait se comparer à la ravissante lady Christine. Pourtant, cela l'agaçait inexplicablement. Kit se détourna d'eux et se rappela qu'elle appartenait à Rupert Aires. Elle était anxieuse de le retrouver à Londres avant qu'il parte la quérir dans le Northumberland.

Quand ils regagnèrent le château, Philip ne permit pas à Kit de rentrer. Il lui prit le bras et elle se promena à contrecœur avec lui dans les allées des jardins, à quelque distance de la demeure. Plus que tout, elle souhaitait monter voir Bridget. Mais elle eut beau supplier le comte, il ne voulut pas la laisser lui fausser compagnie.

— Vous êtes si silencieuse, Kathryn, dit-il comme ils atteignaient une jolie mare.

C'était un décor ravissant, avec un banc de bois sculpté et plusieurs chemins qui partaient dans différentes directions.

Philip la guida jusqu'au banc et la fit asseoir, puis se tint devant elle pour l'observer, posant un pied botté sur le siège près d'elle et appuyant un bras sur son genou.

— Je suis silencieuse parce que je suis un peu fatiguée, messire, répondit-elle. La journée a été longue.

Elle espéra qu'il saisirait l'allusion et la laisserait partir.

— En outre, ma cousine est malade et je…

— Il y a une affaire dont j'aimerais parler, mais je ne suis pas sûr de savoir à qui m'adresser, coupa le comte en fronçant les sourcils. Qui est au juste votre tuteur, Kathryn ?

Il ne s'exprimait pas de façon claire, et Kit ne voyait pas où il voulait en venir. Elle était irritée qu'il n'ait pas de considération pour ses soucis à propos de Bridget.

— Est-ce votre beau-père, le baron Somers ? Ou le roi, comme la rumeur le prétend ?

— Je suis désolée, messire, je ne le sais pas vraiment moi-même. Nul ne m'a parlé d'un changement de tuteur, bien que j'aie entendu sire Gerhart dire que j'étais sous la protection du roi Henry.

— Hmm.

Il caressa sa barbe en pointe du bout de ses doigts.

— Il me faut une épouse.

Kit faillit s'étrangler.

— Comme vous le savez, lady Clarisse est morte il y a quelques mois…

— Messire, vous me prenez totalement par surprise. Je ne m'attendais pas…

— Oui, oui, j'apprécie tout cela, mais à qui, selon vous, dois-je faire ma demande ? A Henry ? A votre père ?

Par le ciel, il était vraiment grossier. Pauvre Clarisse, pensa Kit. Elle était à peine froide dans sa tombe, et son mari essayait déjà de la remplacer. En colère, elle se leva abruptement et s'éloigna de quelques pas. Etant donné son indélicatesse, elle ne voyait nulle raison de se montrer diplomate. Il avait été brutal et insensible toute la journée, d'abord avec Alfie et ensuite quand des gens de la ville avaient essayé de lui parler. Sa conduite avait été embarrassante, mais ceci était la goutte qui faisait déborder le vase. Elle en avait assez de ce comte arrogant.

— Je ne pense pas…

Sa réponse fut interrompue par un groupe d'hommes qui suivaient l'une des allées menant à la mare, et qui parlaient et riaient bruyamment. Leur dernière plaisanterie avait dû être particulièrement drôle, vu la façon dont ils s'esclaffèrent en arrivant près de la mare. Kit reconnut Hugh, Edward et Douglas, tous des hommes de Wolf, qui essayèrent, entre de nouveaux éclats de rire, de s'excuser auprès du comte pour avoir perturbé sa paisible après-midi. Egbert, Ranulf et Claude restèrent en arrière, penauds, s'excusant et se détournant pour partir.

Leur hilarité était contagieuse, cependant, et Kit se retrouva en train de sourire et même de rire tout haut devant les hommes de Wolf. Ils offraient un spectacle ridicule — six grands chevaliers qui s'ébattaient et se tapaient sur les cuisses. Le comte, toutefois, ne parut pas du tout amusé et il tira pratiquement Kit à l'écart en marmonnant d'un ton courroucé. Elle réprima un gloussement, pensant que la plaisanterie, cette fois, visait lord Philip. Et elle ne voyait personne d'autre méritant cela plus que lui.

Souriant de son irritation, elle le suivit docilement jusqu'à l'entrée du château. Wolf se tenait sur les marches, nouant négligemment une lanière de cuir à l'une de ses sacoches de selle. Il leva à peine les yeux lorsqu'ils passèrent, le temps de rencontrer une seconde le regard de Kit. Toutefois, avec une suspicion croissante, elle nota qu'il mettait son travail de côté dès qu'ils furent passés. Et elle remarqua aussi qu'il arborait une vague expression de satisfaction, assez proche de celle d'un chat ayant croqué une souris.

Blanche Hanchaw accueillit le comte avec anxiété quand il pénétra dans la grand-salle avec Kit.

— Oui, oui, Blanche, dit Philip d'un ton préoccupé. Nous sommes de retour.

— Si je peux avoir un moment…

Philip tenait toujours le coude de Kathryn et s'apprêtait à la conduire quelque part quand la gouvernante tenta de l'attirer à l'écart.

— … c'est une affaire de quelque importance… Euh… l'un de vos *invités,* messire…

Les paroles et les manières de maîtresse Hanchaw firent hésiter le comte. Il lâcha le bras de Kit, mais garda sa main et la baisa. Il y avait une lueur troublante dans ses yeux lorsqu'il la regarda, et Kit réprima un frisson quand ses lèvres fraîches touchèrent la peau chaude du dos de sa main.

— Jusqu'au souper, ma dame.

Rendant grâce au ciel d'être enfin congédiée, Kathryn gravit l'escalier à toute vitesse pour rejoindre sa chambre. Elle s'était inquiétée toute la journée pour Bridget et se sentait coupable de l'avoir laissée avec seulement des servantes pour la soigner.

Elle tourna le coin avec précipitation et s'arrêta net, car Wolf se tenait dans le corridor près de sa propre chambre, les bras croisés sur sa large poitrine, sa sacoche de selle jetée sur son épaule. Il avait l'air sombre et menaçant, mais il était aussi fort beau et terriblement viril dans la pénombre. Kit fut certaine qu'en cet instant elle incarnait tout ce qu'il voulait dire quand il l'appelait « jeunette ».

— Je m'interrogeais sur le vacarme dans l'escalier, dit-il en se tournant vers elle. Vous faites une entrée remarquable, lady Kit.

Et il avait une présence remarquable, pensa-t-elle, le sang affluant à ses joues. Elle laissa retomber ses jupes pour couvrir ses chevilles, puis redressa sa guimpe et son dos. Elle doutait qu'aucune des dames de la cour puisse se comporter aussi stupidement devant le puissant sire Gerhart.

— Je suppose que je devrais vous remercier de m'avoir sauvée de nouveau à l'instant, dit-elle.

— Cela fait trois fois selon mes comptes, ma dame.

— Trois fois ?

Il se contenta de hocher la tête, la laissant chercher.

— Quand devons-nous quitter Windermere, sire Gerhart ? demanda-t-elle, ignorant sa provocation.

— Vous êtes lasse de l'endroit ?

— C'est la compagnie qui use ma patience, répondit-elle avec un soupir. Windermere en lui-même est un magnifique domaine. Et la ville… est plus impressionnante que toutes celles que j'ai jamais vues.

Satisfait de sa réponse, Wolf lui dit de se préparer à partir le surlendemain matin.

L'état de Bridget avait empiré pendant qu'elle était partie. Kit s'assit sur le bord du lit et tâta le front de la vieille femme. Il était froid et moite.

— Je ne vais pas le nier, lui dit la malade. Je me sens plus mal… que si je souffrais seulement d'un froid sur la poitrine.

Elle était essoufflée, et les mots ne lui venaient pas aisément.

Elle fut prise soudain d'une quinte de toux, et Kit fut alarmée de voir qu'elle crachait du sang. La jeune fille rabattit les couvertures sur les jambes de sa nourrice et vit qu'elle avait les pieds enflés, ainsi que les chevilles et les mollets. Elle posa son oreille sur la poitrine de Bridget et écouta son cœur, comme le lui avait appris frère Theodore.

Les symptômes indiquaient que le cœur de Bridget faiblissait.

Il battait de façon irrégulière, et Kit pouvait à peine sentir le pouls de la vieille femme.

— Maggie, allez chercher le jardinier, Will Rose, pour moi. Vite ! ordonna-t-elle. Si vous ne pouvez le trouver, essayez de trouver quelqu'un qui peut se procurer de sa poudre de digitale.

Bridget était léthargique et avait du mal à rester éveillée. Kit éprouva un sentiment de panique, sachant fort bien que seul un miracle pouvait sauver sa vieille amie.

— Bridget, depuis quand vos pieds sont-ils enflés ?

— Oh…

La vieille femme essaya de tergiverser, mais ne put y arriver avec Kit qui la regardait droit dans les yeux.

— Il y a quelques mois, maintenant… Frère Theodore… me donne quelque chose pour cela.

Elle semblait si frêle, à présent. Ses paupières étaient pratiquement transparentes, et Kit pouvait même voir les fines veines bleues qui les parcouraient.

— Avez-vous bien profité… de la foire ?

— Oui, c'était très agréable.

Kit était si distraite qu'elle savait à peine ce qu'elle répondait. Comment avait-elle pu s'en aller et passer la journée dans cette stupide foire alors que Bridget gisait là…

— Et le comte… quel genre d'homme est-il ?

— Vous devez garder vos forces, Bridget, l'implora Kit. Je vous parlerai de la foire et du comte plus tard, quand vous serez rétablie.

Bridget hocha la tête, puis glissa de nouveau dans le sommeil. Kit s'agenouilla près de son lit. Elle prit la main froide de la malade et posa la tête sur le lit, près d'elle. Puis elle attendit le retour de Maggie.

Will Rose revint avec la servante. Kit resta auprès de lui pendant qu'il examinait la pauvre Bridget et confirmait l'opinion de la jeune fille, à savoir que de la digitale était nécessaire. Il éloigna Kit du lit pour lui parler tranquillement pendant qu'ils mélangeaient les feuilles en poudre avec de l'eau.

— C'est du poison, comme vous le savez, ma dame, la prévint-il. Ne lui donnez que cette quantité et pas davantage, sinon son cœur s'arrêtera.

— Je sais.

— Donnez-lui ceci. Je vais chercher le barbier.

Le jardinier revint également avec le père Fowler pour administrer l'Extrême-Onction, les derniers rites de l'Eglise.

Bridget passa de la conscience à l'inconscience toute la soirée. La saignée pratiquée par le barbier n'apporta pas d'amélioration immédiate et Kit resta assise sur un tabouret près du lit de sa nourrice, lui tenant la main, attendant, l'apaisant lorsqu'elle se réveillait. Un valet se présenta afin de lui éclairer le chemin jusqu'à la grand-salle, pour le souper, mais Kit lui demanda de transmettre ses regrets au comte. Elle ne voulait pas quitter Bridget tant qu'elle n'allait pas mieux.

Ce fut peu après que Wolf apparut, ayant noté l'absence de Kit au repas. Elle ne s'avisa pas qu'il était là jusqu'à ce qu'elle sente une main douce et inattendue sur son épaule.

— Comment va-t-elle ?

Il parla à mi-voix, presque dans un murmure.

Kit était restée posée jusqu'à ce qu'il lui adresse cette question, mais la gravité de l'état de Bridget la mit au bord des larmes. Elle déglutit pour dissiper la boule qui lui serrait la gorge, regarda Wolf et secoua la tête, ayant du mal à empêcher sa voix de se briser.

— C'est son cœur. Elle ne me l'avait jamais dit.

Bridget s'éveilla un instant et vit Wolf debout derrière Kit. Elle sourit faiblement au grand chevalier.

— Ah, c'est vous, messire... Prenez soin... de ma Kitty.

— Je le ferai.

La réponse était si simple. Si définitive.

— Ne la laissez pas… retourner auprès du méchant baron.

Wolf secoua la tête pour la rassurer, et Kit implora Bridget de se reposer.

— Il va la tuer… La prochaine fois… il va sûrement la tuer.

— Non, dit tranquillement Wolf.

— Elle a essayé de s'enfuir… une fois…

— Tout doux, vieille mère, déclara Kit. Gardez votre souffle.

Kit ne put pas faire grand-chose pour Bridget tandis que la nuit s'écoulait. Maggie dormait dans un fauteuil près de la cheminée pendant que la jeune fille montait la garde, seule. Vers minuit, Bridget se réveilla et articula quelques mots.

— Je dois… vous parler, maintenant.

Ses mots étaient chuchotés avec peine, son souffle si court que Kit devait faire un effort pour entendre ce qu'elle disait.

— Je sais pourquoi… le roi Henry veut vous voir. Le secret… gardé toutes ces années… C'était le souhait… de Meghan, mais à présent… vous devez savoir.

— Reposez-vous, Bridget. Vous me le direz demain, quand vous irez mieux.

— Non. Maintenant.

L'urgence de son ton fit taire Kit.

— Votre mère… a rencontré Henry Hereford… le père du roi Henry… à Londres, quand il est devenu roi. Elle était jeune… une belle fille… sans expérience. Hereford… s'est épris d'elle… porté par son succès.

Son souffle était si haché que Kit voulut l'interrompre, mais elle insista pour continuer.

— Ils… ils…

— Que s'est-il passé, Bridget ? Que dois-je savoir ?

Bridget fut prise d'une terrible quinte de toux avant de pouvoir reprendre la parole.

— Hereford l'a envoyée à Somerton… épouser lord Thomas… C'était un endroit reculé… mais assez loin des raids écossais… Il savait que vous seriez toutes les deux… en sécurité…

— Qui ? Ma mère et moi ?

Bridget voulut parler de nouveau, mais ses lèvres remuèrent sans qu'un son en sorte.

Kit voulait l'interroger plus avant, mais il était évident que ses forces déclinaient. La jeune fille se sentit perdue, vraiment perdue pour la première fois de sa vie. Des larmes roulèrent sur son visage tandis qu'elle prenait la main de Bridget dans la sienne, se penchait sur elle et pleurait sans bruit.

Wolf ignorait pourquoi il devait être si préoccupé par cette jeune coquine de fille, veillant sa vieille amie dans cette chambre sombre et sinistre. Il était à Windermere pour la première fois depuis vingt ans, avec son ennemi à sa portée, et tout ce à quoi il pouvait penser était comment Kit s'en sortait avec la maladie de Bridget. En quoi cela lui importait-il ? Il savait qu'il devait se concentrer sur Philip et ne rien laisser le distraire de son plan.

Il était près de minuit quand les dames se retirèrent de la grand-salle, et plusieurs gentilshommes restèrent près du feu pour savourer un verre de vin avant d'aller se coucher. Wolf incita Philip à raconter l'histoire de son « peu honorable » oncle Bartholomew. Le comte assura que Bartholomew avait été l'un des partisans du roi Richard, prenant position contre les seigneurs appelants, dont Henry Hereford qui devait bientôt arracher la couronne à Richard pour devenir le roi Henry IV.

— Mon cher oncle Bart a été assez sot pour engager un assassin afin de tuer le roi Henry pendant la foire d'Owen Glendower. Oh, certes, les Mortimer et les Percy étaient impliqués, mais aucun aussi stupidement que mon oncle.

— Je connais mal cette affaire, messire, dit Nicholas. Comment a-t-il été prouvé que Bartholomew avait engagé un assassin pour tuer Henry ? Est-ce que le défunt comte et ses fils ne sont pas morts à l'étranger à l'époque de la révolte de Glendower ?

— L'assassin a échoué, bien sûr, ricana Philip.

— Mais ce vaurien n'a pas été pris, si je me souviens bien, observa le baron Wellesley en secouant tristement la tête. Ce benêt a perdu sa bourse qui contenait l'or qu'on lui avait versé ainsi qu'un écrit compromettant de Bartholomew, dûment signé et cacheté par le comte lui-même. Cela n'a pas eu de sens à l'époque, et je jure que je ne le comprendrai jamais.

Ainsi, c'était la preuve utilisée pour impliquer Bartholomew dans le complot, pensa Wolf. Un écrit cacheté avec le sceau volé de son père. Il ne faisait aucun doute que cela avait accusé le comte de trahison.

— J'ai entendu dire que le sceau du comte avait été volé quelque temps auparavant.

— Naturellement, mon oncle a fait circuler cette histoire, répondit promptement Philip. En sachant fort bien qu'il utiliserait peu après le sceau de notre famille d'une manière illégale.

Un baron âgé, qui se tenait debout devant la cheminée massive et se réchauffait le dos, plissa le front. Ses sourcils blancs se rejoignirent.

— Je crois me rappeler que Bartholomew avait un autre sceau. Différent de l'ancien. Qu'est-ce que c'était au juste ? marmonna-t-il, agacé que la mémoire lui manque.

— Je n'ai jamais pu comprendre pourquoi Bart n'aurait pas utilisé le nouveau cachet, dit un autre baron, pour autoriser cet assassin…

— Oui, oui. Celui-ci a été perdu aussi.

— Exact, dit le vieil homme. On ne l'a jamais retrouvé après que le comte et ses fils ont été attaqués sur la route et tués en Europe.

— A-t-on jamais déterminé qui a été responsable de cela ? demanda Wolf d'une voix contrôlée.

Philip haussa les épaules.

— Des voleurs. Des bandits de grand chemin. Personne ne le sait exactement.

— Votre père, lord Clarence, a fait mener une enquête, n'est-ce pas ? demanda Wellesley à Philip.

— On n'a pas trouvé de réponse. Personne n'a survécu à l'attaque.

Philip vida sa coupe.

— Il semble que nous ayons réveillé tous les vieux fantômes, ce soir. Passons à des sujets plus heureux.

La conversation qui suivit, portant sur des projets de chasse pour le lendemain, n'intéressa pas Wolf. Aussi laissa-t-il Nicholas en compagnie du comte et des barons et alla-t-il quérir de la nourriture. Il savait que Kit avait manqué le souper, et il voulait lui apporter quelque chose à manger. Ce serait une longue nuit pour elle.

Quand il frappa à sa porte, il n'y eut pas de réponse. Alors il entra et posa le plateau de pain et de fromage sur le coffre. Son cœur se contracta d'une manière inhabituelle quand il la vit prostrée sur son amie, pleurant en silence. Bridget était inconsciente, son souffle moins haché à présent, mais toujours aussi bruyant. Les soldats appelaient cela le râle de la mort, et Wolf sut que la vieille compagne de lady Kathryn ne passerait pas la nuit.

Le feu s'était quasiment éteint dans la cheminée, et il alla le ranimer. Puis il revint près du lit de Bridget, s'accroupit à côté de Kit et passa un bras sur ses épaules pour l'écarter doucement.

— Voulez-vous manger quelque chose ?

Elle secoua la tête, mais s'appuya contre son bras. Il ne put se rappeler une fois où quelqu'un avait eu besoin de lui comme cela.

— S'est-elle réveillée ?

— Une fois.

— Vous avez fait ce que vous avez pu, Kit.

Il resserra son bras autour d'elle et elle se fondit en lui. Il déglutit avec difficulté, conscient qu'elle était encore plus seule au monde que lui. Il se sentit envahi par un désir de protection et il souhaita pouvoir lui éviter la douleur de perdre la vieille Bridget. Il comprenait le chagrin dû à une telle perte, mais n'avait pas l'expérience du réconfort.

— Allez-vous essayer de vous reposer, maintenant ?

— Je me souviens de la mort de ma mère, murmura-t-elle en ignorant sa question. Bridget restait auprès d'elle et ne s'occupait pas de moi. Je pensais qu'elle n'aimait que ma mère ; pas moi.

— Relevez-vous et mangez.

Kit n'avait pas d'appétit et refusa d'un signe de tête la proposition de Wolf. Soudain, elle se rappela quelque chose et alla jusqu'au coffre. L'ouvrant, elle en sortit un long bas brun en laine qui contenait un objet lourd.

— Une étrange vieille femme m'a donné ceci aujourd'hui, dit-elle.

Il n'entendit pas sa vitalité habituelle dans sa voix.

— Elle m'a dit de ne le montrer qu'à vous.

Kit tendit le bas à Wolf et retourna s'asseoir près de Bridget.

Quand il écarta le bas et vit le sceau de son père, celui qui avait été volé, il fut étonné par le peu d'effet que cela eut sur lui. Une petite voix à l'arrière de son esprit le pressait d'interroger Kit sur la vieille femme qui lui avait remis le cachet, mais cela ne lui semblait plus important, maintenant. Une autre voix, étrange et beaucoup plus forte, lui disait que sa tâche du moment était de réconforter et soutenir la jeune fille qui allait perdre sa plus vieille amie, probablement la seule qu'elle avait, la femme qui lui avait servi de mère.

6.

Bridget cessa de respirer bien avant l'aube.

Kit observa, détachée, Wolf qui remontait le drap pour couvrir les traits familiers de la vieille femme ; le visage gai qui avait ri, grondé et crié au fil des années. Kit savait qu'elle aurait dû pleurer, mais elle en était à peine consciente. Elle avait mal au cœur, se sentait au bord de la nausée et épuisée. Elle avait un goût amer dans la bouche, ses articulations craquaient et elle avait mal dans tous les os.

Wolf l'attira dans ses bras et s'assit avec elle dans le grand fauteuil près du feu. Il étira ses longues jambes et posa les pieds sur le tabouret. Kit resta confortablement blottie contre lui, en sécurité, percevant les battements sourds et réguliers de son cœur dans sa poitrine.

Wolf regarda le soleil qui se levait et serra Kit plus fort. Elle était si différente des femmes qu'il avait connues, pensa-t-il avec un soupir. Quand avait-il commencé à penser qu'elle était belle ? Elle s'habillait avec des haillons qu'aucune dame de compagnie de la reine Catherine n'aurait admis dans la même pièce qu'elle. Elle subissait les coups de son ivrogne de beau-père, mais échappait à la protection de Wolf sur la route pour retourner à Somerton et attendre fidèlement Rupert Aires. La veille encore, il l'avait surprise montant les escaliers quatre à quatre comme un chaton en fuite. Elle était intervenue pour défendre le garçon Juvet comme l'un des justiciers du roi Henry, et s'était occupée tendrement de sa cousine mourante.

Comment pouvait-il penser à elle autrement qu'à une femme magnifique ?

— Elle n'a jamais eu d'enfant à elle, observa tranquillement Kit.

Le bras de Wolf se resserra autour de ses épaules.

— Rupert et moi étions tout ce qu'elle avait. Il aurait dû être ici.

Ses mots frappèrent Wolf.

Rupert. Par Dieu, il allait la conduire à sire Rupert. Aussi vite que Janus pourrait les emmener à Londres.

La messe de funérailles et l'enterrement eurent lieu avant midi. En dépit de ses pompeuses avances, Kit nota que le comte n'avait pas pris la peine d'assister au requiem pour sa parente. Il était parti chasser.

Elle fut reconnaissante à Wolf et à ses hommes, qui assistèrent tous à la cérémonie, ainsi que les quelques serviteurs qui avaient eu affaire à Bridget. Elle fut surprise de voir que le jeune Alfie était là, avec plusieurs des gens à qui elle avait parlé en ville.

Quand les obsèques furent terminées, Kit regagna la chambre qu'elle avait partagée avec Bridget. Il lui convenait d'être seule, mais pas confinée dans la vieille pièce qui sentait le renfermé, le regard attiré par le lit de mort de sa nourrice chaque fois qu'elle levait les yeux. Il y avait en elle un grand vide qui réclamait d'être chassé.

Elle se changea pour enfiler ses vieux habits de voyage : ses chausses brunes, sa grossière tunique de drap, sa cape et le bonnet qui cachait si bien ses cheveux. Tout était tranquille quand elle traversa la grand-salle, et elle ne rencontra personne en se rendant aux écuries. On lui sella une jument et elle franchit le pont-levis pour rejoindre la prairie qui s'étendait au-delà des murs du château.

Wolf la chercha peu après qu'elle fut partie. Trouvant sa chambre vide, il demanda à plusieurs serviteurs où elle était allée, mais aucun ne l'avait vue. Pensant qu'elle était peut-être retournée au cimetière, il y alla mais ne la trouva pas. Ses soucis se changeant en alarme, il s'empressa de gagner les écuries et fit seller Janus.

— Vous partez après lady Kathryn, messire ? demanda le palefrenier.

— Lady Kathryn ? Que savez-vous d'elle ?

— Rien, messire, sauf qu'elle est partie à cheval il y a un petit moment.

— Seule ?

Le garçon haussa les épaules.

— Où ? Par où est-elle allée ?

Le domestique lui indiqua une direction.

Wolf s'éloigna au grand galop à la recherche de Kit. Etre seule hors des murs du château était dangereux pour une femme. Il n'était pas sage — non, il était complètement insensé de sa part de chevaucher en territoire inconnu, pensa-t-il avec colère, et avec la foire qui se tenait en ville il y avait des étrangers dans les environs. Il était personnellement responsable devant le roi de sa sécurité, mais son sentiment de terreur était plus profond que cela. Même si cette sensation lui était nouvelle, la crainte que quelque chose lui arrive dépassait le fait d'avoir à en répondre au roi.

Il chevaucha longuement à travers la prairie où il avait joué avec ses frères vingt ans auparavant. Il y avait tant de cachettes, par ici, tant de pièges pour un cavalier inattentif. Les pires craintes de Wolf se concrétisèrent quand il aperçut un cheval sellé qui errait sans cavalier près du petit lac où il avait l'habitude de pêcher avec son père et ses frères. Saisi de panique à l'idée que Kit ait été jetée à bas de sa monture et gise blessée quelque part dans l'herbe, il démonta.

*
* *

Un arbre déraciné était tombé en travers des eaux calmes du lac. Kit escalada ses énormes racines pour suivre le tronc long et épais. Dépassant une branche qui se dressait verticalement, elle s'assit en s'y adossant et balança les pieds au-dessus du lac. Il ne fallut pas longtemps pour qu'elle ôte ses bottes et plonge ses orteils dans l'eau claire et fraîche.

Elle était là depuis quelque temps quand elle entendit un cavalier qui approchait. Cela prit un moment avant qu'il s'avance à pied vers le bord de l'eau, et elle fut soulagée de reconnaître Wolf.

Il semblait chercher quelque chose dans l'herbe, et elle fut un peu déçue qu'il ne paraisse pas la chercher, elle. Elle songea à la façon dont il l'avait aidée au cours de la nuit, restant tranquillement assis avec elle. Elle ne s'était pas attendue à une telle chose de la part de quiconque, et encore moins de Wolf.

Un coup de sifflet fit sursauter ce dernier. Cela ne ressemblait pas au cri d'un oiseau, et quand il leva les yeux pour scruter les environs son regard se posa enfin sur Kit, perchée sur le bord d'un grand arbre tombé, deux doigts aux coins des lèvres tandis qu'elle s'apprêtait à siffler de nouveau. Ses chausses étaient roulées au-dessus de ses chevilles et elle trempait les pieds d'une manière décontractée dans l'eau glacée, sans une grimace ou un frisson dus au froid. Wolf pensa aussitôt à une mystérieuse nymphe qui levait les bras vers la lune, mais il écarta rapidement cette idée.

Il monta sur le tronc et marcha vers Kit, puis s'assit de l'autre côté de la branche contre laquelle elle s'appuyait. Il avait eu l'intention de l'étrangler pour lui avoir causé tant d'inquiétude, mais quand il vit ses yeux tristes il n'eut pas le courage de la fustiger. Elle faisait trop d'efforts pour dominer son chagrin.

— Vos bottes vont se mouiller, dit-elle en le voyant abaisser ses longues jambes vers l'eau.

Il s'arrangea pour que cela n'arrive pas.

— Cherchiez-vous quelque chose ? demanda-t-elle.

— Vous.

Elle en fut contente, même s'il avait l'air en colère. Elle contempla son profil. Comment un homme pouvait-il être aussi beau ? se demanda-t-elle. Même avec la sinistre cicatrice qui lui traversait le front, il était terriblement attirant. Elle ne voulait pas qu'il soit fâché contre elle.

— Vous me cherchiez ? Dans l'herbe ? Par tous les saints, Gerhart, j'aurais juré que vous cherchiez des crapauds.

— Pas des crapauds, répondit-il. Juste un chaton qui s'est égaré trop loin de la maison.

— C'est ainsi que Bridget m'appelait, dit-elle en ravalant ses larmes. Chaton. Ou Kitty.

— Je sais.

— C'est Rupert qui a commencé à m'appeler Kit. Et vous ? Avez-vous plusieurs noms, ou êtes-vous toujours Gerhart ?

— Je suppose que je suis maintes choses, Kathryn, déclara-t-il d'un ton crispé, après ce rappel de Rupert. Et je ne suis Gerhart que quelques fois.

— Qu'en est-il de vos parents ? s'enquit-elle. Comment vous appellent-ils ?

— Mon père est mort. Mais ma mère avait coutume de m'appeler « *mein Sohn* », ce qui signifie simplement « mon fils ».

— Avait coutume ?

— Il y a longtemps.

— Est-elle encore en vie ?

Il hocha la tête.

— La voyez-vous souvent ?

— Je ne l'ai plus vue depuis cinq ans.

Il n'avait pas besoin de l'avoir vue depuis vingt ans pour savoir qu'elle était toujours la même. Regardant par la fenêtre du palais de son père, à Brême, ne mangeant que ce qu'on lui mettait dans la bouche, n'entendant rien…

— Mais je sais qu'elle se porte assez bien, et qu'elle est en sûreté.

— J'ai à peine connu ma mère. Je n'avais que cinq ans quand elle est morte.

Elle plongea un orteil dans l'eau.

— Bridget m'a dit la nuit dernière que le vieux roi Henry l'avait envoyée à Somerton pour épouser Thomas Somers. Je me suis toujours demandé pourquoi ma mère avait épousé le baron Somers et je voulais questionner Bridget, mais son souffle était si court qu'elle pouvait à peine parler.

— Elle vous a dit cela avant de mourir ?

Kit hocha la tête et balança son pied dans l'eau.

— Elle m'a dit qu'il y avait quelque chose qu'elle *devait* me dire. C'est tout.

Elle haussa les épaules. Peut-être que Wolf, envoyé par le roi Henry, pouvait lui en dire plus.

— Pas grand-chose comme révélation sur son lit de mort, remarqua Wolf.

— Hmm.

— La question est de savoir *pourquoi* Henry a envoyé votre mère à Somerton. Le roi ne devait pas connaître Thomas Somers.

Manifestement, il ne savait rien sur sa mère ou sur son mariage toutes ces années auparavant.

— Il semble que je doive être la destinataire de toutes sortes d'informations, ici, à Windermere.

— Vous voulez parler du sceau ?

— J'attendais que vous m'interrogiez à ce sujet.

— Je suppose que j'ai été plus ou moins préoccupé, répondit-il.

C'était vrai. Malgré son importance comme preuve contre Philip Colston, il était plus intéressé pour l'instant par le bien-être de Kit que par le sceau volé à son père. Il aurait voulu pouvoir se forcer à moins se soucier d'elle, mais c'était une tâche impossible.

— Une étrange vieille femme me l'a donné. Au début, j'ai cru que c'était un fantôme ou un spectre, expliqua Kit. Mais j'ai découvert qu'elle était entrée dans ma chambre par une porte dérobée.

— Une porte dérobée ? Je ne connais… Je veux dire que je n'ai jamais entendu parler d'un quelconque passage secret à Windermere Castle.

Il croyait connaître chaque détour et recoin du château. Mais il y avait de nombreuses années qu'il n'y était pas venu. Il n'avait que neuf ans quand il était parti pour Brême cette dernière fois. Il était possible que le château recèle des secrets qui n'étaient pas à la portée d'un jeune garçon.

— Eh bien, il y en a un. Je vous le montrerai quand nous rentrerons.

— Qui était la vieille femme ? Vous a-t-elle dit son nom ?

— Agatha.

— *Agatha !* s'exclama-t-il.

Kit le regarda avec stupeur.

— Agatha était la deuxième femme de Clarence, le père de Philip.

Wolf était manifestement troublé par cette information.

— On pensait, toutes ces années, qu'elle était morte.

— Je ne crois pas, Gerhart. Je l'ai vue en chair et en os par deux fois, la deuxième dans sa propre chambre. C'est là qu'elle m'a fait retirer une pierre du mur à l'extérieur de sa fenêtre pour trouver la bague. Elle la gardait cachée là.

— Et elle vous a dit de me la donner ? demanda-t-il.

Il observa Kit qui sortait gracieusement les pieds de l'eau et renfilait ses bottes.

— Elle m'a dit que je devais la donner à l'homme aux yeux d'argent et aux cheveux noirs. Cela ne pouvait être que vous, répondit Kit en taisant le fait qu'Agatha l'avait appelé « le loup ».

Tandis qu'ils suivaient l'arbre mort et remettaient pied à terre, elle se demanda quelle était l'importance de ce sceau et pourquoi Agatha voulait que Wolf l'ait. Les élucubrations de la vieille femme étaient si confuses qu'elle pensait qu'Agatha avait peut-être choisi Wolf au hasard parmi les hôtes de Windermere pour lui remettre la bague. Peut-être que l'ancienne comtesse le trouvait simplement à son goût. Il était certainement plaisant.

Mais qu'avait-elle dit à propos du « comte légitime » ? Kit ne s'en souvenait pas bien. De toute façon, cela n'avait pas d'importance. Philip était comte, et la vieille femme n'était manifestement pas en possession de tous ses esprits.

— Dites-moi… Qui d'autre au château vous a donné des informations ? demanda Wolf alors qu'ils se dirigeaient vers leurs chevaux qui broutaient l'herbe haute.

— Juste lord Philip, répondit Kit. Il a dit qu'il allait demander ma main au baron Somers ou peut-être même au roi.

— *Quoi ?*

— Vous pouvez peut-être trouver cela difficile à croire, Gerhart, dit-elle en s'arrêtant pour lui faire face. Je suis peut-être ordinaire, mais je ne suis pas aussi peu mariable que vous semblez le penser.

— Je n'ai jamais dit que vous n'étiez pas mariable…

Elle se mit à rire.

— Vous ne l'avez pas vraiment dit.

— Je l'ai laissé entendre ?

Les premières impressions n'étaient pas toujours les bonnes. Wolf songea à l'entrée royale de Kit dans la grand-salle de Windermere le premier soir, et à la diplomatie avec laquelle elle avait manié le comte dans l'incident avec le jeune Alfie. Il pensa combien elle s'accordait bien à lui sur Janus et, à l'instant, comment ses pieds nus avaient gracieusement et même charmeusement fendu l'eau du lac. Elle avait des lèvres pleines et sensuelles. Ses yeux étaient d'une incroyable nuance de vert, et frangés par les cils les plus longs qu'il avait jamais vus à une femme. Elle était tout sauf ordinaire ou non mariable.

— Impossible, dit-il tranquillement.

La chaleur qui se lisait dans ses yeux gris foncé était troublante. Kit sentit un danger pour son équilibre dans son regard, et s'empressa de se détourner pour se remettre en marche.

— C'est une honte pour Windermere, déclara-t-elle enfin.

— Une honte ?

— Windermere est l'héritage de Philip, n'est-ce pas ? Pourtant il garde un intendant qui laisse la gouvernante mener la maison et le château tomber en ruines. Son bailli outrepasse ses droits et le contremaître abuse les vilains. Le domaine est...

— Comment savez-vous tout cela, Kit ? demanda Wolf, stupéfait par ses remarques.

— Eh bien, j'ai des yeux et des oreilles, et le bon sens avec lequel je suis née. Il ne faut pas être très intelligent pour voir ce qui se passe ici, ou ce qui a besoin d'être fait pour redresser les choses.

— Que feriez-vous si vous étiez lady Windermere ?

— Lady Windermere, je ne sais pas, dit-elle en soufflant. Mais si j'étais l'intendant de Philip, je ferais le ménage et lèverais des charges contre le bailli au sujet duquel les gens marmonnent. Quant au contremaître, quel que soit son nom, il répondrait lui aussi de ses méfaits. Puis je congédierais la gouvernante — elle n'avait pas lieu de harceler lady Clarisse — et j'engagerais des artisans...

— Que voulez-vous dire, harceler lady Clarisse ?

— Oh, certaines des servantes pensent que maîtresse Hanchaw ne lui laissait pas de répit.

— Hmm, fit Wolf. Et à propos des artisans ?

— J'en engagerais pour commencer les réparations du château.

— Et Philip ?

— Oh, Philip… Je pensais à un Windermere sans lui. Je doute qu'il puisse être convaincu de congédier sa gouvernante ou son intendant.

— Bridget m'a dit qu'il n'y avait pas d'intendant à Somerton.

— Bridget aimait à parler.

Wolf pensa aux jonchées fraîches, aux fleurs dans la maison, aux champs fertiles du baron, à la jolie petite ville et sut avec certitude que Kit en était responsable. Ni le baron avachi et ivre, ni son épouse frivole n'avaient les capacités nécessaires pour mener un domaine de la taille de Somerton. Pas étonnant que Thomas Somers veuille récupérer Kit quand elle en aurait fini à Londres.

— Que s'est-il passé quand vous avez essayé de vous enfuir de Somerton Manor ? Votre cousine a dit que le baron vous tuerait si vous essayiez de vous enfuir de nouveau.

— Je… Ce n'était rien.

Kit frémit. Elle ne voulait pas penser au baron Thomas et à la lueur cruelle qui s'allumait dans ses yeux, au sourire détestable qu'il arborait quand il lui faisait du mal. Bridget avait eu raison. Il valait mieux lui avoir échappé.

— Il y a sûrement eu un incident ?

Il ignorait pourquoi il voulait la presser pour savoir cela. Mais, pour quelque raison, il se sentait tenu d'être au courant.

— C'était il y a des années. Le baron était pris de boisson et fou furieux…, répondit-elle enfin. Il y avait eu un visiteur du roi, un chevalier dont j'ai oublié le nom. Mais il avait déjà quitté le manoir. Je ne sais toujours pas exactement quelle était ma faute, ou ce qu'il pensait qu'elle était, mais il m'a souffletée… et m'a fait tomber dans l'escalier.

Elle se sentait dangereusement proche des larmes tandis qu'elle relatait les événements de cette journée. Le baron avait été particulièrement méchant, et elle avait eu plus peur que d'habitude.

— Je… j'ai dû rester inconsciente un moment, car le sang de la blessure que j'avais au front était déjà sec…

— Que s'est-il passé ?

Wolf bouillait de colère en se rappelant le long escalier de bois de Somerton Manor et en imaginant Kit au bas des marches.

— Ma tête a heurté quelque chose quand je suis tombée, et j'ai eu une blessure ouverte. Mais quand j'ai finalement pu me lever et bouger, je me suis avisée que la douleur de mon épaule était plus qu'une meurtrissure. Je… j'avais la clavicule cassée.

Elle inhala une longue inspiration tremblante, se rappelant la vive douleur qui avait traversé son épaule et son bras.

— Quel âge aviez-vous ? demanda Wolf, les dents serrées de fureur.

— J'avais onze ans, peut-être douze… Je ne savais pas où était Bridget, mais je pensais que si je pouvais gagner le village, je me fraierais un chemin jusqu'à la route et trouverais le chevalier qui était venu voir le baron. Il m'avait paru sensé et m'avait même posé des questions sur mon bien-être à Somerton. Je me suis cachée dans une hutte de paysans. Je pensais que j'y attendrais la nuit, et alors…

— Alors quoi ? releva Wolf, devenant plus furieux à chaque mot.

Le baron Somers avait de la chance qu'il n'ait pas été au courant de tout cela quand il se trouvait à Somerton.

— Il a brûlé deux cottages avant que je comprenne ce qui se passait.

— Il savait que vous vous cachiez chez les paysans ?

Elle secoua la tête.

— Je ne crois pas. Il… il voulait juste qu'on lui dise si l'on m'avait vue, et où j'étais allée.

— Alors il a menacé les gens — *ses* gens — en brûlant leurs habitations ?

Kit fit signe que oui.

— Quelle brute, marmonna Wolf. Continuez.

— Quand j'ai compris ce qu'il faisait, je suis sortie… et l'ai supplié d'arrêter.

— Et l'a-t-il fait ?

— Oui. Il m'a traînée jusqu'au manoir et m'a dit qu'il me tuerait si je m'enfuyais de nouveau. Il était furieux que je sois partie. Il m'a encore frappée. Beaucoup. J'ai cru qu'il allait me tuer sur-le-champ, mais sa femme est intervenue. Elle lui a crié après et l'a écarté de moi.

— Lady Edith vous aimait bien, alors ?

— Non. Elle le mettait en garde à propos de quelque chose — je crois que c'était à propos du chevalier qui avait juste quitté Somerton. Je n'en suis pas sûre. Je n'ai jamais compris.

Wolf se jura que Kit ne serait jamais ramenée au baron Somers. Même s'il devait traîner Rupert Aires à l'église pour son propre mariage.

— Pourquoi vous bat-il ?

— De grâce, Gerhart, je…

— Pourquoi ? Qu'est-ce qui le pousse à vous faire tant de mal ?

— Je ne sais pas, répondit Kit. Mais il n'en a jamais manqué l'occasion.

Ils regagnèrent ensemble la grand-salle de Windermere.

— Venez, dit Kit en posant une main sur son bras. Je veux vous montrer quelque chose.

Elle l'entraîna dans l'escalier, tourna le coin du palier et s'engagea dans le corridor qui menait à sa chambre.

Là, elle le fit entrer et barra la porte derrière eux. Puis elle alluma les bougies du chandelier et le conduisit à la porte dérobée derrière la tapisserie. Faisant jouer le déclic, elle montra le chemin dans l'escalier en spirale jusqu'à ce qu'ils arrivent dans la chambre où elle avait trouvé Agatha.

Elle était vide. Il n'y avait plus ni meubles, ni tapis, ni tabouret, rien. C'était une pièce vide et froide.

— Elle était ici ! s'exclama Kit qui n'en croyait pas ses yeux. Je le jure par tous les saints, elle était ici !

— Votre Agatha ?

— Oui ! Il y avait un lit… là ! indiqua-t-elle en pointant le doigt. Et un coffre, une chaise et un tabouret… Qu'a-t-il pu se passer ?

— Etes-vous certaine…

— Bien sûr, que je suis certaine ! Comment, autrement, aurais-je su où était cette chambre ? Regardez ici.

Elle ouvrit la fenêtre et tendit la main à l'extérieur. Ses doigts trouvèrent la pierre descellée, qu'elle tira et donna à Wolf.

— C'est là qu'elle cachait le sceau.

Il sortit la main à son tour et sentit le trou dans le mur, qu'il explora. Trouvant une bourse en cuir, il la tira avec soin et remit la pierre en place.

— Elle était ici, Gerhart. Sincèrement, ce n'est pas mon imagination…

— Je vous crois, dit-il en s'assombrissant. Regardez.

Il ouvrit la bourse et découvrit quelques pièces avec un morceau de parchemin jauni. Un sceau avait été porté sur le papier, mais Wolf n'en reconnut pas le dessin. La plupart du message était obscurci par le temps, mais il était clairement adressé à Clarence Colston et daté du 22 août 1401.

— Qu'est-il arrivé à Agatha ? Cette bourse n'était pas là auparavant. A votre avis, qu'est-ce que…

— Kit, il faut vous faire partir d'ici.

— Pourquoi ?

— Philip ne veut pas que la présence de lady Agatha soit

connue. Il l'a éloignée de cette chambre, aussi doit-il soupçonner qu'elle vous a parlé…

Il se mit à ourdir un plan.

— Peut-être que s'il pense que vous croyez avoir vu un fantôme…

— Mais ce n'était pas un fantôme, Gerhart ! Elle était réelle !

Il la prit par les épaules.

— Kit, nous ne pouvons nous fier à Philip.

Elle le regarda d'un air intrigué.

— Je vous expliquerai plus tard. Pour l'heure, il faut juste que vous me croyiez. Je vais lui dire que vous avez eu la visite du fantôme d'une vieille comtesse et que cette expérience, jointe à la mort de Bridget, vous rend anxieuse de quitter Windermere. Ainsi…

— Anxieuse de quitter Windermere ?

— Le plus tôt possible.

Wolf regarda dehors pour évaluer la position du soleil dans le ciel.

— Nous pourrons chevaucher quatre ou cinq heures si nous partons tout de suite.

— Mais nous devions rester jusqu'à demain. Est-ce que Philip ne soupçonnera pas…

— Pas si je lui dis que vous êtes bouleversée par ce fantôme et que vous exigez d'être emmenée d'ici. S'il soupçonne que vous avez parlé avec Agatha, et que vous n'avez pas mentionné l'étrangeté d'avoir rencontré sa belle-mère…

— Je comprends. Il va penser que je cache quelque chose. Mais si je lui dis que je l'ai vue et que je l'ai prise pour un fantôme…

— Exact. Cela nous protégera de Philip pour le moment.

— Qu'en est-il du sceau ? A qui est-il ? Et qu'est-ce que c'est que ce parchemin ? Il n'était pas là quand j'ai trouvé la bague. Qu'est-ce que cela signifie ?

Gerhart referma la croisée et ramena Kit à la porte dérobée.

— Il faut vous éloigner de Windermere. Ensuite, je vous expliquerai ce que je peux.

Pendant que ses hommes chargeaient les chevaux et acceptaient des provisions des cuisines du comte, Wolf parla à Philip. Il voulait être celui qui lui expliquerait la raison de leur départ précipité, sans laisser la chose à Kit. Elle était toujours si directe, qu'il doutait de ses capacités à mentir efficacement.

— Lady Kathryn est très peinée par la mort de sa cousine, et anxieuse de partir, expliqua-t-il. Mais aussi perturbant que cela soit, la dame a subi un autre choc.

— Lequel ?

Philip considéra Wolf d'un air menaçant.

— Apparemment, il y a un fantôme au château, déclara Wolf avec le plus grand sérieux.

— Un fantôme ?

— Oui, une ancienne comtesse de Windermere est apparue dans la chambre de lady Kathryn…

Wolf laissa sa phrase en suspens pour permettre à son cousin de s'expliquer.

— Ah, oui. Ce fantôme-là.

Le froncement de sourcils de Philip s'accrut légèrement.

— Vous connaissez cet esprit ?

Bien qu'il y eût beaucoup de gens qui croyaient aux apparitions surnaturelles, Wolf n'y croyait pas. Malgré tout, il espérait pouvoir convaincre Philip que Kathryn et lui partageaient ces croyances.

— J'ai entendu parler du fantôme de cette comtesse, mais je ne l'ai jamais vu moi-même, dit Philip en caressant sa barbe. On prétend qu'elle parle ?

Wolf secoua la tête. Il ne voulait pas que Philip sache qu'Agatha avait parlé à Kit.

— Lady Kathryn a dit que le fantôme marmonnait des sottises. Rien d'intelligible. Et que c'était terrifiant.

Philip exhala une longue expiration et tripota sa barbe.

— Cette visite a considérablement affecté lady Kathryn et elle ne peut supporter l'idée de passer une autre nuit à Windermere.

— Peut-être que je puis la persuader de rester. Elle peut avoir une autre chambre, si…

— Je crains que non, dit Wolf qui voulait tenir Philip à l'écart de Kit. J'en ai déjà discuté avec elle et elle est déterminée à partir.

— Alors je vais lui faire mes adieux, dit Philip. Je serais honoré si vous vouliez accepter une escorte de Windermere. Les routes ne sont pas très sûres.

— Merci, mais non, messire Philip. Mes hommes sont tout à fait capables…

— J'insiste, dit Philip.

Wolf n'avait pas l'intention d'emmener des hommes de Philip avec lui. Il ne tenait pas à être surveillé par eux tout le long du trajet jusqu'à Londres et se sentait particulièrement vulnérable, avec le sceau de son père et le document qu'il avait trouvé dans la niche.

— Sa Majesté a appointé elle-même cette troupe de soldats, répliqua-t-il. Il ne serait pas bon d'insulter le roi en ajoutant à cette escorte sans son consentement.

— Comme vous voudrez, sire Gerhart, dit le comte d'un ton pincé.

Wolf savait qu'il cherchait un autre moyen de le contourner, mais ils furent interrompus par l'arrivée de Kit.

— Lady Kathryn, dit Philip en lui prenant la main et en congédiant Wolf.

Il s'adressa à un page qui se trouvait à proximité et l'envoya faire une course aux écuries.

— Je vous reconnais à peine dans cette tenue de voyage, déclara-t-il en se référant à ses habits grossiers.

— Elle me convient sur la route, messire.

Wolf alla s'asseoir dans un fauteuil près du feu et resserra les liens d'une de ses bottes pendant que son cousin prenait congé de la jeune fille.

— J'espère que ce… fantôme ne vous éloignera pas complètement de Windermere, ma chère dame.

— Bien sûr que non, répondit Kit. Normalement, j'aurais pu trouver l'expérience… fascinante, mais pas en ce moment. Après la mort de ma cousine…

— Je comprends tout à fait, ma chère.

Philip accompagna Kit jusqu'à la porte principale de la grand-salle, une main posée au creux de ses reins.

— Je suis certain que nous nous reverrons avant longtemps, et j'attends ce jour avec impatience.

— Merci, messire.

Elle vit Wolf sortir devant eux pour enfourcher Janus. Le cortège d'hommes et de chevaux de bât était prêt et l'attendait.

— Permettez-moi de vous offrir un petit présent, une marque de mon admiration pour vous, reprit Philip alors qu'ils descendaient les marches.

Un valet d'écurie amena la jument que Kit avait montée dans l'après-midi, sellée et prête à partir.

— Messire, je ne puis accepter un cadeau de cette valeur. Je…

— Bien sûr, que vous le pouvez. Elle vous portera sur de nombreux milles en toute sécurité et confortablement. J'espère qu'un jour elle vous ramènera à Windermere. Et bientôt. Venez, laissez-moi vous aider…

A cet instant, Wolf s'approcha et se pencha pour soulever Kit et la hisser dans sa selle, devant lui.

— Lady Kathryn va monter avec moi.

Philip ouvrit la bouche pour protester, mais Wolf l'interrompit d'une brève explication.

— Nous couvrirons plus de milles de cette façon.

Il sourit.

— Mais permettez-moi de vous offrir les remerciements de Sa Majesté pour ce cheval. C'est une belle bête.

Les chevaux trottaient à une allure agréable et Kit était confortablement installée, le dos appuyé contre le torse d'acier de Wolf. Au début elle avait pensé qu'elle aurait préféré monter la jument que le comte lui avait donnée, mais elle décida rapidement qu'elle aimait chevaucher avec Wolf. Elle se demanda si elle monterait ainsi un jour avec Rupert, et si elle se sentirait aussi protégée et aussi à l'aise avec ses bras autour d'elle, et non ceux de Wolf.

L'après-midi était chaude et ensoleillée, et Wolf chevauchait sans ses gantelets. Kit étudia le dos de ses mains rugueuses, avec les poils noirs qui recouvraient sa peau hâlée. Il y avait de la force dans ces mains, et aussi de la gentillesse. Une gentillesse dont elle doutait qu'il ait conscience.

— C'est une longue histoire, commença Wolf, et une histoire que je ne puis conter que partiellement.

— Hmm, fit Kit d'un ton ensommeillé.

Il était tout à fait plaisant d'avancer en sécurité avec Wolf sur son énorme destrier. Les derniers jours avaient été pénibles et Kit était plus que consentante à se laisser bercer par la voix grave et mélodieuse du chevalier tandis qu'il lui racontait l'histoire du mystérieux sceau. Elle somnolait à moitié quand il entama son récit.

— Le père de Philip était Clarence Colston, le jeune frère de Bartholomew Colston qui était comte de Windermere avant lui. L'épouse de Bartholomew était Margrethe, une fille du margrave Rudolph de Brême. Bartholomew et Margrethe avaient trois fils.

Wolf était surpris par la facilité avec laquelle il lui parlait de sa famille. Il n'avait jamais raconté cette histoire à quelqu'un auparavant.

— Les gens de la ville de Windermere tiennent toujours Bartholomew Colston en haute estime. Ils disent qu'il était un seigneur juste et bon, raisonnable et aimé par les citadins comme par les paysans, avec un bon intendant, un bon contremaître et un bon bailli. La prospérité et la satisfaction régnaient sur ses terres. On dit que Windermere n'était jamais à court de laboureurs ou d'hommes francs pour travailler à de nouveaux projets. La seule difficulté venait du frère de lord Bartholomew, Clarence, qui aimait à harceler les fermiers et les gens de la ville. Il paraît qu'il critiquait Bartholomew pour avoir éliminé certaines traditions comme le *merchet* et le *heriot*.

— Mais tout seigneur digne de ce nom a renoncé à ces paiements archaïques ! commenta Kit. Ils causaient de telles tensions entre les propriétaires terriens et les paysans. Même le baron Somers…

— Vous avez raison. Même les seigneurs les moins éclairés ont décidé de s'en passer. Et Bartholomew avait également fait disparaître d'autres traditions impopulaires, rendant les gens de Windermere encore plus loyaux envers lui.

Kit n'avait jamais entendu Wolf lui parler si longuement, et le fait qu'il lui raconte cette histoire la surprenait. Bercée par sa voix agréable, elle écoutait ses mots comme un simple récit. Et comme elle était préoccupée par ses propres tourments, elle ne mesurait pas que Wolf était impliqué personnellement.

— La bague qu'Agatha vous a donnée appartenait à Bartholomew. Elle avait été volée il y a vingt ans ou plus, et n'avait plus été revue jusqu'à présent. Il y a eu des rumeurs quand ce sceau a disparu, comme quoi Clarence ou Philip étaient responsables du vol, mais rien n'a jamais été prouvé.

— Pourquoi le frère du comte aurait-il voulu ce sceau ? demanda Kit d'une voix languide. Que pouvait-il en faire ?

— Il n'aurait pas dû en faire quoi que ce soit, répondit Wolf. Mais j'ai le soupçon que Clarence — ou Philip — s'en sont servi illégalement pour impliquer Bartholomew dans un crime capital. Un crime de haute trahison.

— Pourquoi pensez-vous qu'Agatha m'a donné cette bague ? demanda Kit. Quelle signification peut-elle avoir maintenant ?

— Elle pourrait éclairer les événements qui ont entouré la mort de Bartholomew et de ses fils.

— Comment ?

— Je ne le sais pas vraiment, jeunette, mentit Wolf. Mais j'ai l'intention de m'en occuper quand nous atteindrons Londres.

— Que pensez-vous qu'Agatha voulait dire quand elle vous conseillait de chercher Tommy Tuttle à Londres ? s'enquit-elle en bâillant.

— Qu'elle me conseillait quoi ? répéta Wolf stupéfait.

— Je n'ai pas songé à vous le rapporter plus tôt. Elle a recommandé de chercher un homme appelé Tommy Tuttle, à Londres. En prétendant qu'il pourrait expliquer...

Elle haussa les épaules.

— Qu'est-ce qu'Agatha a dit d'autre ? Essayez de tout vous rappeler, Kit.

— Il y avait quelque chose à propos du comte légitime venant réclamer son titre. Mais cette femme parlait par énigmes. Je n'ai pu comprendre ce qu'elle voulait dire.

Des yeux d'argent. Des cheveux noirs. Le comte légitime. Tandis que les mots d'Agatha lui revenaient, Kit se sentit soudain en alerte, plus consciente des implications de l'histoire de Wolf. Etait-il possible que Wolf soit un fils de Bartholomew Colston ? N'avait-il pas dit que ses fils étaient morts vingt ans plus tôt ?

— Dites-moi, Gerhart, quels étaient les noms des fils de Bartholomew Colston ? demanda-t-elle en contrôlant sa voix.

— Les deux aînés étaient John et Martin. Le plus jeune s'appelait Wolfram.

7.

Au crépuscule, Wolf décida d'une halte près d'un bouquet d'arbres qui flanquait une avancée rocheuse, offrant une protection contre le vent. Il ne se souciait pas particulièrement de bandits de grand chemin, car ils passaient pour rares dans la région.

Les hommes allumèrent un petit feu et préparèrent un repas avec la nourriture apportée de Windermere. Kit ne mangea que quelques bouchées, puis s'enveloppa dans une couverture et s'installa pour dormir près du feu. Les hommes de Wolf finirent de manger et se trouvèrent des places confortables, mais plusieurs restèrent en alerte.

Kit ne put s'endormir. Se jurant de ne pas se remettre à pleurer et essayant de ne pas penser à Bridget, elle réfléchit à l'histoire que Wolf lui avait racontée à propos du comte Bartholomew et de son sceau volé. Même si elle avait peu fréquenté Philip, elle pouvait croire aisément que le comte actuel avait quelque chose à voir avec la disparition du sceau. Elle aurait aimé se rappeler si la vieille Agatha avait dit quelque chose de particulier sur Philip Colston. Ses mots étaient si confus. Kit n'était pas sûre de pouvoir croire ce qu'elle avait dit.

Toutefois elle n'avait aucun doute à présent que Wolf — Wolfram — était le comte légitime, un fils survivant de Bartholomew Colston. Et que, pour une raison quelconque, il devait tenir ce fait caché. Il lui vint à l'idée que Philip pouvait encore représenter une menace pour Wolf, même si c'était difficile à comprendre. Wolf était peut-être l'homme le plus puissant et celui qui savait le mieux se contrôler de tous ceux qu'elle avait connus. Elle ne voyait pas pour quelle raison il permettait à Philip de continuer à régenter le comté.

Elle se demanda combien d'autres domaines ils allaient visiter avant de rejoindre Londres… et Rupert. Il lui semblait que cela faisait si longtemps qu'elle ne l'avait pas vu. Seulement trois ans et pourtant elle se rappelait à peine son visage. Bien sûr elle se souvenait qu'il avait des cheveux châtain clair et d'agréables yeux noisette — cela lui était revenu — mais ses traits s'étaient effacés de sa mémoire. Il lui traversa l'esprit que Rupert n'avait jamais attisé ses sens comme Wolf y parvenait, juste par sa proximité. Elle souhaitait presque que son voyage vers Londres se prolonge, craignant que Rupert ne soit pas…

Tout devint soudain très silencieux. Kit nota que Wolf et son cousin ne parlaient plus avec Hugh, mais qu'ils étaient assis tranquillement, regardant le feu. Ils ne paraissaient pas détendus, cependant. Aucun des autres soldats ne semblait à l'aise non plus. De fait, alors qu'elle y regardait de plus près, elle s'avisa qu'ils préparaient tous leurs armes, discrètement et sans bruit. Un frisson la parcourut et elle sentit le même danger qu'eux, même si elle ne savait pas comment ni pourquoi.

En un instant, des hommes se mirent à bouger tout autour d'elle dans le noir. Des hommes qu'elle ne reconnaissait pas, en plus de ceux de Wolf. Elle sauta sur ses pieds et courut à l'endroit où les chevaux étaient attachés. Le choc du métal sur le métal résonnait alentour, et Kit vit que les soldats de Wolf combattaient désespérément. A son estimation, les bandits étaient plus nombreux de quatre hommes — elle comprise.

Elle se rappela que sa fronde et un paquet de pierres se trouvaient dans l'un de ses sacs. Si seulement elle pouvait découvrir où Egbert et Claude les avaient mis quand ils avaient déchargé les chevaux, elle réussirait peut-être à égaliser les chances. Elle espéra que Wolf ne s'en irriterait pas. Elle était certaine que s'il était ici le baron Somers la battrait pour son intervention, mais elle comptait sur le fait que Wolf apprécierait ses efforts pour aider ses hommes.

Se forçant à rester calme, elle se faufila à l'écart du combat. Quand elle trouva ses sacs, elle les fouilla pour mettre la main sur sa petite arme. De fait, elle ne servait qu'à tuer de petits animaux — des lièvres, des écureuils et parfois des renards —, mais elle pouvait aisément assommer une cible plus importante si elle visait bien. C'était ce qu'elle avait l'intention de faire, assommer quelques-uns de ces hors-la-loi.

Elle glissa le paquet de pierres dans sa ceinture et monta sur la douce jument que Philip lui avait donnée. De sa position élevée, elle pourrait viser les attaquants.

La bataille faisait rage, et Kit tirait chaque fois qu'elle avait une vue précise de sa cible. Elle se concentrait avec tant d'attention sur ses efforts qu'elle ne se rendit pas compte que les brigands l'avaient découverte. L'un d'eux contourna les chevaux pour la prendre par surprise. Il la tira rudement à bas de la jument et la traîna à l'écart du combat.

— Il y a un couteau sur votre gorge, ma dame, aussi je ne crierais pas si j'étais vous, dit le bandit à mi-voix, d'un ton féroce.

S'arrêtant finalement près d'une petite rivière, l'assaillant de Kit la poussa à terre. Une seconde plus tard, il fut sur elle, tailladant ses habits. Elle hurla quand elle sentit le métal froid sur sa chair.

— Taisez-vous !

Il la frappa à la mâchoire, assez fort pour lui faire voir des étoiles.

— Je vous promets que je vais d'abord vous découper, et ensuite vous prendre !

Kit lutta de toutes ses forces. Si cet homme avait l'intention de la tuer de toute façon, quelle différence cela faisait-il si elle se débattait ou non ? Mais elle ne mourrait certainement pas sans se défendre. Elle réussit à libérer une de ses mains et parvint à prendre sa dague, mais son attaquant la lui fit sauter des doigts. Quand elle le sentit déchirer sauvagement ses habits, elle fut saisie de panique. Elle donna des coups de pied et se débattit farouchement, désespérée de pouvoir échapper à ce malandrin. Elle réussit à lui infliger un bon coup, ce qui ne fit que l'exaspérer davantage. Il la frappa de nouveau avec force, lui faisant monter aux yeux des larmes de douleur et d'impuissance.

Puis elle entendit la voix de Wolf à quelque distance. Il l'appelait.

— Maudit soit ce bâtard ! grommela le bandit en l'attrapant plus sauvagement encore.

Kit hurla de nouveau et se défendit avec toute son énergie, essayant de gagner un peu de temps.

Quand Wolf arriva enfin, ce fut vite réglé. Son détestable assaillant se retrouva mort sur le sol près d'elle, puis Wolf la souleva dans ses bras et la porta un peu plus loin. Il l'emmena au bord du petit ruisseau qu'elle avait entendu gargouiller et s'assit avec elle sur un rocher plat, la serrant contre lui pendant qu'elle sanglotait. C'était la deuxième fois en moins d'une journée qu'elle était assise ainsi, blottie dans les bras de Wolf, pleurant comme une enfant.

Wolf congédia Hugh Dryden, qui était venu porter secours si nécessaire. L'attaque du camp était terminée, à présent, et Wolf n'avait perdu aucun de ses hommes. Seuls deux étaient blessés. La plupart des assaillants avaient été tués, et deux s'étaient enfuis quand ils avaient compris qu'ils n'avaient aucune chance de victoire contre les soldats aguerris du roi Henry.

Le sort avait tourné en faveur de Wolf peu après le début de la bataille, et il n'avait que brièvement aperçu Kit en action avant que son attention ne soit requise par un autre brigand. D'une manière incroyable, c'était Kit qui avait influencé l'issue de l'échange.

N'étant pas certain de ce qu'elle allait faire ensuite, Wolf attendit que ses sanglots s'apaisent. Quand elle se calma, n'émettant plus que des hoquets et des reniflements, il attendit encore. Il avait assisté à son lot de batailles, mais voir Kathryn brandir sa petite arme était quelque chose d'entièrement nouveau pour lui. Elle avait recommencé : elle l'avait totalement déconcerté. Il se demanda quand ses surprenantes réactions avaient cessé de l'ennuyer.

Il sourit, frappé par la vivacité de son tempérament. Et par son adresse à la fronde.

— Il doit y en avoir quatre, dit-elle entre deux reniflements.

— Quatre ? Oui, c'est vrai, acquiesça-t-il en souriant et en comprenant ce qu'elle voulait dire.

Elle avait assommé quatre attaquants.

Il effleura son front de ses lèvres, émerveillé par ses prouesses et par sa personne. Malgré sa terrifiante expérience, elle n'avait même pas perdu son bonnet. Et elle fleurait toujours bon les roses.

Elle leva vers lui ses grands yeux mouillés, ce qui lui contracta le cœur dans sa poitrine. La pensée qu'elle aurait pu être blessée le transperçait. Elle tremblait, à présent, et il la serra contre son torse.

— Il faudra que vous me montriez votre arme, dit-il.

Elle hocha la tête.

— Pensez-vous pouvoir marcher, à présent ?

— Bien sûr, répondit-elle d'une voix altérée, en s'écartant de lui et en rassemblant les morceaux de sa tunique déchirée.

Ses genoux flanchèrent sous elle et elle aurait heurté le sol si Wolf n'avait pas réagi promptement pour la rattraper. Quand il la souleva, elle passa les bras autour de son cou et leva les yeux vers lui. Il ne la regardait pas sévèrement.

— Kit, murmura-t-il d'un ton rauque.

Il pouvait seulement penser combien il était bon de l'avoir saine et sauve dans ses bras.

Il hésita un instant, puis sa bouche trouva celle de la jeune fille et elle frémit sensuellement à son contact. Elle planta ses ongles dans sa nuque et il intensifia son baiser, glissant sa langue dans sa bouche. Elle répondit de tout son corps, et gémit en fondant dans ses bras. Oh, comment pouvait-il l'affecter de la sorte ? Comment pouvait-elle laisser ceci se produire ?

Wolf se rassit sur le rocher et promena ses lèvres sur la délicate colonne du cou de Kit. Sa tunique était en lambeaux et ses doigts trouvèrent aisément la pointe d'un sein rond, qu'il caressa d'abord avec son pouce, puis avec sa langue. Kit cria de plaisir tandis qu'une de ses mains descendait le long de son dos et s'emparait de son postérieur, puis de sa cuisse. Elle gigota et embrassa sa nuque pendant qu'il taquinait son mamelon et glissait une main entre ses genoux.

— Douce Kit, murmura-t-il en posant de nouveau sa bouche sur la sienne. Si incroyablement belle…

Ses mots la ramenèrent à la réalité, et elle s'écarta abruptement.

— Oh, non, chuchota-t-elle en serrant les jambes. Rupert ! J'ai trahi Rupert !

Elle se dégagea et enfouit son visage dans ses mains. Elle ne pouvait supporter de lui faire face maintenant, pas après qu'il l'avait touchée si intimement. Et elle l'avait laissé faire.

— Vous n'avez pas trahi Rupert, dit-il calmement, d'une voix qui tremblait un peu. Cette sorte de chose est… naturelle après ce qui s'est passé ce soir. A la suite d'une bataille, il est aisé de perdre contrôle…

— Oui, murmura-t-elle, embarrassée. Je comprends.

Mais elle pensait toujours qu'elle avait failli envers Rupert. Dieu du ciel, il n'avait fallu qu'un baiser de Wolf pour provoquer cela. Le simple fait qu'il la touche la faisait trembler et désirer davantage.

Cependant Rupert l'attendait à Londres. Et Wolf, fils de comte, petit-fils d'un prince allemand, avait son Anna-quelque chose qui l'attendait quelque part.

— Regarde ça, cousin, dit Nicholas comme Wolf et Kit regagnaient le camp.

Il montra à Wolf une bourse en cuir prise sur le corps d'un des attaquants.

Kit était encore ébranlée par ses expériences près de la rivière. Toutes les deux. Elle prit sa couverture et s'enroula dedans, puis suivit Wolf jusqu'au feu.

— Il y avait un marchand à la foire de Windermere qui vendait ces bourses. Il s'appelait Robert atte Cross, déclara Kit. Regardez… Il y a une croix devant et derrière.

— Vous êtes sûre que vous avez vu des bourses semblables à Windermere ?

— Oui, répondit-elle. Je me souviens que la femme du baron Edward a fait remarquer ces croix. Et j'ai trouvé qu'il était habile de la part de cet homme d'utiliser le symbole de son nom pour marquer son travail.

— Ces hommes transportaient trop d'or pour vouloir nous voler, dit Hugh. De fait, je ne crois pas qu'ils en voulaient à notre argent.

— Bien. Cela ne fait qu'ajouter un clou à son cercueil.

— Le cercueil de qui, Gerhart ? demanda Kit.

— Philip Colston a envoyé ces bandits après nous, répondit Wolf. Vous rappelez-vous qu'il a essayé de nous adjoindre quelques-uns de ses hommes ?

Elle hocha la tête.

— Nul doute pour nous éliminer pendant notre sommeil.

— Mais pourquoi ? releva Kit. Parce que vous avez le sceau ? Ou le parchemin ? Comment pourrait-il le savoir ?

— Il sait que vous avez vu Agatha, et il ne peut être sûr de ce qu'elle vous a dit. Agatha a dû faire partie de la conspiration de Clarence et Philip contre Bartholomew. Philip ne peut plus lui faire confiance.

— Dites-vous là qu'il a envoyé ces hommes… pour me tuer ? demanda-t-elle d'un filet de voix.

Nicholas fit signe que oui, tandis que Wolf répugnait à confirmer ses pires craintes. Kit regarda vers l'endroit où les chevaux étaient attachés. Son sac de toile brune était ouvert sur le sol et une partie de son contenu éparpillé tout autour. Elle se remit à trembler.

— L'homme qui m'a entraînée dans les bois… Il savait qui j'étais… Il m'a appelée « ma dame ». Comment a-t-il pu savoir que je n'étais pas qu'un garçon, habillée comme je le suis ?

— Il le savait, ma dame, déclara Nicholas. D'une manière ou d'une autre, il le savait.

Kit finit par s'adosser au rocher et essaya de dormir, mais, comme auparavant, le sommeil la fuyait. Pire encore, elle grelottait — probablement à la suite du choc — et ne pouvait s'arrêter.

Wolf, qui la vit trembler sous sa couverture, alla jusqu'à elle et se laissa tomber à terre à son côté. Sans un mot, il l'attira contre lui, les couvrit tous les deux de son épaisse couverture de laine et s'installa pour dormir. Elle incrusta son dos dans sa chaleur et il passa un bras sur sa taille, comme si c'était sa place. Avant longtemps, elle cessa de trembler et s'endormit.

Quelque part dans son inconscient, Kit savait que les oiseaux chantaient déjà depuis un bon moment. Se réveillant tout à fait, elle resta allongée tranquillement, savourant la paix de cet instant et la chaleur et la force de l'homme qui était emmêlé à elle.

Un homme ? Emmêlé à elle ?

Elle écarta ses jambes et s'assit abruptement pour faire face à Wolf, qui était allongé confortablement sur le côté, appuyé sur un coude et la tête reposant sur sa main.

— Bonjour, ma dame, dit-il d'un ton paisible. Je suppose que vous avez bien dormi ?

Il posa son regard sur ses lèvres, puis plus bas, ne pouvant résister à l'envie de contempler ses douces formes arrondies.

Kit baissa les yeux sur sa tunique et constata qu'elle était largement ouverte, laissant voir à Wolf sa peau claire et ses seins couronnés de rose. Elle tira sur les bords de l'étoffe pour protéger sa modestie.

Wolfram déglutit péniblement. Il se redressa sur son séant et posa une couverture sur les épaules de Kit.

— Trouvez quelque chose de décent à enfiler, dit-il d'un ton bougon. Nous allons bientôt partir.

Kit porta des vêtements de femme pendant les trois jours suivants et garda la tête couverte d'une guimpe, sans se départir de sa vieille cape maculée de boue. Wolf restait silencieux pendant qu'ils voyageaient, répondant à peine aux quelques questions de la jeune fille. Il était renfermé et préoccupé, et Kit avait l'impression qu'il la regardait plus sévèrement depuis qu'il l'avait embrassée. Elle se demandait pourquoi il était aussi maussade, mais toutes ses tentatives pour l'amadouer se révélèrent vaines.

Les hommes ! pensa-t-elle. Comment réussirait-elle à les comprendre un jour ?

Wolf lui apprit qu'ils ne feraient qu'une autre halte avant d'atteindre Londres, au domaine de John Beauchamp, marquis de Kendal. Il ne mentionna pas que le marquis avait été l'ami le plus proche de Bartholomew Colston et qu'il avait fait plusieurs tentatives à la cour du roi Henry IV pour enquêter sur la mort du comte et de ses fils, étant chaque fois rabroué. Il y avait eu un climat de méfiance et de suspicion à la cour au moment de la mort de Bart, et Henry Hereford n'avait pas voulu reconsidérer les charges qui pesaient sur le comte.

Wolf avait l'intention de mettre le marquis dans ses confidences et d'essayer d'obtenir son soutien et son assistance, qui seraient sans prix quand il présenterait sa requête contre Philip au roi Henry V. Peut-être que cet Henry-là voudrait rouvrir l'affaire et en juger par lui-même.

Relégué à l'arrière de l'esprit de Wolf, il y avait le fait qu'ils atteindraient bientôt Westminster et qu'il devrait remettre Kit au roi Henry. Et à Rupert Aires. Cette idée ne lui plaisait guère. Savoir qu'elle avait un tel effet sur lui était grandement déconcertant. Non, c'était tout simplement inconcevable. Aucune femme n'avait jamais pesé de la sorte sur ses pensées, et il ne s'était jamais soucié de quelqu'un autant qu'il se souciait de Kit. Il fallait que cela s'arrête.

Quand elle arriverait à Londres, il ne pouvait dire ce que le roi Henry lui voudrait. Peut-être qu'il lui permettrait d'épouser Rupert, bien qu'il soit possible que lady Kathryn Somers ait quelques obscures relations politiques. Peut-être qu'Henry voudrait la marier pour des raisons diplomatiques. Quoi qu'il en soit, Kathryn serait seule, à la merci de la bienveillance du roi, même si Wolf souhaitait qu'il en fût autrement.

Ses pensées se portèrent sur Annegret, la fille d'un margrave allemand avec qui son grand-père recherchait une alliance. Jusqu'ici, Wolf avait réussi à éviter des fiançailles avec Annegret, une pâle et insignifiante jeune fille qui formait un contraste saisissant avec Kit, mais les deux familles étaient fortement en faveur d'une union. Il savait qu'il devrait bientôt s'engager.

Tandis qu'ils chevauchaient vers la forteresse de Kendal, il établit ses plans. Il demanderait à John Beauchamp de venir à Londres et de mener des enquêtes discrètes sur les preuves existant contre Bartholomew Colston. Peut-être que maintenant, le fils d'Henry Hereford accepterait de reconsidérer le rôle du comte dans la prétendue tentative d'assassinat de son père. Wolf pensait qu'il serait capable de réfuter toute preuve fallacieuse existant contre son père dans les dossiers de la Curie. Après tout, il avait maintenant l'ancien sceau, ainsi que le cachet refait de Bartholomew, sans oublier le parchemin jauni qui portait le nom de Clarence et un sceau mystérieux.

Wolf espérait aussi trouver ce Tommy Tuttle qu'Agatha avait mentionné à Kit. Il se demandait si ce nom était commun à Londres et s'il serait jamais capable de mettre la main sur cet homme, qui avait une obscure relation avec un crime vieux de vingt ans. Il se jura qu'il retournerait à Windermere et retrouverait Agatha pour la faire témoigner devant le roi, s'il le fallait.

Depuis peu, Wolf savait qu'il devait se tenir éloigné de Kit. Elle était une menace envers sa vie contrôlée et bien ordonnée, et la dernière chose dont il avait besoin était de tomber plus avant sous son charme impudent.

Ils atteignirent la forteresse de Kendal juste avant la nuit et furent accueillis sur les marches par une petite femme toute ronde, richement vêtue d'une cotte bleue et d'une coiffe assortie. Wolf la reconnut comme la marquise, lady Mary Beauchamp.

— Bienvenue à Kendal, les salua lady Mary avec chaleur, les mots se bousculant sur ses lèvres. C'est délicieux d'avoir des hôtes, nous en avons si rarement. Vous paraissez lasse, ma chère. Vous avez dû voyager toute la journée. Vous êtes sûrement affamée, assoiffée et en grand besoin de repos. Nous allons voir ce que nous pouvons faire… Oh, mon Dieu, voilà que je m'emballe encore, dit-elle en mettant un terme à ses débordements.

Elle prit Kathryn par le bras et l'entraîna à l'écart des chevaliers.

— Comment allez-vous ? Je suis lady Mary, l'épouse du

marquis de Kendal. Oh, il est si bon de vous avoir ici. Si seulement Charlotte, ma belle-fille, était présente…

Kit sourit devant les effusions de lady Kendal et l'accompagna. Il était agréable d'échapper à l'aigre compagnie de Wolf pendant un moment, même si elle se demandait si lady Mary lui laisserait une chance de parler.

— Vous êtes lady Kathryn, n'est-ce pas ? L'homme d'armes m'en a informée…

Wolf écouta à peine les bavardages de la marquise tandis qu'il la suivait à l'intérieur avec Kathryn. Kit semblait à l'aise, et il savait que lady Mary veillerait à son confort tout en lui relatant par le menu la vie de la famille Beauchamp pendant au moins trois générations.

Nicholas et Wolf traversèrent la grand-salle et suivirent un chevalier du marquis qui les conduisit vers un escalier en spirale à l'arrière du château. Ils gravirent une volée de marches en pierre pour atteindre une petite pièce dans une tour, le cabinet de travail de John Beauchamp. C'était une pièce circulaire avec des croisées longues et étroites. L'éclairage, qui aurait été plus qu'adéquat en plein jour, était augmenté par un candélabre.

Le marquis de Kendal n'était pas très grand, mais il était solidement bâti, et avait manifestement été un homme d'action dans sa jeunesse. Ses cheveux grisonnaient sur ses tempes et étaient d'un châtain cendré sur le reste de sa tête, comme Wolf s'en souvenait. Il y avait une lueur amicale dans ses yeux bleus pénétrants et il était aussi réservé que sa femme était bavarde. Wolf se demandait comment aborder la vraie raison de sa visite à Kendal, quand le marquis prit la parole.

Regardant Wolf bien en face, il dit tranquillement :

— Me prenez-vous pour un vieux fou gâteux, mon garçon, incapable de reconnaître le nom de *Gerhart* ?

8.

Wolf n'aurait jamais pensé que lord Kendal se souviendrait du nom de son grand-père allemand, et il fut chagriné à l'idée que le marquis puisse être offensé par sa dissimulation. Il voulait avoir cet homme de son côté, pas contre lui.

— Etes-vous John ou Wolfram ? demanda le marquis. Manifestement, l'un de vous au moins a survécu à l'attaque. Je suppose que vous êtes Wolf, même si tous les trois vous ressembliez beaucoup à votre père.

Il s'adossa à son fauteuil et étudia Wolf.

— Si ma mémoire est bonne, vous êtes un peu jeune pour être John.

— John est mort avec mon père, déclara calmement Wolf.

Bien qu'il ait dû le savoir et l'accepter depuis vingt ans, le marquis fut clairement troublé par ses paroles.

— Pourquoi êtes-vous ici ? Quelles sont vos intentions ? demanda-t-il.

— J'espérais vous convaincre de m'aider à regagner Windermere et à blanchir le nom de mon père, répondit Wolf d'un ton prudent. Je n'étais pas sûr…

— Je vous aiderai, déclara le marquis sans hésitation.

Il plaça les mains sur les bras de son fauteuil et se leva.

— J'ai toujours pensé qu'il y avait eu une sombre machination, et pas seulement des bandits comme on nous a conduits à le croire. Il ne fait pas de doute dans mon esprit que votre oncle Clarence a contribué à éliminer votre famille en Europe. Je suis également certain que lui, ou peut-être Philip, a été responsable de cette tentative d'assassinat sur le roi Henry Hereford durant la révolte de Glendower.

— En avez-vous des preuves ? demanda Wolf, stupéfait par sa révélation.

Kendal secoua la tête.

— Non, mais j'ai très bien connu votre père et son frère durant notre jeunesse. Clarence convoitait les terres de Windermere et le titre. Il ne pouvait admettre l'idée que rien ne lui reviendrait. Je n'ai jamais douté que Clarence était capable de trahison — et, pire, de meurtre — pour avoir ce qu'il voulait. Et il voulait Windermere.

— Nous venons précisément de Windermere, dit Wolf.

— Vraiment ?

Le vieil homme haussa un sourcil.

— Vous devez être très prudent avec votre cousin Philip. Il est aussi retors que son père l'était, vous savez, bien que les actions de Clarence fussent motivées surtout par la jalousie. Il haïssait votre père.

Wolf le savait.

— Philip est en tout cas un animal différent, observa le marquis en contournant son bureau. Il y a eu quelques vilains incidents, tous étouffés, bien sûr.

— Messire, Agatha Colston est encore en vie, déclara Wolf.

Lord Kendal prit un air intrigué.

— Nous pensions qu'elle était morte il y a des années.

— Elle a donné ceci à lady Kathryn Somers, dit Wolf en tirant de son haubert la bourse en cuir contenant le sceau et le parchemin. Agatha lui a dit de me le remettre, puis elle a disparu.

— Comment cela ?

Wolf expliqua la façon dont Kit avait rencontré lady Agatha.

— Elle a dû être impliquée dans le complot contre mon père dès le début, conclut-il. Mais je ne comprends pas pourquoi elle trahit Philip maintenant.

— Je me le demande…, fit le marquis d'un ton songeur. Je m'aventurerais à dire qu'elle doit être prisonnière du château. Je ne crois pas que sa relation avec Philip ait jamais été bonne. Alors, quand elle vous a vu à Windermere, elle a probablement tenté sa chance.

— Mais comment m'a-t-elle reconnu ?

— Vous ne pouvez vous en rendre compte, bien sûr, mais vous êtes l'image de votre père, dit lord Kendal.

— Pourquoi Philip ne l'a-t-il pas reconnu, dans ce cas ? demanda Nicholas tandis que Wolf posait le sceau sur le bureau du marquis.

Ce dernier haussa les épaules.

— Cela remonte à vingt ans. Je doute qu'il lui traverse l'esprit que l'un des fils de Bart Colston puisse revenir d'entre les morts.

Il examina la gravure du sceau.

— C'est le sceau volé à Bartholomew, dit-il en levant les yeux. Agatha l'avait ?

Wolf hocha la tête.

— Agatha recelait également cela.

Lord Kendal se rassit à son bureau et fronça les sourcils devant le parchemin froissé et passé.

Après avoir examiné le document un moment, il s'adossa à son fauteuil.

— Ce sera ridiculement simple, annonça-t-il avec un grand sourire. Quand partez-vous pour Londres ?

Kit n'avait pas vu Wolf ou ses hommes depuis qu'ils étaient arrivés, et elle se demandait où ils étaient. Son ombrageuse escorte lui manquait et elle souhaitait avoir l'occasion de lui reprocher sa pauvre compagnie des deux derniers jours. Elle n'allait pas le laisser l'ignorer plus longtemps.

C'était terriblement injuste. Alors qu'il commençait à se montrer civil avec elle, il avait fallu qu'il l'embrasse. Maintenant, non seulement leur amitié naissante en souffrait, mais son cœur se contractait en un mélange d'émotions embarrassantes.

Les circonstances étaient difficiles, au mieux. Les mots ne pouvaient décrire ce qu'elle ressentait après avoir perdu Bridget, et son chagrin la submergeait parfois. Elle se sentait souvent au bord des larmes, mais faisait son possible pour les contenir, sachant fort bien qu'elles n'avaient pas de place sur la route avec une troupe de soldats insensibles pour compagnie. Et leur chef était le pire de tous. Sombre et maussade, il dressait entre eux un mur formidable et elle ne pouvait plus le supporter.

Wolf n'avait même pas mentionné son adresse à la fronde, à part sa curiosité initiale pour sa « petite arme », comme il disait. C'était comme si leur baiser avait glissé un coin entre eux.

Kit s'habilla pour le souper et descendit dans la grand-salle. Là, elle vit Wolf debout près de l'immense cheminée avec un autre homme.

— Or ça, Gerhart, dit l'homme en portant toute son attention sur Kit. Ni vous ni mon père n'avez pris la peine de mentionner les éminentes qualités de cette dame.

Il prit la main de Kit et s'inclina galamment dessus.

— Je ne crois pas que votre père l'ait rencontrée, répondit Wolf d'une voix tendue.

Il serra les mâchoires et présenta Kit à William Beauchamp, le fils de lord Kendal.

— Permettez-moi de vous présenter lady Kathryn Somers, pupille du roi Henry, fiancée à sire Rupert de la garde royale.

Il regarda à peine Kit pendant qu'il parlait, mais il était très conscient du fait que William continuait à tenir la main de la jeune fille.

— Sire Rupert… Aires ?

— Oui, messire, répondit Kit d'un ton bref.

Comment Wolf osait-il prononcer le nom de Rupert maintenant, si ce n'était pour lui rappeler sa duplicité ?

— Je le connais. Un excellent soldat, observa William. Je vous souhaite beaucoup de bonheur.

— Merci, répondit Kit en foudroyant Wolf du regard.

— Mon frère, Robert, est à Londres avec son épouse et son fils. Peut-être que vous…

— Ah ! Vous voilà !

Lady Mary fit son entrée dans la grand-salle avec son époux.

— Je vois que vous avez rencontré William. Où sont les autres ?

Elle prit à peine le temps de respirer et inspecta la salle.

— Sire Gerhart, votre cousin soupera avec nous, n'est-ce pas ? La cuisinière a préparé un repas spécial qui…

— Femme ! coupa le marquis. Voulez-vous vous occuper des gobelets ? William a été négligent.

— Bien sûr, répondit Mary. Il y a un superbe tonnelet de vin décanté juste pour ce soir. Nous…

Son bavardage continua, mais seulement pour son propre profit, car ses paroles se perdirent dans l'immensité de la grand-salle.

Kit avait projeté de parler à Wolf durant le souper de la piètre manière dont il la traitait, mais entre ses conversations avec William et son père et le fait que lady Mary ne lâchait pas l'oreille du chevalier, l'occasion ne s'en présenta pas. Ils terminèrent le repas et les hommes quittèrent la grand-salle sans même un mot de congé. La frustration de Kit augmenta.

— Où sont-ils allés ? demanda-t-elle à lady Mary tandis qu'elles montaient l'escalier pour se retirer.

Il était tard, et la marquise étouffa un bâillement avant de répondre. Kit nota avec quelque soulagement que la fatigue diminuait son ardeur à discuter.

— Oh, vous savez ! Les hommes se plaisent à faire un tour des lieux pour s'assurer par eux-mêmes que tout va bien. Mon mari aime à parcourir les remparts pour vérifier que ses gardes sont en alerte.

Elles atteignirent la porte de Kit, et lady Kendal lui souhaita une bonne nuit.

— Si vous ne pouvez pas dormir, ajouta-t-elle après réflexion, la cuisinière a du vin doux dans un pichet dans la cuisine. Cela aide à calmer les nerfs après une longue journée de voyage et d'excitation.

— Merci, lady Mary, dit Kit. Je m'en souviendrai.

Elle avait à peine posé sa bougie sur le coffre de sa chambre qu'elle décida d'aller chercher une coupe du vin chaud et épicé. Bien qu'il fût tard, son agitation ne s'était pas dissipée et elle savait qu'elle mettrait longtemps avant de pouvoir dormir.

Ayant trouvé le vin, elle s'en servit une généreuse ration et alla jusqu'à la cheminée de la grand-salle où un feu couvait encore. Elle prit place dans un des grands fauteuils disposés devant l'âtre et se pelotonna comme un chat. Elle but son vin doux et se laissa gagner par les longues ombres vacillantes de la salle.

Elle était déterminée à informer Wolf dès le lendemain qu'il lui déplaisait d'être ignorée. Elle n'était pas une enfant, après tout, et le moins qu'il lui devait était de lui montrer une simple courtoisie. Ils avaient tous les deux intérêt à oublier l'incident du ruisseau, et il pouvait fort bien cesser de la provoquer en mentionnant le nom de Rupert. Ne comprenait-il pas combien il était déstabilisant d'être fiancée à un homme et d'éprouver cependant d'étranges sentiments non désirés pour un autre ? Comment pouvait-il être aussi insensible ?

Finalement satisfaite du sermon qu'elle ferait au négligent chevalier, Kit but une deuxième coupe de vin et se détendit. Le feu réchauffait sa peau et le vin lui réchauffait le sang, et bientôt elle somnola confortablement dans son fauteuil. Elle n'eut pas conscience que les hommes revenaient dans la grand-salle et prenaient congé de Wolf, qui n'était pas prêt à aller se coucher.

Il alla jusqu'au feu et contempla les flammes, songeant à sa bonne fortune et au plan précautionneux qui l'avait amené à Kendal.

La loupe du marquis leur avait permis de déterminer que le parchemin contenait des preuves quasiment irréfutables contre Philip et Clarence. Lord Kendal insistait pour accompagner Wolf à Londres, et ce dernier savait que le soutien du marquis à la cour du roi Henry serait inestimable. Il retrouverait bientôt son titre et ferait punir Philip pour son rôle dans la conspiration contre son père.

Pour un homme sans avenir, Wolf avait soudain plus de perspectives qu'il ne l'avait jamais escompté. Tandis qu'ils parcouraient les remparts, le marquis avait fait quelques remarques qui le poussaient à considérer ce qui l'attendrait quand il regagnerait Windermere.

Il y avait une multitude de problèmes qui devraient être réglés. Le château lui-même avait besoin d'être réparé, et d'après ce qu'il avait vu en ville, Kit avait raison à propos du bailli et du contremaître. Les gens n'étaient ni prospères, ni contents de leur situation. Qui savait combien d'atrocités avaient été commises au fil des années sous la tutelle de Philip ?

Wolf se demanda si Stephen Prest, l'intendant de son père, pourrait être retrouvé. Si oui, cet homme serait d'un secours considérable pour redresser les choses et revenir aux précédents établis par son père. Wolf devrait nommer un nouveau bailli et un nouveau contremaître et il choisirait des hommes justes, comme ceux employés par Bartholomew. Oui, il y aurait beaucoup de travail à accomplir quand il retournerait à Windermere.

Il se demanda encore si son grand-père le presserait d'épouser Annegret maintenant. Il essaya de se convaincre que cela n'aurait pas d'importance. Il avait besoin d'une comtesse pour Windermere et d'héritiers, et il s'efforça de croire qu'une femme en vaudrait bien une autre. Mais il lui était impossible de ne pas penser à Kit, à ses lèvres douces, à ses soupirs quand elle était dans ses bras…

Avant d'avoir rencontré Kit, il n'avait jamais envisagé d'éprouver de l'attachement pour sa future épouse. Il savait que c'était une idée stupide, qui rendait un homme vulnérable. Annegret était une candidate plausible pour être sa comtesse. Même si elle se montrait si timide et silencieuse quand elle était avec lui, une fois qu'elle s'habituerait à lui elle ferait sans nul doute une bonne épouse, docile et souple. Une épouse qui serait prévisible…

Un doux soupir interrompit ses pensées, et il se tourna pour voir Kit endormie dans le fauteuil derrière lui, les pieds ramenés sous elle et la tête reposant sur son bras. Elle était si fascinante, si enfantine, si pleine de tempérament. Il savait qu'elle était fâchée contre lui, et elle en avait tous les droits. Bien qu'elle ait essayé maintes fois de converser avec lui, il avait repoussé toutes ses tentatives de le faire sortir de sa réserve. Il lui avait même jeté Rupert au visage quand il savait fort bien qu'elle pensait l'avoir trahi.

Il avait conscience de l'avoir traitée abominablement ces deux derniers jours, mais il ne voyait pas d'alternative. Elle devenait rapidement sa faiblesse, et après la nuit où ils avaient été attaqués sur la route il s'était juré de ne pas laisser arriver cela. Il allait la conduire à Londres et la remettre aux bons soins du roi Henry. Alors il pourrait s'occuper de regagner Windermere sans autre distraction. Une fois que Windermere serait de nouveau à lui, il se mettrait à réparer les dommages causés au domaine ces vingt dernières années. Quand le temps serait venu, il épouserait Annegret ou une autre jeune fille convenable. Une jeune fille calme, posée et sans surprise.

Kit remua dans le fauteuil et ouvrit légèrement les yeux, pour les refermer aussitôt. Puis, prenant conscience de la présence de

Wolf, elle les rouvrit de nouveau, s'éveilla complètement et s'étira en étouffant un bâillement.

— Vous devriez être au lit, déclara-t-il calmement.

— Je n'étais pas fatiguée, rétorqua-t-elle d'un ton impertinent.

— C'est ce que je vois.

— Au moins vous me parlez, pour changer, lança-t-elle avec sarcasme, ses yeux verts étincelants.

Il ne répondit pas et se sentit amusé par le fait qu'elle n'était pas le moins du monde intimidée par lui.

— Mesurez-vous que vous ne m'avez pas adressé plus de vingt mots ces trois derniers jours ?

Wolf se saisit de sa coupe vide et la renifla. Il suspectait qu'elle avait bu un peu trop de vin.

— Il est fort peu aimable de votre part de m'ignorer comme vous l'avez fait, Gerhart, fulmina-t-elle. Même le baron Somers reconnaissait mon existence.

Wolf fut saisi d'être comparé si défavorablement à ce vaurien, et le choc se lut sur son visage.

— Etes-vous fâché contre moi ? demanda-t-elle en voyant son expression.

Toute notion de le fustiger s'évanouit de son esprit. Elle craignait de l'avoir offensé sans le vouloir et cette pensée l'inquiétait. Se forçant à garder une voix ferme, elle s'enquit :

— Ai-je fait quelque chose…

— Non, Kit, répondit-il gentiment, ne voulant pas la blesser davantage par sa froideur. Venez. Je vais vous aider à regagner votre chambre.

— Peut-être que je n'ai pas besoin de votre aide.

Elle était de nouveau sur la défensive.

Il sourit. Il pouvait traiter avec une audacieuse et insolente lady Kathryn, mais pas avec une petite hirondelle blessée.

Elle se leva en chancelant légèrement et commença à marcher

vers l'escalier. S'il devait se montrer coupant avec elle, elle ne voyait pas l'utilité de respecter les convenances qui voulaient qu'il l'escorte et l'assiste si nécessaire. Elle n'avait pas besoin de lui, ni ne voulait de lui, ni…

— Bien. Je vais juste vous accompagner puisque je vais dans la même direction, de toute façon.

— Ne prenez pas la peine de vous occuper de moi, Gerhart, dit-elle en s'engageant d'un pied vacillant dans l'escalier. Je suis parfaitement capable de…

Elle trébucha et il la rattrapa par la taille pour l'empêcher de tomber.

La frustration l'envahit et elle retint des larmes brûlantes quand Wolf la fit pivoter rudement dans ses bras et écrasa sa bouche sur la sienne, ne lui laissant pas la moindre chance de s'écarter. Il bougea ses lèvres sur les siennes jusqu'à ce qu'elles s'adaptent parfaitement, puis les ouvrit, lui demandant silencieusement de faire la même chose. Kit obéit, et quand la langue de Wolf toucha la sienne elle fut saisie d'une chaleur si intense que ses genoux flanchèrent. Elle serait certainement tombée s'il ne l'avait pas tenue aussi fermement.

Il la pressa plus près contre lui, moulant sa douceur dans son corps dur tandis qu'elle levait les mains et lui enlaçait le cou. Elle lui ouvrit sa bouche avec une ferveur et une ardeur qui l'effrayèrent, mais elle n'avait pas le pouvoir de se retenir. Il l'avait embrassée par deux fois auparavant, mais l'effet qu'il produisait sur elle était beaucoup plus dévastateur cette fois. Elle frémit. Elle brûlait d'un besoin qu'elle ne comprenait pas et ce besoin grandissait et explosait en elle. La bouche de Wolf la consumait et, tandis que leurs langues se joignaient, elle comprit qu'elle le désirait. Elle souhaitait sentir ses mains partout sur elle.

Les mains de Wolf remontèrent de sa taille jusqu'à ses seins. Se saisissant de leur rondeur et trouvant les pointes de ses pouces, il les caressa jusqu'à ce qu'elles se dressent.

Il savait qu'il devait se forcer à s'arrêter. Il savourait son incroyable douceur et était poussé par le désir tandis que son corps souple se pressait contre sa chaleur. Elle allait le rendre fou de convoitise, mais il savait que ce n'était pas possible. Elle était la pupille du roi et il était censé la protéger, pas abuser d'elle. Il ne pouvait pas la posséder, pas avec Rupert et Henry qui l'attendaient. Pas avec sa décision de se tenir loin d'elle. Ceci n'était qu'une erreur, une faille dans son contrôle. Il devait penser à Kit et à son bien-être. Il devait se concentrer sur Windermere.

Et il y avait ce projet de fiançailles avec Annegret…

Il s'écarta. La bouche de Kit était gonflée par ses baisers, et il avait envie de la ramener près de la cheminée pour lui faire l'amour. L'urgence de son désir était complètement nouvelle pour lui et il savait que cela ne pouvait conduire qu'à des peines de cœur. Il était clair dans les yeux de Kit qu'elle le désirait autant qu'il la convoitait. Il *devait* mettre un terme à tout cela, un terme irrévocable. Il ne pouvait y avoir de retour en arrière. Elle ne pourrait jamais être sienne, pas avec Rupert à qui elle se sentait liée.

Il déglutit fortement, puis lui décocha un sourire désinvolte pour cacher ses sentiments. Il lui prit la main et baisa sa paume avec sensualité.

— Je… n'ai pas d'excuse pour ma grossièreté de ce soir, jeunette. Je suppose que je suis resté trop longtemps sans fille…

Choquée par ses mots cruels, Kit le gifla violemment, puis se détourna et gravit les marches aussi vite que ses jambes le lui permirent. Quand elle atteignit le palier, elle prit une bougie sur la table et étouffa un sanglot, puis se remit à monter. Elle espérait de tout son être qu'il n'avait pas entendu son cri douloureux.

Une fille, ou une ribaude ?

Elle se jura qu'il ne l'approcherait plus jamais de si près.

9.

Après avoir pleuré amèrement jusqu'à s'endormir, Kit passa la journée suivante avec lady Kendal. Elle ne vit Wolf brièvement qu'une fois, alors qu'elle rompait son jeûne dans la grand-salle avec la marquise. Elle resta distante, refusant de croiser son regard et se laissant emporter par les bavardages de lady Mary.

Il y avait des années que Wolf ne s'était pas senti si misérable. Kit Somers était de loin la femme la plus désirable qu'il avait jamais rencontrée, répondant à ses baisers d'une manière enflammée, comme la nymphe dorée du lac de Somerton mais en plus réelle. Kit était faite de chair et de sang, d'un cœur et d'une âme, avec une impétuosité qui le captivait étrangement. Et il la voulait.

Cela le peina de voir combien elle paraissait malheureuse, assise à la table avec lady Kendal. Elle avait les yeux rouges et gonflés et, bien qu'il sache qu'elle avait d'autres raisons de pleurer que son insulte du soir précédent, il se sentit fautif d'avoir ajouté à son fardeau des quelques derniers jours.

Résolu comme il était de la tenir à distance, et même d'encourager son animosité, il n'y avait rien qu'il pouvait faire pour apaiser sa souffrance. Et rien non plus pour apaiser la sienne. Il passa la journée avec lord Kendal et son fils William. Ils chevauchèrent à travers le domaine et passèrent l'après-midi à pêcher, avec le marquis racontant à Wolf histoire sur histoire des escapades de jeunesse de son père, quand le comte et lui se formaient ensemble à Castle Peak.

Bien que Wolf eût dû être captivé par ces récits sur le père qu'il avait à peine connu, ses pensées ne cessaient de revenir à Kit. Comment pouvait-il la laisser l'affecter à ce point ? Il n'y avait pas une femme dans toute l'Angleterre digne des tracas qu'elle lui causait.

— ... vraiment disposée à épouser Rupert Aires ? demanda William.

Wolf se rendit compte que ses pensées s'étaient égarées. Il hocha la tête, bien qu'il n'ait pas entendu toute la question. Il avait vu la réaction de William à la présence de Kit, assez pour comprendre ce qui lui était demandé.

— Elle est rousse, n'est-ce pas ? s'enquit William.

Avant que Wolf puisse répondre, il continua avec ardeur :

— Je le savais. Avec ses yeux verts, elle doit l'être. J'aimerais...

— Elle n'est pas disponible, coupa Wolf.

Etait-elle rousse ? Il ne l'avait jamais vue sans coiffe, même s'il supposait qu'elle découvrirait ses cheveux assez vite à Londres quand elle verrait les élégantes de la cour. Elle abaisserait probablement son décolleté et resserrerait son bliaut, aussi, pensa-t-il avec une grimace. Il la trouvait parfaite comme elle était.

— Qu'est-ce que le roi lui veut ? demanda le marquis.

— Que je sois damné si je le sais, répondit Wolf. Il veut probablement la marier à Rupert dès que possible pour mettre un terme à ses entourloupettes à la cour.

— Hmm. Elle est donc promise à sire Rupert ?

— Je viens de le dire, bougonna Wolf.

Wolf se sentait déchiré en deux. Une part de lui voulait rester à l'écart de la grand-salle pour ne pas avoir à affronter Kit au souper.

L'autre partie ne souhaitait rien moins que de la voir de ses propres yeux, pour s'assurer qu'elle allait bien. Enfer et damnation, que c'était irritant ! Comment avait-il pu se montrer si rude avec elle la nuit précédente ? Il se rappela qu'il avait prononcé ces mots cruels pour qu'elle le méprise et qu'il n'y ait pas de revirement possible. Et il avait parfaitement réussi.

Il s'avisa que dans une journée Kit serait seule à Londres. Elle épouserait Rupert Aires et retournerait dans le Northumberland, sur le domaine de la famille Aires. Et lui passerait il ne savait combien de temps à essayer de l'oublier, à ne pas lui comparer toutes les femmes qu'il rencontrerait — y compris Annegret.

— Bonsoir, sire Gerhart, dit lady Kendal tandis que la famille et ses hôtes se rassemblaient pour le souper. Vous vous êtes fait rare, aujourd'hui. Et mon mari et mon fils aussi. Je ne crois pas avoir vu lord Kendal aussi ravi d'une visite depuis bien longtemps. De fait, il semble plus qu'avide de me laisser seule demain pour voyager en votre compagnie.

Bien qu'elle parût pétulante, Wolf se rendait compte qu'elle le taquinait avec bonne humeur et n'avait pas l'intention de faire prendre ses plaintes au sérieux.

Lady Kathryn s'assit de nouveau à côté de lord Kendal et se concentra sur son tranchoir. Ecoutant à peine les babillages de la marquise, Wolf vit que Kit poussait sa nourriture sur les côtés et mangeait fort peu. Elle leva une fois les yeux vers lui, mais abaissa aussitôt ses paupières.

Son désarroi évident le tracassait énormément. Elle avait les yeux brillants de larmes contenues et il savait que si elle se mettait à pleurer, il se lèverait en une seconde et la prendrait dans ses bras, s'excusant et la priant de lui pardonner ses paroles.

Il ne pouvait laisser arriver cela. Elle irait beaucoup mieux en étant la femme enjouée et à l'esprit vif à laquelle il s'était habitué, plutôt que la jouvencelle blessée et abattue qu'il avait devant lui.

La conversation se porta sur l'attaque dont la troupe de Wolf avait été victime sur la route de Kendal. Nicholas se vanta des prouesses des hommes pour dérouter leurs assaillants, et Wolf saisit cette occasion pour pousser Kit à réagir.

— Lady Kathryn a réussi à lancer une pierre ou deux avec de la chance, et a assommé une paire de brigands.

— Quoi ? marmonna Kit, ayant du mal à croire ce qu'elle entendait.

— Ils ont été si surpris d'être touchés qu'elle a fourni à nos hommes un avantage momentané, même si nous étions en nombre inférieur. Et…

— Ils ont été plus que surpris, messire, lança-t-elle d'un ton indigné.

— Je vous demande pardon, ma dame ?

— J'ose dire que j'ai fait plus que de les surprendre, reprit-elle, incapable de croire la façon dont il minimisait sa participation au combat.

Elle leur avait sauvé la peau !

— Exact. Ils ont été distraits de leur attaque et mes hommes…

— Auraient été massacrés si je n'avais pas abattu ces vauriens !

— Lady Kathryn, fit Wolf d'un ton protecteur. Nous apprécions tous vos efforts…

— Chester Morburn aurait été coupé en deux, et Douglas Henley serait sûrement tombé sans les pierres que j'ai lancées « avec de la chance », comme vous dites !

Le marquis observait tranquillement cette dispute et se demandait ce qui poussait Wolf à provoquer la jeune fille de la sorte. Elle était irritée avec raison par sa façon de minimiser son rôle pendant la bataille, et la curiosité de lord John en fut piquée. Que se passait-il entre eux ? Pourquoi la pressait-il ainsi ?

Le marquis avait l'intention de le découvrir, sinon à Kendal, du moins à Londres.

— ... en outre, il est inconvenant pour une dame de se tenir à califourchon sur un cheval, lançant des pierres au hasard, espérant ne pas être remarquée par les ennemis, continua Wolf sur le ton pompeux d'un sermon. Si je n'avais pas vu ce brigand vous entraîner dans les bois, vous auriez pu subir plus que...

— C'est votre sauvetage, que j'ai dû subir ! coupa Kit d'une voix mordante. Si j'avais eu un moment de plus, je me serais libérée et échappée. Seulement...

Wolf eut un petit rire indulgent, ce qui la rendit plus furieuse encore. Lady Kendal se pencha devant son mari et posa une main sur le bras de Kit pour essayer de la calmer.

— Si nous nous retirions, nous, les dames ? suggéra-t-elle. Nous allons laisser ces gentilshommes à leurs affaires.

Le trajet jusqu'à Londres fut déplorable. Kit insista pour monter sa jument, refusant de passer une heure de plus dans la selle de Wolf, près de lui. L'un des hommes chevauchait toujours à côté d'elle, mais jamais Wolf. S'il lui arrivait de lui parler, ce qui était rare, son ton était bref. Il haussait un sourcil moqueur chaque fois qu'il regardait dans sa direction et osait même se montrer impatient quand elle réclamait une halte pour vaquer à ses besoins personnels.

Cet homme était insupportable, et elle ne pouvait attendre d'atteindre Londres et d'être débarrassée de lui.

Toutefois, elle était misérable quand ils atteignirent Westminster. Elle redoutait de faire ses adieux au chevalier, dont la présence revêche lui manquait avant même qu'ils se soient séparés. Penser à son départ imminent la mettait de nouveau au bord des larmes. Ils avaient vécu tant de choses ensemble qu'elle avait l'impression de le connaître depuis des années. Que ferait-elle sans lui ?

L'arrivée de Kit au palais du roi fut tellement empreinte par les doutes et la désolation qu'elle put à peine apprécier la grandeur du château ou le fait qu'Henry l'avait convoquée dans ce lieu somptueux. Elle se concentra sur des détails, comme faire décharger ses sacs et conduire sa jument aux écuries, pour ne pas avoir à penser qu'elle allait quitter Wolf. Une fois, quand elle croisa son regard d'une manière inattendue, elle fut certaine de voir dans ses yeux une étincelle… de quelque chose, mais cela s'évanouit si vite qu'elle se dit qu'elle s'était trompée. Elle savait fort bien que la lumière de ses yeux était *Annalise,* et pas une simple *fille* de la campagne.

Lady Maude Teasdale, une cousine éloignée du roi Lancastre, accueillit la troupe de Wolf dans la cour et se chargea de Kit. Tandis que la dame écoutait le bref rapport de sire Gerhart sur leur voyage, lord Kendal prit la jeune fille à part.

— Il me vient à l'esprit qu'il vous faudra peut-être un certain temps pour vous ajuster à la vie au palais, dit-il. Si vous rencontrez quelque… difficulté, sentez-vous libre de faire appel à moi. Je ne suis pas sans influence ici.

— Merci, lord Kendal, répondit Kit en se haussant sur la pointe des pieds pour l'embrasser sur la joue.

Ses mots aimables rendaient la séparation plus facile.

— Je ferai appel à vous si nécessaire.

— Et à moi, lady Kathryn, ajouta William. Je suis aussi à votre service.

— Je m'en souviendrai, dit-elle avec un petit sourire triste. Lady Kendal et vous avez été fort bons.

Puis elle se tourna vers Wolf, hésitante.

— Et vous, sire Gerhart ?

Elle espérait une parole aimable, ne voulant pas qu'il la quitte en des termes aussi déplaisants.

— Serez-vous aussi disponible, si j'ai besoin de vous ?

Wolf serra les dents.

— Il semble que vous ayez une abondance de champions, ma dame, dit-il d'une voix dure. Vous n'aurez pas besoin de moi.

Lady Maude emmena prestement Kit, avec deux gardes et un porteur, dans les profondeurs du palais de Westminster. Kit se détourna une fois et vit Wolf qui se tenait nonchalamment sous une arcade, l'air sombre, la regardant partir pendant que lord Kendal, son fils et le reste des hommes se mettaient en selle et se préparaient à s'en aller. L'expression de ses yeux donna à croire à Kit qu'il s'était enfin avisé qu'ils ne se reverraient peut-être jamais. Ravalant une bouffée de solitude et réprimant un besoin douloureux d'être de nouveau tenue dans ses bras musclés, elle pivota et s'engagea dans les corridors de Westminster Palace.

— Nous ne savions pas quand vous attendre exactement, lady Kathryn, dit Maude en traversant la galerie d'un bon pas. Mais des chambres ont été préparées et vous aurez deux servantes bien exercées pour s'occuper de vous en attendant que Sa Majesté revienne.

— Qu'elle revienne ?

Est-ce que le roi n'était pas là ? Pourquoi l'avait-il fait quérir s'il était absent ?

— Oui. Malheureusement, Sa Majesté n'est pas en résidence ici actuellement, mais à ce que j'ai compris elle doit rentrer dans quinze jours. Vous serez sûre d'avoir une audience avec elle à ce moment-là.

Kit avait envie de demander ce que le roi Henry lui voulait, mais elle craignit qu'il ne soit pas sage d'admettre qu'elle n'avait aucune idée de la raison pour laquelle il l'avait convoquée. Elle jugea préférable de ne pas mentionner ses doutes, mais de se contenter de supporter son séjour à Londres. En outre, elle pouvait mettre cette période à profit pour trouver Rupert. Après tout, se dit-elle, c'était pour cela qu'elle s'était laissée conduire jusqu'ici, non ?

Maude la guida finalement dans une grande chambre très gaie qui était somptueusement meublée. Cela ne convenait guère aux goûts simples de Kit, mais il y avait d'immenses fenêtres qui donnaient sur une cour enveloppée pour l'instant dans les ombres du soir. Elle était située du côté opposé à celui où Wolf l'avait quittée, et elle se dit qu'elle ne pourrait le voir partir.

— Le salon voisin est également à votre disposition, lady Kathryn, dit Maude en ouvrant une porte de communication. Nul doute que les autres dames seront impatientes de vous rencontrer et d'entendre le récit de votre voyage. Vous pourrez les recevoir ici ou faire comme bon vous l'entendrez. Nous avons reçu des instructions pour vous aider à vous sentir chez vous au palais.

— Merci, lady Maude, dit Kit en poussant un soupir. Je vous suis très reconnaissante. Mais qui sont…

— Que préférez-vous d'abord ? Un bain ? Votre souper ?

Maude ouvrit la porte de la chambre pour introduire les deux chambrières dont elle avait parlé. Toutes deux étaient jeunes et enthousiastes à l'idée de rencontrer leur nouvelle maîtresse. Elles firent une révérence et donnèrent leur nom, Meg et Jane.

— Un bain me conviendrait, déclara Kit en souhaitant que lady Maude la laisse.

Elle se sentait très mal et voulait être seule. Même l'idée de revoir Rupert ne réussissait pas à améliorer son humeur.

— Leurs Majestés ont de nombreux courtisans et conseillers qui résident ici à Westminster. Il y a également les dames d'atours de la reine Catherine, ainsi que les épouses et les filles de ces gentilshommes. Nous avons plusieurs Catherine, un si joli prénom.

— Merci.

— Vous rencontrerez certaines de ces dames demain, je suppose. Nous vous avons toutes attendue avec impatience.

— Vraiment ? releva Kit, surprise.

Elle se demanda si tout le monde ici connaissait ses affaires avec le roi, sauf elle.

— Oui, bien sûr, répondit Maude. Sa Majesté nous a dit de vous attendre. Ah, voici votre bain.

Des valets apportèrent plusieurs seaux d'eau fumante et les versèrent dans la baignoire qui avait été placée près du feu.

— Je vous laisse aux soins de vos chambrières.

Kit réussit à passer huit des journées les plus solitaires qu'elle avait jamais connues.

Henry avait donné des ordres pour qu'on s'occupe d'elle et qu'on lui fournisse tout ce dont elle avait besoin. Du coup, des couturières s'étaient mises au travail pour lui confectionner plusieurs robes neuves, les dames de la cour s'étant étendues sur ses « étranges » vêtements de la campagne. Avec une bouffée de détresse, Kit s'était rendu compte combien elle avait dû paraître ridicule et attardée à Wolf, qui était habitué aux dames élégantes de la cour. Ses cottes larges et flottantes n'étaient pas du tout à la mode. Heureusement, les couturières de Westminster étaient de première qualité, et sa garde-robe serait complètement remplacée quand le roi reviendrait.

Le roi et la reine avaient laissé un nombreux entourage à Westminster. Les femmes parlaient souvent français, une langue que Kit n'avait jamais eu besoin d'apprendre, et trop souvent personne ne se souciait de traduire les conversations pour elle.

Tandis qu'elle passait ses journées à attendre le roi, Kit occupait ses matinées à se promener dans les jardins, habituellement seule, souhaitant pouvoir s'évader du palais pour regagner la campagne. Elle pensait qu'elle pourrait peut-être apercevoir Wolf quelque part dans l'immensité du domaine royal, mais elle savait au fond de son cœur qu'elle ne le reverrait jamais.

Ses après-midi s'écoulaient avec des dames du palais. Elles

avaient diverses occupations de bon aloi — de la couture et du raccommodage, de la broderie, et quelques-unes d'entre elles travaillaient à une immense tapisserie colorée. Elles bavardaient et échangeaient des ragots tout en s'activant. Parfois, elles accueillaient un ménestrel qui jouait du luth et composait des chansons pour les distraire.

Le nom de Rupert Aires était souvent prononcé, parmi des petits rires, des gloussements et des rougissements. Kit ne comprenait pas ces sous-entendus ; elle savait seulement qu'elle était déçue par Rupert. Il était à Londres, probablement tout près d'elle, et il avait sans doute entendu parler de son arrivée ; pourtant, il ne s'était pas donné la peine de lui rendre visite. Il ne lui avait même pas envoyé un billet. Pourquoi n'était-il pas venu ? Et pourquoi toutes ces dames gloussaient-elles quand elles parlaient de lui ? Il ne pouvait certainement pas… Non, elle rejeta cette idée.

On parlait même de sire Gerhart parmi ces dames, et nombre d'entre elles semblaient anxieuses de découvrir ce que Kathryn avait à en dire. Lady Catherine Montfort paraissait particulièrement intéressée.

— Ooh, sire Gerhart, dit-elle en roucoulant. Il bouge si bien… Il est si farouche… A-t-il jamais… Je veux dire, est-ce qu'il est…

— Sire Gerhart se garde pour son amour en Allemagne, comme vous le savez fort bien, coupa Jacqueline de Meaux avec son charmant accent. Il n'a jamais — à ce que je sais — eu… d'histoire avec une dame de la cour.

— Moi je dis qu'il n'a pas de femme l'attendant en Allemagne, déclara Catherine en faisant la moue. C'est juste qu'il…

— Au contraire, répliqua Claire. Mon père dit qu'il a rencontré la jeune fille et son père. Il paraît qu'elle est *très belle*.

— Alors est-ce que sire Gerhart va retourner en Allemagne pour se marier ? demanda Kit.

— Peut-être que sa fiancée viendra en Angleterre, répondit

Jacqueline. Ou il se peut qu'ils aillent à Paris. On dit que sire Gerhart aime beaucoup cette ville.

Et les choses se poursuivirent ainsi, à n'en plus finir pendant des jours, la nervosité de Kit s'accroissant d'heure en heure. Elle n'avait pas besoin de traducteur pour comprendre ce que signifiaient les mots « très belle », ou les petites phrases en français que les dames utilisaient pour parler de la fiancée de Wolf. Elle apprit qu'*Annamarie* était une belle dame sophistiquée, et elle supposa que Wolf regrettait probablement le temps qu'il avait passé entre le Northumberland et Londres, loin de sa promise.

Lors de son neuvième matin à Westminster, lord Kendal vint lui rendre visite, amenant sa belle-fille avec lui. A plusieurs reprises, Wolf avait parlé au marquis de ses inquiétudes pour Kit, seule au palais. Le marquis avait promis qu'il irait la voir. Pourquoi Wolfram ne le faisait-il pas lui-même, c'était une autre devinette que lord Kendal se promettait de résoudre, bien qu'il ait ses soupçons.

— Cet endroit peut être un nid de vipères, lady Kathryn, dit-il d'un air entendu. J'ai pensé que vous aimeriez peut-être avoir une amie.

Lady Charlotte Kendal était un peu plus âgée que Kit. C'était une grande femme brune, avec de doux yeux bruns et un sourire amical et sans prétention. Elle n'avait rien de commun avec les dames de la cour.

— J'étais impatiente de vous connaître, dit-elle. Gerhart nous a parlé de votre voyage depuis le Northumberland.

— Vous avez vu Gerhart ?

L'humeur de Kit s'envola aussitôt, et cependant elle se sentait en même temps déprimée. Il était si proche…

— Oui, répondit lady Charlotte en riant. Nous avons été envahis par les hôtes, sans parler de lord Kendal et du frère de mon mari.

— Vous serez bientôt débarrassés de nous tous quand nous irons à Arundel.

Le marquis ne s'offusquait pas de la gentille taquinerie de sa belle-fille. Elle était une bonne épouse pour son fils et lui avait donné un héritier un an plus tôt.

— Vous n'avez pas à vous soucier de moi, répondit Charlotte. Votre petit-fils adore toutes les attentions que vous lui prodiguez, vous les hommes. Et nous aimons avoir des invités.

— Quand partez-vous pour Arundel, messire ? demanda Kit.

— Demain.

— Est-ce que Gerhart…

— Oui, sire Gerhart vient avec nous, déclara le marquis. Je m'assurerai de l'informer de la façon dont vous survivez à Westminster.

Le visage de Kit s'assombrit. Bien qu'elle n'ait plus vu Wolf depuis qu'il l'avait laissée au palais, elle avait pensé qu'il n'était pas loin. Mais à présent, il allait partir dans le lointain Sussex. Trop loin d'elle pour qu'elle puisse être réconfortée en pensant à lui.

10.

Arundel
Fin mai 1421

Le roi Henry V était heureux de voir le marquis de Kendal. Le monarque était de fort belle humeur. Son récent mariage avec Catherine de Valois s'avérait être une union des plus satisfaisantes, et ses victoires en France lui avaient fait beaucoup de bien dans son royaume. Il était disposé à se montrer amical et généreux envers de vieux amis, et lord Kendal était l'un des plus loyaux d'entre eux. Il l'avait prouvé par sa fidélité durant certaines difficultés du règne d'Henry IV, et par son soutien constant.

La présence de sire Gerhart auprès de lord Kendal fut appréciée, et le roi écouta avec bienveillance le rapport du chevalier sur le voyage de Kathryn Somers à Londres — même s'il apprit avec un certain regret qu'elle avait perdu sa cousine à Windermere. Henry eut droit à un récit détaillé, y compris de l'attaque qu'ils avaient repoussée le soir où ils avaient quitté Windermere.

— Comment la dame a-t-elle supporté cette attaque ? s'enquit le roi alarmé. A-t-elle été blessée ?

— Non, Votre Majesté, répondit Wolf. Bien qu'elle se soit mêlée à la bataille.

— Comment cela ?

Les yeux noisette du souverain trahirent sa curiosité.

— Elle s'est éloignée sans être vue, expliqua Wolf avec un grand sourire, et s'est juchée *à califourchon* sur sa monture d'où elle a lancé des pierres sur nos assaillants avec une fronde. Et elle a visé juste.

Henry regarda Wolf avec incrédulité. Il ne connaissait aucune dame qui fasse usage d'une arme. Se mêler à une bataille alors que sa vie était dans la balance…

— Dites-m'en plus sur lady Kathryn, ordonna-t-il, aussi intrigué par cette histoire que par le ton fasciné de Gerhart quand il parlait de la dame.

Wolf fut surpris par sa requête, car il croyait que le roi savait tout ce qu'il avait besoin de savoir sur Kit. Toutefois, vu le peu qu'on lui avait dit sur elle quand on l'avait envoyé la quérir, il en conclut rapidement qu'Henry savait fort peu de choses lui-même sur la jeune fille. Pourquoi elle avait été convoquée à Londres restait un mystère, aussi. Bien qu'il soit proche du souverain, Wolf ne pouvait aller à l'encontre du protocole en lui demandant ses raisons.

Il s'était inquiété au sujet de Kit pendant des jours, la sachant confinée dans le palais avec les dames de la reine Catherine et les femmes qui vivaient des intrigues de la cour. Il était reconnaissant au marquis de Kendal d'avoir présenté Charlotte à Kit. Aussi désespérément qu'il avait souhaité s'assurer lui-même de son bien-être, il s'était dit qu'il ne serait pas le bienvenu, étant donné la nature de leurs relations pendant les derniers jours de leur voyage. Et de toute façon, elle avait sans doute été heureusement réunie à Rupert Aires, à ce jour.

Wolf raconta à Henry les choses dont il se souvenait sur Kathryn. Il lui parla de Somerton et de ce qu'il savait sur la gestion du domaine par la jeune fille. Il mentionna également la façon brutale dont son beau-père la traitait. Il décrivit les soins qu'elle avait donnés à Bridget et sa réaction à la mort de la vieille femme. Il mentionna sa diplomatie à la foire de Windermere, quand elle était intervenue pour empêcher Philip Colston de punir injustement le jeune Alfie Juvet.

Henry était intrigué, pas seulement par ces histoires sur la jeune fille, mais aussi par sire Gerhart, le gentilhomme allemand qui s'était toujours montré si réservé, si exempt de passion et si froidement logique. Ils avaient été proches pendant les campagnes en France et il n'avait jamais vu Gerhart aussi fasciné par une femme auparavant. Kathryn Somers avait eu un effet singulier sur le chevalier, et le roi voulait en savoir plus.

Il retint un sourire en reconsidérant certains de ses plans et de ses options, en particulier en ce qui concernait lady Kathryn Somers. Il avait beaucoup à faire avant son retour en France, et il voulait que les affaires soient réglées en Angleterre avant son départ.

— Parlez-moi de son apparence.

Wolf se passa les doigts dans les cheveux.

— Je n'ai jamais vraiment *vu* lady Kathryn, sire, dit-il.

S'avisant de l'expression perplexe d'Henry, il comprit qu'il devait s'expliquer.

— Quand je l'ai rencontrée pour la première fois, elle portait des vêtements de paysan — des chausses et une tunique sales et une cape, je crois. Son visage et ses mains étaient couverts de terre et elle avait un œil meurtri et enflé. Lord Somers lui avait également fendu la lèvre, aussi il n'était pas possible de dire à quoi elle ressemblait.

— Je suppose qu'elle a fini par se laver ?

Une chaleur étrange monta le long du cou de Wolf, sous sa tunique. Bien sûr, que Kit s'était lavée. A quoi le roi voulait-il en arriver ? Que voulait-il savoir ? Qu'elle avait les yeux aussi verts que l'émeraude qu'il portait au doigt ? Que sa peau avait la couleur de la crème fraîche et était aussi douce que le satin blanc de la tunique royale ? Que lorsqu'elle rosissait, c'était d'une façon aussi légère qu'une brise matinale ? Peut-être qu'il voulait savoir exactement quelle était la hauteur de ses pommettes ou la façon dont son menton délicat était fendu par une fossette ?

— Son menton est fendu comme le vôtre, Votre Majesté, répondit-il abruptement.

Il souhaitait qu'ils puissent passer à un autre sujet et cesser de parler de Kit.

Henry parut saisi, et Wolf essaya d'adoucir sa réponse.

— Son apparence est somme toute plaisante, même si je ne l'ai jamais vue sans un bonnet ou une coiffe cachant ses cheveux, dit-il avec une frustration croissante. Ses habits n'ont jamais rien révélé de sa silhouette, bien qu'elle soit à peu près de cette taille — il porta une main à son épaule — et qu'elle tienne avec moi dans ma selle avec de la place à revendre.

Le chevalier était conquis, pensa Henry. C'était fort intéressant. De leur courte conversation au sujet de lady Kathryn, il pouvait aisément conclure qu'elle avait fait des nœuds de Gerhart.

Ce dernier s'était bien comporté, et le roi était satisfait de lui. Pas simplement pour avoir conduit Kathryn Somers à Westminster en toute sécurité, mais pour ses années de service. Il y avait longtemps qu'il voulait récompenser Gerhart pour ses exceptionnelles qualités. A la vue de ces nouveaux développements avec Kathryn, il était fort possible que la récompense de Gerhart serve plus d'un but. Il allait considérer cela avec attention.

Henry se tourna vers le marquis, qui était resté silencieux pendant le rapport de Wolf. Il était aussi fasciné par le récit du chevalier que le roi l'était.

— C'est bon de vous voir, Kendal. Nous avons rencontré votre fils au couronnement de Catherine.

— Oui, Votre Majesté, répondit lord Kendal. Nous en avons parlé. Sa femme et lui ont été très heureux d'accueillir la reine Catherine en Angleterre. Nous vous souhaitons tous le meilleur, sire.

Le roi hocha la tête en signe d'approbation.

— Quant à mes raisons de vous demander une audience…

Le marquis déposa le sceau et le parchemin sur la table pour qu'Henry les examine et entama sa plaidoirie en faveur de Wolf.

Palais de Westminster

Kit rencontra Rupert par hasard, un matin ensoleillé où elle se promenait dans le jardin ouest. En vérité, elle faillit tomber sur lui.

Se sentant particulièrement maussade et seule, elle avait emprunté l'une des allées les moins usitées, espérant que le décor coloré la réjouirait un peu. Un joli petit ruisseau traversait cette extrémité du jardin et il y avait d'intéressants tas de pierres çà et là, ainsi qu'un banc sous un énorme chêne.

Kit remarqua quelques herbes qui poussaient près du ruisseau et elle se baissa pour les examiner, pensant qu'elle pourrait peut-être accroître son stock de plantes médicinales. Elle suivit le bord de l'eau, prêtant peu d'attention à ce qui l'entourait hormis aux petites pousses et aux herbes sauvages qui étaient cachées parmi les rochers.

C'est alors qu'elle trébucha sur une paire de pieds. Apparemment, elle avait été si silencieuse ou Rupert et sa compagne avaient été si occupés qu'ils ne s'étaient pas rendu compte de sa présence dans le jardin avant qu'elle ne les heurte. Rupert s'assit brusquement dans les herbes hautes et allait fustiger l'intrus, quand il s'avisa soudain de qui il s'agissait.

A ce moment-là, lady Catheryn Hayward, que Kit connaissait de la cour, s'assit à son tour et ôta des brins d'herbe de ses cheveux et de sa cotte. Elle rougit et eut un sourire embarrassé, mais elle ne pouvait pas très bien éviter de faire face à Kit.

— Eh bien, Kit ! s'exclama Rupert, gêné.

Il se mit sur ses pieds et lui décocha un sourire penaud.

Au moins, il paraissait contrit, pensa-t-elle.

— Rupert, dit-elle en hochant la tête, lui rendant son salut d'une manière distante.

Elle était quasiment dénuée d'émotion, ce qui était surprenant. Il était là, enfin. Et tout emmêlé avec Catheryn Hayward, une méprisable petite idiote qui se plaignait toujours de quelque chose chaque fois que Kit la voyait. Celle-ci se trouvait face à Rupert, enfin, et elle n'avait rien à dire. Elle avait pensé qu'elle se jetterait dans ses bras quand elle le reverrait, qu'elle lui dirait tout sur Bridget et sur le roi, qu'il pourrait peut-être l'aider à comprendre pourquoi elle avait été convoquée à Londres…

— J'avais entendu dire que vous étiez ici.

Son visage était devenu plus beau encore durant ces trois ans, mais Kit n'était pas émue par ses traits fins. En regardant le teint échauffé de Catheryn et ses lèvres gonflées, elle comprit soudain clairement les remarques malicieuses des dames de la cour — et s'avisa que tout ce qu'elle avait su de Rupert et ressenti pour lui par le passé n'était plus vrai. Il appartenait plus à ces femmes qu'à elle et peu lui importait.

— Depuis quand êtes-vous rentré ? demanda-t-elle.

— Quoi ? Vous voulez dire à Londres ?

Elle hocha la tête.

— Oh, eh bien… il y a des mois, je suppose. Certains d'entre nous sont revenus avant le roi.

— Vous avez dû être occupé au palais…

— Pas du tout, répondit Rupert avec un sourire espiègle. Sa Majesté nous a donné des congés généreux après nos longs mois en France. C'est bon de vous voir, Kit.

— Je… Nous supposions que vous rentreriez dans le Northumberland…

C'était étrange. Elle aurait dû être bouleversée qu'il ne soit pas venu la voir des mois auparavant, mais elle se sentait soulagée, de fait, de ne pas être officiellement fiancée à ce beau vaurien.

— Non, je n'ai pas l'intention d'aller dans le nord avant d'y être obligé. Je préfère Londres.

Il sourit de nouveau, avec impudence.

— Je vois, dit Kit en jetant un coup d'œil à Catheryn qui s'était levée et détournée pour arranger le corselet de sa cotte.

Elle pensait que les rumeurs propagées par les dames de la cour disaient que Rupert courtisait lady Alice. Et voilà qu'il était avec Catheryn.

Comme il était frivole, pensa-t-elle. Il n'avait pas pris leurs promesses au sérieux, et ne se conduisait pas d'une manière responsable envers sa famille. Il aurait au moins dû leur rendre visite. Ou prévenir son père vieillissant. Pensant aux devoirs qu'il esquivait si aisément, Kit sentit grandir sa colère.

— Kit…

— Rupert ! geignit Catheryn. Je pense qu'il est temps que vous me rameniez. Maman va se poser des questions.

— Dans une minute, Kate, la repoussa-t-il, bien qu'elle s'accrochât à son bras comme si elle ne pouvait tenir debout.

— Pourquoi êtes-vous ici, Kit ? demanda Rupert. Pourquoi le roi Henry vous a-t-il convoquée ?

— On ne me l'a pas dit. J'attends son retour à Westminster.

— Il sera là dans quatre jours, à ce que j'ai entendu dire.

Catheryn se mit à tirer sur sa manche.

— Bien, je suppose que je dois raccompagner cette dame…

— Adieu, Rupert.

— Pas « adieu » ! protesta-t-il. Nous nous reverrons sûrement…

Bien qu'elle leur ait tourné le dos et se soit déjà remise à marcher vers le ruisseau, Kit ne put s'empêcher d'entendre les gloussements séducteurs de lady Catheryn.

Elle aurait dû se sentir triste, supposa-t-elle, ou même indignée, mais Rupert était juste ce qu'il avait toujours été : insouciant, indifférent, le cœur léger. Maintenant qu'elle y réfléchissait, il n'avait jamais montré de nombreux signes de responsabilité, et encore moins d'engagement. Pourquoi avait-elle jamais pensé qu'il prendrait sa promesse de fiançailles au sérieux ? En s'éloignant, elle se sentit immensément soulagée.

D'un autre côté, sa seule et unique certitude dans la vie avait cessé d'exister.

Château d'Arundel

Le marquis de Kendal était rayonnant. Tandis qu'il suivait le long corridor au côté du fils de Bartholomew Colston, il pouvait à peine contenir son sourire. Les choses n'auraient pu mieux se passer. Le roi avait écouté l'affaire visant Philip de Windermere, étudié les preuves qui lui avaient été présentées et tiré ses propres conclusions.

Henry estimait que Bartholomew Colston était innocent de la tentative d'assassinat sur son père Henry IV, pendant la révolte de 1401. En outre, il y avait des preuves irréfutables que Clarence et Philip Colston avaient été impliqués non seulement dans la conspiration visant à tuer Henry Hereford, mais aussi dans le complot qui avait abouti à la mort de Bartholomew et de son fils pendant leur voyage à Brême. Le parchemin vieilli, totalement déchiffré, en attestait.

Philip et son père avaient malignement accusé Bartholomew de la tentative d'assassinat sur le roi, s'assurant ainsi que le comte et ses héritiers seraient discrédités et perdraient leurs droits sur Windermere — pour le cas où ils réchapperaient de l'attaque sur la route de Brême. Le roi avait observé que le fait que Wolf ait survécu était un petit miracle, et lui avait gracieusement pardonné la duperie concernant son identité. Il comprenait le besoin de Wolf d'utiliser son nom allemand jusqu'à ce qu'il puisse laver son père de l'accusation de trahison.

Le roi Henry dépêcha rapidement une petite armée, sous le commandement de sire John Dubois, pour arrêter Philip Colston. Les soldats étaient également chargés de retrouver lady Agatha. Leurs instructions étaient de les ramener tous les deux à Londres, où Agatha serait interrogée officiellement et Philip jugé devant le tribunal royal pour sa complicité dans la mort de Bartholomew et John Colston. Il y avait également la question de la trahison dont Philip répondrait seul, Clarence étant mort depuis dix-huit ans.

Wolf prit la liberté d'envoyer Hugh Dryden à Windermere pour suivre discrètement le déroulement des faits.

— Qu'est-ce qui vous donne cet air sombre, mon garçon ? demanda lord Kendal comme ils sortaient dans la cour. Vos terres vous sont rendues, ainsi que votre titre et davantage. Vous êtes maintenant duc de Carlisle. Windermere et une demi-douzaine d'autres domaines vous appartiennent. Que pouvez-vous vouloir de plus ?

— Cela a été trop facile, répondit Wolf en essayant encore d'absorber tout ce qui s'était passé pendant son audience avec le roi.

Il fronça les sourcils.

— Toutes ces années, j'ai pensé que je devrais me battre bec et ongles pour Windermere. Il ne m'est jamais venu à l'idée…

Il secoua la tête.

— Bien, cela n'importe plus, à présent. Windermere est à moi, et je vais en payer le prix.

— Windermere, Votre Grâce ? releva le marquis en utilisant le nouveau titre de Wolf.

— Je n'attendais rien d'autre.

— Mais vous êtes tellement plus, désormais. Un duc du royaume, l'égal des frères d'Henry.

Oui, Wolf se sentait gratifié, et était même heureux d'avoir été si largement récompensé. Il pouvait revenir à Windermere en maître et rendre leur ancienne grandeur au château et au domaine.

Henry savait que Wolf était impatient de retourner à Windermere. Toutefois, le roi exigeait que le nouveau duc lui rende un dernier service avant son départ.

Lord Kendal rentra à Londres le lendemain avec son fils, laissant Wolf à Arundel pour assister le roi. Des plans devaient être établis pour le retour d'Henry et de Catherine en France, et il y avait des affaires de gouvernement à régler en Angleterre avant de suivre le marquis à Londres.

— Je voudrais vous parler d'une question importante pour moi, Wolf, dit Henry quand ils finirent leur travail cet après-midi-là.

Il apprenait à appeler son ami « Wolf ». Ce nom lui allait bien, comme « Gerhart » lui avait convenu pendant toutes ces années. Le roi voyait Wolfram comme un homme doté d'une force de caractère autant que d'une force physique, et possédant une noblesse et un sens de la justice égaux aux siens. Wolf Colston était quelqu'un à qui il pouvait confier une tâche délicate mais nécessaire.

— J'ai été récemment informé que j'ai une sœur, dit le roi. Je ne me souviens pas d'avoir rencontré sa mère, mais je tiens de la plus haute autorité — un document découvert parmi les papiers de mon père — que cette sœur a été conçue il y a vingt ans environ, peu après le sacre de mon père.

Faisant un rapide calcul mental, Wolf établit que la première épouse de l'ancien roi Henry était morte depuis plus de vingt ans, et qu'il n'avait pas encore épousé Joanna de Navarre quand il avait pris le trône de Richard II en 1399. La sœur était née entre ses deux épouses.

— Son existence a été éventée auprès de différences factions — les Français et, malheureusement, quelques Ecossais hostiles. Elle va devenir un poids à moins que je puisse assurer sa sauvegarde. Je ne puis permettre que ma demi-sœur soit enlevée par une bande de couards Ecossais, et je ne puis non plus supporter de payer de lourdes rançons pour son compte. Même ces maudits Lollards ont menacé de s'infiltrer dans le palais pour agir à leur guise. Je ne puis risquer sa sécurité.

— Des Lollards, Votre Majesté ?

Wolf ignorait que le groupe d'hérétiques était si actif à Londres.

— Vous attendez-vous à de la violence ?

Le roi hocha la tête.

— Il y a toujours cette possibilité. Quelques fanatiques religieux… J'ai ordonné que l'on protège ma sœur le mieux possible, mais cela ne suffira pas.

— Qu'avez-vous l'intention de faire ?

— La marier. Elle a besoin d'un époux avec du pouvoir et de l'autorité pour la protéger. Quelqu'un qui possède des terres et une position. Un duc.

Westminster

Kit ne pouvait plus supporter les essayages et les ragots. Les jours s'étiraient, et l'après-midi où le roi devait revenir à Westminster Rupert vint la chercher alors qu'elle était sur le point d'exploser d'énervement. Il avait organisé une compétition de tir près des grilles du palais, avec plusieurs soldats d'Henry, et il pensait que Kit aimerait y participer. Il savait que les hommes apprécieraient la nouveauté de la voir bander un arc. Il se souvenait vaguement qu'elle était douée, dit-il.

La nouvelle se répandit rapidement dans le palais. Quand les dames entendirent parler de l'invitation faite à Kit de tirer avec Rupert et quelques soldats, elles protestèrent énergiquement contre le fait d'être écartées et supplièrent Rupert de les laisser venir.

Catherine de Beauvais, Katherine Courtnay, Alice Trevelyan et Margaret de Troyes, vêtues de leurs cottes les plus colorées, ordonnèrent un pique-nique et firent amener leurs montures.

— J'aimerais avoir mon arc personnel, dit Kit à Rupert comme ils chevauchaient vers les fossés.

— Ne vous inquiétez pas. L'un de nos arcs vous conviendra.

Kit put voir les dames vêtues de couleurs vives qui se mélangeaient aux soldats, bien avant que Rupert et elle s'approchent. Elle faillit rire d'elles, tant elles étaient effrayées de laisser Rupert seul avec elle.

— Ah, bien, dit Rupert en scrutant l'assemblée.

Kit haussa un sourcil.

— Le complot a réussi.

Il lui décocha un coup d'œil rusé et parut débattre du bien-fondé de révéler son secret.

— De quoi parlez-vous ?

— Jackie de Meaux, répondit-il en désignant le groupe d'un geste du menton. Elle a reçu un message disant que sa chère tante maternelle est malade…

Kit fit l'inventaire des dames présentes. Il y avait Katherine Courtnay, Catherine de Beauvais, Margaret… et Alice !

— Quoi, espèce d'intrigant ! s'exclama-t-elle en comprenant. Vous avez éloigné lady Jacqueline pour pouvoir séduire Alice Trevelyan sans interférence !

— Jackie est résistante, dit-il. Elle s'en remettra.

— Mais c'est cruel, Rupert ! s'écria Kit avec indignation. Vous ne pouvez pas… séduire toutes les dames présentes à Westminster en les prenant l'une après l'autre, comme des cibles. C'est injuste. Immoral. Un manque d'égards caractérisé. Songez à leurs sentiments, à…

— Vous avez le cœur trop tendre, ma Kit, riposta Rupert en riant. Aucune d'elle n'a un cœur. Chacune veut *me* séduire. A sa façon, bien sûr. Et je les laisse simplement faire.

— Vous êtes incorrigible, Rupert Aires.

Kit planta ses talons dans les flancs de sa jument et prit les devants. Elle ne pouvait le laisser voir qu'elle savait qu'il avait raison. Nombre de ces dames méritaient Rupert, de fait.

Elle s'amusa énormément, se plongeant dans la compétition de tout son cœur pour oublier ses soucis. Elle savait que le roi allait bientôt rentrer et qu'avant longtemps elle apprendrait ses raisons de l'avoir convoquée à Londres.

— Vous êtes une meilleure tireuse que je m'en souvenais, Kit ! dit Rupert en riant quand la flèche de la jeune fille se ficha au centre de la cible.

Il lui pressa les épaules, au grand dam de lady Alice.

— Recommencez, la défia-t-il.

Elle lui sourit et plaça sa flèche dans l'encoche. Elle tira et laissa s'envoler le projectile. Tout le monde regardait pour voir si elle allait faire mouche.

— En plein milieu ! s'écria Rupert, prenant le visage de Kit entre ses mains et l'embrassant.

— Je me suis entraînée depuis que vous êtes parti, répondit-elle, appréciant l'amusement.

C'était ainsi qu'elle se rappelait Rupert. Rieur et le cœur léger. Elle était tellement prise par la joie du moment qu'elle mit un certain temps à remarquer le cortège qui arrivait à quelque distance et se dirigeait vers le palais.

Le roi et la reine chevauchaient parmi trois cents soldats et plusieurs conseillers royaux. Wolf Colston était à côté d'Henry, écoutant à moitié le souverain qui parlait à sa femme du banquet qui serait donné le lendemain soir. Il était plus intéressé par ses projets de retour à Windermere et avait décidé de ne pas assister au banquet, si Henry voulait l'excuser.

L'attention flottante de Wolf fut attirée par l'activité des archers dans la prairie, à l'ouest du cortège. Il ne pouvait se méprendre sur la présence de lady Kathryn au milieu du groupe, et il vit son tir parfait. Il vit également Rupert Aires qui l'embrassait.

Kit plaça ses mains sur les bras du jeune homme et l'embrassa à son tour.

11.

Lady Maude Teasdale informa Kit que le comte de Langston, Edward Markham, lui rendrait visite ce soir-là. Elle dit à Kit que le comte était l'un des diplomates les plus appréciés d'Henry. Il était rentré de France quelques semaines auparavant et était arrivé à Westminster avec le roi dans l'après-midi.

Langston était un homme aux cheveux blancs, assez âgé pour être le grand-père de Kit. Il tenait dans une main un parchemin roulé et attaché par un ruban doré.

— Ma chère lady Kathryn. Comme il est bon de vous rencontrer enfin, dit-il quand elle entra dans la pièce. Je dois dire que vous êtes le portrait de votre mère.

Les nerfs de Kit étaient déjà aussi tendus qu'un arc, et sa remarque ne fit rien pour l'apaiser. De fait, ses paroles la choquèrent, mais elle garda sa contenance. De justesse. Personne ne lui parlait jamais de sa mère, sauf Bridget.

— Comment allez-vous, messire ? demanda-t-elle tranquillement en faisant une révérence.

Elle tremblait légèrement dans l'attente de ce que le comte avait à lui dire.

— Vous avez connu ma mère ?

— J'ai connu vos deux parents.

Kit se crispa à ces mots. Ses *deux* parents ? Il n'y avait pas une personne en vie qui admettait d'avoir connu le premier mari de sa mère.

— On m'a dit que vous vouliez me parler, déclara-t-elle d'un ton calme, pleine d'expectative à présent.

— Oui. Ce sujet est quelque peu délicat, dit Langston en la conduisant à un fauteuil. Pourquoi ne vous asseyez-vous pas pendant que nous discutons ?

Kit prit place dans un siège confortable près de la fenêtre. Elle était si préoccupée par la visite du comte qu'elle remarqua à peine le magnifique massif d'iris pourpres qui s'étendait au-dessous. Elle ne doutait pas qu'il allait l'informer de la raison de sa convocation à Londres, et elle s'efforça de dominer les contractions de son estomac. Elle avait une étrange impression de menace après ses paroles sur ses parents.

— J'ai connu votre mère quand elle était ici il y a vingt ans. C'était une petite personne fort vive, et un peu difficile à vivre. Pour son père, je veux dire.

— Dites-vous par là que ma mère était volontaire, messire ? demanda Kit, ses nerfs se calmant un peu.

Les manières du comte étaient directes et amicales et la mettaient à l'aise.

— Pour le moins, répondit-il avec un petit rire.

— Etait-elle désobéissante ?

Cette idée était troublante. Bridget n'avait jamais rien dit de négatif sur Meghan. Pour ce qui était de la vieille nourrice, Meghan avait été parfaite. Mais qu'est-ce que tout cela avait à voir avec la convocation du roi ?

— Qu'il suffise de dire que votre mère était une jeune fille pleine d'allant, et une addition bienvenue à la cour du roi. Vous devez savoir que c'était une époque difficile, quand Henry Hereford a pris le trône à Richard. Tout le monde n'était pas prêt à le soutenir.

Kit eut envie de rire devant cette remarque qui était en dessous de la vérité. Un groupe de partisans de Richard, qui étaient censés être loyaux envers Henry, avait essayé d'assassiner le nouveau roi et ses fils quelques mois après le couronnement. Et cela s'était reproduit près d'un an plus tard. Cela avait dû être une époque explosive.

Le comte poursuivit :

— Toutefois, Sa Majesté Henry IV connaissait un grand succès après avoir débarrassé le pays du roi Richard. Lady Meghan Russell était arrivée d'Irlande juste avant le couronnement et elle s'est éprise d'Henry. Certes, maintes dames aimaient Henry à ce moment-là.

— Ma mère ? releva Kit avec un rire incrédule, car cette idée lui paraissait incongrue. Et le roi ?

— Elle… eh bien, elle lui plaisait. De nombreuses dames essayaient d'attirer son attention, mais il ne se souciait que de lady Meghan. Vous devez comprendre qu'il y avait beaucoup de pressions sur Henry à ce moment-là. Il n'avait pas endossé un rôle facile. C'était à lui de renforcer la monarchie, de réparer les torts causés à la cour, de sauvegarder… Mais je m'égare.

Il dénoua le cordon doré qui liait le document et commença à le dérouler.

— Il n'est pas facile de vous dire ceci, lady Kathryn. Toutefois, le jeune roi Henry a souhaité que ce soit moi qui vous informe puisque j'étais là à l'époque, et que j'ai connu votre mère et le roi.

— Connu ma mère… et le roi ?

Kit jeta un coup d'œil soupçonneux au parchemin qu'il plaça devant elle et reconnut le sceau royal.

— Henry Hereford, le roi Henry IV, était votre père, annonça le comte.

Elle secoua la tête pour s'éclaircir les idées.

— Le roi Henry Hereford… ?

— Henry Monmouth, Henry V, est votre frère. Votre demi-frère, en réalité.

Kit fixa le parchemin posé devant elle comme s'il pouvait parler, comme s'il pouvait commenter ce que Langston venait de lui dire. Puis elle regarda le comte, incrédule. C'était impossible. Intolérable. Sa bouche s'assécha.

— Personne ne m'a jamais rien dit. Pourquoi maintenant ? Pourquoi Sa Majesté m'a-t-elle fait quérir maintenant ?

— Les souhaits de votre père n'étaient pas connus jusqu'à récemment, quand ce document a été découvert, lui dit le gentilhomme. Le roi ne pouvait épouser votre mère, bien que je puisse vous assurer que c'était son désir le plus fervent. Il a choisi Somerton comme un lieu sûr pour vous deux. Il était fort concerné par votre sécurité, d'autant que nous semblions être au bord de la guerre civile à ce moment-là. Ses ennemis auraient pu aisément prendre l'avantage, s'ils avaient été au courant de votre existence. C'est pourquoi votre identité a été gardée secrète.

— Mais à présent… ?

Kit chassa une larme qui roulait sur sa joue. Toutes ces années à croire que son père avait été le mari de sa mère, un noble qui était mort honorablement quelque part… Mais Bridget avait su la vérité, avait essayé de la lui dire avant de mourir.

— Ce document a récemment été trouvé parmi les papiers de l'ancien roi. Il vous mentionne, vous, sa fille, à plusieurs reprises.

— Moi. Sa fille.

Sa *bâtarde*, pensa Kit avec amertume.

— Trop de gens sont maintenant au courant de votre existence. Davantage encore connaîtront bientôt votre identité. Il y a de nombreux ennemis des Lancastre qui pourraient tirer profit de cette information.

— Comment ?

— La première menace, bien sûr, est un enlèvement, déclara le comte.

— Dites-vous que quelqu'un pourrait essayer de m'enlever ? demanda Kit d'une voix tremblante.

Il hocha la tête.

— C'est pour cela que le roi Henry vous a fait venir à Londres dès qu'il a vérifié l'information. Pour assurer votre sécurité.

— Mais pourquoi devrais-je croire ce… ce document ? Pourquoi devrais-je accepter votre parole que je… que je suis une bâtarde ?

Lord Markham roula le parchemin et l'attacha avec le ruban. Il n'était pas particulièrement satisfait de la façon dont l'entretien s'était déroulé, avec lady Kathryn si manifestement déroutée. Mais elle avait de la ressource, se dit-il. Elle ne s'était pas effondrée, et n'était pas devenue hystérique. Toutefois, il devait être difficile d'apprendre ce genre de chose. De découvrir que toute sa vie avait été un mensonge. Il ne l'enviait certainement pas.

— J'étais là, ma dame, répondit-il aimablement. Votre père s'est confié à moi. Croyez-moi quand je dis que je n'ai ni souhait ni motif de vous offenser ni de vous blesser.

Elle pouvait voir que ses paroles étaient sincères, même si cela ne lui donnait que peu de satisfaction.

— Et maintenant ?

— Le roi, votre frère, souhaite que vous vous mariiez.

— Que je me marie ? s'écria-t-elle.

— Il a choisi un homme puissant, le duc de Carlisle, en qui il se fie comme un frère, pour vous épouser.

— Je suppose que ce… duc sait que je suis une bâtarde ? lança-t-elle avec amertume.

— Sa Grâce en a été informée.

— Et il est d'accord ? demanda-t-elle durement, en combattant ses larmes. Il épouserait une bâtarde ?

Lord Markham répondit par l'affirmative.

— Et si je refuse ?

— Un sujet royal ne refuse pas, lady Kathryn. Vous êtes la

sœur du roi. Il ne fait que ce qu'il estime le mieux pour votre bien, conformément aux désirs de votre père.

— Qui étaient ?

— Que vous soyez mariée selon votre position. Que vous soyez protégée.

Il laissa à Kit le temps de digérer cette information. Elle n'avait aucun choix dans cette affaire, et elle devait l'admettre. Quand elle se fut ressaisie, il poursuivit avec les instructions du roi.

— Sa Majesté ne pourra pas reconnaître ouvertement sa relation avec vous, même si beaucoup s'en doutent déjà. Elle demande que vous ne disiez rien pour la confirmer, ni pour la nier. Il est douteux que l'on vous demande ce genre de chose.

— Je reste Kathryn Somers ?

— La duchesse de Carlisle, plutôt.

Elle hocha la tête d'un air hésitant.

Lord Markham sourit.

— Vous rencontrerez le roi Henry demain, avant le banquet. Il a demandé que vous soyez assise à sa gauche, une place d'honneur.

Kit acquiesça de nouveau. Que pouvait-elle faire d'autre ? Elle était piégée.

Wolf discutait avec son cousin Nicholas tandis qu'ils sortaient du palais. C'était le matin du banquet, au cours duquel sa nomination comme duc serait annoncée ainsi que ses fiançailles avec la sœur du roi. Bien sûr, la relation de la jeune fille avec Henry ne serait pas admise publiquement. Seuls les frères du roi et quelques-uns de ses conseillers choisis étaient au courant de son existence. Quelques autres s'en doutaient, mais ce ne serait jamais confirmé.

Wolf avait pensé que sa récupération de Windermere était trop facile. Son mariage avec la sœur du roi en était le prix. Et il était déterminé à le payer.

— Mais, Wolf…

— Cela n'a pas d'importance, Nick. Une femme fera l'affaire aussi bien qu'une autre. Et un lien étroit avec la couronne ne pourra me faire de mal.

— Mais tu n'as jamais posé les yeux sur elle, Wolf ! protesta Nicholas. Comment as-tu pu accepter de prendre l'une de ces maudites Catherine pour épouse ?

— Estime-toi heureux que Sa Majesté ne t'ait pas fait duc, toi, riposta Wolf d'un ton sarcastique. Alors tu serais le fortuné fiancé.

— Par chance, j'ai seulement été fait vicomte de Thornton. Je peux choisir ma propre épouse. Cette femme est-elle au courant, déjà ?

— Oui. A ce que je sais, on l'a informée hier soir.

Ils entendirent des voix à quelque distance.

— Juste ciel ! s'écria Nicholas en s'arrêtant net.

Sa bouche s'assécha tandis qu'il regardait fixement devant lui.

— Qui… ? N'est-ce pas Kit Somers ? fit-il d'un ton incrédule, en désignant une femme assise avec un homme dans une allée du jardin.

Elle était assise sur un banc de bois, avec une nappe de délicats myosotis pourpres et d'iris blancs à ses pieds. Elle portait une cotte vert jade avec un corselet ajusté et décolleté qui soulignait clairement une taille fine et des seins blancs. Sa tête était découverte, et son séduisant visage était doucement encadré par des boucles dorées. Une cascade de mèches blondes tombait dans son dos, en désordre, et les deux hommes observèrent ses épaules qui se convulsaient sous ses pleurs.

La femme en question était bel et bien Kit, et Wolf la reconnut avec un choc. Elle était la magnifique et sensuelle nymphe du lac de Somerton. Irrité, il s'avisa qu'elle avait su qui il était depuis le début, bien qu'elle ait choisi de ne pas lui révéler son identité.

Mais pourquoi ? Son cœur tambourina dans sa poitrine tandis qu'il se rappelait avec quel abandon et quelle passion elle avait répondu à son baiser — un abandon et une passion qu'il n'avait jamais vus chez une autre femme. Mais cela avait été la même chose chaque fois qu'il l'avait embrassée, se dit-il. Il se sentit frustré au-delà de toute raison en voyant sa silhouette abattue se raccrocher à son compagnon. Il brûlait d'aller à elle et de la consoler comme il l'avait fait à Windermere. Mais il était fiancé, à présent, et elle l'était probablement aussi, et rien… Damnation ! C'était l'épaule de Rupert Aires qu'elle mouillait de ses larmes. Et c'était la raison pour laquelle elle avait tenu son identité secrète, pensa-t-il avec amertume.

Il fit appel à toutes ses ressources de discipline pour contrôler l'élan qui la poussait vers elle, lui donnait envie de l'arracher à Rupert et d'exiger une explication. Son devoir était d'épouser la sœur du roi, que cela lui plaise ou non, et Kit Somers ne pouvait que lui compliquer les choses. Il s'était finalement avoué à lui-même qu'il la désirait avec une passion qu'il n'avait jamais ressentie auparavant, et il savait que son désir pour elle ne pouvait qu'interférer avec son mariage. Il avait promis d'épouser la fille d'Henry Hereford, et il était déterminé à le faire. Il paierait le prix de Windermere, même s'il était plus élevé que tout ce qu'il avait cru possible.

Il devait écarter Kit de ses pensées, ou il savait que son mariage serait intenable.

Kit trempait la chemise de Rupert de ses larmes. Elle mesurait qu'elle avait beaucoup pleuré récemment, et elle décida d'y mettre fin. Même lorsqu'elle épouserait ce duc… d'elle ne savait quoi, elle ne se permettrait plus de pleurer.

— Cela ira bien, Kit, dit Rupert. Vous verrez.

— Mais j'ai toujours pensé que je vous épouserais, *vous*, s'écria-t-elle.

Elle ne pouvait supporter de lui dire la vraie raison de ses larmes — le fait qu'elle était une bâtarde, et non l'honorable fille de parents légalement mariés. Qu'elle portait la honte d'avoir été déshéritée et écartée.

— *M'épouser ?*

Il était abasourdi. Kit était plutôt une sœur pour lui. Certes, ils avaient parlé de se marier quand ils étaient enfants, mais cela n'avait été qu'un enfantillage. Rien de sérieux. Du moins, c'était ce qu'il avait cru.

Elle hocha la tête.

— Jusqu'à ce que j'arrive ici et comprenne que vous n'étiez pas du tout ce que je pensais.

— Qu'est-ce que cela signifie exactement ?

Il feignit d'être offensé et s'écarta d'elle. Par le ciel, elle était devenue une beauté, pensa-t-il en la regardant. Ce n'était pas qu'il voulait l'épouser, mais si elle avait autre chose à l'esprit…

— Simplement que vous n'êtes pas vraiment un bon choix pour un époux.

— Eh bien, je suis soulagé, dit-il avec un grand sourire, alors qu'elle continuait à pleurer dans ses bras. Je détesterais penser qu'une femme me veuille dans un but aussi terrifiant.

— Non, fit Kit en reniflant. Mais…

— Mais quoi ?

— Rien.

Elle se redressa et s'essuya les yeux.

— Je ne devrais pas être ici en train de pleurer comme cela.

Elle essuya ses doigts sur le pourpoint de Rupert.

— Si quelqu'un nous voyait…

— Ne vous inquiétez pas, Kit. Personne à Westminster n'est debout de si bonne heure.

*
* *

Kit prit un long bain délassant pour calmer ses nerfs. Après quoi Jane lui prépara une sorte de cataplasme à mettre sur ses yeux pour en dissiper la rougeur et la bouffissure. Puis Kit s'allongea sur une palette près du feu et somnola pendant que Meg lui séchait les cheveux et que Jane sortait ses habits pour la soirée.

Les deux chambrières savaient que lady Kathryn n'avait pas beaucoup dormi la nuit précédente et que leur maîtresse avait été troublée toute la journée. La rumeur prétendait que sa détresse était due au mariage que le roi avait arrangé pour elle. Mais la nouvelle qu'elle était la sœur du roi — sa sœur bâtarde — ne s'était pas encore répandue.

Quand Kit se réveilla enfin, les servantes la vêtirent de la fine cotte blanche brodée d'or qui avait appartenu à Meghan, celle qu'elle avait promis à Bridget de porter lorsqu'elle serait présentée au roi. Le bliaut doré avait été ajusté pour mouler ses formes, et du tissu avait été ajouté aux manches pour les rendre aussi longues que la mode le voulait.

Jane brossa sa chevelure jusqu'à ce qu'elle soit une masse brillante de boucles soyeuses. Puis elle convainquit Kit de la laisser découverte et y mêla de fins rubans de velours blanc. Comme la jeune fille n'avait pas de bijoux, elle était la quintessence de l'élégance sobre et angélique quand elle descendit rencontrer le roi.

La reine Catherine se montra formelle et réservée dans ses salutations, mais Kit ne sentit pas en elle de manque de chaleur. Ses yeux brun clair brillaient avec bienveillance, et elle semblait porter une affection sincère à Henry. Kit nota qu'elle posait souvent sa main baguée sur le bras de son mari, et montrait d'autres signes d'intimité. Son visage était long et fin, presque émacié, mais pas désagréable. Le style de sa cotte écarlate était le même que celui des dames de la cour, et Kit comprit qui ces femmes prenaient pour modèle.

En regardant son frère, elle fut d'abord frappée par les différences entre ses traits et les siens. Les seules similitudes étaient que le menton d'Henry était fendu comme le sien et que leurs yeux avaient à peu près la même forme, même si ceux du roi étaient noisette et les siens verts.

— Nous nous rencontrons enfin ! dit-il avec chaleur quand elle lui fit sa révérence. J'ai cru comprendre que l'on vous appelle Kit.

Henry prit la main de la jeune fille et la conduisit à un siège.

— Mais comment…

— Le marquis de Kendal m'a dit tout ce qu'il savait de vous. Et, bien sûr, le rapport de sire Gerhart a été fort complet.

Kit rougit. Elle repensa immédiatement à l'incident avec Wolf dans les escaliers de Kendal et se demanda s'il l'avait inclus dans son rapport.

— Il a donné beaucoup de détails sur l'attaque dont vous avez été victimes au départ de Windermere, continua Henry, amusé par la réaction de Kit au nom de Gerhart.

Il versa du vin dans un gobelet et le tendit à sa sœur.

— A ce que j'ai compris, la bataille se serait moins bien terminée sans votre fronde et quelques pierres bien placées.

— Gerhart a dit cela ?

Elle savait qu'elle paraissait essoufflée, et s'efforça de le corriger.

— Bien sûr, dit Henry en s'asseyant près d'elle. C'est exact, n'est-ce pas ?

— Alors pourquoi m'a-t-il provoquée…

Elle s'arrêta, préférant ne pas parler de Gerhart maintenant.

Il était assez perturbant de savoir qu'elle était la sœur bâtarde du roi, sur le point d'épouser un vieux duc décrépit. Il serait désastreux de penser à Gerhart en cet instant.

— Excusez-moi, sire, mais Gerhart ne semblait pas estimer que mon assistance avait été efficace, dit-elle dans l'intention de clore le sujet.

— Au contraire, il s'est attardé sur vos prouesses dans la

bataille. Il pensait que vos actions étaient dignes du soldat le plus aguerri de sa troupe.

— Mais…

— De fait, c'est l'une des raisons pour lesquelles j'ai décidé de vous fiancer au duc. Il faut à Carlisle une femme dotée d'un certain tempérament, une femme qui sache voir au-delà de ses défauts superficiels. Il doit épouser une égale. Pas une petite jouvencelle geignarde et faible.

— Mais, Votre Majesté, peut-être ne suis-je pas… prête ?

Kit jugea que cela valait la peine de faire un essai.

— Sornettes, répondit le roi en riant. Notre père a stipulé que vous deviez épouser un pair puissant, de préférence avant votre dix-septième année. Malheureusement, il n'a pas jugé utile de m'informer de votre existence. Je vous ai découverte tout récemment et entièrement par accident.

Kit but une gorgée de vin.

— Ne pourrions-nous ignorer notre parenté pour l'instant et continuer comme avant, sire ? Personne n'est au courant, et je préférerais oublier cela si seulement…

— Au contraire, ma chère sœur, dit Henry en souriant. Il y a beaucoup de gens qui savent, et bientôt il y en aura davantage encore.

— Non…, murmura-t-elle.

— En tant que roi, et en tant que votre frère, j'ai certaines responsabilités envers vous. Nous, les Lancastre — et j'insiste sur le nous — avons plus que notre part d'ennemis. Il y a des factions hostiles qui projettent d'atteindre leur but, et certaines sont impudentes et impétueuses, comme les Lollards, qui se sont avérés imprévisibles et dangereux. J'espérais que Langston pourrait vous rendre la chose plus facile, mais je comprends que ce type de révélation doit être troublant, même gentiment amené.

— Troublant, oui…

Des larmes s'amassèrent derrière les yeux de Kit et elle lutta pour se contrôler. Comment pouvait-elle dire au roi qu'elle n'avait nulle envie d'être sa sœur, qu'elle ressentait ses efforts pour la mettre en sécurité ? Que les fanatiques Lollards viennent, ou n'importe qui d'autre…

— Laissez-moi vous rappeler qu'il y a de nombreux membres… illégitimes dans notre famille. Notre grand-père, John de Gaunt, a eu des fils d'une maîtresse qu'il a plus tard épousée.

— Les Beaufort, dit Kit. Vos oncles.

— *Nos* oncles.

— Mais *notre* père n'a jamais épousé ma mère.

— Il n'a pas pu, Kit, dit Henry. Il y a eu des complications. La révolte de Glendower, la situation en France, un possible mariage politique…

Il agita une main.

— Un roi n'est pas toujours libre de choisir.

Elle but le reste de son vin dans un effort pour faire quelque chose, n'importe quoi pour prendre le temps de se ressaisir.

La reine Catherine lui toucha l'épaule.

— Lord Langston nous a dit que le roi Henry aimait votre mère, dit-elle gentiment.

Son accent faisait paraître sa voix ténue et délicate.

— Il a dit que le roi a pleuré sa mort jusqu'à la fin de sa vie.

— Une petite consolation.

— Mais vraie, néanmoins, insista la reine. Essayez de ne pas en vouloir à vos parents du court bonheur qu'ils ont partagé il y a tant d'années.

— Je vais essayer, dit Kit avec sérieux, même si elle n'avait aucune idée de la façon dont elle parviendrait à comprendre les deux personnes qui l'avaient créée.

Un homme et une femme dont l'amour l'avait faite et qui pouvaient cependant détruire sa vie.

— Venez, dit Henry en se levant.

Il prit la main de sa femme et celle de Kit.

— Composez-vous un visage et rejoignons le banquet. Ce sera un plaisir pour moi d'escorter deux charmantes dames.

— Oh, par l'enfer ! marmonna Kit.

Son frère sourit.

— Votre Grâce.

Une voix d'homme détourna l'attention de Wolf de son cousin, qui savourait la bière du roi. Il pivota et découvrit le comte de Langston.

— Puis-je être parmi les premiers à vous féliciter. Votre fiancée semble être une femme au caractère bien trempé, et une agréable jouvencelle de surcroît.

— Laissez-moi aussi vous offrir mes félicitations, Votre Grâce, dit lord Kendal qui assistait au banquet avec son fils et sa belle-fille. Quand épousez-vous cette dame ?

— Sa Majesté a prévu la cérémonie pour dans trois jours, répondit Wolf d'un air absent.

Il refit face à Nicholas, pour voir son cousin s'éloigner en chancelant à travers la foule. Au moins, il était aimable quand il buvait, pensa Wolf.

Il entendit dire que le roi était entré dans la grand-salle, mais il était trop loin pour voir le couple royal. Il savait qu'il devait s'asseoir à côté de la reine Catherine, aussi prit-il congé de Kendal et de Langston pour se diriger vers l'estrade. Quand il aperçut enfin le roi et la reine, ce ne furent pas eux qui retinrent son regard. Il riva son attention sur Kit, debout près d'Henry.

Elle était une vision, vêtue d'une cotte et d'un bliaut blancs et dorés, chatoyants, qui la couvraient du menton aux poignets et aux chevilles. Ses longs cheveux blond clair cascadaient somptueusement dans son dos et encadraient doucement son visage. Elle était aussi belle qu'il se le rappelait et son esprit renâclait à l'idée de la perdre au profit de Rupert Aires. Il songea aux longues heures qu'elle avait passées devant lui, partageant sa selle, avec son corps si proche. Ses mains se souvenaient de la douceur de sa peau, ses lèvres de la façon dont elle l'avait embrassé à Kendal, et son cœur se mit à battre plus fort. Elle était tout ce qu'il désirait en ce monde, à la fois fantaisie et réalité. Peut-être que le roi voudrait…

La réalité de la situation explosa alors, brusquement, dans sa conscience. Kit occupait une place d'honneur à la gauche du roi. Sacrebleu ! Elle *était* la sœur du roi, la « Catherine » qu'il devait épouser !

Toutefois il l'avait vue pleurer ce matin-là, manifestement après avoir reçu l'ordre de l'épouser à la place de son bien-aimé Rupert.

Le roi Henry croisa le regard de Wolf et lui fit signe de s'avancer. Kit se tourna et vit Wolf qui s'approchait, et son cœur se retourna dans sa poitrine. Il était tellement plus que ce que Rupert pouvait être, pensa-t-elle, appréciant la grâce avec laquelle il se mouvait à travers la foule pour la rejoindre. Il portait une tunique d'un bleu profond, une couleur qui faisait ressortir ses cheveux noirs et ses yeux argentés. Si seulement… Mais c'était impossible. Même si elle n'était pas fiancée au vieux duc, comment Wolf voudrait-il de la bâtarde du roi Henry ?

Tandis qu'il arrivait près d'elle, elle sentit le rouge lui monter aux joues. Elle était gênée à l'idée qu'il apprenne qu'elle était la sœur bâtarde du roi. Elle avait envie de quitter la salle en courant et de s'enfermer dans sa chambre.

Alors qu'elle ruminait sa situation, elle entendit distinctement les chevaliers proches du roi saluer Wolf par les mots « Votre Grâce », et les vit s'incliner devant lui. Elle n'avait pas pensé qu'un comte puisse être appelé « Votre Grâce », elle croyait que seul un duc méritait ce titre.

Par le ciel ! Est-ce que Wolf pouvait être duc ? se demanda-t-elle. Elle avait été tellement certaine que Windermere était un comté.

Pourquoi tout était-il si confus, tout à coup ? Elle jeta un coup d'œil perplexe au roi qui salua Wolf d'un seul mot tandis qu'il s'inclinait devant lui.

— Carlisle.

12.

Kit se remit de sa pâmoison quelques minutes plus tard et se retrouva seule avec Wolf dans la galerie qui jouxtait la salle du banquet. Elle voulait jeter ses bras autour de lui, mais son expression était rébarbative. Il était évident qu'il connaissait son ascendance et était mécontent à l'idée d'avoir une femme illégitime. Elle ne le blâmait pas de la regarder de travers.

— Ne vous attendez pas à ce que je croie que vous vous êtes évanouie, Kathryn, dit-il d'un ton dur.

La colère se lisait dans ses yeux.

— Rappelez-vous, je vous ai vue dans des circonstances pires que celle-ci.

Etait-il sérieux ? Pensait-il vraiment qu'elle avait feint ce choc, elle qui ne s'était jamais pâmée auparavant dans sa vie ? Qu'elle soit damnée si elle avait fait cela intentionnellement, et qu'elle soit damnée si elle lui permettait de la traiter comme la bâtarde qu'elle était.

— Ha ! lâcha-t-elle avec une colère égale à la sienne. Il n'y a *pas* de circonstances pires que celle-ci !

— Je suis d'accord, déclara Wolf. Mais nous sommes joints l'un à l'autre par l'ordre du roi. Et j'ai l'intention d'aller jusqu'au bout.

— Vraiment ! se récria Kit, furieuse.

Comment osait-il parler de la sorte d'un mariage avec elle ?

Elle se dressa sur ses jambes chancelantes dans l'intention de s'en aller, mais ses genoux flanchèrent. Elle se rassit, et Wolf vit ses yeux se fixer sur la porte.

— Ne songez pas à vous échapper, l'avertit-il froidement.

Il se demanda si elle entretenait quelque sotte notion de Rupert Aires venant à son secours.

— Nous rejoindrons le banquet dès que vous pourrez marcher. Ensemble.

— J'y retournerai quand je déciderai que je serai prête, répliqua-t-elle, et pas avec quelqu'un comme vous.

— Mais je suis votre fiancé, aussi désagréable que cela puisse être.

On ne pouvait se tromper sur l'amertume qui pointait dans sa voix.

Seuls les gardes personnels d'Henry étaient au courant du malaise de lady Kathryn. Quand Wolf avait vu le sang se retirer de son visage, il avait réagi vivement pour l'attraper et la faire sortir de la salle du banquet, avant qu'aucun des convives ne puisse voir sa détresse. Il avait été déconcerté au début par sa réaction en le voyant, puis courroucé par son rejet évident. Il pouvait lui arriver pire que d'avoir un duc pour époux, mais apparemment elle avait donné son cœur à Rupert.

Eh bien, c'était juste dommage. Kathryn Somers deviendrait la duchesse de Carlisle. Et bientôt. Le roi Henry avait décrété que le mariage aurait lieu dans trois jours.

— Tu es encore plus sombre que d'habitude, dit Nicholas à son cousin, le soir précédant le mariage. Préférais-tu à ce point Annegret ?

Il provoquait Wolf sciemment, pour le faire sortir de lui-même. Il savait que Wolf n'avait nulle affection pour Annegret, mais son humeur depuis le banquet avait été noire, et il refusait de s'en ouvrir. Il semblait à Nicholas que Wolf aurait dû exprimer un certain soulagement, sinon une joie sans bornes, en découvrant que Kathryn Somers était la sœur du roi. Maintenant qu'il avait été fait duc, avec Windermere restitué et Kit pour épouse, il aurait dû être plus que satisfait.

— Annegret…, marmonna Wolf.

— Je mesure qu'elle aurait été une épouse plus docile, plus…

— Sacrebleu, Nicholas ! Kathryn préfère un autre homme.

— C'est absurde.

— Tu l'as vue avec Rupert Aires après avoir appris qu'elle était fiancée à moi.

— Tu crois qu'elle préfère *Rupert* ?

— Non. J'en suis *certain*.

— Elle choisirait un des chevaliers d'Henry plutôt que toi, un duc ? persifla Nicholas.

Il comprenait finalement que c'était sa fierté blessée qui tourmentait son cousin. Manifestement, il voulait Kit.

— Elle n'est pas stupide, Wolf.

— Non.

— Alors tu dois la convaincre.

Wolf haussa un sourcil.

— La convaincre ?

Il n'avait jamais eu à convaincre une femme auparavant. Ou elle voulait de lui, ou elle n'en voulait pas. Cela s'arrêtait là.

Nicholas hocha la tête.

— *Ja*. Persuade-la que le roi a bien choisi pour sa sœur. Démontre ta supériorité.

Il n'était pas venu à l'idée de Wolf qu'il pourrait la gagner. Il savait qu'elle était amoureuse de Rupert depuis toujours. Comment était-il censé changer son esprit, son cœur ? Mais cela n'avait pas d'importance, se dit-il. Il avait toujours prévu un mariage de convenance, pas de sentiment. Si Kit avait l'intention de rester distante, il pouvait en faire autant. De fait, il pouvait s'arranger pour passer autant de temps loin d'elle que possible.

Parce que s'il restait près d'elle, il savait qu'il serait perdu.

Elle s'était juré de ne plus jamais pleurer. Mais quand Jane sécha Kit après son bain et l'aida à revêtir ses habits de noces, les larmes menacèrent de nouveau. La journée était fraîche, pure et ensoleillée, parfaite pour un mariage. Mais les circonstances étaient loin d'être satisfaisantes. Wolf était un fiancé réticent.

Meg ferma la rangée de petits boutons qui ornait le dos de la cotte de Kit. Elles avaient choisi une robe chatoyante au ton bleu ou vert selon la lumière. Elle faisait partie des robes neuves de la jeune fille, et Kit était encore étonnée par sa richesse et son style. Elle avait de longues manches traînantes et un corselet très ajusté, dont le décolleté laissait ses épaules nues et se creusait devant et derrière, à l'endroit où sa traîne était attachée. Une fine ceinture en or était posée sur ses hanches et la jupe s'évasait, avec une tendance à coller à ses jambes quand elle marchait. C'était, sans le moindre doute, la plus belle robe qu'elle avait jamais portée.

Kit se regarda dans le miroir pendant que Jane brossait ses cheveux en une épaisse masse de boucles blond clair qui lui tombait dans le dos. Elle pensa à Bridget, et regretta que ce ne soit pas sa vieille nourrice qui l'aide à se préparer pour son mariage. Elle n'avait jamais songé qu'elle pourrait être seule ce jour-là, sans amis, et sur le point d'épouser un homme qui ne voulait pas d'elle.

Meg répondit à un coup poli frappé à la porte et admit un valet qui portait une petite cassette dorée.

— Sa Majesté vous envoie ce présent, ma dame, dit-il en tendant le coffret à Kit. Il espère vous voir le porter lors de vos noces.

— Le roi sera là ?

— Oui, ma dame, répondit le valet. Leurs Majestés seront tous les deux présentes à l'abbaye. Et le roi Henry prévoit d'assister à votre festin de noces, également.

— Merci, murmura Kit en prenant la boîte. Veuillez transmettre mes respects et ma gratitude au roi.

L'homme s'inclina avant de quitter la pièce et Kit ouvrit la cassette, qui contenait un magnifique collier en or. Quand Meg le fixa sur la gorge de Kit, les deux chambrières s'extasièrent sur cette touche finale. Le cœur de Kit sombra dans sa poitrine. Elle pouvait seulement penser qu'elle aurait préféré un petit présent de son fiancé, au lieu d'un riche cadeau de son frère.

Wolf regarda lady Kathryn qui s'avançait avec une contenance royale le long de la nef de l'abbaye, portant une simple rose rose, et il fut de nouveau frappé par l'effet qu'elle produisait sur lui. Elle était éthérée mais bien terrienne, belle et imparfaite à la fois, sensuelle bien qu'innocente. Plusieurs gardes du roi l'escortaient et Wolf nota rapidement, avec quelque irritation, que Rupert Aires en faisait partie.

Après les vœux, une grand-messe fut célébrée et Wolf fut certain que Kit ne l'avait pas regardé plus de deux fois pendant toute la cérémonie. Les deux fois, elle avait paru timide et méfiante à son égard, même si elle s'était montrée parfaitement assurée devant les spectateurs et l'archevêque quand elle s'était approchée de l'autel.

Apparemment, il n'y avait que son mari qu'elle ne pouvait affronter.

La première fois où elle le regarda dans les yeux, ce fut lorsqu'il passa la bague à son doigt. C'était un délicat anneau d'or dans lequel étaient serties quatre émeraudes carrées, et Kit fut surprise qu'il ne s'agisse pas d'une simple alliance. Elle avait déjà accepté le fait que Wolf ne lui devait pas davantage, et elle ne s'attendait pas à ce qu'il l'honore de la sorte. Ce fut à ce moment-là qu'elle se sentit poussée à lui offrir sa rose, unique et parfaite. Certes, ce n'était pas un bijou sans prix, mais elle symbolisait son espoir dans une entente entre eux.

La deuxième fois où elle regarda Wolf, ce fut quand il l'embrassa. Ce fut un baiser léger et non exigeant, mais il en fut grandement troublé. Qu'avait-elle fait ? Avait-elle pris un bain de fleurs parfumées ? Absorbé un nectar suave pour lui faire désirer ses lèvres davantage encore ? Il s'écarta d'elle avant qu'il soit trop tard, avant qu'il la dévore.

Il n'avait aucune idée de la façon dont elle désirait s'accrocher à lui, lui dire combien elle était désolée qu'il soit lié de force à elle, par l'ordre du roi et contre sa volonté. Kit souhaitait qu'il l'embrasse comme il l'avait fait à Kendal, ou même à Somerton, quand il ne savait pas qui elle était. Maintenant qu'il le savait, elle voyait qu'il ne voulait rien avoir à faire avec elle et elle avait dans la gorge une boule de la taille d'un abricot, même si elle parvenait à retenir les larmes qui la menaçaient pendant toute la cérémonie.

Le festin de mariage fut opulent. Toute la noblesse des environs était venue assister à la noce et voir le roi une fois encore avant qu'il parte pour la France. Il y avait des centaines d'invités, que Kit et Wolf ne connaissaient pas pour la plupart. Les jeunes mariés étaient assis côte à côte pour le repas et burent un bon nombre de toasts portés en leur honneur.

Finalement, avant que le roi Henry décide de quitter le banquet, il offrit son propre toast au duc et à la duchesse et demanda qu'ils scellent ses bons vœux par un baiser. Wolf obéit en donnant à Kit un bref baiser sur les lèvres.

— Messire le duc, le fustigea Henry avec un sourire rusé, une caresse comme celle-là ne suffira pas. Donnez à votre épouse un vrai baiser. Comme un homme embrasse une femme.

Kit rougit, sachant qu'elle et Wolf seraient obligés d'obéir aux souhaits du roi même s'ils étaient en présence de centaines de personnes. Mais elle était fort consciente du charme de son mari et brûlait qu'il la touche, pour combler la faille qui les séparait. Elle se rappelait aisément ce qu'elle éprouvait quand elle était consumée par son contact, car la pensée de leur baiser à Kendal l'avait poursuivie depuis qu'elle était arrivée à Londres. Elle souhaitait qu'il ne soit pas aussi rebuté par elle maintenant.

Wolf toucha son menton et tourna son visage vers lui. Il y avait dans ses yeux une chaleur intense, presque de la fièvre, et Kit eut l'étrange impression qu'il ressentait les mêmes besoins qu'elle. Il toucha doucement ses lèvres des siennes. Elle gémit légèrement, assez pour qu'il l'entende, et il approfondit son baiser.

Ni l'un ni l'autre n'entendirent les cris licencieux de la foule tandis que Wolf écrasait la bouche de Kit sous la sienne et qu'il plaçait un bras autour de sa taille pour l'attirer à lui. Elle glissa les mains jusqu'à son cou pour l'enlacer et lui ouvrit ses lèvres de son plein gré, désespérément. Une vive chaleur s'empara d'elle tandis que leurs langues se trouvaient, et elle se sentit fondre contre son mari.

« Faites que ce soit vrai », pria-t-elle quand Wolf s'écarta brusquement. Son cœur battait si fort, si vite. Elle pouvait à peine respirer. Elle était incapable de détourner les yeux de Wolf, dont le regard brûlait encore de la chaleur de leur baiser. Les vivats de la foule pénétrèrent peu à peu la conscience de Kit. Embarrassée par le spectacle qu'ils avaient donné, elle ôta ses bras du cou de Wolf.

Mais il ne la relâcha pas. Il était captivé par ses yeux et ses lèvres gonflées qui promettaient d'autres délices à venir.

— Eh bien ! s'écria le roi. Si vous continuez ainsi, vous aurez probablement des héritiers pour vos beaux domaines !

Les convives rirent et applaudirent.

L'un des écuyers d'Henry se fraya un chemin parmi la foule

pour venir lui parler à voix basse. Le roi fronça les sourcils, puis hocha la tête et se leva.

— Je dois partir, dit-il.

Deux écuyers et trois gardes s'avancèrent pour l'accompagner. Wolf quitta sa place pour marcher avec lui.

— Il se peut qu'il y ait des troubles, Wolf, dit Henry en notant avec satisfaction que lady Kathryn avait suivi son mari.

— Sire ?

— Owen Tudor a des informations comme quoi des Lollards ont infiltré la garde, expliqua le souverain tandis qu'ils quittaient la salle du banquet pour passer dans la galerie. Quelques fanatiques, voulant démontrer leur… déplaisir devant mon soutien à l'Eglise. Je vais contrecarrer leurs plans en m'en allant. De toute façon, j'avais l'intention de partir.

— Attendez, Votre Majesté. Envoyez des troupes en avant, déclara Wolf, alarmé.

Tout allait trop vite, et le roi ne montrait pas sa prudence ordinaire. La galerie était inhabituellement sombre.

— Où est la lumière ? Est-ce que les bougies…

La porte de la salle du banquet claqua derrière eux, et Kit poussa un cri quand elle vit un éclat métallique. Ils étaient presque dans le noir, à part la bougie que l'écuyer Owen Tudor avait lâchée. Kit entendit des épées qui fendaient l'air, frappaient le métal et parfois de la chair. Prise de panique, elle ramassa la chandelle et alluma un candélabre près de la porte, tout en scrutant l'obscurité pour trouver Wolf.

Ne pouvant voir son mari, elle essaya de tirer la porte de la grand-salle mais celle-ci était coincée ou verrouillée. Elle savait qu'il y avait d'autres entrées dans la galerie, mais il faudrait un certain temps avant que quelqu'un se rende compte que quelque chose n'allait pas. Ils ne pouvaient attendre d'aide de la foule bruyante. Elle se détourna vivement pour voir ce qui se passait dans la galerie faiblement éclairée.

Henry n'avait pas d'arme, mais Wolf et un garde le défendaient. Tout bougeait très vite, et il y avait tant d'ombres que Kit avait du mal à déterminer le nombre de leurs attaquants, qui étaient vêtus de noir. Elle en compta onze et sut qu'ils étaient dépassés en nombre. Encore. Et elle n'avait ni fronde ni arc pour prêter main-forte.

Un garde près de Kit passa son épée à travers un assaillant, puis se tourna pour en affronter un autre. L'épée de l'homme qui était tombé s'écrasa sous lui, et bien que Kit n'ait jamais appris à manier un glaive, elle avait l'intention d'essayer maintenant. Elle savait que l'arme serait trop lourde pour qu'elle puisse l'utiliser comme un soldat, mais elle pensait qu'elle pouvait s'en servir autrement si elle se concentrait.

Elle lutta pour pousser le mort afin de prendre son épée, et réussit à la saisir à deux mains juste comme quelqu'un l'attrapait par-derrière. Pivotant sur elle-même en hurlant, elle brandit l'énorme glaive et frappa son assaillant sur le côté de la tête, assez fort pour l'assommer et le faire tomber à terre. Ensuite, elle regarda du côté du roi et vit Wolf prendre un coup en pleine poitrine. Alarmée, elle vit le sang couler de sa blessure, même s'il restait debout. Il réussit à asséner un coup fatal et son attaquant s'effondra devant lui, pour être aussitôt remplacé par un autre. Henry, qui, comme Kit, avait pris une épée à l'un des morts, se battait désespérément et n'avait pas vu que Wolf était blessé.

Kit, enragée et terrifiée pour son époux affaibli, contourna les combattants et attaqua le nouvel assaillant de Wolf par-derrière. Elle cria en voyant que Wolf recevait un autre coup à la jambe, qui le mit à genoux. Se trouvant assez près, maintenant, elle frappa de toutes ses forces, abattant l'adversaire de son mari. Elle lâcha son épée et courut à Wolf, qui s'affalait sur le sol. Autour de lui, il y avait quatre morts vêtus de noir.

Kit pouvait voir à présent le flot de sang qui coulait de sa blessure à la poitrine et elle craignit pour sa vie. Elle l'allongea, puis déchira une bande de sa chemise pour faire un bandage. Elle pressa l'étoffe contre la plaie afin d'arrêter le saignement.

— Kit, murmura Wolf d'un ton rauque. Allez-vous-en. Ne…

— Chut, mon mari, répondit-elle avec des larmes dans la voix. Je vais vous soigner.

— Non…

Elle le fit taire d'un léger baiser et déchira une autre bande pour panser sa jambe. Elle ne le laisserait pas mourir avant d'avoir compris la signification de son baiser durant le banquet.

La bataille faisait rage devant eux, avec des hommes tombant sous les yeux de Kit, toutefois le roi et au moins deux de ses gardes continuaient à se battre. Deux hommes en noir furent abattus, puis un garde du roi. Des larmes de frayeur et de désespoir coulèrent sur le visage de Kit quand elle s'avisa qu'elle ne pouvait rien faire de plus, car il restait au moins quatre ennemis harcelant le roi et son écuyer Tudor.

Puis elle entendit du bruit. Beaucoup de bruit. Des voix les entouraient, et des lumières. Elle leva les yeux et vit un groupe de soldats d'Henry, au moins vingt. Lord Kendal et son fils étaient parmi eux, ainsi que Rupert Aires, Nicholas Becker et plusieurs hommes de Wolf. Leur force était plus que suffisante pour éliminer les assaillants qui restaient.

Quand le combat s'acheva, le roi se dirigea vers Kit assise par terre, la tête de Wolf reposant sur ses genoux. Elle tenait un pansement sur son torse, ayant attaché l'autre autour de sa cuisse. Wolf était pâle, mais sa respiration était ferme tandis qu'il dérivait entre la conscience et l'inconscience. Il ne se rendait pas compte des larmes de sa femme.

Henry passa derrière lui en réclamant de l'aide, puis ordonna que des litières soient apportées pour les blessés.

— Venez, Kit, dit-il. Nous allons le faire emmener…

— Trois de nos hommes sont morts, sire, annonça l'un des arrivants.

— Et les attaquants ?

— Tous morts.

— Aucun mot de cette embuscade ne doit sortir d'ici, déclara Henry d'un ton véhément. Si les Lollards en ont été responsables, ils ne doivent pas savoir qu'ils ont remporté le moindre succès. Enlevez les corps de ces traîtres. Que personne n'entende parler de ceci.

— Oui, sire.

— Kathryn, nous allons faire emporter Wolf… chez lord Kendal, reprit le souverain. Kendal ?

Le marquis hocha la tête.

— Certainement, sire.

— Mon propre médecin s'occupera de lui. Il se remettra, je vous le promets.

— Votre Majesté, intervint Kit, il ne peut être emporté si loin.

— Je crains qu'elle n'ait raison, sire, acquiesça Nicholas.

Il se pencha sur Wolf et ôta le bandage pour révéler une plaie béante.

— Nous ne devrions pas risquer de le secouer sur la route. Au moins tant que cette blessure ne sera pas recousue. Quant à sa jambe…

Henry réfléchit un instant, puis donna son accord.

— Il doit y avoir des appartements disponibles dans le palais… Qui soupçonnera des jeunes mariés qui ne sortent pas de leur chambre pendant des jours ? Cela peut se faire.

— Mes chambrières, sire ?

— Vous vous arrangerez sans elles. Je suppose que vous n'aurez pas d'objection à avoir deux ou trois gardes du palais pour vous servir ?

— Non, sire, répondit Kit soulagée, mais encore inquiète.

Wolf était si pâle, si froid.

— Toutefois, je préférerais que les hommes de mon mari restent à proximité.

Quand le duc et sa jeune épouse ne reparurent pas, personne n'en fut surpris. Au moins une centaine d'invités avait été témoin de leur baiser au banquet, et nombre de remarques paillardes coururent sur les occupations des jeunes mariés.

Kit assista au transport de Wolf dans une grande chambre confortable, où il fut doucement allongé sur le lit. Pendant que lord Kendal s'occupait de faire venir le médecin, son fils Robert retourna dans la grand-salle pour faire taire toute rumeur éventuelle sur l'incident de la galerie.

Rupert et Nicholas restèrent pour aider Kit à dévêtir Wolf. Quand Chester apparut avec une bassine d'eau et des linges, les deux hommes s'attardèrent encore pour assister la jeune fille tandis qu'elle baignait les blessures de son époux. Wolf passait toujours de la conscience à l'inconscience. Ses blessures étaient sérieuses mais ne paraissaient pas mortelles, et Nicholas assura à Kit que tout irait bien.

Elle parvenait à peine à retenir ses larmes. Les bouleversements émotionnels des derniers jours étaient presque trop pour elle, mais elle savait qu'elle devait réunir ses forces intérieures pour tenir bon. Il était terriblement éprouvant pour elle de voir son mari, si grand, si puissant, à l'article de la mort. Elle ne pouvait supporter de le perdre… maintenant qu'elle savait qu'elle l'aimait.

— J'ai souvent vu ce genre de blessure sur le champ de bataille, dit Nicholas. Regardez. Le poumon n'est pas perforé.

Kit regarda et vit que c'était vrai. La respiration de son mari était posée et silencieuse, toutefois l'expression de Nicholas était grave.

— Et voyez sa jambe. Seule la première couche de muscle a été atteinte. Elle guérira.

Kit se sentit beaucoup plus rassurée quand le médecin, lord Blackmore, arriva et confirma le diagnostic de Nicholas. Le saignement s'était arrêté, aussi pansa-t-il les blessures avec un onguent à l'odeur nauséabonde et les recouvrit-il d'un bandage, montrant à Kit comment remplacer les pansements s'ils tombaient pendant la nuit.

— Il vaut mieux ne pas recoudre ce genre de plaie, déclara le médecin, car elles ont tendance à s'infecter. Et c'est souvent ce qui tue le blessé.

Lord Kendal prit congé quand il fut satisfait de l'état de Wolf.

— Vous n'aurez qu'à me faire quérir si vous avez besoin d'aide, ma dame, dit-il à Kit avant de partir. Votre mari et moi avons de forts liens familiaux — je vous en parlerai un jour.

Kit lui adressa un sourire las.

— J'ai également connu votre père, je vous parlerai de lui le moment venu.

Kit avait à peine entendu ce que le marquis avait dit jusqu'à ses dernières paroles. Elle pâlit et le regarda, comprenant qu'il était lui aussi au courant de son ascendance.

— Ne vous inquiétez pas, Kit, dit-il. Personne ne l'apprendra de moi. Surtout pas lady Kendal.

Il sourit à Kit, souhaitant que sa tentative de légèreté puisse améliorer son humeur.

Nicholas se chargea de la première veille, mais fut chassé de la pièce quand des habits de Kit arrivèrent de sa chambre. Elle ôta sa robe de mariée souillée et maculée de sang, se lava prestement et enfila des vêtements plus confortables pour la nuit.

Elle resta assise pendant des heures, observant Wolf pour détecter tout signe de faiblesse. Elle demeura à son chevet, lui baignant souvent le front et le cou. Il était toujours frais, aussi ne s'inquiétait-elle pas qu'il eût de la fièvre, mais il était si pâle que cela la faisait pleurer.

— Wolf Colston, ne vous avisez pas de me quitter maintenant, dit-elle en posant sa joue près de la sienne.

— Je vais essayer, Kit, murmura-t-il d'une voix rauque.

Il leva une main pour lui caresser la tête, mais la laissa retomber faiblement.

Plus tard, quand vint le tour de Nicholas de monter la garde, il insista pour que Kit dorme. Il lui rappela que la journée à venir serait longue et qu'elle aurait besoin de ses forces, et il l'emporta. A peine capable de garder les yeux ouverts, de toute façon, Kit s'allongea sur le lit à côté de Wolf et dormit jusqu'au petit matin, quand ce fut le tour de Rupert d'assurer la veille. Elle se leva et s'assit près d'une fenêtre qui donnait à l'est, songeant au matin où Bridget était morte. Elle était restée assise avec Wolf, alors, regardant le soleil se lever et pensant que tout ce qu'elle souhaitait était d'être avec Rupert.

Si seulement Wolf se remettait, elle lui dirait qu'elle n'avait pas eu besoin de Rupert. Wolf Colston avait été tout le temps celui qu'elle voulait auprès d'elle.

13.

Wolf ne se rendait compte que par instants de ce qui l'entourait. Parfois il avait l'impression qu'on lui plongeait un tisonnier brûlant dans la poitrine, et sa jambe le lançait interminablement. Il savait que Kit était avec lui, cependant, et c'était tout ce qui comptait pour lui. Il sentit ses larmes mouiller son visage, une fois, et essaya de la réconforter, mais il était trop faible. Il voulait lui assurer que tout irait bien, mais il n'avait pas le souffle ou la force pour le faire.

La lumière de l'aube était ténue dans la chambre et il avait du mal à voir qui était là, mais à une occasion il reconnut la voix de Rupert Aires parlant à Kit.

— Je gage que vous regrettez à présent de ne pas m'avoir épousé, déclara-t-il tranquillement.

— *Vous,* Rupert ?

Kit eut un rire amer.

— Il y a quelque temps déjà que je me suis aperçue que vous feriez un piètre époux, dit-elle, de la fatigue dans la voix. Non, je n'ai jamais été aussi satisfaite de mon choix auparavant. Si seulement Dieu veut l'épargner…

Wolf n'avait que très peu de moments de lucidité tandis qu'il combattait la fièvre et l'infection, et Kit s'inquiétait que cela finisse par l'emporter. Ses blessures étaient graves et elle n'ignorait pas les regards soucieux qu'échangeaient les hommes qui le veillaient, malgré l'optimisme du médecin.

Le quatrième après-midi, alors qu'elle était agenouillée au chevet de Wolf, elle faillit désespérer. Elle ferma les yeux et pria pour son rétablissement. Bien qu'elle ait une longue histoire de prières restées sans réponse, elle implora que son mari se remette. Profondément plongée dans ses prières, elle entendit soudain une voix étrange et lointaine.

— Vous avez l'air du courroux de Dieu.

Elle leva les yeux pour voir qui avait parlé, mais Wolf et elle étaient seuls dans la chambre. Elle renifla, s'essuya les joues et s'assit, perplexe. Certaine que quelqu'un avait parlé, elle regarda autour d'elle pour voir si quelqu'un s'était introduit dans la pièce à son insu.

— Le courroux de Dieu, vraiment, marmonna-t-elle en ne découvrant personne.

Ce devait être son imagination, jointe à la fatigue et aux soucis…

— C'est vrai, Kit. Qu'est-ce qui vous tourmente ?

Elle tourna vivement la tête et se retrouva en train de regarder Wolf. Il avait les yeux ouverts et clairs, et il fronçait les sourcils. C'était son premier acte conscient depuis plus de trois jours.

— Ce qui me tourmente ? releva-t-elle dans un souffle.

— Vous avez pleuré.

Sa voix était faible, son regard gentil.

D'un revers de main, elle chassa les nouvelles larmes qui lui montaient aux yeux. Oui, par le ciel, elle avait pleuré. C'était devenu une habitude chez elle depuis qu'elle le connaissait.

— Pleuré ? répéta-t-elle. J'ai été terrifiée, ne sachant pas si vous alliez vivre…

Nicholas et Edward, ayant entendu des voix dans la chambre de Wolf, s'empressèrent d'entrer et s'arrêtèrent net quand Wolf leur jeta un regard noir. Il avait pensé prolonger ce moment avec Kit pour découvrir ce qui n'allait pas et pourquoi elle était terrifiée qu'il vive.

— Nicholas !

Elle se tourna et vit le cousin de Wolf qui s'approchait d'un air anxieux, avec sire Edward. Alfred et Ranulf n'étaient pas loin derrière. Elle se dit qu'ils avaient dû entendre sa voix surprise.

— Qu'y a-t-il, Kit ? Est-ce que…

— Il est conscient !

Elle s'agenouilla de nouveau près de Wolf et prit sa main dans les siennes.

— Qu'est-ce qui ne va pas avec ma femme ? demanda Wolf aux arrivants. Et pourquoi ma poitrine me fait-elle aussi mal ?

— Vous ne vous souvenez pas, Votre Grâce ? lança Edward.

Plusieurs autres hommes de Wolf apparurent.

— Tu as été blessé il y a cinq nuits, répondit Nicholas. Le roi a été attaqué en quittant ton banquet de noce. D'autres et toi avez été piégés avec Henry dans la galerie.

Wolf essaya de se rappeler, mais sa mémoire lui faisait défaut. Il se souvenait du festin de mariage, de la belle Kathryn, de l'attaque contre le roi, de Kit en train de pleurer, de Kit allongée près de lui et le tenant…

Il essaya de s'asseoir, mais Kit l'en empêcha en le retenant par les épaules. Elle avait vu ses blessures ce matin-là quand le médecin les avait pansées, et elles étaient loin d'être guéries.

— Lâchez-moi la poitrine, femme, protesta Wolf, ennuyé qu'elle ait plus de force que lui. Je ne resterai pas couché plus longtemps.

— Vous resterez ici jusqu'à ce que vos forces reviennent.

Il eut un sourire crispé devant son air déterminé. Son parfum de fleurs et la fragile transparence de sa peau démentaient sa résistance.

— Vous osez donner des ordres à un duc du royaume ?

— C'est le droit et le devoir d'une épouse, Votre Grâce, plaisanta Alfred.

— Je vois, dit Wolf d'un ton soupçonneux en regardant ses chevaliers.

Ils soutenaient manifestement Kit dans cette affaire. Se demandant comment elle avait fait pour tous les mettre de son côté, il se tourna vers Alfred.

— Et quand est-ce que quelqu'un comme vous — un célibataire — est devenu une autorité à propos des épouses ?

— Pas « des épouses », Votre Grâce, répondit le soldat en riant.

— Ton épouse, cousin, déclara Nicholas. Elle n'a pas quitté ce…

— Nicholas ! intervint Kit. Voulez-vous envoyer quelqu'un au roi pour l'informer du rétablissement de mon mari ?

Elle ne voulait pas que Wolf apprenne qu'elle avait veillé sur lui, pas avant qu'elle sache comment il prendrait cette information. Bien qu'il possédât son cœur, elle ne pouvait supporter de le lui remettre maintenant.

— Alors je dois rester prisonnier jusqu'à ce que ma femme me juge capable de bouger ?

— C'est le médecin du roi qui décidera quand vous serez capable de vous lever, mon mari, rectifia-t-elle doucement.

Elle mesurait combien il l'irritait de ne pas se sentir bien et d'être cloué au lit.

— Lord Blackmore vous a soigné depuis le début.

— Blackmore ?

— Le guérisseur du roi.

— Et pas vous, Kit ? demanda-t-il, plaisantant à moitié, espérant à moitié, son intonation emballant le cœur de Kit. N'avez-vous pas participé à mes soins ?

L'intensité de son regard la troubla, et elle hésita à répondre.

— Ta femme est la raison pour laquelle tu vis encore, Wolf, déclara Nicholas.

Les yeux de Wolf et de Kit restèrent joints, ce qui embrasa le sang de Kit et le fit courir plus vite dans ses veines. Finalement, Wolf brisa le silence.

— Est-ce votre intention de me laisser mourir de faim ?

— De vous laisser mourir de faim ? répéta-t-elle en revenant à la réalité. Bien sûr que non. Vous sentez-vous de l'appétit ?

— Un appétit d'ours.

— Nicholas, dit Kit, voulez-vous vous en occuper ? Je suis sûre que dans tout Westminster, vous devez pouvoir trouver quelque chose convenant à un *malade*.

— Non, protesta faiblement Wolf. Apportez-moi de la nourriture décente, pas une bouillie faite pour…

Mais Nicholas avait déjà quitté la chambre avec un grand sourire.

Deux jours passèrent, et les forces de Wolf lui revinrent progressivement. Il devint aigri par l'inactivité qu'on lui imposait et semonça Kit et les hommes qui le servaient. La jeune femme refusa de prendre son attitude à cœur, s'obligeant à se rappeler les quelques mots tendres qu'il avait prononcés à son réveil.

Quand il irait bien, elle était sûre qu'ils parviendraient à une entente. Il s'aviserait de ce qu'elle éprouvait pour lui et il l'accepterait pour le moins comme son épouse, sans tenir compte de sa filiation.

Wolf restait sceptique, cependant. Ce qui avait transpiré pendant qu'il délirait ne lui était pas clair, et il ignorait s'il pouvait se fier à ses sens. Kit avait-elle vraiment dit à Rupert Aires que son mariage avec lui avait été son choix ? Comment pouvait-il savoir s'il n'avait pas entendu ces mots dans un rêve, si les larmes de Kit et ses tendres soins n'étaient pas simplement la manifestation de son délire ? Il pensait même qu'il l'avait sentie se blottir contre lui dans le lit pendant les nuits où il était souffrant, même si à présent elle se retirait dans la pièce voisine quand la nuit tombait. De vagues souvenirs de ses mains légères sur lui, le touchant, le soignant, l'apaisant, lui revenaient ; mais il n'était pas sûr si c'était simplement un désir de sa part ou la réalité.

Il avait eu aussi des visions de son père et de son frère, massacrés sur la route de Brême ; du moment où il avait été présenté à sa mère après sa guérison ; des yeux vides de Margrethe quand il avait pleuré sur ses genoux. Tout cela lui avait paru très réel.

La veille du jour où le roi et la reine devaient repartir pour la France, Henry fit une visite à Wolf. Assuré par son médecin que la santé du duc s'améliorait de jour en jour, il décida de parler à Wolf d'affaires sérieuses, de le mettre au courant de ce qui s'était passé depuis l'attaque. Trouvant Wolf et Kathryn seuls dans la chambre, il renvoya ses écuyers et ses gardes pour parler en privé à sa sœur et son mari.

— Nous savons que l'attaque le soir de votre mariage a été perpétrée par des Lollards, dit-il. Il y a des doutes sur le fait qu'ils voulaient ou non me tuer. Ils ont peut-être été surpris par la vigueur de notre défense et obligés de répondre avec la même férocité.

— Mais…, fit Kit.

Le roi l'interrompit d'un geste de la main.

— Quoi qu'il en soit, ils ont tous été tués et leurs corps emmenés. Ils ont tous été identifiés. Personne n'a besoin d'être au courant de cette embuscade, pour ne pas apporter de crédit à la cause des Lollards et à leurs exigences. Des mesures ont été prises pour faire en sorte qu'un tel incident ne se renouvelle pas.

— Comment ont-ils réussi à s'approcher si près de vous, sire ? demanda Wolf.

— Ils ont infiltré la garde, répondit Henry. Nous savons qui était responsable, et il a été tué dans l'attaque. Il en reste encore un ou deux, mais nous réglerons leur sort directement.

Le roi sourit et fit un signe de main pour écarter le sujet.

— Rendons grâce au ciel que la reine Catherine n'ait pas été avec vous ce soir-là, Votre Majesté, dit Kit. Si elle avait été blessée…

— Tout à fait, déclara gravement Henry. Jusqu'à ce que je puisse me procurer une arme, j'étais impuissant. Vous devez remercier votre épouse, Wolf, de vous avoir sauvé la vie.

Il sourit largement.

— Je ne me souviens pas d'avoir vu une femme manier une épée avec la vigueur de lady Kathryn ce soir-là. Vous étiez un spectacle à contempler, ma chère sœur.

Wolf haussa un sourcil perplexe et Kit rougit.

— Je connaissais votre adresse à la fronde et j'ai entendu parler de vos prouesses à l'arc. Maintenant je découvre que vous pouvez brandir une épée qui devait faire la moitié de votre poids.

— Sire, j'ai simplement fait ce que je croyais nécessaire, et avec maladresse, dit-elle, embarrassée. Je… je n'ai jamais appris à manier une épée.

— Quoi qu'il en soit, nous deux au moins vous devons la vie grâce à la rapidité de votre action. Je vous remercie.

Kit hocha la tête, n'ayant pas l'impression d'avoir fait quoi que ce soit pour protéger le roi. Elle n'avait agi que pour sauver Wolf.

— Les autres nouvelles que j'ai à vous donner ne sont pas bonnes, reprit le roi, s'adressant à Wolf. J'ai interdit à vos hommes de vous en parler avant d'être sûr de votre rétablissement.

— Sire ?

— Philip Colston a disparu.

— Le comte de Windermere ? demanda Kit.

— Non, ma chère, répondit le roi. C'est votre mari qui détient Windermere, à présent. J'ai envoyé une petite armée pour arrêter Philip Colston et le ramener à Londres. Mes hommes sont revenus il y a trois jours sans Philip ni Agatha.

— Agatha ? murmura Kit.

— Il a dû découvrir ce qui le menaçait, dit Wolf.

Henry hocha la tête.

— C'est probable. Les domestiques ont été interrogés et tous pensaient que Philip était quelque part dans le château. Nul n'a été averti de son départ, et cependant il a bel et bien disparu.

— Je le retrouverai.

— J'ai toute confiance que vous le ferez, Wolf. Et quand cela se produira, traitez-le comme bon vous semblera. Toutefois, tant qu'il ne sera pas retrouvé, prenez garde à vous. Lorsque vous le ramènerez à Londres, il sera jugé sur les preuves que Kendal et vous m'avez fournies. J'ai mis par écrit mon opinion sur cette affaire et, bien sûr, j'ai dépouillé Philip Colston du titre.

— Je vous en suis reconnaissant, sire.

— Sachez également que des hommes du baron Somers sont venus ici et ont eu vent de votre mariage avec Kit. Ils sont retournés à Somerton il y a quelques jours, aussi attendez-vous à des troubles possibles de ce côté-là. Kathryn doit être protégée de son beau-père, même si cet homme devrait être un sot pour offenser un duc, et plus encore son roi. Somers sait que j'accorde mes faveurs à Kit, comme le faisait mon père qui envoyait un homme à Somerton une ou deux fois par an pour vérifier si elle allait bien.

Wolf hocha la tête. Cela expliquait les chevaliers dont Kit lui avait parlé, qui venaient périodiquement à Somerton et s'enquéraient de son bien-être. Manifestement, ces abrutis n'avaient jamais vu que l'enfant était maltraitée et battue.

— Ce qui m'amène à mon dernier point, dit le roi. Pour ce qui est de votre requête, ma réponse est non.

Kit porta les yeux de son mari à son frère, ne comprenant pas de quoi il s'agissait. Elle n'était au courant d'aucune requête.

— Vous resterez en Angleterre, vous occuperez de Philip Colston, remettrez Windermere en état et assumerez vos autres responsabilités ducales.

Henry se leva pour partir.

— Non, restez couché. Laissez guérir ces blessures. Nous avons besoin de forces dans le nord, Wolf, et je compte sur vous pour en fournir une grande part.

Wolf acquiesça tandis que le roi se dirigeait vers la porte avec Kit.

— Vous avez également à veiller sur votre nouvelle épouse.

Il enlaça Kit d'un geste ample.

— Que tout aille bien pour vous. Vous aurez de mes nouvelles de Paris. Et, bien sûr, je veux être tenu au courant de la situation avec Philip Colston.

Nicholas et Chester revinrent quand le roi fut parti. Ils se mirent à discuter de Windermere avec Wolf et de ce qui avait pu arriver à Philip. Ils émirent bon nombre de conjectures au sujet de Hugh Dryden, qui avait été envoyé à Windermere avant le mariage, et se demandèrent si l'homme de Wolf savait où était passé Philip.

Tandis que les hommes parlaient, Kit essaya de deviner quelle avait pu être la requête de Wolf. Henry avait insisté pour qu'il fortifie le nord du pays et remette Windermere en ordre. Cela signifiait-il que Wolf n'avait pas eu l'intention de s'occuper du comté et du reste ? Avait-il envisagé d'aller ailleurs que dans son domaine, quelque part loin d'elle ? Henry avait dit fort distinctement qu'il devait veiller sur sa nouvelle épouse, non ?

Son cœur lui remonta dans la gorge quand elle comprit. Wolf avait demandé à accompagner le roi en France. Sans elle.

— Philip doit avoir des amis…

— Il a plein d'endroits où se cacher…

— Quelques-uns d'entre nous peuvent se rendre là-bas sans être vus…

— Nous devons entrer en contact avec Hugh…

La conversation se poursuivit sans que Kit y prête attention. Les larmes lui picotaient les yeux tandis qu'elle tournait sa bague autour de son doigt. Elle désespérait de pouvoir arriver à une entente avec Wolf. Il voulait s'éloigner d'elle. Il ne pouvait supporter d'être près d'elle et c'était seulement l'ordre du roi qui le gardait à son côté. Qu'allait-elle faire ? Peut-être qu'un mariage avec Rupert aurait été préférable à ceci — au moins Rupert ne détestait-il pas sa compagnie.

— Nous partirons pour Windermere dans cinq jours, déclara Wolf. D'ici là, je serai capable de monter à cheval. Entre-temps, quatre ou cinq hommes prendront les devants. Je veux qu'ils nous fassent préparer des chambres. Ils pourront rencontrer Hugh, parcourir les environs, fouiller la ville, suivre les rumeurs…

14.

Fin juin 1421

La blessure de Wolf à la cuisse n'était plus qu'une vilaine cicatrice rouge, mais sa blessure à la poitrine avait encore besoin d'être bandée, surtout quand ils chevauchaient. Une armée de soldats les accompagnait, ainsi que les hommes de Wolf qui constituaient une troupe solide depuis plusieurs années. La plupart d'entre eux avaient été récompensés par le roi pour leur service en France et avaient reçu des terres et des propriétés, mais ils étaient fidèles à Wolf et voulaient le voir établi à Windermere avant d'aller réclamer leurs biens. Aucun d'eux n'était tranquille avec Philip Colston dans la nature.

Kit se demanda au début si son mari se soucierait de l'emmener avec lui à Windermere. Il avait si manifestement désiré s'éloigner d'elle. La veille du départ, elle fut surprise quand il lui demanda si ses affaires étaient prêtes. Il lui dit d'acheter tout ce dont elle pourrait avoir besoin dans les échoppes de Londres, lui rappelant qu'elle ne trouverait pas les mêmes possibilités en Cumbria.

Avec des sentiments mélangés, Kit se prépara à quitter Westminster. Il n'y avait rien d'autre qu'elle voulait se procurer à Londres. Elle avait déjà fait appel à Rupert pour trouver l'artisan de la capitale qui pourrait créer le seul objet qu'elle voulait acheter — son cadeau de mariage pour Wolf. Pendant que son mari délirait, elle avait presque cru qu'elle ne pourrait jamais lui donner le précieux présent.

Le jour de leur départ, Wolf marchait sans boiter visiblement, mais Kit pouvait voir que lorsqu'il bougeait son torse ce n'était pas sans inconfort, et elle s'inquiétait de savoir s'il était sage qu'il passe des journées en selle. Elle avait fait seller sa jument de Windermere, mais avant qu'elle puisse monter Wolf l'appela.

— Nicholas va vous hisser, Kit, déclara-t-il en s'approchant d'elle sur son destrier. Vous allez chevaucher avec moi.

— Mais votre blessure…

— Elle ne me tourmente pas assez pour être ralenti par votre jolie jument, coupa-t-il d'un ton bougon. Notre voyage pour Windermere va prendre six jours. Je ne veux pas être retardé.

C'est ainsi que Kit fut installée devant son mari, et qu'ils partirent.

Elle savoura la proximité de Wolf toute la journée, même s'il parlait rarement. Il y avait des choses qu'elle voulait lui dire, mais elle découvrit qu'elle ne savait pas comment surmonter la faille qui existait entre eux. Alors elle ne dit rien, et ils parcoururent des milles en silence. Les bras de Wolf lui paraissaient aussi sûrs et confortables que lors de leur voyage depuis Somerton. Kit s'efforça de croire qu'il n'était pas aussi mécontent d'elle qu'il le semblait. Peut-être qu'avec le temps il l'accepterait, même si elle commençait à penser qu'elle devrait trouver un plan quelconque pour le gagner.

Wolf goûtait le plaisir de l'avoir près de lui. Son parfum, comme toujours, lui rappelait des fleurs fraîches. Elle était douce et suave et il la serrait contre lui tandis qu'ils chevauchaient, reconnaissant à Henry de ne pas avoir accepté sa requête de retourner en France. C'était avant son mariage qu'il avait demandé au roi de faire partie de son escorte, ne voulant pas rester auprès d'une épouse qui était si clairement insatisfaite de leur union. Mais il savait à présent qu'il n'aurait pu demeurer loin d'elle. Kathryn Somers serait sa femme dès qu'ils atteindraient Windermere, et elle apprendrait à s'y faire.

Le temps était beau chaque nuit, aussi campèrent-ils à la belle étoile, sans prendre la peine de dresser les petites tentes et de tendre les toiles qu'ils transportaient en cas de pluie. Kit s'endormait toujours en contemplant le ciel noir et les étoiles, et en cherchant le moyen d'amener son mari à tenir compte d'elle. Wolf s'arrangeait pour ne jamais étendre sa couverture près d'elle tant qu'elle n'était pas profondément endormie, et il était toujours parti avant qu'elle ouvre les yeux le matin. Elle était sûre qu'il le faisait exprès.

Le quatrième soir, elle se sentit découragée et frustrée. Ils chevauchaient ensemble comme ils l'avaient fait de Windermere à Kendal, en échangeant à peine quelques mots. Elle percevait en Wolf une aspérité qu'elle doutait de pouvoir effacer un jour, malgré ses efforts pour le regagner. Elle ne pouvait imaginer pourquoi il avait accédé à la demande d'Henry de l'épouser. Il n'avait jamais semblé être homme à se plier aisément aux désirs d'autrui, pas même à ceux du roi.

Ils s'arrêtèrent finalement au sommet d'un petit ravin. C'était un bon endroit pour camper et Wolf descendit Kit du dos de Janus pour la remettre à Nicholas, qui attendait pour l'aider. Quand elle jeta un coup d'œil à Wolf, elle fut contrariée par sa grimace de douleur. Sa blessure le tourmentait visiblement, et elle avait l'intention de la regarder dès qu'il démonterait. Wolf conduisit Janus jusqu'à l'endroit où le reste des chevaux devaient être attachés et se laissa tomber à terre.

Kit fut aussitôt derrière lui avec une outre d'eau et son sac de médecines et de bandages, dont la plupart avaient été fournis par lord Blackmore.

— Laissez-moi panser votre blessure pendant qu'il y a encore un peu de lumière, Wolf, dit-elle.

— Ce pansement fera l'affaire, rétorqua-t-il, ne souhaitant pas ôter sa tunique et souffrir le contact de ses mains douces.

Elle s'était occupée de lui chaque jour au palais et sur la route, le soignant avec attention. Mais plus elle le touchait, plus il la désirait, et ce n'était ni le moment ni l'endroit pour lui montrer à qui elle appartenait.

— Ce pansement doit être refait, affirma-t-elle. Vous souffrez et je voudrais voir pourquoi.

S'il avait été de meilleure humeur, Wolf aurait trouvé comique la manière dont Kit — qui faisait à peu près la moitié de sa taille — semblait penser qu'elle le traînait par le bras vers la clairière.

Elle le conduisit dans un endroit à découvert, à l'écart du bouquet d'arbres où les hommes établissaient le camp, là où la lumière faiblissante était la plus abondante. Elle insista pour qu'il s'assoit sur le tronc d'un vieil arbre déraciné par une tempête. Tandis qu'il ôtait sa tunique, elle ouvrit son sac pour sortir l'onguent et les bandages propres dont elle aurait besoin. Elle fut stupéfaite qu'il lui obéisse si docilement et se dit que son humeur s'était améliorée parce qu'il avait passé la journée en selle, une occupation qu'il semblait apprécier.

Kit se glissa entre ses cuisses, essayant de ne pas se laisser troubler par sa semi-nudité, et déroula le long bandage qu'il portait autour de la poitrine. Elle tendait les bras autour de lui, se rapprochant à chaque tour du pansement.

Juste comme Wolf pensait qu'il ne pourrait pas supporter sa présence plus longtemps, elle étouffa un cri.

— Vous avez saigné !

Son expression chagrinée le surprit plus que le saignement lui-même. Il avait senti la chaleur de l'hémorragie depuis un certain temps, mais ne pensait pas qu'elle réagirait ainsi. Kit ôta le dernier pansement et considéra la blessure.

— Je n'aurais jamais dû vous laisser quitter Westminster si tôt !

— *Vous ?* N'auriez jamais dû *me laisser…* ?

Kit était si contrariée qu'elle ne remarqua pas la lueur de gaieté qui s'alluma dans ses yeux.

— Exactement, *Votre Grâce,* assura-t-elle en lavant la blessure et en examinant l'étendue des dommages.

Seul un petit endroit à une extrémité de la plaie avait saigné, et elle fut soulagée. Elle sentait que l'onguent, généreusement appliqué, arrêterait le saignement si Wolf se montrait prudent.

— De fait, nous n'allons pas faire marche arrière maintenant que nous sommes allés si loin, et…

Il rit. Bien que ce fût un son agréable qu'elle n'avait plus entendu depuis des semaines, Kit n'apprécia pas que son mari se moque d'elle. Certes, ils étaient liés l'un à l'autre par l'ordre du roi, mais elle ne pensait pas qu'il était de son devoir de devenir la cible de son humour. Les choses étant ce qu'elles étaient, elle ignorait comment elle serait capable de vivre en sachant qu'elle n'était pas le premier choix de Wolf — qu'il tenait à une autre, qu'il avait voulu la quitter à la première occasion.

— … nous allons bientôt atteindre Windermere, aussi est-il inutile…

— J'ai toujours pensé que vous aviez le don de donner des ordres comme une duchesse, gloussa Wolf, avant de tressaillir quand elle appliqua l'onguent sur la partie à vif.

— Vous n'avez pas besoin de rire de moi.

— Je ne ris pas de vous.

— Je *suis* une duchesse, pour le cas où vous l'auriez oublié, dit-elle d'une voix très calme.

Le rire disparut du visage de Wolf quand il vit des traces d'humidité s'amasser dans ses yeux et des larmes briller sur ses cils inférieurs. Il vit également la façon dont elle pinçait les lèvres. Oh, comme cela lui serrait le cœur de la voir pleurer. Il ne la blâmait nullement. Par tous les saints, il était déjà assez cruel pour elle d'avoir été contrainte à se marier contre ses souhaits. Et maintenant, elle était de nouveau traînée à travers le pays pour rejoindre un vieux château humide et sinistre, doté d'une histoire terrible, avec un homme qu'elle n'aurait jamais voulu épouser.

Maudit soit Henry ! Il était évident que Kit ne pouvait supporter d'être sa duchesse, et il pensait que le moins que le roi aurait pu faire, c'était de demander l'avis de sa sœur sur ce mariage avant d'en faire une décision irrévocable. Il ne savait pas comment rendre les choses plus faciles pour Kit, mais il comprenait que c'était à lui d'essayer.

— Oui, vous êtes une duchesse. Mais d'abord une princesse, dit-il comme Kit lui entourait la poitrine d'un bandage.

Elle s'arrêta net, laissant pendre la bande de tissu.

— Vous voulez dire une princesse *bâtarde*, lança-t-elle en pirouettant sur elle-même et en s'éloignant de lui.

Une princesse bâtarde ? *Bâtarde ?* Il ne se souciait pas de ses parents. Pourquoi s'en soucierait-elle ? Mais il était évident que cela la bouleversait énormément. Il avait vu son menton trembler, juste avant qu'elle s'écarte de lui. Etait-ce la raison de sa conduite ? Avait-elle honte que son père n'ait jamais épousé sa mère ?

Impossible. Il rejeta cette idée. C'était ridicule.

Il bougea promptement et la rattrapa avant qu'elle atteigne le bouquet d'arbres.

— Kit.

Elle chassa sa main de son bras et continua à marcher.

— Attendez, Kit.

Il reprit son bras et la fit se retourner. Il vit que ses yeux émeraude brillaient de larmes, même si elle semblait déterminée à ne pas pleurer. Il toucha sa joue d'une main, puis leva l'autre pour écarter ses cheveux de son visage.

Wolf n'hésita qu'un moment, puis effleura sa bouche de la sienne. Elle trembla à ce léger contact. Il bougea la tête pour poser les lèvres sous son oreille, puis pressa un doux baiser sur sa tempe. Il sentit des larmes chaudes qui coulaient sur son visage et les essuya gentiment de ses pouces.

— Est-ce moi, Kit ?

Elle vit l'incertitude qui pointait dans ses yeux et ne put comprendre ses raisons. Elle s'était attendue à son dédain, peut-être, ou même à un rejet complet, mais pas à l'hésitation et aux doutes. Pas à de gentilles caresses et de tendres baisers.

— Non ! s'écria-t-elle. Pas vous. Jamais vous.

Il laissa tomber ses bras sur sa taille et l'attira à lui. Sa bouche s'empara de la sienne comme s'il était affamé. Avec insistance, cette fois. C'était un baiser brûlant et exigeant, un mélange sensuel de lèvres et de langues. Kit soupira avec un étonnement grandissant et ouvrit ses lèvres, lui rendant les assauts de sa langue. Elle percevait sa chaleur, à présent, le feu incroyable et excitant qui l'habitait et elle désirait qu'il la consume, mais elle savait qu'il allait mettre un terme à leur étreinte. Il le faisait toujours.

Néanmoins, elle fit remonter ses mains sur son torse, au-delà du bandage, puis plus haut pour glisser ses doigts dans les cheveux de sa nuque. Wolf la serra encore plus fort, la plaquant contre lui, moulant son corps contre le sien.

En bougeant contre lui, Kit s'aperçut du désir qui le tendait vers elle. Il gémit, et ce son l'enflamma plus encore. Elle était traversée par des flèches de plaisir, et elle s'avisa qu'elle voulait sentir ses mains partout sur elle. Elle désirait qu'il la touche comme il l'avait fait au lac de Somerton ou sur la route de Kendal.

Wolf sentit la pointe de ses seins qui se durcissaient sous sa cotte, contre sa peau nue, et il sut qu'elle était aussi excitée que lui. Il sema des baisers brûlants le long de sa gorge et saisit ses seins dans ses mains, en excitant la pointe de ses pouces.

Dieu, qu'il la convoitait, mais pas ici, pas au milieu de ses hommes dans ce camp rudimentaire. Il ferait d'elle sa femme dans son lit de duc.

Il l'enveloppa dans ses bras et lui embrassa l'oreille, son souffle chaud la faisant frissonner.

— Savez-vous combien vous êtes désirable ?

Sa voix était sourde et rauque de désir. Kit émit un petit cri étranglé. Il y avait de la confusion dans ses yeux, et ses lèvres gonflées appelaient d'autres baisers. Mais Wolf se contint.

— Notre première fois ensemble doit être spéciale…

Il ôta ses mains de ses épaules, les prit entre les siennes contre sa poitrine et la regarda. Il fut ébahi par le désir à nu qu'il lisait dans ses yeux, et son cœur s'envola. Par le ciel, elle voulait de lui ! Mais elle était trop inexpérimentée pour comprendre ses hésitations.

— Kathryn, je veux coucher avec vous d'une façon convenable, dit-il doucement. Pas ici, avec mes hommes autour de nous.

Elle baissa les yeux, embarrassée par ses effusions. Que devait-il penser d'elle ? Comment pouvait-elle savoir comment une épouse devait se comporter ?

Il lui souleva le menton, et elle le regarda dans les yeux. Elle n'y vit pas seulement du désir, mais aussi de la tendresse, et elle s'avisa que ce qu'il disait était dans son intérêt.

— Nous devons attendre d'être à Windermere. Là seulement je ferai de vous ma femme.

Kit se pencha en avant et l'embrassa au creux du cou, et il en fut presque vaincu. Puis elle le stupéfia en déclarant d'une voix altérée :

— Je pense que je vous ai attendu toute ma vie, messire. Deux jours de plus ne devraient pas trop compter.

Quand il s'allongea enfin près d'elle cette nuit-là, il fut certain que ces deux jours seraient parmi les plus longs de sa vie.

Kit était déterminée à faire que ce mariage marche. Ils avaient déjà fait un pas de géant dans ce sens, mais elle mesurait qu'ils avaient encore une longue distance à parcourir avant de toucher au but. Elle n'escomptait pas que Wolf tombe amoureux d'elle tout de suite, mais elle avait l'intention de lui faire oublier *Annalise* et toute autre femme de son passé. Elle savait qu'il avait été épris de la femme du lac de Somerton, un fait qui lui donnait du courage et l'audace d'essayer de séduire son mari, aussi faibles que soient ses talents de séductrice.

Cette nuit-là était claire et agréablement fraîche après le coucher du soleil. Kit était allongée sur sa couverture et contemplait le firmament étoilé. Elle regarda la fumée qui montait du petit feu de camp et souhaita que Wolf vienne bientôt se coucher. Elle était bien décidée à rester éveillée jusqu'à ce qu'il la rejoigne. Quand il finit enfin de parler aux gardes et vint s'installer près d'elle, il s'allongea sans un mot sur sa couverture et lui tourna le dos.

Wolf aurait aimé tenir Kit pendant qu'elle dormait, comme il l'avait fait les nuits précédentes, mais il n'osait pas, pas après sa réponse passionnée quand il l'avait embrassée dans la clairière. Chester et Alfred n'étaient pas à plus de cinq pas, Alex, Claude et Nicholas n'étaient pas loin non plus, et il ne voulait pas être tenté par sa délicieuse petite femme au-delà de son endurance. Etre aussi près d'elle était déjà une épreuve, même sans qu'ils se touchent.

Kit, pas intimidée par le manque de considération de son mari et ignorante des raisons qu'il avait de se détourner, se pressa contre lui. Elle passa un bras sur sa taille et ajusta son corps contre le sien, moulant ses formes douces dans le rempart solide mais sensible de son dos.

Il était certain de sentir chaque détail de sa personne.

— Dormez bien, mon mari, lui chuchota-t-elle à l'oreille.

La chaleur du soleil brûlait encore quand ils s'arrêtèrent pour leur dernière nuit sur la route. Il faisait très humide, avec la menace d'un orage dans l'air, et Kit ne pouvait attendre d'ôter ses vêtements collants pour se baigner dans le lac abrité qu'ils avaient aperçu au creux d'un vallon. Les hommes établirent de nouveau leur camp pendant qu'elle descendait la colline pour se rendre au bord de l'eau, portant des vêtements propres.

Le petit lac était situé dans un bosquet de saules et de vieux aulnes torturés. Des ajoncs poussaient sur les rives fangeuses et de petites grenouilles vertes dardaient leurs yeux ronds dans leurs cachettes le long de la rive. Ce n'était pas un lac pour nager, et Kit savait qu'il serait imprudent de le faire dans cette eau peu familière. Elle regarda autour d'elle pour vérifier qu'elle était seule, puis ôta ses souliers, noua ses jupes autour de ses hanches et se dénuda jusqu'à la taille. Après quoi elle pénétra dans l'eau pour se laver. L'eau fraîche était délicieuse, même si la vase du fond qui s'immisçait entre ses orteils était désagréable.

Wolf avait vu Kit s'éclipser un moment plus tôt, et n'avait pas compris tout de suite ce qu'elle avait à l'esprit. Il dressait le camp avec le reste de ses hommes et il n'était pas rare que Kit disparaisse quelques instants quand ils démontaient. Mais il se souvint alors d'avoir vu le lac, et il lui vint à l'idée que Kit tenait à la main une robe de rechange quand elle avait descendu la colline. Il commença à s'inquiéter qu'elle essaie de nager seule dans le lac, connaissant son penchant pour l'eau. Il abandonna ce qu'il faisait et suivit ses traces dans les longues herbes, puis pénétra dans le petit bois.

Quand il atteignit le bord de l'eau et vit Kit, il en resta cloué sur place. Elle était exactement comme il se la rappelait au lac de Somerton. Elle était sa nymphe dorée, mais cette fois seulement dévêtue en partie, si séduisante, et son visage était clairement visible dans la lumière du coucher de soleil d'un rose brillant.

Elle souleva ses cheveux et se passa un linge mouillé sur la nuque, puis devant son cou. Wolf observa la pointe de ses seins qui se durcissait tandis qu'elle frissonnait et il se sentit durcir aussi. Il y aurait encore une nuit difficile et une journée pénible en selle avant qu'ils atteignent Windermere. Il avait décidé d'attendre jusque-là, mais…

Il savait qu'il devait être patient. Elle serait trop meurtrie pour chevaucher le lendemain si…

— Venez, je vais vous laver le dos, mon mari, dit-elle en le surprenant.

Il ne savait pas qu'elle l'avait vu. Et elle avait une voix rauque, invitante.

Wolf marcha lentement vers elle, la regardant se tourner pour lui faire face. Elle continua sensuellement à frotter ses bras et sa poitrine avec le linge, le rendant presque fou. Il n'avait jamais vu une femme se mouvoir avec un tel érotisme auparavant. Elle était superbe et séductrice. Et elle était à lui. Il était impatient de découvrir sa sensualité dans ses bras. Juste ciel, comme il la désirait !

Kit avait une envie folle de le toucher, d'être touchée par lui. Il parcourait sa peau d'un regard brûlant, et elle savait qu'il était aussi avide qu'elle de caresses. Il s'approcha d'elle et elle se mit à trembler d'anticipation. Tout en marchant, il ôta son pourpoint et sa tunique, délogeant le pansement qu'il avait supporté toute la journée.

Dévêtu jusqu'à la taille, Wolf était un homme impressionnant. Ses larges et puissantes épaules et son torse massif contrastaient avec sa taille mince. Kit appréciait le jeu de ses muscles sous la toison sombre qui couvrait sa poitrine et s'achevait en pointe avant de disparaître dans ses chausses. Il vint à elle lentement, délibérément, et quand il l'atteignit il se tourna pour offrir son large dos à ses soins.

Sa chair frémit quand elle passa le linge frais sur sa peau. Il était moins sensible à un désir de propreté qu'au contact de ses mains fraîches sur lui. Elle s'étira pour appliquer le linge sur ses épaules et il sentit clairement ses seins lui effleurer le dos.

Incapable de se retenir plus longtemps, il pivota sur lui-même et la prit dans ses bras.

— Quelle douce torture est-ce là ? demanda-t-il en pressant des baisers brûlants sur sa gorge et plus bas.

— Ce n'est pas une torture, messire, répondit Kit, troublée par la sensation de ses lèvres sur la pointe d'un sein. Seulement… ooh…

La bouche de Wolf trouva la sienne et un frisson la parcourut quand leurs langues se joignirent. Il la souleva dans ses bras, ignorant la douleur de sa blessure, et la porta sur un carré de douce mousse verte près de quelques aulnes. Elle sentit la fraîcheur du sol sous son dos, mais les lèvres de Wolf étaient brûlantes sur sa peau.

Le ciel était strié de bandes roses et de petits nuages passaient rapidement, présageant les vents et l'orage à venir. Ils sentirent à peine le changement de temps. Les couleurs du crépuscule nimbaient le visage de Wolf tandis qu'il se penchait sur Kit, et elle vit ses yeux argentés devenir gris foncé. Sa crinière noire était plus ébouriffée que jamais et Kit tirait sur ses cheveux, l'attirant à elle, voulant qu'il prenne possession d'elle et fasse d'elle sa femme.

— Ce n'est pas ce que je prévoyais…

— Comment le lit d'un duc pourrait-il être plus idoine ? murmura-t-elle dans ses cheveux.

Sans expérience pour la guider, Kit se laissa conduire par ses instincts. Elle fit lentement descendre ses mains le long de son dos et de ses fesses, puis les ramena sur son torse et plus bas. Elle défit les liens de ses chausses, le libérant pour pouvoir le toucher.

— Je voulais vous dorloter…

Il prit un sein dans sa main et en caressa la pointe. De ses lèvres, il taquinait sa gorge.

— Moi, je ne veux que *vous*…

Eperonné par ses paroles et par la sensation de leur chair qui se touchait, Wolf fit descendre sa main. Il caressa Kit, augmentant son excitation. Une incroyable tension grandit en elle, et les muscles de ses jambes se contractèrent. Il repoussa sa cotte humide sur ses hanches et fit remonter sa main le long de ses cuisses, s'arrêtant pour la caresser intimement. Elle frissonna une fois, puis se détendit et s'ouvrit à lui.

Une tornade se levait autour d'eux. Des feuilles volaient, et Wolf fut touché plus d'une fois par des brindilles tandis que le vent soulevait de la poussière et des débris. Le ciel rose devint vermillon. Des nuages noirs et bas s'amoncelaient. Mains, lèvres et langues exploraient de nouveaux territoires.

— Touchez-moi ici…

— Ne vous arrêtez pas…

— Vous êtes si chaude, si incroyablement…

— Je vous en prie, Wolf !

Sa plainte fut couverte par le lointain grondement du tonnerre. Ni Wolf ni Kit ne l'entendirent, si absorbés qu'ils étaient par les sensations qu'ils partageaient. Chaque nerf, chaque fibre du corps de Kit frémissaient, et les caresses de Wolf l'embrasaient. Il n'y avait plus de place pour des pensées rationnelles, il n'y avait plus que le désir et un plaisir intense qui ne cessait de grandir.

— Ma douce Kit, dit Wolf d'une voix rauque. Je crains de vous faire mal.

— Vous ne pouvez me faire mal qu'en vous retenant, dit-elle en enfilant sa langue dans son oreille. Apprenez-moi. Montrez-moi comment vous donner du plaisir.

Il prit sa main et le lui montra tandis que sa bouche et sa langue s'emparaient d'elle, la portant au seuil de l'extase.

Elle gémit de désir quand il s'allongea sur elle. Kit noua ses mains autour de son cou et répondit à ses farouches assauts avec une passion née de la volupté et de l'amour. La splendeur de leur étreinte explosa comme un éclair, se répandant dans leurs membres et dans leurs reins, impossible à contrôler.

— N’êtes-vous point trop meurtrie ? demanda Wolf beaucoup plus tard, en caressant une mèche d’or clair près de l’oreille de Kit.

Il était émerveillé par elle. Sa tête était nichée au creux de son bras et ils étaient encore mêlés l’un à l’autre sur la mousse. Un éclair sillonna le ciel dans le lointain et Kit entendit le roulement sourd du tonnerre. Elle se dressa sur un coude et étudia son mari.

— Non. Et vous, messire ? Vous ai-je meurtri ? demanda-t-elle avec un sourire espiègle.

— Oui.

Il lui décocha un sourire de loup.

Elle caressa un de ses mamelons de ses lèvres et le sentit frémir.

— Dites-moi, de grâce, comment voulez-vous que j’y remédie ?

Elle taquina la peau sensible de ses dents.

— Je vous en laisse juge, dit Wolf avec un grognement. Je suis entièrement à votre merci.

15.

Quand il devint clair que l'orage se dirigeait sur eux, les hommes levèrent le camp de la colline et descendirent s'abriter dans les bois. Une tente fut dressée près du lac pour Wolf et sa jeune épouse, et plusieurs toiles furent tendues entre les arbres pour protéger les soldats du plus gros de la pluie. Wolf resta dehors et aida à s'occuper des bêtes et des provisions avant que l'orage éclate, ne rejoignant Kit sous leur tente que lorsque tout fut réglé.

Il trouva sa femme somnolant au centre de leur abri, parmi les fourrures qu'ils avaient emportées pour ce genre de temps. Une pâle chandelle jaune posée dans un bol en terre vacillait et crachotait, jetant des ombres changeantes sur son visage. Wolf se dévêtit et se glissa sous les fourrures, près de sa peau nue. Il passa un bras autour de sa taille et l'attira à lui.

Kit remua à cette douce intrusion, et s'éveilla à moitié.

— Il a commencé à pleuvoir, dit Wolf.

Sa voix semblait une caresse à côté du bruit saccadé de la pluie sur la toile de tente. Kit sentit son souffle frôler ses cheveux.

— J'entends, répondit-elle en jetant un regard circulaire sur leur nid chaud et sec.

Elle avait l'impression qu'ils étaient seuls au monde, blottis dans un cocon. Il y avait un merveilleux sentiment de sécurité à être drapé ainsi dans des fourrures, quand la pluie s'abattait autour d'eux. L'odeur de la bougie et sa lumière vacillante ajoutaient encore à cette douce atmosphère. Elle pourrait rester ainsi pendant des jours, pensa-t-elle, aussi longtemps que Wolf était avec elle.

Il suivit la ligne de sa mâchoire d'un doigt, puis le fit glisser sur son cou et sa clavicule.

— Avez-vous assez chaud ?

— Hmm.

Elle étira ses jambes et ses bras. Chaude et satisfaite.

La façon dont elle nicha ses douces courbes dans son flanc traversa Wolf d'un frisson de désir. Il s'inquiéta que tout aille trop vite pour Kit. Bien qu'il lui ait fait l'amour une heure auparavant seulement, il la désirait de nouveau.

Il plia son coude et appuya sa tête sur sa main. Déterminé à écarter son esprit de son corps éminemment désirable, il l'interrogea sur quelque chose que le roi avait dit avant qu'ils quittent Londres.

— Vous ne m'avez pas dit comment vous m'avez sauvé la vie la nuit de l'attaque.

— Le roi a exagéré.

Wolf secoua la tête.

— Je ne pense pas. Henry est maître dans l'art de minimiser les choses.

— Oui, je suppose...

— Que s'est-il donc passé ? Je me souviens qu'il faisait noir quand nous sommes entrés dans la galerie, puis qu'ils nous sont tombés dessus de tout côté.

Il promena son doigt sur la ligne de son épaule, puis dans les cheveux qui bouclaient près de son oreille. Ses yeux étaient presque noirs, à présent, avec des cils aussi sombres et épais que de la suie. Et son visage était lisse, nota Kit avec ravissement. Elle ne se souvenait pas d'une autre occasion où il s'était rasé le soir.

— Henry n'avait pas d'arme, répondit Kit. Vous l'avez défendu jusqu'à ce qu'il ramasse une épée sur un mort.

— Et j'ai été touché.

— A la poitrine, oui. Nous étions en sous-nombre. Il y avait deux de ces… Lollards qui s'en prenaient à vous et je ne voyais pas comment vous pouviez vous défendre.

Elle frémit en se rappelant le sang qui jaillissait de sa blessure.

— Je craignais que vous ne soyez tué…

— Et ?

Elle lui expliqua comment elle avait ramassé une épée et s'était frayé un chemin jusqu'à lui.

— Puis j'ai donné un grand coup sur l'homme…

— Donné un grand coup ?

— Oui, j'ai donné un grand coup à celui qui vous avait blessé à la jambe. J'ai lancé l'épée aussi fort que je l'ai pu et je l'ai frappé au côté, sous les côtes.

— Vous lui avez donné un grand coup.

Wolf était amusé et impressionné par son ingénuité et son audace. Il doutait qu'il y ait une autre femme dans toute l'Angleterre qui serait venue à son secours avec une épée qu'elle pouvait à peine soulever.

— Vraiment, Wolf, dit-elle sur le ton d'une mère en colère. Je manquais peut-être de technique, mais j'ai été satisfaite du résultat.

Il sourit largement.

— Moi aussi.

— Ma belle robe a été ruinée, reprit-elle plus calmement. Vous avez saigné dessus.

— Il me semble avoir entendu crier quelqu'un…

— Vous n'étiez pas censé entendre.

— Pourquoi ?

Il ramena sa main sur sa mâchoire et dessina d'un doigt léger le contour de sa lèvre inférieure, puis la fossette de son menton.

— J'ai toujours pensé qu'il ne fallait pas crier devant un homme mourant, expliqua-t-elle en souriant. Cela lui fait perdre espoir.

*
* *

Quand Kit s'éveilla, elle était seule. La lumière du matin filtrait par les craquelures de la tente et elle mit une cotte propre. Elle émergea de l'abri et s'étira, regardant autour d'elle parmi les arbres pour ne trouver personne. Quatre-vingt hommes avaient disparu sans faire un bruit. Du moins, pas assez de bruit pour la réveiller.

Une toile restait accrochée entre deux arbres et un petit feu brûlait dessous, protégé du brouillard matinal. Kit entendit un bruit à quelque distance et aperçut Janus attaché à un arbre. Renâclant et piaffant, l'étalon était impatient de bouger.

Elle descendit au bord de l'eau et se lava rapidement, se demandant où était son mari. Elle s'arrêta même un moment en pensant que Wolf l'avait peut-être laissée, mais elle écarta aussitôt cette idée comme ridicule. Elle eût aimé croire qu'il n'aurait pu la laisser après leur nuit d'intimité et de passion, mais elle savait que son devoir était sa raison de rester. Sa fierté et son sens des responsabilités ne lui permettaient pas d'abandonner une épouse, qu'il tienne à elle peu ou beaucoup.

Elle retourna auprès du feu et s'assit sur un carré d'herbe sèche pour coiffer et natter ses cheveux. Ce faisant, elle remercia le ciel que le duc de Carlisle ne soit pas le vieux noble décrépit qu'elle avait imaginé avant son mariage. Sa conscience lui disait qu'elle devrait confesser sa honte pour sa nuit de sauvage abandon avec Wolf, mais ses sentiments pour son mari dissipaient toute culpabilité qu'elle aurait pu ressentir.

Wolf avait envoyé la plupart des hommes en avant, ne voulant pas réveiller sa tendre épouse pour la mettre en selle de si bonne heure. Il savait que leur avance serait peut-être lente et il voulait savourer ces moments seul avec elle, avant leur arrivée à Windermere, avant que toutes ses nouvelles responsabilités s'imposent à lui.

Pendant que Kit dormait encore, il positionna une troupe de douze hommes sur une crête au sud-est, pour attendre son départ du lac. Les soldats reçurent l'instruction de suivre le duc et sa femme à une distance discrète, fournissant une protection à l'arrière tandis que Kit et Wolf iraient à leur rythme.

Il revint au lac et trouva Kit sur l'herbe sèche près du feu, coiffant ses longs cheveux ondulés dont il savait qu'ils sentiraient les fleurs quand il enfouirait son visage dedans. Ses jupes étaient étalées autour d'elle, et il vit une expression amusée sur son visage. Il tapota Janus en passant près de lui et s'aperçut que Kit levait les yeux vers lui. Le sourire qu'elle lui dédia lui réchauffa l'âme.

— Avez-vous faim ? demanda-t-il en la rejoignant.

Il avait laissé un bol de nourriture, couvert, près du feu.

Kit rougit et baissa les yeux quand il lui parla, et il fut contrarié de perdre un tant soit peu de l'intimité inattendue qu'ils avaient partagée pendant la nuit. Ne voulant pas laisser son embarras les séparer, il s'accroupit près d'elle, lui prit sa brosse, puis posa une main sur sa joue et lui baisa le front.

— Il reste un peu de viande d'hier soir. Le vieux Darby, notre cuisinier, a gardé ceci pour vous.

Elle rompit son jeûne pendant que Wolf se mettait à lui brosser les cheveux, ce qui traversa son crâne et son cou de frissons de plaisir.

— N'attachez pas votre chevelure aujourd'hui, Kit. Elle me plaît et je la préfère libre.

Il semblait qu'elle fût encore mal à l'aise avec lui, et il n'avait pas l'intention de la laisser continuer ainsi. Mais il ne savait comment procéder. Les femmes étaient si différentes. Qu'est-ce qui pourrait la mettre à l'aise ? Qu'il la touche encore ? Qu'il lui fasse la conversation ?

— A quoi pensiez-vous il y a un instant ?

— A quoi je pensais ?

— Oui. Quand je suis revenu, vous souriiez en brossant vos cheveux. Vous sembliez amusée par quelque chose.

Elle rougit de nouveau, se remémorant ses pensées.

— Ce n'était rien.

— Allons. Sûrement pas rien ?

Il s'assit près d'elle et posa la brosse, puis caressa une boucle derrière son oreille.

— Kit, la nuit dernière…

— Non, non, coupa-t-elle, ne voulant visiblement pas qu'il croie qu'elle avait été insatisfaite d'une façon quelconque. Ce n'était pas cela du tout.

Ses sourcils se détendirent et cette expression de vague amusement se peignit de nouveau dans son profond regard vert. Elle paraissait douce et innocente, mais il se rappela son abandon sensuel pendant la nuit.

Il ne pensait pas qu'il pourrait jamais se rassasier d'elle. Il n'avait jamais songé qu'il en serait ainsi, avec cette faim insatiable qu'il avait d'elle.

— Je me remémorais quelque chose…

— Continuez.

— Quand le comte de Langston m'a dit que je devais épouser le duc de Carlisle, j'ai pensé que ce dernier devait être un vieillard chenu et ridé.

— Vous voulez dire qu'il ne vous a pas dit que *j'étais* Carlisle ?

Il cessa de jouer avec ses boucles blondes.

— Non, Wolf. Personne ne me l'a dit. Pourquoi pensez-vous que je me suis pâmée quand je vous ai vu, le soir du banquet ?

— Pourquoi, Kit ? Pourquoi vous êtes-vous pâmée ?

— Je… ne le sais pas exactement, répondit Kit, embarrassée de s'être évanouie et saisie par la soudaine intensité de Wolf. J'étais bouleversée depuis que j'avais appris la vérité sur le roi

Henry. L'ancien roi, veux-je dire, le fait qu'il était mon père. J'avais toujours été conduite à penser que mon père était un homme honorable… marié à ma mère… qu'il était mort sur le continent avant ma naissance…

Elle frémit en étant confrontée de nouveau au mensonge de sa vie, et à la vérité qui pouvait la détruire à jamais.

Wolf se rapprocha et passa un bras autour d'elle. Pouvait-il être vrai qu'elle n'avait pas su qu'il était celui auquel elle était fiancée ? Que lorsqu'il l'avait vue pleurer sur l'épaule de Rupert Aires, ce n'était pas parce qu'elle était affolée à l'idée de l'épouser ?

— J'ai découvert en une journée que j'étais… une bâtarde, et promise à quelque vieux duc…

Il l'interrompit en tournant son visage vers lui et en l'embrassant doucement.

— Et donc je souriais ce matin parce que je suis… fort satisfaite que mon époux ne soit pas le vieux duc décrépit que je redoutais…

Il l'embrassa encore, avec plus de ferveur.

— … mais sire Gerhart, un chevalier fort plaisant à l'œil…

Les lèvres de Wolf glissèrent sur sa gorge et il défit ses lacets pour abaisser le corselet de sa cotte sur ses épaules et jusqu'à sa taille.

— … plein de considération…

Il effleura la pointe de ses seins, provoquant une réaction immédiate.

— … et doté d'un immense talent…

Elle ne termina pas ce portrait.

Wolf l'installa devant lui sur Janus, en amazone, pour le voyage de retour chez lui, à Windermere. Elle était un peu meurtrie, mais pas insupportablement, et ils chevauchèrent confortablement ensemble, toute trace de timidité entre eux ayant disparu.

— Parlez-moi de Windermere, Wolf, demanda-t-elle, blottie contre son torse tandis qu'ils avançaient dans la brume de fin de matinée.

Le sol paraissait plus vert et le tronc des arbres plus noir, et Kit se sentait contente et en sûreté entre les bras musclés de son mari.

— Je suis né à Windermere, dit-il, son souffle chaud caressant doucement les cheveux de Kit.

Il ne tenait pas à parler de son passé ou de sa famille, d'ordinaire, mais il découvrit qu'il souhaitait en parler à Kit. D'une certaine manière, son passé était aussi celui de sa femme, à présent. Et une fois qu'il se serait confié à elle, il espérait qu'ils pourraient en refermer la porte ensemble.

— J'étais le plus jeune fils de Bartholomew et Margrethe Colston. John était mon frère aîné, plus âgé que moi de six ans, et il y avait Martin qui est mort d'une inflammation des poumons quand il avait environ douze ans. J'avais sept ou huit ans, à l'époque. Ma mère a quitté l'Angleterre après la mort de Martin pour passer un certain temps chez ses parents. John et moi n'étions pas une consolation pour elle et je suppose que mon père n'en était pas une non plus, même si j'étais trop jeune à ce moment-là pour comprendre ce qui se passait.

Pendant des mois, la mélancolie de Margrethe à propos de la mort de Martin s'était accrue à un degré qui inquiétait son mari. Pensant qu'elle pourrait bénéficier d'un changement, il l'avait envoyée à Brême chez ses parents, en espérant qu'elle se remettrait du décès de son fils cadet.

Ce plan aurait pu marcher, mais quand Bartholomew et John avaient été tués sur la route de Brême plusieurs mois plus tard, le sort de Margrethe avait été scellé. Elle ne s'était jamais remise de son chagrin et avait passé les vingt années suivantes dans une torpeur de plus en plus grande.

— Mais elle vous avait, non ? demanda Kit. Est-ce que votre survie ne lui a pas fourni de raison de guérir ?

— Non, Kit, répondit calmement Wolf. Cela ne l'a pas aidée.

Ils chevauchèrent en silence pendant un moment. Kit avait à l'esprit une image de son mari petit garçon, ayant subi la perte de son père et de ses frères et ayant besoin de partager son chagrin avec sa mère. Mais celle-ci s'était retirée en elle-même et n'avait pas de place pour lui. Kit se promit d'être toujours là pour Wolf. Et pour leurs enfants.

— Qui était responsable de l'embuscade où votre père et John ont été tués ? L'a-t-on découvert ?

— Le marquis de Kendal, qui était le plus proche ami et l'allié de mon père, a essayé d'enquêter sur l'attaque et les rumeurs qui ont suivi la mort de mon père. Mais il a toujours été rabroué par le roi. Henry — votre père — était dans une situation terriblement incertaine à cette époque, avec des complots, des menaces et de petites révoltes partout autour de lui. Il a fallu des années avant qu'Henry sache à qui se fier, et même alors il n'était sûr de rien. Kendal se disait certain que Clarence et Philip Colston avaient été derrière l'attaque, mais il ne pouvait rien prouver — jusqu'à ce que je lui montre le parchemin que nous avons trouvé chez Agatha. Juste au moment où Bart Colston et ses fils partaient pour l'Allemagne, il y a eu une tentative d'assassinat sur le roi Henry. L'assassin qui avait été engagé pour commettre ce meurtre a échoué, mais il a réussi à s'échapper. Toutefois, en s'échappant, il a laissé tomber une bourse contenant quelques pièces d'or et une missive portant l'ancien sceau des Colston. Le contenu de cette bourse est devenu une preuve, dans l'esprit d'Henry, que le comte de Windermere était responsable de cette atteinte à sa vie. Ce qui a davantage encore incriminé mon père, c'est que les Colston ont « fui » l'Angleterre à ce moment-là. L'un des secrétaires d'Henry à Westminster a déchiffré le document. Kendal avait déjà reconnu le sceau du Gallois Owen Glendower, mais la plupart des mots étaient effacés et il était pratiquement impossible d'en comprendre le sens.

— Que disait ce document ?

Wolf répondit avec froideur.

— Dans cette lettre, Glendower félicitait mon oncle Clarence et son fils Philip de leur complot pour se débarrasser d'Henry et d'avoir gagné un comté par la même occasion. Il appréciait le coup du sort qui faisait que Windermere tombait dans les mains de Clarence tout en blâmant Bartholomew des actions de Tommy Tuttle.

— Tommy Tuttle !

— L'homme requis pour tuer le roi Henry. Je n'ai pas réussi à retrouver Tuttle lui-même, mais certains de ses comparses sont toujours à Londres. Je suis parvenu à savoir qu'il était un homme dangereux avec des relations galloises, mais je n'ai trouvé personne voulant parler de ses activités avec Glendower il y a vingt ans.

— Mais vous n'aviez pas besoin de lui pour prouver votre affaire devant Henry ?

— Non, même si je voulais présenter toutes les preuves que je pourrais trouver. J'ai découvert, cependant, que Tuttle ne savait pas lire.

— Cela n'aurait pas dû être une surprise, Wolf. Il n'y a pas tant de gens qui…

— Non, ce n'a pas été une grande surprise. Mais pourquoi un félon illettré portait-il sur lui une note donnant des instructions explicites pour tuer le roi, avec des méthodes pour s'échapper, et a-t-il laissé tomber la bourse avec ce message et son paiement ?

— Hmm. Je suppose qu'Henry a conclu que votre père avait été impliqué à tort ?

— Oui. Il l'a fait.

— Qu'en est-il de Philip, maintenant ? Et d'Agatha ?

Ils se penchèrent de côté pour éviter des branches basses.

— Eh bien, Agatha… Nous avons toujours supposé qu'elle faisait partie du complot.

— Nous ?

— Mon grand-père et moi. Il s'agit de Rudolf Gerhart, margrave de Brême.

Ainsi Bridget avait eu raison, pensa Kit. Wolf était le petit-fils d'un prince.

— Quand Hugh m'a emmené à l'abbaye après l'attaque…

— Hugh ?

— Hugh Dryden. Vous le connaissez, Kit. Il nous a accompagnés quand nous avons quitté Somerton.

Oui, bien sûr qu'elle se souvenait de Hugh. C'était un homme puissant, bien que maigre et nerveux, qui devait avoir quelques années de plus que Wolf. Il avait un visage ordinaire avec des cheveux châtains et des yeux bleus perçants. Kit se rappela que Hugh n'était jamais loin de Wolf, même s'il lui traversa l'esprit qu'elle ne l'avait plus vu depuis des semaines.

— C'est Hugh qui m'a sauvé la vie et m'a conduit à l'abbaye de St Lucien après l'embuscade. Jeune garçon, il avait été envoyé se former dans notre famille, c'est pourquoi il était avec nous lors de l'attaque. Il ne m'a pas quitté depuis. Mais je m'égare. C'était mon grand-père qui croyait que Clarence et Philip étaient responsables de la mort de mon père et de mon frère.

Sa voix était enrouée par l'émotion, mais il poursuivit.

— J'étais trop jeune pour le comprendre à ce moment-là, mais quand j'ai grandi et ai commencé à parler de rentrer à Windermere, il m'a fait part de ses soupçons.

— Et c'est pour cela que vous avez utilisé le nom de votre grand-père quand vous êtes revenu en Angleterre ?

Wolf hocha la tête.

— Je ne pouvais pas très bien revenir en déclarant que j'étais Wolf Colston, l'héritier de Windermere, non ?

Kit acquiesça.

— Mon grand-père n'a jamais vraiment cru que je pourrais prouver quoi que ce soit contre Philip, mais comme je n'étais pas son héritier, il lui importait peu que je quitte Brême. Je n'avais pas grande utilité pour lui. Quant à Nicholas…

Sa bouche s'incurva.

— Il n'a jamais été non plus un petit-fils favorisé. Les orteils du vieux Rudy vont se retourner quand il apprendra que Nick est à présent un vicomte.

Kit sourit, bien qu'elle comprenne mal pourquoi le grand-père de Wolf serait chagriné que ses petits-fils aient si bien réussi.

— Mon plan était de servir Henry et de gagner sa confiance, puis de retourner à Windermere et de trouver le moyen d'accuser Philip. Je n'aurais jamais pensé qu'Agatha me fournirait les preuves dont j'avais besoin. Il y avait des rumeurs comme quoi elle était morte depuis des années, mais vous l'avez vue. Et vous n'avez pas cru que c'était un fantôme ?

— Non. Elle était bien vivante.

— Bien. Qu'elle ait été ou non impliquée dans la conspiration de Clarence et de Philip, elle m'a apparemment reconnu quand nous étions à Windermere…

— Je n'ai pu vous le dire alors, mais elle vous a appelé « le loup ».

— Ah ?

— Ou « *mon* loup », de fait. Je pense qu'elle m'a dit que vous étiez le comte légitime, mais elle s'exprimait par devinettes et charades. Je crois qu'elle est folle.

— En tout cas, pour une raison quelconque, elle voulait voir Philip destitué. Je ne puis songer à un autre motif pour lequel elle vous aurait remis le sceau de mon père.

Kit haussa les épaules.

— Je ne doute pas que Philip et elle ont été en termes délicats depuis la mort de Clarence. De fait, John Beauchamp estime qu'Agatha a pu être prisonnière de cette chambre de la tour pendant des années.

— Je me demande si quelqu'un d'autre connaît cette porte dérobée.

— J'en doute, répondit Wolf. J'ai passé les neuf premières années de ma vie à Windermere, explorant chaque recoin du château, et j'ai été surpris quand vous m'en avez parlé.

— Je me demande ce qui lui est arrivé.

— Franchement, je suis plus intéressé par ce qui est arrivé à Philip.

— Et Hugh ? demanda Kit. Où a-t-il été ces dernières semaines ?

— A Windermere. Suivre les traces de mon cousin Philip.

16.

Ils avaient chevauché pendant plusieurs heures quand Wolf guida enfin Janus sur le côté de la piste en terre battue, près d'une hutte en pierres délabrée et inhabitée. Il sauta à bas de son destrier et tendit les mains pour aider Kit à descendre.

Ils marchèrent vers l'ouest, à travers un secteur boisé avec des collines escarpées et d'énormes rochers de granit disséminés parmi les arbres. Wolf prit la main de Kit, et ils se frayèrent un chemin dans les épais sous-bois. C'était un peu comme un endroit enchanté, pensa Kit, avec des perles de rosée sur les fougères drues. Le soleil filtrait à travers les hautes frondaisons et jouait sur les gouttes d'eau étincelantes. Il y avait de la brume en hauteur et des collines rocailleuses en émergeaient comme les doigts déformés d'un troll depuis longtemps oublié.

Wolf montrait le chemin tandis qu'ils gravissaient une de ces collines humides et rocheuses, et Kit entendit un bruit d'eau qui coulait et gargouillait.

— Où sommes-nous ? s'enquit-elle alors qu'ils se dirigeaient vers une large plate-forme taillée dans le flanc de la colline.

Elle se demandait s'ils allaient monter jusqu'en haut.

— Sur les terres de Windermere, répondit Wolf en la conduisant vers l'extrémité du rocher. Il y a un endroit que je veux vous montrer.

Kit accéléra son allure et le suivit de plus près, réchauffée par l'idée que Wolf l'emmenait dans un lieu spécial. Il n'avait rien dit de ses sentiments sur leur mariage, mais elle sentait en lui une acceptation. De fait, si son plaisir lors de leurs étreintes de la nuit et de la matinée avait approché le sien, elle était certaine qu'il ne pouvait s'empêcher d'avoir de tendres sentiments pour elle. Cette pensée la conduisait à espérer que leur mariage s'avérerait satisfaisant.

Ils atteignirent enfin une large clairière plate creusée dans la colline. Elle était bordée sur la gauche par une falaise rocheuse sur laquelle coulait une fine nappe d'eau qui tombait dans un ruisseau, bien au-dessus de la forêt.

— Où va-t-il ? demanda-t-elle, éblouie.

C'était un lieu magnifique ; un monde à part.

— Venez voir.

Ils continuèrent à marcher et, un peu plus loin, Kit put voir le ruisseau se changer en cascade.

— C'est merveilleux, murmura-t-elle.

Le temps était clair et ensoleillé dans la clairière élevée où ils se tenaient, avec de la belle mousse verte et des bouquets de rhododendrons roses poussant sur des lambeaux de terre qui semblaient avoir été déposés par accident dans les failles des rochers.

Ils étaient assez haut pour voir au-delà des arbres. Wolf s'arrêta derrière Kit, posa les mains sur ses épaules et la tourna vers le nord.

— Windermere Castle, dit-il.

Dans le lointain, Kit put apercevoir l'étroit chemin qu'ils avaient suivi et qui se changeait en une voie plus large, traversant la vallée pour atteindre la ville et le château. Entourée par des champs fertiles, la jolie cité se blottissait sous les murs du château. La forteresse gris sombre se dressait sur un monticule et était ceinte d'une haute muraille en pierre très épaisse. Trois tours étaient visibles de là, et un drapeau flottait au sommet de la plus haute.

C'était une vue à couper le souffle.

— Ma mère appelait cet endroit « la retraite du comte », dit Wolf.

Kit s'adossa à lui, et il l'entoura de ses bras. Il y avait une intonation nostalgique dans sa voix, et elle savait qu'il se remémorait ses derniers jours avec sa famille.

— Mes frères et moi venions parfois ici avec notre père.

Il parlait d'un ton tranquille, et ils écoutaient le doux bruit de l'eau qui serpentait à leurs pieds.

— La dernière fois que je suis venu… bien, c'est la route que nous avons prise quand nous sommes partis pour Brême. Mon père, John et moi sommes montés jusqu'ici pour jeter un dernier regard à Windermere avant de nous éloigner. C'est la première fois que je reviens depuis mon enfance.

Kit sentait dans son dos les battements réguliers de son cœur.

— Kathryn.

Son souffle était chaud sur sa tête.

— Tant que mon cousin Philip sera… dans la nature, je serai inquiet. Vous devez prendre garde à vous. Prenez toujours une escorte avec vous.

Kit était heureuse de penser qu'il s'inquiétait pour elle, mais elle ne voulait pas être une charge pour lui.

— Pensez-vous vraiment qu'il pourrait me faire du mal ?

— Cela ne fait aucun doute, répondit-il en la tournant dans ses bras.

Elle leva les yeux vers lui et vit une détermination farouche dans son regard.

— On ne peut se fier à Philip. Comprenez-vous ? Je ne veux pas mettre votre sécurité en péril.

— Mais, Wolf, j'ai réussi jusqu'ici à prendre soin de moi…

— Vous ne comprenez pas, Kit. Vous ne le connaissez pas comme je le connais.

Elle se rendit compte qu'il voulait avoir le dernier mot.

— Fort bien, alors. Dites-moi ce que vous voulez que je fasse.

Wolf était soulagé. Il savait que John Beauchamp avait eu raison quand il avait dit que Philip était *retors*. Pour sa part, il se souvenait d'assez d'incidents dans sa jeunesse où son cousin avait prouvé sa nature néfaste.

Il conduisit Kit vers une plate-forme taillée dans le rocher et s'y assit avec elle. Il prit une de ses mains et baisa la jointure de ses doigts.

— Tout d'abord, vous ne devez jamais sous-estimer Philip. Il est dangereux et vicieux, quelle que soit l'impression qu'il vous ait faite quand vous l'avez rencontré.

— Il m'a paru froid et insensible.

— C'est le moins que l'on puisse dire.

Wolf posa ses coudes sur ses genoux et se pencha en avant, tourné vers elle.

— J'ignore où il se cache, même si Hugh l'a peut-être trouvé à cette heure. Sinon, je veux que vous soyez sur vos gardes. Un homme vous accompagnera chaque fois que vous quitterez le château. Ne montez pas seule à cheval, et ne vous rendez pas seule en ville. Dites toujours à quelqu'un où vous allez.

— Mais, Wolf, protesta-t-elle d'une voix hésitante, paniquée à l'idée qu'il puisse la laisser à Windermere et partir ailleurs sans elle. Où serez-vous, *vous* ?

— Moi ?

Il sourit et le cœur de Kit fondit.

— Oui, dit-elle d'un ton altéré. Je ne souhaite pas rester à Windermere si vous n'y êtes pas, si vous…

— Kathryn.

Il lui reprit la main et plongea les yeux dans son regard soucieux.

— Pensez-vous que je pourrais de nouveau vous laisser ?

— De nouveau ?

— Je vous ai laissée à Londres.

— Oui, murmura-t-elle, se rappelant sa désolation à Westminster quand elle souhaitait qu'il revienne, quand elle s'était rendu compte que Rupert n'était pas l'homme qu'elle souhaitait.

Wolf enroula une de ses boucles autour de son index, puis l'étira doucement. Elle était si imprévisible, si impertinente ; si différente de tout ce qu'il avait toujours pensé vouloir. Il passa un bras autour de sa taille et l'attira à lui. Il embrassa son front et huma le frais parfum fleuri de ses cheveux.

— Votre chevelure… Vous ne l'avez jamais découverte avant que nous arrivions à Londres.

— J'avais peur, avoua-t-elle simplement.

Le menton de Wolf reposait sur le sommet de sa tête.

— Je pensais que vous me reconnaîtriez comme la femme du lac de Somerton. Et à Kendal… eh bien, à Kendal, quand ce n'était *que moi,* vous avez clairement prouvé que vous ne…

— Kit, c'était seulement que je ne pouvais vous réclamer pour mienne.

— Mais j'ai cru…

— Quoi que vous ayez cru, c'était faux. Il n'était pas facile pour moi de penser que je devrais vous remettre à Rupert Aires une fois à Londres. J'ai jugé préférable de vous mettre en colère. Pour rester éloigné de vous, pour garder une certaine perspective…

Kit se leva abruptement et s'enveloppa de ses bras. Son esprit l'incitait à être méfiante, mais son cœur brûlait de croire ce qu'il avait dit. Elle désirait croire qu'il avait mis de la distance entre eux seulement parce qu'il savait qu'il aurait du mal à la remettre à Rupert.

Mais qu'en était-il d'*Annamarie* ? Elle se demandait si les hésitations passées de Wolf étaient dues aux tendres sentiments ou à la loyauté qu'il vouait à son ancienne fiancée.

Kit contempla l'eau de la cascade et s'interrogea. Devait-elle lui parler de son désespoir à Westminster ? Le désespoir de penser qu'elle ne le reverrait plus jamais, que sa vie serait pour toujours vide sans lui.

— Vous m'avez terriblement manqué, dit-elle finalement d'une petite voix.

Elle le sentait debout derrière elle ; son corps chaud tout proche, son souffle sur son oreille.

— Je n'avais aucune idée…

Comme il avait détesté devoir l'abandonner. Toutes ces semaines qu'elle avait passées à Londres, seule, avec les commères de la cour pour unique compagnie.

— Je pensais que Rupert et vous…

— Rupert était une erreur, déclara-t-elle en se tournant pour le regarder. Je me suis vite rendu compte qu'il était… qu'il n'était pas ce que mon imagination avait fait de lui pendant nos années de séparation.

— Kit, que dites-vous là ? Vous ne regrettez pas d'avoir renoncé à Rupert ?

Elle secoua la tête.

— Et je le lui ai dit, murmura-t-elle avec un sourire rêveur. Je pense même l'avoir insulté.

Elle alla jusqu'au ruisseau et s'accroupit pour prendre de l'eau dans sa main, la laissant couler entre ses doigts.

— Je suppose que j'étais quelque peu troublée ce matin-là. J'avais rencontré le comte de Langston la veille au soir et découvert la vérité sur ma mère, sur ma naissance… Il s'est trouvé que j'ai rencontré Rupert dans les jardins. Je ne pouvais lui parler de Meghan et d'Henry, alors je lui ai parlé de mes fiançailles avec vous — ou plutôt avec le duc de Carlisle.

Le soleil passait, et Kit regarda le château de Windermere tandis que son ombre s'allongeait près d'elle. Elle n'avait aucune idée de ce que sa révélation signifiait pour Wolf — que ses larmes de ce matin-là n'étaient pas dues au fait qu'elle lui était promise.

— Je lui ai dit que j'avais toujours pensé que lui et moi nous marierions. Bien sûr, il a été terrifié par cette pensée, jusqu'à ce que je lui déclare qu'il ferait un piètre époux.

— C'est exact, dit Wolf en plaçant une main sous son coude pour la relever. Mais qu'en est-il de moi ?

Sa voix était douce, charmeuse.

— Quel genre de mari supposez-vous que je serai pour vous ?

Kit scruta son regard et souhaita avoir une réponse simple. Elle ignorait comment le puissant chevalier qu'il était réagirait si elle disait la vérité, à savoir qu'elle le trouvait chaud et tendre, gentil et prévenant avec une jeune épouse peu sûre d'elle, une épouse qui savait qu'elle n'était pas son premier choix.

Elle prit la petite bourse en cuir glissée dans sa ceinture, qu'elle avait portée tout le long depuis Westminster. Elle l'avait gardée à sa portée, avec l'intention de la sortir quand le bon moment serait venu.

— J'ai fait faire ceci pour vous, à Londres, déclara-t-elle en lui tendant la bourse, espérant qu'il comprendrait sa réponse à sa question.

Wolf la prit et dénoua les liens, puis tira un petit coffret de bois. Il regarda à l'intérieur et sortit la bague en or dont Kit espérait qu'elle deviendrait le cachet du duc de Carlisle. Gravées dans un cercle, il y avait la tête d'un loup et une rose. De chaque côté, deux rubis de taille modeste. Quand il releva enfin les yeux vers Kit, elle sut qu'il avait compris.

— Kit…

Elle se haussa sur la pointe des pieds et posa ses lèvres sur les siennes, le faisant taire d'un baiser brûlant. Elle lui ouvrit sa bouche, l'invitant à pénétrer en elle, l'incitant à répondre avec une fougue qui lui coupa le souffle. Il la prit dans ses bras et la serra contre lui, et elle ne put ignorer le besoin qu'il avait d'elle.

*
* *

Avant qu'ils redescendent de la « retraite du comte », Wolf aperçut dans le lointain des cavaliers qui se dirigeaient vers le sud en partant de Windermere. Ils semblaient être à peu près six et chevauchaient rapidement, soulevant des nuages de poussière derrière eux.

— Qui est-ce, à votre avis ? demanda Kit en suivant son regard.

Wolf plissa les paupières et secoua la tête.

— Je ne puis en être sûr à cette distance, mais on dirait que Nicholas est en tête.

Kit pensa qu'il avait raison. Elle croyait pouvoir identifier la tête blonde et le cheval blanc du chevalier. Mais la situation étant ce qu'elle était à Windermere, Wolf faisait bien de se montrer prudent.

— Que se passe-t-il, d'après vous ? s'enquit-elle d'un ton soucieux. Leur hâte…

— Peut-être qu'ils ont trouvé Philip et sont anxieux de m'en informer, répondit Wolf. Alors toutes nos appréhensions seraient dissipées.

Kit en doutait, mais appréciait la tentative de Wolf pour la rassurer. Ils descendirent le long de la colline et retraversèrent les bois pour rejoindre l'endroit où Janus était attaché.

— Venez. Nous allons monter par ici pour que je puisse mieux les voir, dit-il en guidant son destrier vers le couvert des arbres.

Kit le suivit, jusqu'à ce qu'ils atteignent un endroit élevé d'où ils avaient une bonne vue.

— Notre escorte va rencontrer ces arrivants.

— Notre escorte ?

Wolf lui sourit et hocha la tête.

— Nous avons une douzaine de bons soldats qui gardent nos arrières. Ils vont croiser les cavaliers si nous ne les interceptons pas d'abord.

Douze hommes ? Qui les suivaient ? Kit rougit, se remémorant leur tranquille montée vers la retraite du comte, avec son mari la taquinant et l'excitant agréablement de ses doigts. Elle était mortifiée de penser que douze hommes avaient été à proximité — et avaient peut-être même pu les voir — alors qu'ils étaient assis près des cascades.

— Ne vous énervez pas, Kit, dit Wolf en devinant ses pensées. J'ai choisi avec soin ceux qui comprennent le sens du mot « intimité ».

— Je ne m'énerve pas, riposta-t-elle d'un ton irrité. Je ne m'énerve jamais. Mais vous auriez pu me dire que nous avions des hommes tout autour de nous.

— Pas tout autour de nous, rectifia-t-il en gloussant, amusé par ce qu'elle se représentait. Soixante-treize hommes devant nous en trois groupes, pour éclaircir la voie, et douze derrière — à une bonne distance — pour protéger nos arrières.

— Hmm.

— Regardez : c'est Nicholas.

Il lui donna un rapide baiser, prit sa main et se dirigea vers la route.

— Il a avec lui Douglas, Alfred et Claude, trois des hommes qui nous ont précédés il y a des jours. Allons-nous voir quels démons ils ont à leurs trousses ?

Ils poursuivirent leur chemin, vers les cavaliers qui se rapprochaient rapidement d'eux. Un crépuscule gris était tombé et il commençait à faire sombre dans les bois, même si Wolf se dirigeait sans se tromper à travers les fourrés humides. Son pied sûr rappela à Kit l'époque — qui lui semblait si lointaine — où elle avait essayé de lui échapper et où il l'avait ramenée au camp dans le noir.

Les cavaliers ralentirent quand Wolf et Kit apparurent à pied, suivis de Janus. Les deux époux allaient vers le nord, alors que les arrivants allaient vers le sud. Ils se rencontrèrent finalement là où la route devenait une piste cahoteuse, près de la lisière du bois. Le côté est de la route était bordé par de hautes falaises, et quand le soleil descendit derrière les arbres à l'ouest, le groupe fut plongé dans l'ombre.

Les huit hommes démontèrent.

— Est-ce que… euh… est-ce que tout va bien, Votre Grâce ? demanda sire Edward en jetant un coup d'œil de côté à Nicholas.

Kit s'avisa soudain qu'ils avaient une idée de l'endroit où Wolf et elle étaient allés, et de ce qu'ils avaient fait. Elle rougit.

Wolf les regarda. Chacun d'eux se tortillait, mal à l'aise.

— Tout va très bien, répondit enfin Wolf avec bonne humeur.

Son sourire irrita certains des hommes — ils n'y étaient pas habitués.

— Quelles nouvelles urgentes apportez-vous pour aller à une telle vitesse ? Ne t'ai-je pas dit au revoir ce matin seulement, Nick ? Qu'as-tu à m'apprendre de Windermere ?

— Il y a beaucoup à discuter, Wolf, répondit Nicholas avec une attitude moins embarrassée et plus sérieuse. Comme le crépuscule approchait, certains d'entre nous se sont inquiétés de votre absence. Pour commencer, personne n'a vu Hugh Dryden depuis trois jours.

Les hommes avaient tous l'air sinistre, et Wolf perdit son sourire.

— Ensuite, deux ou trois comparses de Philip ont été vus en ville, mais ils s'arrangent toujours pour disparaître avant d'être appréhendés. Je ne serai pas à l'aise tant que ta dame et toi ne serez pas à l'abri derrière les murs du château.

— Tu me diras le reste en chevauchant, dit Wolf qui hissa Kit sur le dos de Janus.

Avant de se remettre en selle, Nicholas ajouta :

— Le baron Robert et sa fille vous attendent à Windermere, ainsi que le baron Somers et trois de ses hommes.

— Somers ! s'exclama Wolf. J'aurais dû m'en douter…

— Wolf ! hurla Kit comme une flèche la frôlait et s'empalait dans le pommeau de la selle devant elle.

Janus se cabra et elle se pencha en avant, se cramponnant à sa crinière, mais elle ne parvint pas à se retenir correctement. Un instant avant que Wolf ne reprenne le contrôle du grand destrier, une autre flèche siffla et Kit fut jetée à terre et assommée.

Craignant qu'elle ne soit piétinée, Wolf lança la bride de Janus à Nicholas et courut pour écarter Kit des sabots du cheval. Il la souleva du sol et la porta vers les arbres, la protégeant de son corps tandis que des flèches continuaient à voler autour d'eux. La plupart des hommes se mirent également à couvert, guidant leur monture dans les bois. Trois hommes se dirigèrent à pied vers l'est pour poursuivre les archers cachés dans les arbres au sommet de la falaise. Certains des hommes de Wolf tirèrent des flèches dans cette direction, mais il n'y avait pas de cibles humaines en vue. Les arbres et leurs ombres couvraient leurs attaquants de manière parfaite.

Wolf se laissa tomber à terre, tenant Kit. Elle revint bientôt à elle.

— Kit, allez-vous bien ? demanda-t-il.

De ses grandes mains, il écarta doucement les cheveux qui lui tombaient sur le front.

— Oui.

En bougeant, elle fit une grimace.

— Je suis juste un peu meurtrie.

Sa tête la faisait souffrir à l'endroit où une bosse enflait. Sa cheville gauche, sa hanche et son épaule étaient douloureuses, mais elle avait connu pire dans sa vie. Elle survivrait à ce petit épisode comme elle avait survécu aux précédents.

Wolf n'était pas aussi philosophe. Des visions de l'embuscade et du massacre des siens vingt ans plus tôt lui venaient à l'esprit. Il avait envie de hurler de rage devant le fait que ses hommes — peut-être les mieux entraînés d'Angleterre — n'avaient pas été capables de protéger Kit. Il se jura de ne plus jamais se retrouver dans une position aussi vulnérable.

— Où êtes-vous blessée, Kit ? demanda-t-il gentiment, en tâtant l'arrière de son crâne.

— Ma tête me fait un peu mal, mais le reste n'est rien, Wolf. Tout ira bien.

— Montrez-moi.

— Non, Wolf. Pas ici, avec vos hommes autour.

— Il n'y a personne près de nous, ma femme, insista-t-il. Montrez-moi vos meurtrissures.

Kit fit glisser son corselet pour que son mari puisse inspecter son épaule. Puis elle releva ses jupes pour voir sa hanche et sa cheville.

— Vous voyez ? Ce n'est pas si grave. J'ai subi pire que cela, déclara-t-elle d'un ton enjoué. Et je guéris vite.

Wolf serra les dents, furieux que Kit ait été une victime. De nouveau.

— Cela s'arrangera, reprit-elle. Même quand lord Somers m'a cassé…

Le visage de Wolf s'assombrit et Kit s'avisa qu'elle n'aurait pas dû mentionner son beau-père. Elle hésita à continuer.

— Vous a cassé quoi ?

— Oh, je voulais juste vous rassurer que tout ira bien. Je vous le répète, je guéris…

— Qu'est-ce que Somers vous a cassé ?

Elle hésita encore avant de répondre.

— Deux doigts, dit-elle finalement, tendant les deux premiers doigts de sa main gauche. Mais c'était il y a des années, Wolf.

Elle vit un muscle se contracter dans la mâchoire de Wolf et regretta d'avoir parlé. Avec Thomas Somers qui les attendait à

Windermere, il n'était pas sage d'avoir donné à Wolf d'autres raisons de le haïr. Non, le brigand à poursuivre était Philip Colston. Pas lord Somers. Et elle savait qu'il était important qu'elle s'en souvienne.

— Comment va-t-elle ? demanda Nicholas en s'agenouillant près de Wolf, à côté de Kit. Un peu pâle… mais capable de monter ?

Kit hocha la tête, tandis que Wolf fulminait.

— Alors il est temps de ramener ta femme à la maison, cousin.

17.

Château de Windermere
1er juillet 1421

Les douze hommes que Wolf avait postés à l'arrière poursuivirent les attaquants sur la falaise, pendant que les soldats qui étaient venus de Windermere escortaient le duc et sa jeune épouse au château. Wolf chevauchait avec Kit sur les genoux, allant aussi lentement qu'il pouvait à cause de ses blessures, mais se hâtant quand même pour éviter un autre incident. Cela l'exaspérait de fuir devant un assaillant, mais la sécurité de Kit signifiait tout pour lui.

Il bouillait de colère qu'elle ait pu être blessée — surtout en sa présence —, et il était poursuivi par le souvenir étonnamment clair de l'attaque de sa famille sur la route de Brême. Il avait participé à maintes escarmouches et batailles — des batailles terribles et sanglantes —, mais la vue de sa précieuse Kit gisant inconsciente sur la route sous les sabots de Janus avait failli le perdre.

Quand ils atteignirent Windermere, Nicholas montra le chemin dans le château pendant que le reste des hommes s'occupaient des chevaux. Wolf portait Kit et suivit son cousin dans l'immense escalier de pierre, puis à travers la grand-salle et dans un autre escalier jusqu'à ce qu'ils arrivent aux appartements du seigneur.

Des groupes de serviteurs curieux s'attroupèrent le long de leur trajet, et Wolf leur cria des ordres pendant qu'il avançait.

Nicholas écarta et attacha les beaux rideaux de brocart bleu qui ceignaient ce qui était maintenant le lit massif du duc, puis alluma tous les chandeliers. La chambre avait été nettoyée et vidée, puis réaménagée selon les goûts de Wolf. Il n'y avait aucun des recoins sombres et inquiétants que Kit avait vus dans la chambre qu'elle avait partagée avec Bridget lors de leur première visite à Windermere. La chambre seigneuriale était claire, propre et sobrement meublée. Kit se demanda comment Wolf avait fait pour avoir une chambre si rapidement préparée à sa guise.

C'était si différent des autres parties de Windermere qu'elle avait vues auparavant. Il n'y avait pas de tapisseries moisies sur les murs pour cacher des portes dérobées ou des passages secrets. Les jonchées avaient été balayées et remplacées par d'épais tapis comme Kit n'en avait vu que dans les appartements du roi à Westminster. Un grand vase de fraîches roses rouges était posé sur le coffre près de la fenêtre et il y en avait un autre sur le manteau de la cheminée, lui rappelant sa roseraie de Somerton. Un coin de sa bouche se releva, et elle jeta un coup d'œil soupçonneux à son mari.

— La situation n'est pas bonne, Wolf, dit Nicholas lorsqu'ils furent dans l'intimité des appartements du duc. Personne au château ne se souvient d'avoir vu Hugh Dryden. Mais un homme correspondant à sa description a été aperçu en ville il y a une semaine. J'ignore où il était avant cela, mais nous avons vérifié que Hugh est descendu à la taverne Prudhomme — elle fait également auberge — et y a passé plusieurs nuits. Puis il a disparu.

— Disparu ?

Wolf s'arrêta net, incrédule.

— Comment un homme adulte *disparaît-il* ?

— Qui peut le dire ? répondit Nicholas. Tout ce que nous

savons, c'est que son cheval et ses sacoches sont toujours chez Prudhomme. Et Hugh n'y est plus. Depuis trois jours.

— Et qu'en est-il de Philip ? demanda Wolf en se remettant à avancer et en déposant doucement Kit sur le lit.

Il s'assit près d'elle et il lui prit la main, frottant distraitement sa paume de son pouce. Ce léger toucher parcourut le corps de Kit de frissons de plaisir, lui faisant oublier ses diverses meurtrissures. Elle ne voulait pas penser à Philip, à Hugh, ni à Windermere.

Nicholas secoua la tête.

— Apparemment, quand John Dubois et ses hommes sont arrivés il y a quinze jours, Philip était ici — du moins, les domestiques pensent tous qu'il était dans les lieux.

Les hommes du roi, sous le commandement de sire John Dubois, étaient arrivés tard un après-midi et avaient été accueillis par la gouvernante du comte, Blanche Hanchaw. Elle avait demandé à sire John d'attendre dans la grand-salle pendant qu'elle allait chercher le comte. Un quart d'heure plus tard, celui-ci n'était toujours pas trouvé. La gouvernante fit ses excuses au chevalier et déclara qu'elle était certaine que le comte, en son absence, voudrait qu'ils profitent de l'hospitalité de Windermere avant leur retour à Londres le matin suivant. Elle espérait que le seigneur — où qu'il soit allé — rentrerait pour prendre congé d'eux. Toutefois, elle leur donna à croire que le comte de Windermere quittait souvent le château sans prévenir. Maîtresse Hanchaw n'avait aucune idée de l'endroit où il se trouvait.

Sire John, qui n'était pas d'avis de retourner auprès du roi sans Philip Colston, et qui ne se fiait pas totalement à la gouvernante, produisit un mandat et ordonna à ses hommes de fouiller le château et les terrains pour retrouver le comte. Leurs recherches s'avérant vaines, John envoya des hommes en ville, mais le comte leur échappa encore.

Le commandant posta alors des hommes dans des endroits stratégiques, sur les routes, en ville et autour du château. Ils restèrent plusieurs jours, mais Philip ne se montra jamais. Défait, John Dubois rentra finalement à Londres avec la nouvelle que Philip Colston était introuvable.

— Les possessions de Philip sont toujours ici, dit Nicholas. Quand nos hommes sont arrivés pour mettre le château en ordre avant ton arrivée, ils ont vidé cette chambre et tout mis dans des coffres. D'après Claude Montrose, si Philip était là quand Dubois est arrivé, il a dû partir précipitamment. Il a laissé toutes ses affaires.

Wolf regarda autour de lui pour la première fois et trouva la pièce à son goût. Il n'y restait rien de Philip. La chambre avait été débarrassée et nettoyée, les tapis installés et des bouquets de roses disposés comme dans la chambre de Kit à Somerton. Il savait qu'elle avait une prédilection pour les roses.

— Poste des hommes partout dans le château et en ville, dit-il. Je veux une surveillance complète des environs. Il est fortement douteux que Philip soit assez sot pour se montrer. Mais nous pourrions apercevoir un ou plusieurs de ses comparses. Dans ce cas, je veux qu'on les suive — pas qu'on les appréhende. Et je veux que ce soit fait discrètement.

— Je m'en occupe, dit Nicholas. Et pour Somers ? Il a réclamé une audience dès que tu arriverais.

— Qu'il attende. Il peut se passer des jours avant que je sois prêt à le voir, répondit Wolf d'un ton bref.

— Mais, Wolf..., commença Kit.

— Vous ne devez pas l'approcher, Kit, coupa Wolf. Je ne me fie pas à lui.

Nicholas hocha la tête, satisfait. Wolf n'était pas le seul qui abhorrait le traitement de Kit par son beau-père.

— Est-ce que Stephen Prest a été retrouvé ? demanda Wolf à son cousin.

Prest avait été le loyal intendant de Bartholomew Colston des années auparavant et Wolf avait donné des ordres pour que l'homme soit localisé. Il ne connaissait pas de meilleur candidat pour le poste d'intendant du duc de Carlisle.

— Pas encore.

Nicholas répondit à un coup frappé à la porte et introduisit deux serviteurs qui portaient les sacoches de Wolf et les sacs de Kit.

— Mais nous avons entendu dire qu'il se trouve à Elton Manor, à deux jours de cheval de Windermere. Chester et William sont partis voir.

— Bien. Une réunion sera tenue dès qu'il reviendra, ou quand j'aurai nommé un autre intendant si nécessaire. Je veux que mes vassaux me jurent fidélité dès que possible, et nous commencerons à réparer les dégâts causés par Philip au fil des années.

— *Ja,* cousin, dit Nicholas.

— Et trouve un guérisseur, Nick. Envoie-le ici, pour Kit.

— Je crois que le jardinier…

— Je n'ai pas besoin de Will Rose, dit Kit. Ces meurtrissures ne sont rien. J'ai juste…

— Trouve-le et envoie-le-nous.

— Ce sera fait, répondit Nicholas avec un large sourire, en se dirigeant vers la porte. Bienvenue chez toi, Wolf.

— Nicholas…, fit Kit avant qu'il quitte la pièce.

— Votre Grâce ? répondit-il en souriant.

Elle rougit à l'emploi de son titre.

— Merci. Pour tout.

Il répondit en inclinant sa tête blonde et s'en alla.

— Comment vous sentez-vous ? demanda Wolf à Kit quand ils furent seuls.

Il écarta une boucle de son front.

— Comme un sac de pêches qui aurait été jeté au bas d'une colline, répondit-elle en grimaçant.

En voyant son air soucieux, elle rectifia :

— Oh, ce n'est pas si grave, Wolf. Vraiment.

Elle releva ses jupes au-dessus de sa cuisse et se tordit pour voir l'état de sa hanche. La meurtrissure semblait s'être étendue depuis la dernière fois où elle avait regardé, et elle se demanda si c'était la même chose pour son épaule.

— Aidez-moi, Wolf, voulez-vous ? demanda-t-elle en essayant de défaire sa cotte.

— Ne bougez pas, Kit, et reposez-vous en attendant que le guérisseur arrive.

— Il n'y a rien que Will puisse faire pour cela, répliqua-t-elle. Je veux juste voir de quoi il retourne.

Will Rose insista pour traiter les bleus de Kit avec des sangsues. Kit n'avait jamais vu le frère Theodore utiliser des sangsues pour des meurtrissures, à Somerton, mais le jardinier lui assura que les vilaines petites créatures étaient souvent capables de sucer le sang d'un hématome, en diminuant le volume et réduisant la douleur. Kit regretta de ne pas avoir connu cette pratique des années plus tôt. Elle aurait pu l'utiliser maintes fois.

Quand les sangsues furent rassasiées, elles tombèrent et Will les ramassa dans un petit pot en terre.

— Vous serez rétablie dans deux ou trois jours, Votre Grâce, dit-il. Mais il vaut mieux épargner cette cheville jusqu'à ce que l'enflure diminue.

— Je le ferai, acquiesça Kit en bâillant, pendant que le jardinier s'en allait. Merci, Will.

Elle était si fatiguée qu'elle ne pensait pas pouvoir garder les yeux ouverts plus longtemps. Elle s'enfonça dans le matelas moelleux et Wolf rabattit la courtepointe sur elle.

— Reposez-vous, maintenant.

Il souffla presque toutes les chandelles.

Un coup discret attira Wolf à la porte. C'était Nicholas avec sire Edward, qui avait poursuivi l'archer sur les falaises.

Wolf jeta un coup d'œil à Kit et vit qu'elle s'était endormie.

— Votre Grâce, dit le soldat à mi-voix. Nous avons perdu l'archer sur le flanc de la colline. Nous pensons qu'il était seul.

— Quoi ?

— De fait, nous l'avons tué. Sans le vouloir. Nous l'avions cerné de trois côtés, avec la falaise derrière lui. Il n'avait absolument aucun moyen de s'échapper. Il a essayé de s'enfuir — et les hommes se sont resserrés autour de lui.

— Continuez.

Wolf joignit les mains dans son dos et fit des allées et venues jusqu'à la fenêtre.

— Il a commencé à se diriger dans la direction opposée, alors tous les hommes l'ont coincé. Il nous criait après quand il a reculé. Il a trébuché… et il est tombé. Une vilaine chute.

— Qui était-il ? demanda Wolf. Est-ce qu'on le sait ?

— Il s'avère que c'était le bailli de Philip, dit Nicholas. Un homme appelé Broderick Ramsey.

— Aucun indice sur le corps de l'endroit où l'on pourrait trouver Philip ?

Nicholas secoua la tête.

— As-tu une idée, à présent, du nombre d'hommes qui sont toujours loyaux à Philip ? demanda Wolf. Et combien se trouvent encore au voisinage du château ou dans la ville ?

— Nous ne le savons pas encore, mais les hommes interrogent tout le monde. Nous devrions être fixés…

Un nouveau coup à la porte les interrompit. Nicholas ouvrit à un valet qui portait une énorme couronne faite de fleurs fraîches et de feuilles, montée sur un cadre de bouleau.

— Qu'est-ce que c'est ? demanda Wolf.

— Cela a été apporté par un jeune lad et ses parents, messire, répondit le valet. Des gens de la ville.

— Qui sont-ils ? Quel est leur nom ?

— C'étaient maître Juvet, sa femme et leur fils Alfie, messire.

— Demandez-leur de rester, ordonna Wolf. Qu'ils m'attendent dans la grand-salle.

— Oui, Votre Grâce. Il y a aussi le baron Somers qui… euh… *exige* de vous voir.

— Vous pouvez le renvoyer d'où il vient, répondit Wolf avec colère. Je ne le verrai pas ce soir.

— Bien, Votre Grâce.

— Venez, dit Wolf. Allons voir les Juvet.

Ils quittèrent la chambre, et Wolf laissa un garde devant la porte de Kit.

— As-tu parlé à Somers ? demanda-t-il à Nicholas.

— Brièvement.

— Que veut-il ?

— Il ne l'a pas dit, répondit Nicholas. Mais il était sobre avant que tu reviennes. Et assez poli.

Wolf savait qu'il aurait besoin de se préparer avant de voir le beau-père de Kit. Il lui faudrait user de tout son contrôle pour ne pas réduire l'homme à un paquet ensanglanté. Des yeux au beurre noir, des lèvres fendues, une clavicule et des doigts cassés… Il détestait penser à ce que ce goujat avait encore fait.

— Et que vas-tu faire du baron Wellesley ? s'enquit Nicholas.

Wolf s'arrêta dans l'escalier. Il avait repoussé le baron à l'arrière de son esprit.

— Je suppose qu'il n'a pas dit ce qu'il voulait, lui non plus ?

Nicholas secoua la tête.

— Non. Bien qu'il paraisse anxieux de t'accueillir chez toi.

— Etrange, non, qu'il vienne m'accueillir chez moi ? Est-ce un homme de confiance ?

— Je ne sais pas. Il se peut qu'il veuille seulement se gagner tes faveurs…

— Je n'ai pas l'intention de me fier à quiconque dans ce château avant de savoir où vont les loyautés de qui. Et surtout pas à Thomas

Somers, dit Wolf pendant qu'ils continuaient à descendre l'escalier et se dirigeaient vers la grand-salle.

— Mais j'aurai besoin de quelqu'un pour s'occuper de Kit…

— Pas la gouvernante ?

— Maîtresse Hanchaw moins que personne.

— Pas Somers…

— Ha ! Je préférerais laisser Kit face à un sanglier.

— Et qu'en est-il du baron Wellesley et…

— Il se peut qu'il soutienne Philip.

— Et sa fille ?

— Lady… ?

Wolf ne put retrouver son nom.

— Christine. Nous l'avons rencontrée à la foire de Windermere. Autant que je m'en souvienne, ajouta Nick avec un grand sourire, elle s'est entichée de toi. Fortement.

— Je n'ai pas besoin d'une autre femme, Nick.

— Non, mais lady Christine est ici. Peut-être que le baron Wellesley ne sait pas que tu t'es marié à Londres.

— Eh bien, il l'apprendra demain. Pourquoi n'essaies-tu pas de persuader la dame de rechercher plutôt *tes* faveurs ? lança Wolf avec un sourire sinistre. Bonne nuit, cousin.

Ils se séparèrent, et Wolf alla rencontrer seul la famille d'Alfie. Les Juvet étaient un jeune couple, propre et bien habillé, ne portant pas en tout cas la tunique grossière de paysans. Des gens libres, pensa Wolf. Une idée prit racine dans sa tête, et il se demanda si la prospérité de la famille Juvet empêcherait maîtresse Juvet d'accepter une position dans sa maison.

Alfie fut le premier à parler. Il s'avança, heureux de revoir Wolf, mais nerveux en même temps.

— J'espérais voir votre dame, messire, dit-il, pour lui donner la couronne que vous avons faite et pour la remercier de…

Il tourna son bonnet entre ses mains.

— Ma femme est souffrante, dit Wolf. Elle a fait une chute, mais je suis certain qu'elle se remettra vite.

— Grâce au ciel, dit la mère d'Alfie en se signant.

— Est-ce grave, messire ? demanda Alfie en déglutissant. Je veux dire… a-t-elle très mal ?

— Oui, répondit Wolf, cela semblait assez douloureux. Mais je pense qu'elle sera debout demain.

— Votre Grâce, intervint maître Juvet, puis-je dire que nous — en ville — avons été choqués d'apprendre l'attaque contre vous et la chute de la duchesse. Il y a un bon nombre d'hommes qui souhaitent vous aider… à faire justice contre ceux qui vous veulent du mal.

— J'apprécie vos efforts, Juvet. Tout ce que je vous demande à présent est de m'informer si l'un des hommes de Philip Colston est vu quelque part. Peut-être que l'un d'eux nous conduira à mon cousin.

— Oui, Votre Grâce. Puis-je dire aussi combien nous avons été heureux d'apprendre que c'est vous, sire Gerhart, qui êtes Wolfram Colston, duc de Carlisle. Et nous avons juste eu vent de votre mariage aujourd'hui, quand Alfie… Bien, c'est Alfie qui a appris que vous avez épousé lady Kathryn. Votre dame est une personne fort gracieuse, fort généreuse…

— Lady Kathryn aura toujours mon éternelle gratitude et ma loyauté, Votre Grâce, dit la mère d'Alfie en rassemblant son courage pour parler. Ce qu'elle a fait ce jour-là à la foire, pour mon garçon…

— Les gens de la ville se souviennent fort bien de vous le jour où vous êtes venu à la foire, Votre Grâce, l'interrompit son mari. Ils n'avaient jamais vu quelqu'un — un étranger — s'intéresser autant à leur travail, à leurs champs et à leurs récoltes. Le comte ne s'en souciait guère, à partir du moment où il obtenait ses corvées de nous, ajouta Juvet en choisissant ses mots avec soin.

Après tout, ce n'était pas tous les jours qu'un simple citoyen s'adressait à un duc, et il avait été choisi par les citadins pour les représenter et se faire une idée de la situation avec leur nouveau seigneur.

— Depuis que les soldats du roi sont venus pour arrêter le comte, les vieilles gens parlent de votre père, lord Bartholomew, et de la façon dont allaient les choses quand il était comte. Je dois vous dire que l'atmosphère en ville a beaucoup changé depuis que nous avons appris que vous reveniez comme seigneur de Windermere.

— Merci, Juvet, dit Wolf. Je suis heureux d'être rentré.

— A propos de lady Kit, glissa Alfie. Quand pourrai-je la voir ?

— Chut, mon garçon ! le morigéna sa mère en le faisant passer derrière elle.

— Je pense que ma femme pourra te recevoir demain, Alfie, si tu ne te présentes pas trop tôt. Pas avant midi, au moins.

Alfie sourit et hocha la tête.

— Je serai là !

— Il y a un problème, toutefois, reprit Wolf en tournant les yeux vers maîtresse Juvet. Lady Kathryn a besoin d'une dame de compagnie… une femme de confiance pour passer les journées avec elle au château.

— Oh, Votre Grâce ! s'exclama maîtresse Juvet sans hésitation. Je suis la femme qu'il lui faut !

— Vous, maîtresse Juvet ?

— Oh, oui, répondit-elle. J'ai une dette envers votre épouse et je tiendrai volontiers compagnie à une dame aussi compatissante et courageuse. Sans elle… Je n'ose pas songer à ce qui serait arrivé à mon Alfie si elle n'était pas intervenue.

Elle adressa un sourire rayonnant à Wolf.

*
* *

Emma Juvet accepta de prendre ses fonctions le lendemain matin. Alfie eut la permission de venir pour une courte visite, car Wolf savait que Kit serait heureuse de le voir.

Il était impatient de retourner dans ses appartements pour s'assurer de l'état de sa femme. Il ordonna qu'on lui prépare un bain dans sa chambre et était sur le point de monter l'escalier quand il rencontra Thomas Somers, qui se tapissait dans l'ombre près des marches. Des rides de débauche sillonnaient sa peau autour de ses yeux et de sa bouche, et Wolf éprouva un immense dégoût pour cet homme qui avait tellement maltraité Kit quand elle était impuissante à se défendre.

— Vous ne voulez pas me parler, hein ? demanda-t-il d'une voix pâteuse, en enfonçant un doigt dans la poitrine de Wolf. Vous ne pouvez trouver un moment pour le père de votre *précieuse* épouse ?

— Puisque vous ne pouvez briguer l'honneur d'être le père de ma femme, c'est non ! répondit Wolf avec force, en dominant sa fureur. Quittez Windermere sur-le-champ, Somers. Vous n'avez rien à faire ici.

— Je ne partirai pas sans l'avoir vue, ricana le baron. Je ne sais pas pourquoi le roi la voulait à Londres, mais vous avez une dette envers moi. Vous êtes parti pour Londres et vous me l'avez *prise*. Vous avez abusé de son innocence. N'essayez pas de le nier. Et ne croyez pas que je ne sais pas ce que cette menteuse de ribaude vous a dit…

Le poing de Wolf s'abattit sur le visage de Somers, l'expédiant sur les dalles de pierre et l'empêchant d'en dire plus.

Le baron se redressa sur un coude et tâta son visage avec précaution. Il avait les yeux larmoyants sous la force du coup et du sang coulait d'une de ses narines. De ses doigts prudents, il s'assura qu'il n'avait rien de cassé. Il darda sur Wolf un regard glacé et plein de haine, mais le duc se détourna et l'abandonna à son sort.

Wolf monta à sa chambre, sans savoir qu'il avait eu un témoin dans une alcôve voisine.

Wolf s'assit à côté de Kit sur le lit. Ses cils épais reposaient sur ses joues et elle ne remua que légèrement quand il toucha son visage. Son cœur se contracta en la voyant si pâle, si vulnérable. Au moins il avait été capable de la protéger de son misérable beau-père.

Des serviteurs arrivèrent et allumèrent un petit feu dans la cheminée pour chasser la fraîcheur de la soirée. Puis ils installèrent le bain de Wolf devant l'âtre. Il leur demanda de laisser un seau d'eau chaude près du feu et donna des ordres pour n'être dérangé par personne — à l'exception de Nicholas Becker. Il se leva et s'étira, regardant de nouveau sa femme.

Oui, elle était lasse. Il l'avait tenue réveillée la majeure partie de la nuit précédente, se rappela-t-il avec un tendre sourire, puis il l'avait gardée en selle devant lui toute la journée. Même sans sa terrible chute, il n'était pas étonnant qu'elle dorme.

Il se dévêtit et se coula dans le bain avec un long soupir. Il était chez lui, même s'il n'avait cette impression que parce qu'elle était avec lui. Sa Kathryn. Il frissonna à l'idée de ce que sa vie serait devenue sans elle. Il aurait gagné Windermere, Carlisle et le reste, mais qu'auraient signifié toutes ces possessions en Angleterre sans sa présence ?

Il se détendit un bon moment, puis il se lava et sortit de la baignoire. Après s'être séché et avoir ranimé le feu, il porta le seau d'eau chaude et un linge près du lit.

Kit dormait profondément, même quand il lui ôta ses habits et la lava doucement, prenant soin de ses diverses meurtrissures. Ses seuls signes de vie étaient un soupir ou un gémissement de temps en temps.

Quand il eut fini, Wolf éteignit toutes les bougies et se glissa dans le lit à côté de Kathryn. Il l'attira à lui et elle se blottit inconsciemment contre son ventre et son torse.

— Je prendrai soin de vous, mon amour, lui murmura-t-il à l'oreille.

Il tourna le sceau qu'il portait au doigt.

— Nous sommes chez nous, maintenant… Un loup et sa rose…

18.

Kit dormit toute la nuit, et le matin aussi. Wolf n'avait pas envie de partir avant qu'elle s'éveille, mais deux des soldats qui avaient parcouru les collines avec Claude Montrose revinrent avec des preuves que des hommes avaient établi un camp au sud du château. C'était la première piste qu'ils avaient au sujet de Philip et Wolf était anxieux de la suivre.

Il n'accorda pas une pensée au baron Somers, qui avait quitté Windermere avant minuit.

— Assurez-vous de ne pas laisser ma femme seule, maîtresse Juvet, à moins que sire Ranulf ne soit à proximité, déclara-t-il calmement dans la galerie proche de sa chambre.

Ranulf était assigné au château pour la journée afin d'être disponible au cas où Kathryn aurait un besoin quelconque. Le grand chevalier hocha la tête en direction d'Emma Juvet.

— Craignez-vous des troubles, Votre Grâce ? demanda Emma en fronçant les sourcils.

— Non, répondit Wolf. C'est juste une précaution. Nul doute que certains des serviteurs sont contrariés de ce qui est arrivé à Philip…

— Oui, Votre Grâce, acquiesça Emma d'un air entendu. Je comprends ce que vous voulez dire.

— Je ne veux courir aucun risque concernant le bien-être

de ma femme, dit Wolf tandis qu'ils entraient sans bruit dans la chambre.

Il se pencha sur Kit endormie et lui baisa le front, puis écarta quelques mèches de sa joue. Elle se tourna et soupira, mais ne s'éveilla pas.

Maîtresse Juvet s'assit près de la fenêtre ouverte pour raccommoder les bas de son fils à la lumière du début d'après-midi. Une douce brise soulevait ses cheveux bruns sur sa nuque, et elle regarda de nouveau vers le lit de lady Kathryn.

Elle avait les yeux ouverts, cette fois. De beaux yeux verts de la couleur de l'herbe.

— Bonne journée à vous, Votre Grâce, dit-elle dès qu'elle vit que la duchesse était capable de fixer son attention.

Kit se redressa et parcourut la chambre des yeux, cherchant Wolf.

— Je crains que votre époux ne soit parti avec ses hommes ce matin, dit Emma. Il a laissé des ordres pour que vous ne soyez pas dérangée. Je suis Emma Juvet, de la ville. Le jeune Alfie est mon fils.

— Ah… Alfie, fit Kit.

Oh, comme son corps était douloureux. Mais pas autant que son cœur. Pourquoi Wolf l'avait-il laissée ? Tout avait paru bien aller entre eux la veille, mais à la lumière d'un nouveau jour, Kit ne se sentait pas sûre dc son affection. Il n'y avait pas de raison qu'il reste auprès d'elle pour la veiller, et cependant elle aurait aimé le voir à son réveil.

— Hier soir, mon mari, le lad et moi sommes venus présenter nos respects, dit Emma.

Elle posa son raccommodage et emplit une cuvette d'eau avec un pichet en terre posé sur un support de bois. Elle la porta à Kit.

— Le duc m'a demandé de passer la journée avec vous, il

semblait… ne pas vouloir vous laisser seule, Votre Grâce. Au moins pas jusqu'à ce que vous choisissiez une chambrière qui vous convienne.

— Je vois, dit Kit en comprenant finalement les raisons de Wolf de placer la mère d'Alfie auprès d'elle.

Philip était toujours une menace.

— Mon mari a-t-il dit quand il reviendrait, maîtresse Juvet ?

— Je vous en prie, appelez-moi Emma, Votre Grâce. Et non, il n'a rien dit.

— Y a-t-il des nouvelles de Philip ? Un signe de lui ?

— Seulement le fait que quelqu'un semble se cacher dans les bois au sud de la ville, rapporta Emma. Le duc est allé voir avec quelques hommes.

— Oh.

Kit était déçue. Comme elle aurait voulu se réveiller avec Wolf ! Elle ne se souvenait même pas d'avoir dormi avec lui la nuit dernière, même si dans ses rêves il la tenait contre lui et qu'elle sentait son souffle chaud sur son oreille. Elle écarta cette pensée de son esprit.

— L'archer qui a planté sa flèche dans votre selle est mort.

— Ils l'ont tué ?

— Pas que je sache, répondit Emma en emportant la cuvette et en aidant Kit à s'habiller. Il est tombé d'une falaise, paraît-il. Il s'est brisé le cou dans sa chute.

Kit frémit.

— C'était Broderick Ramsey, le bailli de lord Philip, indiqua Emma. Il n'a jamais été un bon archer. C'est pourquoi sa flèche a percé votre selle et non le cou de votre mari, je dirais.

Le duc n'avait pas mentionné que Kit devait se reposer, aussi Emma ne protesta-t-elle pas quand elle demanda à être accompagnée dans la grand-salle. Bien qu'elle se sente comme une vieille femme, descendant l'escalier avec raideur appuyée sur Emma et sur sire

Ranulf, elle parvint à son but. Le jeune Alfie était là, et il s'étendit sur « lady Kit » et sur son retour à Windermere.

Lorsqu'elle fut installée dans un grand fauteuil confortable, plusieurs serviteurs virent s'enquérir de son bien-être et se présenter.

— J'imagine que la plupart sont contents d'avoir une maîtresse dans la maison, déclara Emma quand ils furent partis. Et pas vraiment désolés de la disparition de Philip Colston.

— Windermere a certainement besoin de travail, n'est-ce pas ? demanda Kit en regardant autour d'elle.

La grand-salle était aussi délabrée et sinistre que dans son souvenir.

— Oui, c'est sûr.

— Y a-t-il des tisserands en ville, Emma ? s'enquit Kit qui venait d'avoir une idée.

— Il y en a, Votre Grâce.

— Et des charpentiers et des maçons ?

— Nous en avons aussi.

Kit savait que Wolf était soucieux de retrouver Philip, et elle ignorait combien de temps cela prendrait. Mais le château avait besoin d'être restauré et elle décida de s'y mettre. Après tout, elle était parfaitement capable de mener une maison et se sentait confiante de pouvoir entreprendre une tâche de cette ampleur. Dans l'heure, elle fit venir Gilbert Juvet dans la grand-salle, et il l'aida à déterminer comment s'y prendre pour se procurer des matériaux et des artisans et pour faire réaliser les premiers travaux.

Philip n'avait pas eu d'intendant depuis plusieurs années et Kit prit sur elle de commencer à examiner les comptes de Windermere, qui recensaient les dépenses et les revenus du domaine ainsi que les différents loyers perçus en ville. Quand les hommes revinrent dans la grand-salle et se mirent à table pour le repas du soir, Kit avait un bon aperçu de l'état financier de Windermere et elle avait organisé la phase initiale de restauration du château. De fait, plusieurs artisans de la ville devaient venir la voir après le souper pour discuter de son plan.

Une petite table fut apportée à Kit devant la cheminée, pour son confort, et la famille Juvet se joignit à elle pour ce repas informel. Le vieux Darby, un soldat aguerri, vint les servir lui-même. A la requête de Kit, il s'assit avec elle pendant qu'elle mangeait et discutait des rénovations nécessaires.

Kit et son groupe étaient si préoccupés par leur conversation, que lorsque le baron Robert Wellesley et sa fille entrèrent dans la grand-salle ils ne les remarquèrent pas.

Maîtresse Hanchaw s'avisa de leur présence, cependant, et les guida jusqu'à la table haute sur l'estrade où les places du duc et de la duchesse étaient vides.

— Quoi ? Sa Grâce est encore absente ? demanda le baron.

— Comme il est désagréable de sa part de s'absenter aussi longtemps, observa lady Christine avec pétulance.

— Sa Grâce le duc était ici jusqu'à midi, ma dame, déclara la gouvernante pendant qu'ils s'asseyaient.

— Certes, mais nous avons dû partir si tôt pour rendre visite au baron Edward à Brington ! se plaignit la jeune fille en jetant un regard noir à son père. J'étais convaincue que le duc souperait avec nous.

— Eh bien, tirons le meilleur de cette situation, ma fille.

— Le meilleur ? riposta Christine. Que peut-il y avoir de meilleur sans sire Gerhart ?

Kit entendit une partie de cette conversation et se crispa, consciente du faux pas qui avait été commis. Nicholas avait mentionné que les Wellesley étaient des hôtes de Windermere et elle l'avait complètement oublié. Elle savait qu'il était terriblement discourtois de sa part de ne pas les avoir accueillis, mais elle les avait déjà ignorés depuis si longtemps qu'ils pouvaient aisément prendre son hésitation comme une offense.

— Maîtresse Hanchaw ! appela-t-elle. Veuillez faire mettre

des couverts pour le baron Wellesley et sa fille ici, près de moi, dit-elle fermement, consciente que la gouvernante s'était rendu compte de sa bévue mais n'avait rien fait pour la corriger. Il ne serait pas convenable que nos hôtes dînent à la table haute quand je ne peux pas les y rejoindre.

Blanche Hanchaw pinça les lèvres et retourna à l'estrade. Elle donna des ordres aux serviteurs, puis conduisit Robert et Christine Wellesley à la table de Kit, non sans quelques protestations de lady Christine qui trouvait qu'il ne seyait pas à sa position d'être assise avec des serviteurs et des roturiers.

— Veuillez accepter mes excuses, j'ai quelques difficultés à me déplacer, dit Kit avec chaleur, en les invitant à s'asseoir. Je suis Kathryn Colston. Je crois que nous nous sommes rencontrés ici au printemps ?

— Hum, ah… oui, Votre Grâce, répondit le baron, le premier à se remettre de sa surprise.

Sa fille et lui n'avaient pas eu vent des rumeurs qui couraient parmi les domestiques, et n'étaient pas certains que le peu qu'ils avaient entendu était exact.

— Ainsi, c'est donc vrai ? demanda Christine.

— Chut, Christine, la réprimanda son père.

Elle se contenta de hausser le menton d'un air obstiné.

— Oui, c'est vrai, répondit Kit à la superbe rousse. Nous avons été attaqués hier sur la route, et j'ai fait une chute…

Christine se mit à rire, et son père rougit jusqu'aux oreilles de sa conduite. Kit les dévisagea tour à tour et comprit brusquement qu'ils ne parlaient pas de la même chose.

— De grâce, pardonnez à ma fille, Votre Grâce. Elle… euh…

— Oui, je vois, dit calmement Kit. Le duc et moi nous sommes mariés le mois dernier à Londres.

Il y eut une longue pause qui ne tarda pas à devenir inconfortable.

Finalement, ayant recouvré son assurance, Christine Wellesley rompit le silence.

— Je vous en prie, dites-moi ce que cela fait d'être blessée dans une bataille, dit-elle en rivant les yeux sur Kit. J'ai toujours été jalouse des hommes et de leurs aventures durant la guerre.

— C'est très exagéré, répondit Kit avec un sourire crispé.

Même si lady Christine ne serait probablement jamais une véritable amie, au moins une trêve était-elle conclue.

Nicholas tira une chaise près de Kit et se joignit au repas avec son groupe inhabituel. Elle le présenta à ses compagnons.

— Nicholas, vous vous souvenez peut-être du baron Wellesley et de sa fille Christine, que nous avons rencontrés lors de notre dernière visite à Windermere.

Nicholas les salua, puis se tourna vers Kit.

— Wolf n'est-il pas encore rentré ?

— Non, répondit-elle, agacée par sa question. Je pensais qu'il était avec vous et qu'il avait été retardé…

— Non. Wolf est parti à l'est, et moi au sud.

— Où peut-il être ? demanda Kit en serrant ses mains sur ses genoux, trahissant la nervosité qu'elle avait réussi à cacher jusque-là.

Elle avait pensé à son mari au moins une centaine de fois dans la journée et attendait anxieusement son retour.

— Ne vous inquiétez pas, Kit, déclara Nicholas pour la rassurer. Tout ira bien. Votre mari est plus que capable de dénicher son déplaisant cousin. Mais je ne m'attends pas à ce qu'ils se rencontrent tout de suite. M'est avis que Philip ne sera pas retrouvé facilement.

— Vous pouvez y compter, dit Wellesley. J'ai toujours eu des soupçons à propos du comte. Il me paraissait étrange.

— Etrange, en effet, acquiesça Nicholas. Baron, vous connaissez cette région mieux que nous. Si vous étiez Philip Colston, où vous cacheriez-vous ?

Le baron s'adossa à sa chaise et réfléchit à la question.

— Eh bien, répondit-il finalement, Philip a toujours aimé chasser à l'ouest de Windermere, près des grottes voisines de la côte. Il y a là une région boisée, et l'on dit même qu'une grotte est aménagée avec des lampes, des meubles et un cellier bien garni pour le confort du comte.

— Vous croyez donc qu'il s'y cache ?

— Pas obligatoirement, mais peut-être.

Wellesley fronça les sourcils.

— Philip est du genre secret. J'ai toujours senti quelque chose à son sujet quand nous avons séjourné à Windermere. Comme s'il rôdait quelque part dans le château même lorsqu'il passait pour être absent. Je ne sais pas exactement…

Il y avait bien eu des hommes campant dans la forêt. Wolf en trouva plein de preuves, mais ne découvrit personne.

Il rentra à Windermere bien après le repas du soir. Il s'était inquiété pour Kit depuis qu'il était parti, se demandant si ses hématomes la faisaient souffrir, si l'enflure de sa cheville avait disparu, comment elle supportait de rester au lit…

Il avait l'intention de se rendre directement dans sa chambre pour voir comment elle allait. Son propre repas et tous les autres problèmes de Windermere attendraient qu'il soit sûr de l'état de sa femme et des soins qui lui étaient donnés. En entrant dans la grand-salle, il se jura de ne plus la laisser tant qu'elle ne serait pas remise. Il se reprocha de l'avoir abandonnée tout le jour pour aller poursuivre des ombres dans la forêt. Il aurait dû envoyer ses hommes sans lui…

Incroyablement, Kit était assise là, près du feu, au milieu de plusieurs personnes qu'il ne reconnut pas toutes. Elle avait un long morceau de parchemin sur les genoux et écrivait furieusement, en conférant avec Gilbert Juvet. Deux autres hommes hochaient la tête et un troisième désignait le vitrail à l'extrémité de la grand-salle. Emma Juvet était assise à côté de Kit avec le jeune Alfie endormi sur le banc, la tête sur ses genoux.

Wolf s'approcha du groupe, ayant du mal à croire ses yeux. Kathryn semblait être en bonne santé et d'humeur enjouée. Ses joues avaient leur douce couleur rose habituelle et elle fronçait les sourcils sous l'effet de la concentration, pas de la douleur. Sa plume courait rapidement sur le papier et elle ne s'arrêtait que pour poser une question ou définir un problème. Quand elle finit par lever les yeux et apercevoir son mari, le sourire qu'elle lui dédia lui embrasa le sang.

Dieu, elle était magnifique, pensa-t-il en la rejoignant. Il se tint derrière son fauteuil et posa un baiser sur sa tête, puis passa à côté d'elle. Tous les hommes se levèrent pour saluer le duc, mais Wolf pria Emma de rester assise pour ne pas déranger son fils endormi.

Kit fit les présentations, nommant les artisans qui étaient venus de la ville à la demande de Gilbert pour estimer la durée et le coût des travaux dans la grand-salle, les cuisines et la montée d'escalier.

Maintenant que Wolf était là, Kit commença à s'interroger sur ses plans de rendre à Windermere son ancienne gloire. S'il ne l'approuvait pas comme elle avait pensé qu'il le ferait ? S'il prenait de travers le fait qu'elle s'était lancée toute seule dans ces projets ? Son froncement de sourcils quand il était arrivé l'inquiétait. Elle espérait qu'il n'allait pas renvoyer les Juvet et les artisans avant qu'elle ait l'occasion d'en parler avec lui.

— J'ai appris qu'il y a dans la tour nord une chambre de jour où quelques femmes de la ville peuvent travailler à votre nouvelle bannière, dit-elle.

— Ma nouvelle bannière ?

— Oui. Et Edward le charpentier dit que les travaux peuvent commencer dans la grand-salle après-demain.

— Les travaux dans la grand-salle…

Wolf regarda autour de lui comme s'il voyait l'endroit pour la première fois.

— Voudriez-vous voir les estimations, Wolf ?

Elle lui tendit le parchemin pour le mettre au courant, mais il se contenta d'y jeter un coup d'œil.

— Ce n'est pas nécessaire. Tout ce que vous déciderez sera bien, Kathryn, déclara Wolf en plaçant une main sur son épaule. Windermere est entre vos mains, et je sais qu'elles sont capables.

Kit relâcha son souffle, son soulagement presque palpable. Non seulement il lui était revenu sain et sauf, mais il lui faisait confiance pour rendre Windermere aussi majestueux qu'il l'avait été par le passé. Il ne l'aimait peut-être pas encore, mais au moins il se fiait à sa capacité de diriger les travaux. C'était un début.

— Je suppose que tu n'as pas eu plus de succès que moi, dit Nicholas.

Wolf secoua la tête.

— Ta duchesse a soupé ce soir avec lord Wellesley. Le baron peut nous aider, Wolf. Il connaît la région et je ne pense pas qu'il tienne ton cousin en haute estime.

— Nous discuterons des recherches demain, déclara Wolf en se tournant vers Kit. Vous avez eu une journée bien remplie, ma femme. Puis-je vous persuader de quitter ce groupe et de m'accompagner dans nos appartements ?

Il était amusé par Kit et satisfait de la trouver en si bonne forme.

— Vous devez être harassé, messire, dit Kit en posant sa plume et son parchemin et en se levant. Veuillez nous excuser, vous tous. Il se fait tard et je dois m'occuper du souper de mon mari.

Wolf ne voulut pas la laisser debout et la souleva dans ses bras.

Elle rougit d'être traitée ainsi devant les gens de la ville, mais savoura la sensation d'être dans ses bras. Il lui avait tellement manqué toute la journée.

— Je vous verrai demain, Emma ? demanda-t-elle avant que Wolf s'éloigne.

— Oui, ma dame, répondit maîtresse Juvet en souriant devant l'impétuosité du duc. De bonne heure et d'un bon pied !

Wolf traversa la grand-salle en portant Kit. Elle noua ses bras autour de son cou et se blottit contre lui, posant la tête sur sa poitrine, profitant pleinement de sa présence.

— Qu'avez-vous trouvé durant votre chasse ? s'enquit-elle comme il montait l'escalier.

— Une piste, rien de plus.

— Les hommes de la ville souhaitent que vous retrouviez Philip et ses hommes.

— Il se peut que nous y arrivions — avec leur aide.

Ils entrèrent dans leur chambre et Wolf s'assit sur le lit avec Kit sur ses genoux. Il était réticent à se séparer d'elle, après cette journée où ils avaient été éloignés l'un de l'autre.

La chambre avait été préparée pour eux. Le lit était ouvert, les bougies allumées et un feu flambait dans la cheminée. Wolf ne pouvait détacher les yeux de la bouche de Kit, son désir de l'embrasser étant presque insupportable. Mais un baiser conduirait à un autre et à un autre encore, et sa douce épouse était trop meurtrie, trop peu habituée encore aux aspects physiques de l'amour...

— J'aurais pu marcher, vous savez, dit-elle tranquillement en suivant ses lèvres du bout des doigts.

Elle n'avait pas mesuré combien elle souhaitait désespérément qu'il la touche.

— Vraiment ?

Il pouvait à peine croire à la sensualité de sa caresse sur sa bouche, et son pouls s'emballa. Avait-elle une idée de ce qu'elle lui faisait ?

— Mmm, acquiesça-t-elle, promenant la jointure de ses doigts sur son menton ombré de barbe. Mais je suis devenue paresseuse, avec tant de monde pour me servir.

Elle attira sa tête vers le bas de sorte que ses lèvres rencontrent les siennes, mais ce fut un baiser trop léger qui la laissa insatisfaite.

Il la traitait comme un fragile objet de verre, inquiet qu'elle se brise. Et s'il ne la touchait pas bientôt, s'il ne lui faisait pas l'amour, elle s'éparpillerait sûrement en mille morceaux.

— Kit, je…

— Embrassez-moi, Wolf. Touchez-moi…

— Si je vous touche, je ne pourrai pas m'arrêter, dit-il en lui taquinant le cou.

Juste ciel, ses yeux étaient si beaux ; et il y avait une lueur sensuelle dans leurs profondeurs émeraude.

Elle fit glisser ses mains sur son torse.

— Laissez-moi vous dévêtir, mon mari, dit-elle d'une voix altérée.

Elle défit les liens qui retenaient sa tunique, puis ouvrit sa chemise et la rabattit sur ses bras. Sa blessure était complètement refermée, maintenant, même s'il avait encore une cicatrice rouge vif. Kathryn l'embrassa et quitta ses genoux pour s'asseoir à son côté, mais le fit s'allonger sur le lit. Elle tira ses jambes sur le matelas et lui enleva ses bottes, agenouillée près de lui.

Elle lui ôta son ceinturon. Alors Wolf retint ses mains, partagé entre un désir farouche de s'enfouir dans sa chaleur et l'envie de la tenir simplement dans ses bras, avec précaution, toute la nuit. Il était sûrement nécessaire de prendre soin de son corps meurtri. Les femmes étaient censées être des créatures fragiles.

Sans timidité, Kit s'assit, défit son corselet et quitta sa cotte. Vêtue simplement de sa fine chemise blanche qui révélait son corps plus qu'elle ne le cachait, elle se pencha sur lui et l'embrassa sur les lèvres.

— Faut-il que je demande à Darby de vous apporter votre souper ? demanda-t-elle d'une voix étouffée, tandis qu'elle caressait de sa bouche la cicatrice qui lui barrait le front.

— Kathryn, murmura-t-il d'un ton rauque, incapable de répondre à sa question.

Elle avait posé les mains de chaque côté de sa tête, et il sentait le doux contact de ses seins sur son torse.

— Kit…

Ses lèvres, ses tendres caresses le rendaient fou. Il ne pouvait lui faire l'amour maintenant, ses meurtrissures étaient encore trop fraîches. Il fit appel à tout son contrôle pour garder les mains loin d'elle, conscient qu'elle était trop inexpérimentée pour comprendre l'effet qu'elle produisait sur lui.

— Peut-être que vous voudriez dormir, maintenant, murmura-t-elle en lui embrassant le cou, certaine qu'elle pourrait le séduire au point qu'il en oublie le sommeil.

Elle abaissa la tête d'un geste hésitant ; essayant, goûtant, savourant chaque soupir et chaque grognement qu'elle lui arrachait.

— Vous m'avez tant manqué…

Elle sentait son cœur battre sourdement dans sa poitrine et cela la poussa à continuer. Elle pria qu'il lui réponde bientôt.

— Kit…

— Je vous ai attendu, chuchota-t-elle.

Des gouttes de sueur perlaient au front de Wolf. Descendant plus bas encore, elle le taquina sans pitié, utilisant ses lèvres, sa langue et ses dents.

— J'ai tellement aspiré à vous retrouver…

Des bouffées de sensualité la traversaient.

— Je… vous désire si fort.

Wolf dut s'avouer vaincu.

19.

Aucun autre signe de la présence de Philip ne fut rapporté, et les hommes de Wolf ne parvinrent pas non plus à déterminer ce qui était arrivé à Hugh. En outre, on apprit que le baron Somers et deux de ses hommes étaient encore dans la ville de Windermere, demeurant chez Prudhomme, mais ils ne causèrent point d'embarras. Wolf ne se souciait pas de flatter le beau-père de Kit de ses attentions et décida que le nez écrasé suffisait.

Les jours suivants, Kit et son mari poursuivirent les tâches qu'ils s'étaient assignées. Wolf fit une inspection détaillée du château et des remparts, ayant à l'esprit de définir quelles parties devaient être fortifiées. Il rencontra des responsables de la ville pour préciser son choix d'un bailli et d'un contremaître. Il surveilla son domaine et vérifia les comptes de Philip par lui-même. Il y avait beaucoup de choses à faire et il voyait à peine Kit avant que la nuit soit tombée. Il l'apercevait seulement de temps en temps, de loin, portant des vêtements de travail — une vieille cotte grise avec un tablier noué autour de sa taille et un linge couvrant ses cheveux.

Il trouvait sa présence captivante, mais c'était une force qui stabilisait sa vie — quelque chose qui avait manqué à son âme tourmentée.

Des ouvriers dressèrent des échafaudages pour réparer les murs de la grand-salle, ainsi que pour nettoyer les vitraux qui étaient ternis par des années de saleté. Seuls les artisans de la ville travaillaient à cette hauteur, même si Kit engageait tous les serviteurs du château dans des travaux de nettoyage.

Elle ne s'était jamais sentie si utile — ni si nécessaire. Les domestiques s'adressaient à elle pour recevoir leurs ordres et trouvaient sa façon de faire agréablement différente des manières impérieuses de Blanche Hanchaw, dont les instructions étaient souvent vagues et sottes. Pour autant que Kit pouvait le dire, Windermere n'avait pas subi un nettoyage en règle depuis des décennies et elle se demandait à quoi Philip avait exactement employé sa gouvernante — si ce n'était pas pour s'occuper de la maison.

Les recherches concernant Philip continuaient, mais au bout de quatre jours il n'y avait toujours aucun signe de l'ancien comte. Le bruit courait qu'il s'était échappé vers les Hautes-Terres d'Ecosse ou même vers l'Irlande, mais personne n'en était sûr. Toutefois, il n'était pas dans la nature de Wolf de penser que son cousin ne représentait plus un danger. Des estafettes parcouraient encore la région chaque jour, espérant trouver des traces de Philip ou de ses hommes.

Les journées au château de Windermere étaient bien remplies, et elles passaient rapidement et fructueusement pour Kit. Wolf lui manquait quand il n'était pas là, mais elle savait fort bien qu'il avait une foule de choses à accomplir en peu de temps, et sans l'assistance d'un intendant. En outre, il rattrapait ses absences chaque soir quand ils se retrouvaient dans leur chambre, et toutes les pensées jalouses que Kit pouvait nourrir à l'égard de Christine Wellesley s'évanouissaient. Jusqu'à ce qu'elle les revoie ensemble.

Kit et Emma firent une pause dans leur travail dans l'une des hautes tourelles du château pour prendre une légère collation de midi. Elles s'appuyèrent au mur et regardèrent dans la cour au-dessous. La plupart des serviteurs et des ouvriers se sustentaient également, et savouraient le bel après-midi ensoleillé.

— Regardez, c'est le duc, votre époux ! dit Emma en pointant un doigt.

Kit observa Wolf qui arrivait à cheval avec le baron Wellesley à sa droite et lady Christine à sa gauche — une lady Christine qui souriait et battait des cils d'une manière obscène. Kit n'apprécia pas vraiment la façon dont Wolf se pencha vers elle, portant une attention particulière à ce qu'elle disait. Il s'était montré plus que courtois avec elle ces derniers soirs au souper, se souvint Kit, même si la jeune fille n'avait que les plus simples politesses à échanger avec elle. Et cela la dérangeait.

— Qu'y a-t-il, ma dame ?

— Rien, Emma, répondit-elle en se détournant de la cour pendant que Wolf aidait Christine à descendre de sa monture.

— Vous n'aimez pas voir votre mari avec cette rouquine, n'est-ce pas ? demanda Emma.

Kit se contenta de froncer les sourcils.

— Elle est fort belle, reprit maîtresse Juvet, mais votre mari n'a d'yeux que pour vous.

— Oh, je ne crois pas, dit Kit dans un soupir.

— Vous voulez le mettre à l'épreuve ? lança Emma avec assurance.

Elle avait assez fréquenté le duc et sa femme ces derniers jours pour savoir ce qu'il ressentait pour lady Kathryn.

— Je gage qu'il ne donnerait pas un sac de haricots pour celle-là, en bas.

— Que voulez-vous dire ?

— Attirez son attention et vous verrez ce qui arrivera. Réclamez vos droits. C'est ce que je ferais à votre place.

Kit réfléchit. Emma avait raison. Wolf était son mari et elle n'était pas encline le moins du monde à le partager. Elle l'aimait.

Elle ôta le linge poussiéreux qui lui couvrait la tête et le laissa tomber dans la cour. Wolf et les autres aperçurent son mouvement et lady Christine et lui levèrent les yeux vers la tourelle qui les dominaient.

Wolf sourit largement. En s'éloignant du baron et de sa fille, il leur jeta quelques mots, prenant à peine garde à ce qu'il disait. Kit lui souriait de haut, ses cheveux flottant dans la brise, et il éprouva une émotion rare. Un accueil chaleureux. Le signe qu'il était le bienvenu chez lui.

Christine Wellesley se détourna avec colère, ne voulant pas voir le duc de Carlisle se ridiculiser avec son brin de femme blonde. Kathryn était si inconvenante qu'il était impossible de comprendre comment Wolf pouvait la tolérer. Elle portait de grossières cottes grises ou brunes et se salissait les mains avec les serviteurs. Avec un peu de chance, Kathryn Colston, duchesse de Carlisle, succomberait à une fièvre ou à une autre. Après tout, aucune dame de la noblesse n'était destinée à travailler comme elle le faisait…

Wolf grimpa les marches de pierre quatre à quatre et prit le corridor qui menait à la tourelle où il avait vu sa femme. Il trouva l'endroit aisément, entra et fit signe à Emma de s'éclipser.

— Emma, supposez-vous…, commença Kit dont les épaules s'étaient affaissées tristement.

Elle se tourna.

— Wolf ! Vous êtes venu !

C'était là la lutine qu'il avait sauvée de Somerton, pensa-t-il en souriant. Son ravissant visage était maculé de suie et ses yeux verts étaient aussi directs et provocants que toujours. Mais ils exprimaient aussi du bonheur. Elle était heureuse de le voir, et le cœur de Wolf s'envola. En quelques pas il fut près d'elle et la prit dans ses bras. Il se demanda en passant si elle se doutait que par ce mariage elle l'avait sauvé d'une vie prévisible et pleine d'indifférence.

— Quelle sorte de tentatrice êtes-vous, pour qu'une simple

vision de vous m'attire ici pour vous goûter ? demanda-t-il après un baiser brûlant.

— Une tentatrice ?

Elle rit et s'écarta de lui pour le regarder.

— Moi ? Vos yeux vous abusent, messire. Je n'ai pas la chance d'avoir des cheveux roux et un regard bleu ciel…

— Non. Vos boucles blondes et vos yeux émeraude m'ont perdu pour toute autre femme.

Kit frémit de plaisir à ces mots, mais elle n'était toujours pas sûre de lui. Lady Christine était tout ce qu'elle ne pouvait pas être.

— Mais je crains que vous ne soyez loti d'une épouse bien terne. Meurtrie, incapable de monter à cheval, lente… une femme réduite à jeter des chiffons sales du haut d'une tour pour attirer votre attention.

— Vous avez toute mon attention, maintenant, dit-il en lui taquinant le cou.

— Je vous aime, Wolf, murmura-t-elle dans un souffle. Dieu sait combien je vous aime.

Elle plongea les yeux dans son regard gris foncé et batailla avec le silence qui lui répondit. Puis les mains de Wolf se remirent à bouger, caressant sa nuque, son dos, ses hanches.

— Je pensais ne jamais vous entendre le dire, chuchota-t-il tandis qu'il promenait ses lèvres sur la peau sensible de sa gorge. Et il n'y a rien au monde que je souhaite entendre davantage.

Sa voix était tendre, et il la serra plus fort contre lui.

— Parce que je vous aime aussi, Kit. Je vous aime, mon cœur, comme je ne l'aurais jamais cru possible.

Emma apporta une bougie dans le petit réduit où Kit bataillait pour sortir des rouleaux de vieilles tapisseries moisies. Elles s'étaient éloignées de la grand-salle qui était le lieu principal des travaux, mais Kit était déterminée à se débarrasser de tous les détritus datant de deux siècles et à prendre un nouveau départ. Après les tragédies qui avaient marqué la vie de Wolf, elle se sentait contrainte d'éliminer les mornes vestiges du passé. Elle voulait rendre sa maison claire et lumineuse, propre et gaie, sans les vieux fantômes de Windermere qui restaient à le hanter.

Elle était résolue à faire de Windermere et d'elle-même son présent et son avenir. Ensemble, Wolf et elle construiraient une famille — quelque chose qu'ils n'avaient eu ni l'un ni l'autre mais à quoi ils avaient toujours aspiré.

— C'est une drôle de pièce, ne trouvez-vous pas, ma dame ?

La bougie jetait de longues ombres vacillantes sur les murs, qui étaient faits de bois dépoli et n'étaient pas terminés.

Kit fronça les sourcils en regardant autour d'elle.

— Aidez-moi, voulez-vous, Emma ?

Emma posa la bougie sur une caisse retournée et tendit les mains pour aider Kit à tirer un énorme et lourd rouleau.

— Oui, c'est un étrange endroit. Je me demande pourquoi ces vieilleries n'ont jamais été jetées. A quoi bon garder… Qu'est-ce que cela ?

— Regardez !

Kit prit la bougie et la porta vers le mur du fond.

— C'est une porte dérobée, comme celle qu'il y avait dans la chambre que je partageais avec Bridget au printemps.

— Ah, oui, votre cousine… Celle qui est morte…

— Je me demande où elle mène.

— Nous ferions mieux de laisser les hommes s'occuper de cela, Votre Grâce. Si je…

— Sornettes. Venez, dit Kit. Essayons. Je vous assure qu'il ne s'est rien passé d'ennuyeux la dernière fois. De fait, c'était juste un passage qui conduisait… Venez m'aider. Cette porte est lourde.

Kit tira sur la porte en planches et ne réussit à l'ouvrir que pouce par pouce. La curiosité d'Emma était éveillée et elles se glissèrent dans le passage, scrutant l'obscurité, essayant de l'éclairer avec la bougie.

— Tenez la bougie, Emma. Je vais juste… Ouille !

— Qu'y a-t-il ?

— Damnation, c'est la porte ! Elle s'est refermée sur ma cheville.

— Là… Allez-vous bien ? demanda Emma en regardant la cheville de Kit.

— Oui. Aidez-moi seulement à tirer cette maudite porte, dit Kit en plissant le nez. Cela sent le moisi, ici. Le froid et l'humidité.

Elles tirèrent, mais la porte ne bougea pas.

— Regardez, il y a un escalier, ma dame.

— Mmm. Mais il descend, cette fois. Je me demande ce qu'il y a sous cette partie du château.

— Je ne sais pas. Nous devrions peut-être essayer de rouvrir la porte.

— Vous avez raison, répondit Kit en frissonnant. Allons-y.

La porte ne bougea toujours pas. Elles étaient coincées derrière, dans l'étrange passage dont Kit s'avisa qu'il était seulement vaguement similaire à celui qui menait de sa chambre à celle d'Agatha. L'autre escalier était en pierre et même si le passage était frais, il ne sentait pas la pourriture comme celui-ci. En outre, ici il descendait dans les profondeurs du château. Elle frémit.

Elles se mirent à frapper sur la porte, dans l'espoir que quelqu'un passant à proximité les entendrait et les sauverait. Toutes deux luttaient contre la panique et essayaient de rester calmes, gardant l'esprit clair.

Au bout d'un moment, elles cessèrent de cogner. Kit prit la bougie et la leva.

— Peut-être que nous pouvons trouver une issue en suivant l'escalier, dit-elle, s'efforçant d'empêcher sa voix de trembler.

— Non, Votre Grâce ! protesta Emma d'un ton pressant. Nous devons rester ici. Votre mari nous trouvera sûrement…

— Comment ? Nul ne peut nous entendre ou quelqu'un aurait ouvert cette porte, à l'heure qu'il est, dit Kit en regardant les étroites marches de bois. Nous devons trouver notre chemin toutes seules.

— Pensez-vous… ?

— Quoi, Emma ?

— Euh… rien.

— Dites-moi.

— Eh bien, je pensais… je me demandais si quelqu'un n'avait pas fermé la porte derrière nous, dit Emma. Votre mari ne se fie pas exactement à tout le monde…

— Vous voulez dire que quelqu'un nous aurait enfermées ?

Emma hocha la tête.

Kit mordilla sa lèvre inférieure et contempla cette possibilité. Il y avait certainement assez de serviteurs au château pour avoir fait cela… et si quelqu'un avait verrouillé la porte il aurait sans doute fermé également le réduit pour qu'on mette plus longtemps à les trouver, une fois que leur disparition aurait été constatée.

Elle fit un pas hésitant, craignant que le bois ne supporte pas son poids. La marche craqua à peine aussi elle continua, Emma derrière elle. L'escalier comportait au moins deux ou trois volées de marches, et quand elles arrivèrent au bout elles se retrouvèrent dans une petite pièce rudimentaire au sol en terre battue.

Un léger mouvement dans un coin les fit sursauter, et elles se cramponnèrent l'une à l'autre.

— Un rat !

— Oui. Il doit y avoir de la nourriture quelque part.

— Ma dame, cela ne semble pas être la sortie. Si vous vouliez seulement…

— Non, regardez, Emma. Il y a un autre passage.

— C'est bien ce que je craignais, marmonna Emma.

— Venez, lança Kit d'un ton enjoué. Ne soyez pas si timorée. Je doute que quelqu'un soit descendu ici depuis des années.

Elles suivirent l'étroit passage dans l'espoir de trouver une autre porte dérobée. Kit levait la chandelle autant qu'elle l'osait, au désespoir de trouver une sortie, mais craignant que les faibles courants d'air ne l'éteignent.

— Je me demande s'il y a autre chose qu'un tunnel, dit-elle. Ce courant d'air doit venir de quelque part…

Elles s'avancèrent prudemment.

— Ooh, l'odeur empire, déclara Emma en se couvrant la bouche et le nez d'une main.

— Certes, répondit Kit avec une grimace. Je me demande ce qui… Cela semble être une autre pièce. Regardez, Emma, il y a une torche fixée dans le mur. Grâce au ciel. Je vais l'allumer…

Le hurlement d'Emma rompit le silence souterrain. Kit pirouetta sur elle-même et, à la lumière de la torche, posa des yeux atterrés sur lady Agatha, comtesse de Windermere, assise sur le sol en terre battue, les poignets dans des menottes et enchaînée au mur.

Réprimant un cri, Kit se couvrit la bouche d'une main. Voilà quelle était la source de l'odeur putride. La comtesse était morte depuis plusieurs semaines au moins, et si elle n'avait pas reconnu l'informe cotte noire d'Agatha et ses cheveux gris, elle n'aurait pas su de qui il s'agissait.

— Dieu du ciel, c'est Philip ! murmura-t-elle. C'est Philip qui a fait cela.

— Oui, acquiesça Emma d'une voix tremblante, en tenant le bras de Kit. Nous devons trouver la sortie, à présent. Vite ! Je vous en prie, ma dame…

— Nous allons le faire, répondit Kit d'un ton distrait, tandis que ses yeux s'ajustaient à la lumière.

Couvrant sa bouche et son nez, elle regarda autour d'elle et constata qu'il y avait autre chose dans la sinistre pièce que les menottes qui retenaient le cadavre d'Agatha. Il y avait trois squelettes, dont un terriblement petit. Des paquets de haillons étaient éparpillés sur le sol, et Kit n'avait guère envie de voir ce qu'ils recouvraient. Une table basse de bois supportait plusieurs instruments tranchants. Kit relâcha lentement son souffle.

— C'est juste… Qu'est-ce que c'était ? Avez-vous entendu ce bruit ?

— Revenons en arrière, Votre Grâce. Je vous en prie…

Kit marcha jusqu'à l'autre bout de l'horrible pièce, Emma la suivant de près. Celle-ci la heurta quand elle s'arrêta brusquement.

— Sainte Mère de Dieu ! dit Kit dans un souffle, en regardant un paquet de haillons. C'est un homme ! Et il est vivant !

— Jésus-Marie-Joseph, marmonna Emma alors que Kit s'agenouillait près du corps recroquevillé sur le sol. Qui cela peut-il être ?

— Hugh ! Oh, Dieu, c'est lui ! Hugh, m'entendez-vous ?

Kit déglutit plusieurs fois pour ne pas vomir. Les blessures causées à l'ami de son mari étaient atroces, et elle dut faire appel à tout son courage pour le regarder. Elle pouvait à peine supporter de voir ce qui lui avait été fait, et des larmes lui montèrent aux yeux tandis qu'elle essayait de se concentrer sur la terre battue près de sa tête.

Hugh gémit faiblement.

— Je ne pense pas qu'il soit conscient.

— Le ciel en soit loué, dit Emma.

Elle s'accrocha à la manche de Kit, essayant d'écarter sa maîtresse du blessé.

— Comment allons-nous le sortir d'ici ?

— Comment allons-nous sortir d'ici, *nous* ? demanda Emma d'un ton désespéré.

Hugh était visiblement proche de la mort et le traîner dans l'escalier était impossible.

— Hugh, si vous pouvez m'entendre, c'est Kit. Lady Kathryn, déclara Kit, la gorge serrée. Nous allons quérir de l'aide. Nous allons vous sortir d'ici.

— Et maintenant, ma dame ? s'enquit Emma. Pensez-vous qu'il y a un passage pour sortir ?

— Oh, Seigneur.

— Qu'y a-t-il ?

— Oh, mon Dieu.

— Quoi ?

— Quelle sotte je suis ! s'exclama Kit en déglutissant avec peine. Philip ! Il se cache probablement par ici !

20.

Sire Alfred avait été assigné à la sécurité de lady Kathryn, mais il avait découvert qu'il n'y avait pas grand-chose à faire, avec la duchesse travaillant au milieu des domestiques et frottant le château comme une simple servante. Aussi était-il resté à l'immense table de la grand-salle, aiguisant et polissant ses armes et n'accordant que peu d'attention à ce qui l'entourait. Si Philip Colston montait une attaque, il devrait passer près de lui, et Alfred était certain que cela ne pourrait pas se produire aisément.

A la longue, quand les serviteurs commencèrent à disposer les tables pour le souper, il vint à l'esprit du soldat qu'il n'avait pas vu la duchesse ou sa compagne depuis un bon moment et il fut pris de curiosité. Il inspecta sommairement la grand-salle et les pièces voisines, mais lady Kathryn était introuvable.

Alors il s'inquiéta. Le duc aurait sa peau s'il arrivait quoi que ce soit à sa dame. Il alla vérifier les appartements de la duchesse, mais elle n'était pas là non plus, ni dans la chambre de jour où les tisserandes rangeaient leurs affaires. Les tourelles étaient désertes, ainsi que les pièces adjacentes.

En dernier recours, Alfred sortit du château pour fouiller la cour et les jardins, dans l'espoir que lady Kathryn et sa suivante étaient sorties par une autre porte pour profiter de la soirée. Il était même possible qu'elles attendent le mari de maîtresse Juvet qui devait venir la chercher.

Wolf revint au château juste avant le souper. Kit n'était visible nulle part, mais ce n'était pas inhabituel. Elle travaillait farouchement, déterminée à remettre Windermere en état le plus rapidement possible. Il admirait, étonné, sa capacité à organiser le travail des ouvriers et à y prendre sa part. Il n'était pas certain qu'il convenait à sa femme, une fille de roi, de s'activer de la sorte à s'en user les mains. Mais elle le faisait pour lui.

Elle l'aimait. Sa belle, imprévisible, fougueuse Kathryn l'aimait et son cœur se contractait dans sa poitrine quand il pensait à elle disant les mots : « Je vous aime, Wolf. »

— De l'eau chaude dans ma chambre, ordonna-t-il à un serviteur en traversant la grand-salle.

Les ouvriers descendaient des échafaudages et rangeaient leurs outils, se préparant à rentrer chez eux pour la nuit. La grand-salle paraissait déjà plus habitable, se dit Wolf en montant l'escalier. Des couches de saleté disparaissaient et il était même possible de voir les nuages à travers les fenêtres.

Il se demanda s'il allait trouver Kit l'attendant dans leur chambre. Il l'espérait avec ferveur. Il n'y avait rien qu'il aimerait plus que de partager un bain brûlant et sensuel avec elle. Non qu'elle puisse être plus brûlante et plus sensuelle qu'elle ne l'était déjà.

Wolf n'avait jamais éprouvé un désir aussi intense pour une femme dans sa vie, ni un tel contentement. Et c'était entièrement dû à sa tendre épouse. L'agitation qu'il avait toujours ressentie autrefois avait disparu. Maintenant, il était chez lui partout où était Kathryn. Elle possédait de la force et de l'endurance, et il savait avec certitude qu'il pouvait compter sur son amour quoi qu'il advienne.

La seule chose qui n'allait pas dans sa vie était que Philip restait toujours introuvable, même si la menace de sa présence diminuait de jour en jour. Il était presque possible de croire que son cousin avait pris un bateau pour l'Irlande et ne reviendrait jamais, même si Wolf n'était pas assez naïf pour penser que ses problèmes seraient résolus si aisément.

L'eau du bain arriva sans Kit, aussi Wolf se baigna-t-il seul. Au bout d'un moment, alors qu'il s'était rhabillé et laçait ses bottes, on frappa à la porte de sa chambre.

— Bonsoir, Votre Grâce, dit Chester Morburn en entrant dans la pièce.

— Chester ! Vous êtes de retour !

— Oui, répondit le soldat avec un sourire. Et nous avons ramené un hôte fort conciliant.

— Où est-il ? demanda Wolf en souriant largement.

— Sire Stephen est dans la grand-salle, Votre Grâce, où il vous attend.

Stephen Prest était comme Wolf se le rappelait. Ses cheveux autrefois d'un roux vif étaient maintenant d'une nuance plus terne, plus comme du fer rouillé, et il avait des mèches blanches. Sinon, il avait à peine changé. Son visage intelligent était doté des mêmes yeux d'un bleu perçant, d'un long nez plein de dignité et d'une bouche prête à rire. Il était aussi grand que Wolf, bien que moins massif, et ses mouvements étaient assurés et posés. Revoir l'intendant de son père rappela à Wolf des souvenirs du passé. De jours plus heureux à Windermere.

— Bienvenue chez vous, Votre Grâce, dit Prest en posant une main sur l'épaule de Wolf.

Sa voix était empreinte d'émotion.

— C'est un jour que je ne pensais jamais voir.

— Il me plaît grandement que vous soyez revenu avec mes hommes.

— Pas autant que cela m'a plu à moi, Votre Grâce. Et vous

êtes duc, à présent…, dit l'intendant en riant. Votre père aurait été si fier de vous.

— Merci.

Chester alla donner des ordres pour le repas de sire Stephen pendant que Wolf questionnait William Guys sur leur voyage.

— Des problèmes sur la route, William ? demanda-t-il, inquiet qu'ils aient pu être attaqués comme Kit et lui.

— Non, Votre Grâce.

— Non, aucun problème sinon que je ne suis plus un jeune homme, dit Prest en soupirant. Cela fait des années que je n'ai plus voyagé. Depuis l'époque de votre père…

Il regarda Wolf d'un air chagriné.

— C'est bon de vous voir de retour à Windermere.

Une petite table fut disposée pour l'intendant et Wolf s'assit avec lui, buvant une pinte de bière pendant qu'il mangeait. Ils n'évoquèrent que peu de souvenirs, Wolf étant impatient de mettre Stephen au courant des événements qui s'étaient déroulés depuis qu'il avait rencontré Philip au printemps.

Stephen secoua la tête avec tristesse.

— Je suppose que je devrais avoir l'air plus surpris par ce que vous me dites. Mais le récit des mauvaises actions de Philip est même parvenu jusqu'à Elton. Clarence et Philip se ressemblaient, vous savez. Ambitieux. Cupides. Cruels. J'ai essayé plus d'une fois de convaincre votre père d'éloigner la famille de son frère de Windermere, mais il n'a jamais voulu en entendre parler.

— Mon père était trop confiant.

— Votre père était un homme juste et bon, et il supposait que tout le monde avait le sens de l'honneur.

Wolf rumina les remarques de Stephen. Bartholomew avait perdu Windermere et s'était fait tuer avec John à cause de sa confiance et de sa loyauté mal placées.

— Je n'en dirais pas autant pour moi, Stephen.

Prest étudia le nouveau seigneur de Windermere pendant un moment.

— Je m'en doutais, dit-il tranquillement.

Il pouvait voir que les cicatrices de Wolf étaient plus profondes que celle qui marquait son visage, même s'il lisait une lueur d'espoir dans ses yeux d'un gris d'argent.

— Ma femme a rencontré lady Agatha au printemps dernier.

— Oh ? Nous avions cru comprendre que la comtesse était morte depuis quelques années. Peu après Clarence, de fait.

— Kathryn m'a assuré qu'elle était bien vivante. Un peu folle, peut-être, mais bien vivante.

— Et puis-je savoir où se trouve lady Agatha, maintenant ?

Wolf haussa les épaules.

— Nous n'avons pas plus de trace d'elle que de Philip. Elle a disparu.

— Philip n'a jamais été en bons termes avec sa belle-mère, remarqua l'intendant. Je suis fort surpris d'apprendre qu'elle a vécu ici avec lui pendant toutes ces années.

— Eh bien, à ce qu'il semble, leurs relations étaient tendues, dit Wolf. Il la gardait prisonnière dans une chambre de la tour ouest. Apparemment, Agatha pouvait s'échapper de sa chambre par un escalier dérobé. C'est ainsi qu'elle a révélé sa présence à ma femme.

Prest hocha la tête.

— Vos parents étaient toujours inquiets que vous, les garçons, vous enfiliez dans un de ces passages secrets et vous perdiez. Certaines de ces entrées dérobées ont été murées définitivement. Votre mère en particulier craignait…

— Je n'ai jamais été au courant de ces passages.

— Ils vous les ont cachés délibérément.

— Et vous dites qu'il y en a d'autres ?

— Oh, oui. Je serai heureux de vous montrer ceux que je connais demain. Quand il fera jour.

— Des escaliers dérobés ?

L'intendant acquiesça.

— Des chambres secrètes ?

— C'est troublant, n'est-ce pas ? Le premier comte de Windermere — le grand-père de votre père — était assez excentrique. Il aimait avoir des moyens pratiques de s'échapper partout où il était.

— Je suppose que cela a ses avantages.

— En effet, Votre Grâce, acquiesça Prest en riant. Parlez-moi de vos projets. Il semble que quelqu'un ait décidé de prendre les choses en main pour restaurer le château.

— Ma femme.

— C'est elle qui a organisé tout cela ? demanda l'intendant en regardant les échafaudages et le travail qui avait déjà été accompli.

Wolf fit signe que oui.

— Votre épouse est une femme capable. Il faut une bonne expérience et de l'habileté pour mener une tâche de cette ampleur.

— Lady Kathryn a de l'expérience, Stephen. De fait, elle dirigeait le domaine de son père avant notre mariage.

Prest haussa un de ses épais sourcils.

— Comme c'est inhabituel. Une femme… dirigeant un domaine ?

— Vous la rencontrerez bientôt, dit Wolf.

Il demanda à un serviteur de trouver sa femme et de lui dire de le rejoindre dans la grand-salle.

— Et qu'en est-il des comptes de Philip ? s'enquit l'intendant.

— Ma femme et moi avons épluché les registres et tout est en ordre. Mais il y a des abus évidents.

Nicholas arriva pour chercher Wolf et le trouva assis près du feu avec le vieil intendant, dans un endroit qui avait été débarrassé des outils des ouvriers. Il prit place auprès d'eux et Wolf fit les présentations.

— Où est Kit ? demanda Nicholas.

— Quelqu'un est allé la quérir.

— Elle a probablement trouvé un autre petit recoin à réparer ou à frotter, suggéra Nick avec un grand sourire. Ou peut-être qu'il y a un candélabre à rependre ou…

— C'est possible, dit Wolf en riant. Elle peut être en train de faire tout cela. Mais au moins elle est occupée à l'intérieur du château, et n'offre pas de cible facile à Philip.

— *Ja*. C'est exact, Wolf. Et elle se voue à la restauration de Windermere. Je ne devrais pas en plaisanter.

Wolf s'adressa à Stephen.

— Ma femme, quand vous la rencontrerez, ne vous apparaîtra pas comme une duchesse.

— C'est ce que j'ai compris, Votre Grâce.

— Elle a pris sur elle de…

— Gerhart !

Les trois hommes se tournèrent dans la direction de la voix.

— Wolf… messire… Votre Grâce !

C'était sire Alfred Dunning qui s'approchait en toute hâte. Son visage sombre n'annonçait rien de bon et il avait de la sueur sur le front. Qu'il soit troublé au point d'appeler Wolf par son nom allemand…

Une bouffée de terreur submergea Wolf. Il se leva si abruptement qu'il fit tomber sa chaise. Nicholas et Stephen l'imitèrent.

— Qu'y a-t-il ?

— Votre dame, messire…

— Quoi ?

— Je ne la trouve pas.

Alfred semblait dans tous ses états.

— Que voulez-vous dire, vous ne la trouvez pas ? demanda Wolf prêt à s'élancer.

— Lady Kathryn et maîtresse Emma travaillaient en bas près des cuisines, dit Alfred d'un ton essoufflé. J'étais ici, dans la grand-salle. Elle n'aurait pas pu passer sans que je la voie. Et pourtant elle a disparu.

Nicholas jeta un coup d'œil vers les fenêtres.

— Il fait presque nuit, Wolf. Je vais rassembler des hommes et commencer à fouiller la propriété.

— J'ai inspecté la cour et les jardins ouest.

— Redites-moi, lança Wolf. Où étiez-vous et où était ma femme ?

Alfred les conduisit à la longue table sur laquelle étaient posées son épée et sa dague, avec la pierre à aiguiser et le chiffon à polir.

— J'étais ici, dit-il en plantant les pieds à l'endroit exact où il s'était tenu. Il y avait des ouvriers partout et lady Kathryn était là-bas en bas avec maîtresse Emma. Je pouvais très bien les voir d'ici.

Il était clairement perturbé par leur disparition.

— Que faisaient-elles ? demanda Stephen Prest en se dirigeant vers l'endroit où les deux femmes avaient été vues pour la dernière fois.

— Elles triaient de vieilles tapisseries.

Stephen s'approcha d'une porte sombre et éraflée et remua le loquet. Elle était verrouillée.

— Par ici ? s'enquit-il.

Wolf rejoignit le vieil intendant, les sourcils froncés d'un air féroce, les yeux trahissant sa peur. Il passa une main dans ses cheveux d'un geste de frustration. Tous ses espoirs en l'avenir se dissipaient rapidement. Il n'y aurait rien sans Kit.

— Qui pourrait avoir la clé de cette pièce, Votre Grâce ?

— La gouvernante, Stephen. Pourquoi ? Vous ne supposez pas qu'elles sont enfermées…

— Votre pardon, messire. Si ma mémoire est bonne, il y a là-derrière un petit réduit…

— C'est possible. Mais la question est…

— Je crois qu'il y a un faux mur. Un passage secret, si vous voulez.

— Ici ?

Wolf regarda par-dessus son épaule et appela Alfred.

— Apportez de la lumière !

Puis il se retourna et démolit la porte d'un solide coup de pied.

Ils faillirent trébucher sur des débris quand ils entrèrent dans la petite pièce obscure. Quand la lumière arriva, Wolf s'avisa qu'il s'agissait de tapisseries roulées, jetées sur le sol.

— Où, Stephen ? Où est ce passage secret ?

— Laissez-moi voir.

L'intendant alla jusqu'au mur du fond et pressa ses paumes dessus, espérant le sentir céder. Il n'était pas sûr de lui, après tant d'années.

— Je crois que vos parents l'ont fait murer parce qu'il ouvre sur un long escalier descendant aux cachots.

— C'est bon, dit Wolf. J'en ai vu un autre identique.

Il trouva un déclic comme dans la chambre où Agatha était venue voir Kit et essaya de le faire jouer.

— C'est inutile. Il a été coincé d'une manière ou d'une autre.

— Intentionnellement, à ce qu'il paraît, dit Stephen en fronçant ses épais sourcils d'un air soucieux.

Wolf heurta la porte de son épaule, mais ne put la faire bouger après deux essais.

— Alfred, venez ici ! commanda-t-il.

Il fallut deux autres coups avant que les robustes chevaliers réussissent à abattre la porte. Le craquement sonore parut être englouti par l'obscurité qui régnait au-delà. Un courant d'air frais et humide assaillit les narines de Wolf tandis qu'il franchissait le seuil, et il frémit en imaginant Kit dans cet endroit. Dans le repaire de Philip.

— Stephen, demanda Wolf en tenant la bougie, avez-vous une idée de l'endroit où conduit ce passage ? Vous souvenez-vous d'autres sorties ?

— Deux, à ce que je sais.

— Allez chercher Chester et William. Qu'ils rassemblent autant d'hommes que possible. Je veux un garde posté devant cette porte et aux deux autres sorties. Il faudra que vous les leur montriez, Stephen.

— Certes, Votre Grâce.

— Venez, Alfred, ordonna Wolf.

Le soldat reconnut la voix pressante de son seigneur et obéit sans hésiter.

Kit se tenait parfaitement immobile. Elle pouvait entendre sa propre respiration et celle d'Emma, et son cœur tapait dans ses oreilles. Elles avaient toutes les deux l'impression d'avoir traversé des milles de tunnel obscur, mais de ne pas être plus près de trouver une sortie.

Leurs mouvements étaient étouffés par la terre battue des murs et du sol, mais Kit fut certaine d'entendre quelque chose derrière elles. Elle regarda Emma et sut que sa suivante avait entendu aussi.

Elles étaient suivies.

Kit serra les doigts sur le couteau qu'elle avait pris dans la pièce où gisait Hugh. Elle pointa la lame, prête à frapper. Un frisson la parcourut quand elle perçut un rire étouffé à quelque distance.

Juste ciel, elle espérait que Wolf était en chemin, mais elle savait qu'il ne pouvait toujours être là pour la protéger. Pauvre Wolf, pensa-t-elle tandis que sa panique augmentait, nanti d'une épouse qui avait si souvent besoin d'être sauvée.

Elle sentit quelqu'un qui s'approchait d'elle dans le noir, et, d'un signe de tête, elle commanda à Emma de bouger. Rapidement. Mieux valait continuer que d'être piégées dans ce labyrinthe de tunnels.

Elles retournèrent d'où elles étaient venues, et Kit scruta les murs sur leur gauche pour retrouver les marques qu'elle avait faites à hauteur des yeux quand elles étaient passées la première fois. Mais la torche commençait à crachoter et il était difficile d'y voir. Kit voulait rejoindre la pièce où se trouvait Hugh. Peut-être qu'elles y trouveraient une autre torche.

Elle souhaitait désespérément que la chambre de torture soit un meilleur endroit pour essayer de se défendre. Si elles retournaient d'abord à l'endroit où était Hugh, elles pourraient peut-être retrouver le chemin du réduit. Kit pensait encore essayer d'ouvrir la porte, ou même se poster au sommet de l'escalier et hurler à pleins poumons.

L'impression d'être suivies persista quand elles pénétrèrent dans la pièce où Agatha pendait hideusement entre ses chaînes. Mais aucun terrible poursuivant n'entra après elles et Kit regarda Emma, se demandant si elle avait tout imaginé.

— Je ne pense pas qu'il y ait une autre sortie, murmura-t-elle en replaçant la torche vacillante dans son support. Nous allons bientôt être sans lumière — regardons si nous pouvons trouver quelque chose à brûler.

Hugh était allongé en silence sur le sol, et Kit savait qu'il était vivant seulement grâce au son rauque de sa respiration. Ses lèvres étaient sèches et craquelées, et il était couvert de plaies. Il avait un œil fermé par une enflure et recouvert de sang séché, et Kit n'aurait su dire si le globe oculaire était encore dans son orbite. Il avait probablement des os cassés, et elle craignait de le bouger de peur de lui faire encore plus de mal.

— Pensez-vous que quelqu'un aura l'idée de venir nous chercher là ? demanda Emma, détournant les yeux de Hugh.

Elle ne savait pas comment lady Kathryn pouvait supporter de le toucher et d'écarter doucement ses cheveux.

— Bien sûr, répondit Kit d'une voix tremblante. Je veux dire, certainement. Sire Alfred savait que nous travaillions dans le réduit, non ? Il se rendra bientôt compte que nous avons disparu.

— Mais si la porte est fermée à clé… et cachée à la vue ? Saperlotte, qu'est-ce que c'était que ça ?

Emma retint son souffle, ses frayeurs augmentant au fur et à mesure que la torche faiblissait.

— Seigneur ! chuchota Kit. C'est un rat.

Elle regretta de ne pas avoir sa fronde.

— Je ne trouve rien qui puisse brûler, ma dame. Ces vieux chiffons sont trop humides.

— Eh bien, nous déchirerons nos chemises et nos jupes si nous le devons, répondit Kit d'un air absent, en surveillant le rat dans la lumière vacillante.

Elle se baissa et délaça ses souliers.

Le rat se rapprocha des orteils de Hugh et Kit lança une de ses chaussures, frappant le rongeur. Il détala vers un coin obscur. Kit garda son autre chaussure à la main, prête à servir. Emma déchirait déjà sa jupe en longues bandes pour nourrir la flamme de la torche.

— Je suis contente d'avoir mis mes plus vieux habits pour le nettoyage du château, dit-elle.

— Je vous donnerai une robe neuve, Emma. Et même deux ! répondit Kit en se mettant à déchirer sa chemise.

— Sire Alfred doit examiner la porte du réduit, à cette heure. Même si…

Les deux femmes poussèrent un cri perçant quand la torche tomba à terre et fut délibérément éteinte. Il régnait un noir complet et la froideur de l'air était encore plus prononcée maintenant qu'elles n'y voyaient plus.

Ni Kit ni Emma ne respirèrent ou ne bougèrent un muscle, sauf pour se cramponner l'une à l'autre. Elles avaient vu un pied botté piétiner leur seule source de lumière, mais cela s'était produit si vite et de manière si inattendue qu'elles n'avaient pas aperçu leur assaillant. Elles entendirent son rire, cependant. Un rire d'homme, sourd et rauque. Méchant et cruel, à n'en pas douter, qui résonnait horriblement contre les murs des tunnels.

Kit tira sur la taille d'Emma, et elles se coulèrent vers l'entrée opposée. La jeune femme se mouvait avec précaution, essayant frénétiquement de se rappeler l'emplacement des objets qui pouvaient les faire trébucher.

— J'ai senti, du moment où je vous ai vue, que vous étiez une femme pleine de ressources, chuchota la voix terrifiante.

La voix de Philip.

— Une épouse de valeur, bien différente de ma faible petite Clarisse.

Cet affreux rire tranquille irrita de nouveau les oreilles de Kit, et alors elle heurta quelque chose à la hauteur de ses genoux et perdit l'équilibre. Elle tomba.

Emma hurla et s'affala avec un bruit sourd. Kit resta seule dans le noir et se demanda ce qui était arrivé pour faire taire sa compagne si brusquement.

Une main fraîche remonta le long de sa cheville et même si Kit savait qu'il pouvait s'agir d'Emma, ce contact la révulsait. Son instinct lui disait qu'il s'agissait de Philip. Elle s'écarta, mais il fut rapide. Il saisit sa cheville et tira d'un coup sec, l'aplatissant sur le sol et coupant sa retraite. Kit lutta pour se tourner et s'éloigner en rampant, mais Philip réussit à la plaquer à terre, son sens de l'orientation dans le noir étant beaucoup plus développé que le sien.

— Si votre époux énamouré vous retrouve, il ne voudra plus jamais de vous, chuchota la voix rêche dans l'obscurité. Je m'en assurerai.

Il empoigna les cheveux de Kit assez rudement pour la faire crier. Avait-il l'intention de la mutiler comme il avait mutilé Hugh ?

Elle donna un coup de pied — et manqua son but. Mais ce mouvement mit sa jambe en contact avec le couteau qu'elle avait dans sa poche. Elle l'avait oublié, mais il allait lui servir maintenant, pensa-t-elle, se forçant à rester calme. Elle continua à se débattre avec ses deux jambes et un bras, glissant son autre main dans sa poche pour prendre le couteau. Enfin il fut dans sa main, et elle serra les doigts autour du manche.

Philip la clouait au sol de tout son poids, mais soudain il s'immobilisa et s'écarta d'elle un instant pour écouter.

— Qu'il soit damné ! cracha-t-il.

Kit ne pouvait rien entendre d'autre que leurs souffles mêlés et elle paniqua, certaine que Philip avait senti le couteau. Elle frappa vivement, et il hurla.

Il l'attrapa et la fit se redresser si abruptement qu'elle lâcha son arme. Elle essaya de la retrouver, mais Philip lui tira brutalement les cheveux.

— Oh, non, pas de ça !

Puis tout à coup, avec un grognement de frustration, il la repoussa. Violemment. Elle resta immobile, sachant qu'elle l'avait blessé, mais attendant sa prochaine attaque. Alors il y eut une respiration forte et saccadée, des marmonnements… et ces bruits s'éloignèrent. Il s'en allait ! Probablement pour allumer une torche, pensa Kit, et elle se prépara à être aveuglée par la lumière.

Mais rien ne se produisit. Le son de la retraite de Philip

diminua et se perdit au-delà, dans les tunnels. Il y eut alors d'autres bruits, des bruits confus et étouffés, et Kit espéra de toutes ses forces que Philip ne préparait pas un autre assaut.

Elle tendit la main en quête d'Emma, certaine qu'elle ne pouvait être loin. Faisant glisser ses doigts sur la froide terre battue, elle finit par rencontrer un corps. Le corps chaud d'Emma. Sa suivante gémit quand elle la toucha, mais Kit l'entendit à peine. Les autres bruits, très prenants, venaient du court tunnel derrière elle, là où se trouvait l'escalier qui menait au réduit. Une faible lumière jetait des ombres fantomatiques sur les murs de l'horrible pièce, et devenait plus forte et plus brillante en s'approchant.

— Par ici !

C'était la voix de Wolf, et Kit se réjouit. Elle regarda Emma, qui revenait juste à elle.

— Mon Dieu, Kit, allez-vous bien ?

Wolf laissa tomber sa torche et s'accroupit près de sa femme. Elle était couverte de sang et la terreur lui contracta le cœur.

— Wolf…

Sa voix trembla malgré ses efforts pour paraître calme.

— Poursuivez-le, Alfred ! ordonna Wolf d'un ton dur.

Puis il se tourna vers Kit et lui demanda avec douceur :

— Où êtes-vous blessée, mon cœur ? Dites-moi où il vous a touchée.

Il avait les mains qui tremblaient.

— C'est moi qui l'ai touché, mon mari, répondit Kit en frissonnant.

— Je vous en prie, Kit, ne plaisantez pas.

Il l'attira sur sa poitrine, la chérissant, se jurant de ne plus jamais la quitter des yeux.

— Dites-moi…

— J'ignore s'il est blessé grièvement, mais je sais que je l'ai touché. C'était Philip.

Il l'écarta de lui un instant pour la dévisager. Elle était pâle et avait une expression égarée.

— Vous voulez dire que ce n'est pas votre sang ?

— Non, Wolf. C'est Philip qui a subi les dommages, dit-elle d'un ton sinistre.

Puis sa voix se brisa.

— Et Hugh. Il est ici.

Alors, pour la deuxième fois de sa vie, elle s'évanouit dans les bras de son mari.

21.

Wolf porta Kit hors du trou noir tandis que des serviteurs s'amassaient derrière lui pour aider Emma Juvet à monter l'escalier et s'occuper de Hugh Dryden. La colère et la frustration l'habitaient sous sa calme façade. Il atteignit le réduit — il ne faisait aucun doute à présent qu'il avait été fermé à clé intentionnellement — et continua vers la grand-salle jusqu'à ce que Nicholas le rattrape. Ensemble, ils gravirent l'escalier suivant et traversèrent la galerie qui menait aux appartements du duc.

Nicholas était choqué par l'aspect ensanglanté de Kit.

— Comment va-t-elle ?

— Je ne sais pas encore, répondit Wolf d'un ton crispé. Avant de se pâmer, elle m'a dit qu'elle n'était pas blessée.

— Mais le sang…

— Elle a dit que c'était celui de Philip. Elle l'a frappé.

— Bien joué, Kit, fit Nicholas avec un sourire appréciateur, bien qu'elle soit toujours inerte et inconsciente dans les bras de Wolf. Gravement ?

— Aucune idée. Elle s'est évanouie avant d'en dire plus.

— J'ai vu Hugh, dit Nicholas, l'estomac révulsé en pensant à ce qui avait été fait au jeune soldat. Ce que ton boucher de cousin a fait est indicible…

— Convoque le jardinier et le prêtre pour s'occuper de lui.

— Je les ai déjà fait quérir, dit Nicholas. Et j'ai posté des gardes aux entrées des cavernes souterraines.

— As-tu vu Alfred ?

— Non, mais Chester est descendu avec moi par l'une des issues extérieures. Nous avons inspecté un des passages et sommes ressortis juste derrière toi. Chester et Claude sont encore en bas, à aider Alfred à passer les tunnels au peigne fin. Cela peut prendre du temps…

— Envoie plus d'hommes.

Wolf ouvrit la porte de sa chambre de l'épaule et entra.

— Fouillez tous les trous possibles et voyez s'il existe d'autres issues — des issues que Stephen ne connaîtrait pas. Je veux Philip *ce soir*. D'une manière ou d'une autre.

— Mais, Wolf, Stephen nous a montré toutes les sorties ! Et nous les avons fait garder avant même que tu descendes l'escalier des cachots. Nous aurions dû attraper ce monstre…

— En vingt ans, mon rusé cousin a sûrement ajouté à son réseau de tunnels et conçu de nouvelles issues moins accessibles.

Wolf posa doucement Kit sur le lit et écarta des cheveux de son visage.

— Ou il a réussi à s'échapper — par une sortie inconnue de Stephen — ou il est toujours en bas, quelque part sous le château, dit-il avec âpreté. Attendant comme une vile araignée dans sa toile.

Nicholas grommela un juron en allemand.

— Je vais voir s'il y a une chance qu'il soit sorti par un autre endroit, dit-il en quittant la chambre.

Wolf s'assit près de sa femme et se pencha sur elle. Il pressa un doux baiser sur son oreille et sur sa tempe, et attendit qu'elle reprenne connaissance. Une peur insistante le tenaillait qu'elle ne se réveille pas vraiment. Que lorsqu'elle ouvrirait les yeux, le choc de son expérience dans ces souterrains la mette dans un état de prostration, comme sa mère.

Mais Kit avait du tempérament. Il savait qu'elle avait une force et une ténacité que sa mère n'avait jamais possédées. Peut-être que si Margrethe avait eu la force de Kit, elle n'aurait pas renoncé à vivre, pas renoncé à lui.

— Revenez-moi, mon aimée, chuchota-t-il. Ne m'échappez pas maintenant que je sais que vous êtes mienne.

Il prit son visage dans ses grandes mains et Kit frémit quand il toucha sa mâchoire meurtrie. C'était bon signe, non ? Kit remua un peu plus, mais ne s'éveilla pas. Wolf lui ôta sa cotte tachée de sang et la jeta, priant en silence qu'elle lui revienne.

— Kit, mon cœur, insista-t-il doucement. Ouvrez les yeux. Réveillez-vous pour moi. Vous êtes ma vie, savez-vous ? Windermere et le reste…

Sa voix était mal assurée, et il laissa échapper un souffle tremblant.

— Ce n'est rien sans vous.

Quand elle fut dévêtue, il s'allongea près d'elle, tira une couverture sur eux et prit son corps inerte contre lui pour la réchauffer.

Elle gémit.

— Allez, mon amour, murmura-t-il en embrassant son front, ses yeux, sa bouche. Allez…

Un autre gémissement et elle bougea les jambes. Quand elle ouvrit les yeux, ils étaient pleins de panique, mais cela disparut rapidement. A la place, il y eut du soulagement. Et lorsque la mémoire lui revint, elle se mit à trembler, comme il s'y attendait.

— Kit ?

Un violent frisson la secoua.

— C'est fini. Vous en êtes en sûreté, à présent. Je ne laisserai rien vous arriver.

— Où est Philip ? demanda-t-elle. Est-il…

— Pas encore, répondit Wolf. Nicholas et le reste des hommes le cherchent toujours. Il ne peut être loin.

— Et Hugh ? s'enquit-elle à mi-voix, en se blottissant dans la chaleur de son mari. Qu'en est-il du pauvre Hugh ?

Wolf poussa un long soupir lugubre.

— Il est vivant. A peine.

— Oh, Wolf…

— Philip n'aura pas l'occasion de faire du mal à quelqu'un d'autre, je vous le promets.

Il l'embrassa au-dessus de l'oreille.

— Quand je pense qu'il a été si près de…

Elle frémit de nouveau.

— Allez-vous bien, jeunette ? Etes-vous sûre que…

— Tenez-moi.

Elle tremblait encore, mais l'horreur et la répulsion causées par les actes de Philip reculaient devant la sensation des bras musclés de son mari qui l'entouraient, de ses jambes puissantes qui la clouaient sous lui.

— Oui, mon amour, dit-il. Je vais vous tenir. Toute la nuit et toute la journée s'il le faut.

— Vous m'aviez dit que Philip était dangereux, murmura-t-elle. Qu'on ne pouvait lui faire confiance… Mais saviez-vous… de quoi il était capable ?

— Je le savais.

— Vraiment, Wolf, je vais bien, insista Kit, plus tard, en se drapant dans la couverture. Allez avec Nicholas et trouvez Philip.

Wolf hésita. Il n'y avait rien qui le tentait plus que de rejoindre ses hommes et de pourchasser Philip, mais il était réticent à laisser Kit toute seule.

— Vous avez subi un terrible choc…

Un coup timide frappé à la porte l'interrompit, et il quitta sa femme pour aller ouvrir.

— Euh, Votre Grâce, balbutia Maggie. J'ai apporté de l'eau chaude. J'ai vu lady Kathryn et je…

Wolf ouvrit largement la porte et admit la chambrière, qui installa la baignoire et versa l'eau dedans.

— Je vous en prie, Wolf, dit Kit. Allez-y. Tout ira bien pour moi. Je vais prendre un bain et vous attendre ici.

Wolf enfila son pourpoint et ceignit son épée et sa dague, débattant toujours du bien-fondé de la laisser. Il savait que tous ses hommes seraient engagés dans les recherches, à part celui que Nick avait assigné à la garde de Hugh. Il regarda Maggie, qui semblait plus fiable que le reste des serviteurs, et décida de partir. Mais seulement pour une heure ou deux.

— En cas d'ennui, vous pouvez appeler le garde qui se trouve dans la chambre de Hugh, dit-il. Je ne serai pas long, Kit.

— Je sais.

Elle sourit et s'agenouilla sur le lit pour qu'il l'embrasse.

— Je vous aime, jeunette.

— Revenez-moi vite, chuchota Kit en le serrant un instant avant de le relâcher.

Il s'en alla.

— C'est prêt, Votre Grâce, dit Maggie en indiquant la baignoire.

Elle avait sorti le savon parfumé de Kit, des linges et des vêtements propres.

Kit s'assit dans l'eau chaude et se prépara à attendre.

— Il semble que vous ayez quelques égratignures et ecchymoses de plus, ma dame, observa Maggie en lavant le dos de Kit et en prenant soin de son épaule meurtrie.

Elle sembla vouloir dire autre chose, mais se tut. Kit était trop préoccupée pour y faire attention.

— Où est Emma ? demanda-t-elle.

— Elle est rentrée chez elle. Avec son mari.

— Va-t-elle bien ? Est-ce que…

— Elle va bien, la rassura Maggie. Elle est un peu ébranlée, c'est tout.

— J'aimerais la voir. M'assurer par moi-même de son état.

— Mais le duc, Votre Grâce ! protesta Maggie. Il ne voudrait pas que vous sortiez d'ici. Pas maintenant. Pas tant que…

— Non, je suppose qu'il ne le voudrait pas.

Maggie poussa un soupir soulagé et Kit finit de prendre son bain sans plus parler d'aller quelque part. Sa chambrière l'aida à se sécher et ne discuta qu'un peu quand elle insista pour passer une cotte présentable et non sa chemise de nuit.

— Je ne dormirai pas avant que mon mari revienne, de toute façon, alors je peux aussi bien m'habiller proprement. Quand ils ramèneront Philip, je…

— Oui, Votre Grâce, acquiesça Maggie. Voulez-vous que j'aille vous chercher à souper ? Le vieux Darby a sûrement quelque chose au chaud dans la cuisine…

— A souper ?

Kit n'avait pas pensé un instant à manger, et elle s'avisa avec quelque surprise qu'elle était affamée.

— Oui, je veux bien, Maggie.

— Entendu, dit la chambrière en ramassant les linges humides et la robe souillée de Kit. Je serai de retour en un rien de temps, ma dame.

La chambre parut inhabituellement silencieuse à Kit lorsqu'elle se retrouva seule, et cela commença à lui porter sur les nerfs. Elle se demanda combien de temps Maggie mettrait à revenir et découvrit qu'elle était anxieuse de la voir de retour. Tandis qu'elle était assise à brosser ses cheveux, une porte se referma quelque part et elle sursauta violemment, bondissant presque de sa chaise. L'ombre qu'elle projetait sur les murs à la lueur vacillante des bougies lui tira presque un cri et fit battre son cœur plus fort.

Il était ridicule, se dit-elle, de sursauter au moindre bruit et d'avoir peur des ombres. Philip n'était certainement pas tapi dans ces appartements, attendant de commettre le pire. Mais la seule pensée de l'ancien comte la parcourut de frissons et, sans même y réfléchir, elle alla jusqu'au coffre et fouilla son contenu jusqu'à ce qu'elle trouve sa petite dague — celle que Rupert lui avait donnée des années auparavant.

Ce fut seulement lorsqu'elle eut glissé la dague dans son corselet qu'elle se sentit plus en sécurité. Même si elle faisait de son mieux pour se convaincre que Philip n'était pas à proximité, elle ne tenait pas à revoir ce monstre sans être armée.

Une autre porte se ferma dans le château, et Kit entendit des pas qui approchaient. S'attendant à trouver Maggie avec un plateau, elle ouvrit la porte de sa chambre et découvrit Christine Wellesley qui venait vers elle.

— Lady Kathryn ! s'exclama la jeune fille en lui prenant le bras. Je viens juste d'apprendre ce qui vous est arrivé. Comme j'ai été heureuse de savoir que vous avez été sauvée avant que cette brute de Philip ne puisse…

— Pas aussi heureuse que moi, marmonna Kit.

Elle se tourna et rentra dans sa chambre, suivie par Christine.

— Ma chambrière est allée chercher mon souper. Voulez-vous vous asseoir ?

Pressant une main sur sa poitrine, Christine déclara :

— Nous ne pouvons pas. Votre mari m'a envoyée vous chercher.

— Wolf ? demanda Kit, perplexe.

Pourquoi aurait-il envoyé Christine Wellesley la chercher ? Cela n'avait pas de sens, mais Kit sortit tout de même dans le corridor.

— A-t-il trouvé Philip ? Oh, Seigneur, est-il blessé ?

— Non, non, dit Christine en la suivant. Il a besoin de votre aide.

— De mon aide ?

— Je ne puis vous expliquer, déclara la jeune fille en haussant les épaules.

Kit se demanda ce que Wolf lui voulait dans cette aile éloignée du château. Personne n'allait jamais aussi loin.

— N'avez-vous pas vu en quoi je pourrais l'aider ?

— Non. Il a juste dit de faire vite.

— Il doit être blessé, dit Kit plus pour elle-même que pour sa compagne. Je ne puis imaginer qu'il ait besoin…

— Entrez ici. Rapidement.

Christine ouvrit la porte d'une chambre éclairée seulement par une maigre bougie et s'écarta pour laisser passer Kit. Wolf n'était pas là.

— Mais… ?

Avant que Kit puisse achever sa question, Christine la poussa en avant et ferma la porte derrière elle.

— Par tous les diables, qu'est-ce que…

Un mouvement dans l'ombre attira l'attention de Kit. Ce n'était pas Wolf, mais il y avait bel et bien un homme caché là, et il approchait.

— Eh bien, Kit, dit le baron Somers d'une voix traînante, en se montrant.

Il souriait méchamment et vacillait légèrement. Deux yeux au beurre noir et un nez enflé lui donnaient une apparence sinistre.

— Ce n'est pas une manière de saluer votre père affectionné.

Kit retint son souffle et recula vers la porte.

— Je… je ne comprends pas.

— Vous pensiez que votre époux dévoué serait là ?

Il lança une main en arrière et la gifla violemment. De son autre main, il lui empoigna les cheveux. Il la tira en avant jusqu'à ce que son visage soit à quelques pouces du sien. Il empestait la boisson.

— Petite idiote ! Si crédule !

— Je vous en prie…

— C'est ça ! Suppliez-moi ! Implorez ma merci ! dit-il en lui tirant les cheveux jusqu'à ce qu'elle en ait les larmes aux yeux. Votre mari ne sera pas là pour vous sauver, cette fois-ci.

— Que… que voulez-vous dire ?

Somers eut un rire pâteux.

— Philip Colston va le détruire.

— Comment ? demanda Kit, oubliant sa peur. Comment Philip va-t-il détruire Wolf ?

— Le duc est allé l'affronter seul. Philip a un charmant petit repaire sous le pont à la sortie ouest de la ville.

Le baron rit de nouveau.

— Il va abattre votre précieux époux…

Kit se tourna et essaya d'ouvrir la porte, qui refusa de bouger. Elle était fermée à clé, bien sûr. Il n'avait pas l'intention de la laisser s'échapper.

— Et lady Christine ?

Kit essaya de dominer le tremblement de sa voix.

— Qu'a-t-elle à gagner à tout cela ?

Le rire d'ivrogne de Somers fut encore plus méchant.

— La haute et puissante lady Christine croit que tout ce qui va arriver, c'est que vous serez éliminée de son chemin. Elle a l'intention d'épouser votre mari quand il sera veuf.

— Epouser mon mari ! se récria Kit. Elle…

— Elle ignore qu'en ce moment même Wolf Colston se dirige vers le piège de Philip !

— Je dois aller le retrouver, déclara Kit d'un ton coupant. Vous devez…

— Je dois faire ce qui me plaît !

Il la gifla de nouveau, durement, la faisant tomber.

— Vous allez apprendre à respecter votre père ! gronda-t-il, perdant l'équilibre et vacillant. Vous et votre maudit mari… vous avez ruiné Somerton ! C'est votre faute. Toute votre faute.

Kit se remit à genoux, une expression troublée sur le visage.

— J'ai dû les punir et en faire brûler quelques-uns ! continua le baron. Ces vilains… ils ont essayé de me duper ! Il n'y a plus de respect. Ils croient que je ne le sais pas, mais je les vois rire dans leur manche. De moi !

Son élocution était embarrassée, et il s'approcha de nouveau de Kit d'un air menaçant. Elle vit la lueur cruelle qui brillait dans ses yeux et sut qu'il était plus méchant que jamais. Il avait toujours été au summum de sa méchanceté quand il avait bu.

— Je vais leur montrer, grommela-t-il en chancelant vers elle. Et à *vous* !

Kit se releva et recula devant lui. Il n'y avait aucune arme en vue, et le baron ne portait ni épée, ni dague. Au moins avait-elle une chance de s'échapper en luttant. Elle savait qu'elle devrait tirer sa dague de sa cotte d'une manière quelconque, et un plan se forma dans son esprit.

Somers la frappa encore, et elle tomba rudement. Mais, cette fois, elle roula loin de lui et resta immobile. Elle voulait qu'il croit qu'elle était gravement blessée. Sans faire de mouvement visible, elle glissa vivement la main dans son corselet et prit sa dague. Puis elle attendit, incertaine de ce que le baron allait faire. Il pouvait la tuer d'un coup de pied, mais il semblait plus probable qu'il cherche à prolonger la punition.

Kit savait que son poignard devrait frapper avec précision, cette fois. Elle ne pouvait le manier de façon hésitante comme la nuit où ils avaient été attaqués sur la route de Londres, ni frapper à l'aveuglette comme elle l'avait fait avec Philip Colston. Elle devrait être mortellement sûre d'elle. La vie de Wolf dépendait de sa fuite.

Somers la rejoignit, alors, la fit rouler sur le dos et s'affala sur elle. La chevauchant, il prit sa tête entre ses mains et la cogna contre le plancher, l'étourdissant, provoquant une douleur intense dans son crâne. En dépit de son état, Kit plongea la dague sous les côtes du baron. Elle poussa de toutes ses forces, ayant la nausée quand elle sentit la lame perforer de la chair. Elle entendit le grognement de douleur de son beau-père et sentit un flot de sang lui couvrir les mains et tremper ses habits.

Il tomba lourdement sur elle, et elle se dégagea de son poids en le poussant. Sa tête lui faisait mal, mais elle avait dépassé la douleur initiale et savait qu'elle devait agir vite. Elle alla à la porte et essaya encore de l'ouvrir, même si elle savait qu'elle était fermée à clé.

Répugnant à regarder Thomas Somers et ce qu'elle lui avait fait, elle se força à s'agenouiller près de lui. Son souffle était entrecoupé et il avait mauvaise mine. Il leva vers elle des yeux vitreux, qui ne comprenaient pas, et elle sut qu'il allait mourir.

— Vous ne m'avez pas laissé le choix ! s'écria-t-elle d'une voix tremblante.

Il tourna la tête.

— Où est la clé ? demanda-t-elle.

Il ne répondit pas.

— Je vais la trouver, maudit soyez-vous !

Le fouillant rudement, ignorant le sang qui coulait à flot de sa blessure, elle finit par trouver la clé dans une poche de son pourpoint. Elle commença à se lever, puis réfléchit et se retourna vers le baron pour retirer sa dague de son ventre.

Une demi-lune et un ciel chargé d'étoiles éclairaient son chemin dans cet environnement peu familier. Kit ne s'était rendue en ville qu'une fois auparavant, et cela lui semblait remonter à des siècles. Tandis qu'elle chevauchait dans les rues étroites et désertes, elle combattait ses larmes et cherchait désespérément à se rappeler le pont à l'extrémité ouest de la ville. Elle devait s'en approcher sans attirer l'attention, mais elle ne se souvenait pas assez bien de l'endroit pour ourdir un plan. Y avait-il des bâtiments de chaque côté ? N'y avait-il que les berges de la rivière ? Comment réussirait-elle à rejoindre Wolf avant que Philip ne s'aperçoive de sa présence ? Comment pourrait-elle réduire Philip à l'impuissance s'il la découvrait ?

C'était sans espoir, pensait-elle avec détresse. Elle chassa ses larmes et considéra sa situation. Elle ne serait jamais capable de faire sortir Philip et de le duper. Même si elle pouvait se faufiler dans sa cachette, il la verrait avant qu'elle puisse libérer Wolf. Il fallait qu'elle trouve un meilleur plan que de s'introduire simplement dans son repaire.

Elle démonta quand elle arriva dans une allée qui lui semblait familière et guida sa jument par la bride tout en réfléchissant à ses options. Il ne lui fallut pas longtemps pour reconnaître le cottage où le jeune Alfie l'avait conduite pour nettoyer sa cape après l'incident de la foire. Les volets n'étaient pas fermés et elle put voir qu'il y avait encore de la lumière dans la maison. Peut-être que c'était sa solution. Elle s'avança et alla frapper à la porte.

Alfie répondit. Ses yeux exprimèrent son deuxième choc de la soirée — le premier ayant été de voir rentrer sa mère ébranlée par son séjour dans les cachots de Windermere.

— Papa ! C'est lady Kit !

Alfie ouvrit largement la porte pour la laisser entrer.

— Gilbert.

Il y avait une note urgente dans sa voix.

— Votre… Votre Grâce ! balbutia Juvet en sortant de l'autre pièce du cottage.

C'était un choc de voir la duchesse chez lui, mais plus encore de la voir couverte de sang.

— Juste ciel, qu'est-il arrivé ?

— J'ai besoin de votre aide, dit Kit, incapable de contenir ses larmes plus longtemps. Philip… mon mari…

— Asseyez-vous là, ma dame, dit Juvet en la conduisant à un

tabouret. Alfie, va chercher un gobelet de cervoise. Vite, mon garçon !

— Il a peut-être déjà mon mari !

— Là, parlons clair… Philip Colston a le duc ? Où ?

— Mon… mon beau-père, le… le baron Somers…

— Oui ? C'est un méchant personnage, celui-là. Continuez…

— Il a dit que Philip… avait tendu un piège à Wolf, déclara Kit en buvant une gorgée de bière. Il l'a attiré je ne sais comment sous le pont à la sortie ouest de la ville.

— Le pont ouest ?

— J'allais m'y rendre moi-même, mais je ne sais pas si…

— Non, ma dame, dit Gilbert. Vous avez bien fait. Vous allez avoir de l'aide, et en abondance.

Il se tourna vers Alfie.

— Cours chercher Daniel Page et Robert Abovebrook. Que Robert envoie son fils quérir William Smith et Kenneth Gamel. Fais vite et tiens ta langue.

— Qu'allez-vous faire ? demanda Kit.

— Je n'en suis pas sûr, lady Kathryn, répondit Gilbert Juvet en se mordillant la lèvre inférieure. Vous pourriez me dire ce que vous aviez à l'esprit. Je doute que Philip puisse avoir plus de trois ou quatre hommes avec lui. Et je peux vous en fournir davantage pour soutenir votre époux le duc.

Kit se leva de son siège. Tout délai pouvait signifier la mort de Wolf, mais la précipitation conduirait à un échec certain.

— Connaissez-vous l'endroit sous le pont où Philip a caché mon mari ?

— Non. Je ne peux pas dire que j'y ai regardé de près… La rivière s'élargit et devient peu profonde à cet endroit… Je suppose qu'un retors de vaurien peut se creuser une belle petite niche sous ce pont si c'est son dessein.

— Pensez-vous que nous puissions attirer les hommes de Philip dehors ? demanda Kit. Pouvons-nous les faire laisser Philip sans protection pour que je puisse entrer et libérer Wolf ?

— Eh bien… Je ne suis pas sûr de vouloir que vous…

— Mais je le dois ! insista Kit. Vous ne savez pas ce qu'il est capable de faire. Vous n'avez pas vu…

— Oui, je sais, dit Juvet en déglutissant. Emma m'a dit.

— Alors vous comprenez la nécessité d'aller vite.

Kit sentait sa dague glissée dans sa ceinture. Elle parla sobrement et avec une détermination farouche.

— J'ai déjà tué un homme ce soir. Je n'hésiterai pas à tuer également Philip. Je veux libérer mon mari, quels que soient les risques.

Ils se tournèrent en entendant des hommes qui approchaient du cottage. La porte était entrouverte, et deux hommes entrèrent après avoir frappé rapidement.

— Daniel, Robert, les salua Juvet.

— Alfie nous a dit ce qui se passe, dit Daniel. Les autres vont arriver.

— Bien, fit Gilbert. Maintenant, tout ce qu'il nous faut est un plan. Et rapide, par-dessus le marché.

22.

Il pleuvait à verse, et Kit en était heureuse car cela lavait l'odeur de sang qu'elle portait sur elle depuis sa rencontre avec Thomas Somers. Les hommes de la ville — ils étaient douze — étaient en place près du pont et attendaient.

Quelques minutes plus tôt, Gilbert et le forgeron étaient descendus sans bruit et avaient confirmé qu'il y avait une trappe dans un trou à la base du pont. Le dispositif était dissimulé par des lilas et de petits buissons. Kit et les hommes repassèrent leur plan hâtif en revue et la jeune femme entreprit de l'exécuter avec Tom Partridge.

Tom poursuivit Kit tandis qu'elle descendait vers la rivière. Il la rattrapa, lui empoigna le bras et la fit pivoter.

Kit hurla et lui frappa la poitrine, mais il se contenta de rire de ses efforts pour se libérer.

— Laissez-moi tranquille ! cria-t-elle. A l'aide ! Je ne peux pas… Aïe !

Elle glissa dans la boue et s'affala sur le dos.

— Oh, ma dame, murmura Tom paniqué. Laissez-moi…

— Ah, espèce de salopard ! glapit Kit en lui donnant des coups de pied. Otez vos sales mains de moi !

Elle faisait autant de bruit que possible, espérant attirer l'attention des hommes cachés sous le pont.

Tom, comprenant qu'elle allait bien, fit mine de la gifler

pendant qu'elle était à terre. Kit cria et le combattit farouchement. Le pauvre Tom allait avoir des bleus en récompense de ses efforts.

Elle se releva et courut sous le pont, là où les lilas poussaient en abondance, mais ne put apercevoir un passage. Maudit soit Philip Colston et ses souterrains ! Cet homme était un serpent ! Une taupe ! Un ver de terre !

Tom la suivit le long de la pente, cherchant des yeux l'ouverture sous le pont. La ruse avec lady Kathryn se déroulait bien, mais elle ne pouvait se prolonger indéfiniment. A ce point, Tom et Kit s'avisèrent tous les deux qu'ils devraient pratiquement tomber dans la cachette pour obtenir une réponse de ses occupants.

— Oh, non, pas de ça ! hurla Kit en poussant Tom dans les buissons.

Tom, surpris par sa force, gémit. Il ne pouvait se permettre de jurer devant une dame, même s'il en mourait d'envie. A la place, il grogna plus fortement et se tourna sur le côté. Même dans le noir, il pouvait voir l'entrée de la cachette de l'endroit où il était perché dans les branches.

— Vous pensez m'estropier, hein ?

Il tapa dans ses mains pour feindre un soufflet. Kit se laissa tomber à terre au pied des lilas.

— Ooh, vous êtes un sacripant, Tom Partridge ! s'écria-t-elle. Vous ne vous en sortirez pas comme ça ! Je vais…

Une voix d'homme interrompit sa tirade.

— Eh bien, eh bien ! Que se passe-t-il là ?

— Qui êtes-vous ?

Tom se dégagea du lilas et pointa un doigt sur la poitrine de l'arrivant.

— Et d'où sortez-vous ?

Kit recula devant l'homme de Philip, dont elle savait fort bien qu'il était sorti de la trappe. Elle l'avait vu, et avait vu d'où il venait, mais elle n'allait sûrement pas le lui faire savoir. Qu'il pense qu'elle avait peur de lui. Qu'il s'élance après elle — oh, Dieu, qu'il s'avance.

— Vous pensiez la partager avec moi ?

Les yeux de Tom luisaient de malveillance tandis qu'il repoussait l'homme en arrière. Il espéra que sa suggestion serait prise au sérieux, car alors le plan fonctionnerait.

Sans prévenir, le complice de Philip frappa Tom au visage et l'envoya à terre, assommé. C'était une manœuvre sur laquelle Tom n'avait pas compté.

Kit remonta la berge en courant, son poursuivant sur les talons. Elle se tourna et continua à courir jusqu'à ce qu'elle entende un craquement et un juron derrière elle. Le cœur tambourinant dans sa poitrine, les muscles douloureux, elle pivota et vit Gilbert et deux de ses amis qui maintenaient l'homme de Philip à terre. Il se débattait, mais reçut un rude coup dans la mâchoire.

Kit tira sa dague et s'approcha de lui.

— Je peux le faire, ma dame, proposa Kenneth Gamel. J'ai été soldat…

Kit hocha la tête, soulagée de ne pas avoir à verser plus de sang. Contrairement à ce qu'elle avait pensé auparavant, elle en avait son soûl.

— Ma dame ? dit l'homme de Philip en se remettant et en reconnaissant son visage maculé de boue.

Elle avait découvert ses cheveux, aussi.

— Par le sang du Christ ! J'aurais dû savoir…

— Ferme ta sale gueule, Tuck, dit le forgeron.

— La duchesse va te dire ce que tu dois faire ou ne pas faire maintenant, intervint Kenneth.

— Qui est dans cette niche sous le pont ? demanda Kit.

— Vous voulez dire en plus du comte et de votre mari ? répondit Tuck avec un sourire sarcastique.

Daniel Page lui donna un coup de pied dans le flanc.

— Assez de ton insolence !

— Réponds à la duchesse, Tuck, dit Kenneth à mi-voix, mais la dague qu'il pointait sous l'oreille de l'homme parlait haut et fort.

— Sinon quoi ? riposta Tuck. Vous n'êtes qu'une bande de gens de la ville. Aucun de vous ne pourrait…

La dague glissa sur sa peau.

— C'est bon ! Arrêtez ! cria-t-il en s'efforçant de ne pas bouger la tête. Je vais tout vous dire ! Je n'ai rien à perdre !

— Seulement quelques parties de toi-même, dit Kenneth d'un air déterminé.

— Parle !

— Il y a seulement… le comte et Saladin, déclara Tuck, des larmes pointant au coin de ses yeux.

— Et mon mari ?

— Oui, il y est aussi.

— Vivant ? s'enquit Gilbert, posant la question que Kit n'était pas capable de poser.

Tuck grogna.

— Philip projette de le garder vivant comme il l'a fait avec Dryden. Il sait comment faire. Il sera prudent.

— Dans quelles conditions est le duc ?

— Il est… Il est…

Kenneth plaça la lame sous l'autre oreille de Tuck.

— J'ai du mal à te croire, maître Tuck, dit-il. Il semble un peu… imprudent pour lord Philip d'être dans ce trou avec vous deux seulement.

— Non ! Non ! C'est tout !

La dague glissa.

— Arrêtez ! Je vous en prie ! cria Tuck. Vous avez raison ! Il y a aussi Jack Hartford !

— Hartford ! s'exclama Kit.

Cet homme était l'un des valets de Windermere. Il avait dû attirer Wolf dans le piège.

— Nous allions laisser le comte faire ce qu'il voulait... Il n'y a pas moyen de l'arrêter, de toute façon... Ouille !

Kenneth avait pressé la dague pour être sûr que Tuck s'en souvienne.

— Prends garde avec cette lame !

— Dis-m'en davantage.

— Nous allions prendre un bateau pour l'Irlande — nous tous, y compris le comte, expliqua Tuck.

Il suait abondamment, à présent, et crispait fréquemment les paupières pour ne pas voir ses assaillants.

— Il voulait juste... voulait juste... C'est le duc ! Il le hait !

— Liez-lui les mains, dit Juvet. Vite, les gars.

Il prit Kit à part.

— Lady Kathryn, êtes-vous prête à continuer ?

— Oui, je vais continuer, Gilbert. Je vais chercher mon mari.

— Je le pensais bien, marmonna-t-il. Allons-y !

Tuck se montra coopératif. Gilbert se dit qu'il voulait garder ses oreilles. Kit ne se dit rien. Elle était seulement reconnaissante que les choses se soient si bien passées jusqu'à présent. Il restait encore à voir s'ils seraient capables ou non de libérer Wolf de Philip. Elle espérait que ce dernier n'avait pas eu le temps de causer trop de dommages. Wolf ne l'avait quittée... que deux heures auparavant ? Cela ne suffisait sûrement pas pour que...

Kit écarta des images de Hugh Dryden et descendit le long de la berge. La pluie avait laissé la place à du crachin, mais nul ne s'en rendit compte. Deux hommes se postèrent de chaque côté de la cachette souterraine et attendirent.

— Appelle-les, dit Kenneth à Tuck. Fais comme si tu avais trouvé quelque chose… comme si tu avais besoin de leur aide.

— Co… comment ?

— Fais-le !

Kenneth pointa la dague à la base de son cou.

— Saladin ! Hartford !

— C'est bien. Maintenant, attire-les ici.

— Venez, venez m'aider ! cria Tuck. Ce lascar est trop lourd pour moi !

Deux hommes sortirent du trou.

— Sois damné, Tuck ! maugréa l'un d'eux. Vas-tu te taire ? Le comte ne veut pas…

Ses paroles s'éteignirent quand il fut attaqué et aisément maîtrisé par les deux hommes qui se trouvaient sur sa gauche. A droite, deux autres s'emparèrent de son complice, et Saladin et Hartford furent tous deux réduits au silence.

William Smith indiqua à Kit de le suivre. C'était le plus grand et sûrement le plus fort de la troupe, et il était normal qu'il ouvre la voie. Kit avait insisté pour être la première à entrer dans le repaire de Philip, mais on l'avait convaincue — par la raison et le bon sens — de laisser le robuste citadin passer devant. Avec un peu de chance, Philip serait seul avec le duc et il n'y aurait pratiquement pas de danger pour lady Kathryn. Du moins, c'était ce que William espérait.

Kit tira sa dague et le suivit de près.

Une fois que Smith eut fait quelques pas, il s'arrêta brusquement et tendit un bras pour empêcher Kit de tomber sur lui. Elle regarda au-delà de lui et se rendit compte que le passage faisait un coude sur la droite. Ils pouvaient rester indéfiniment dans l'entrée sans être découverts. Il y avait une faible lumière qui venait de ce côté et ils supposèrent qu'il y avait une pièce dissimulée dans la structure du pont.

William Smith se mit à quatre pattes et lentement, avec

précaution, avança la tête pour voir au-delà du coude. Kit voulut faire de même, mais il la retint. Elle savait qu'il s'inquiétait de sa réaction à ce qu'elle pourrait voir, et, en vérité, elle s'inquiétait aussi. Si Philip avait fait des choses horribles à Wolf, elle ignorait ce qu'elle ferait. Mais il était certain qu'elle trahirait leur présence et qu'ils ne pourraient rien faire pour empêcher Philip de tuer Wolf.

Smith recula assez pour permettre à Kit de regarder dans la pièce. Il n'y avait qu'une torche éclairée, mais le réduit était de petites dimensions. On pouvait en voir tous les coins. De l'eau ruisselait sur les murs en plusieurs endroits, et le sol était boueux. Les yeux de Kit se rivèrent sur Wolf, affalé sur une chaise au bout de la pièce. Il avait les mains liées derrière lui.

Blanche Hanchaw se tenait sur la gauche, se tordant les mains, pendant que Philip allait à Wolf et l'attrapait par les cheveux, le forçant à relever la tête.

— Regardez-moi ! coassa-t-il en jetant une bassine d'eau au visage de Wolf.

Du sang coulait d'une blessure qui lui balafrait la joue. Son œil gauche était tuméfié et fermé par l'enflure.

— Je veux que vous me voyiez ! Je veux… que vous soyez pleinement conscient de ce qui se passe ici. Ce n'est pas amusant si vous dormez…

— Messire, intervint Blanche d'une voix anxieuse, qu'est-ce qui peut bien retenir ces sots dehors ?

— Ils s'amusent probablement avec la gueuse, lâcha Philip en ricanant. Idiots. Têtes d'âne.

— Je n'aime pas cela, Philip, reprit Blanche. On pourrait les voir.

— Ne vous inquiétez pas. Vous savez parfaitement que cette petite cachette m'a servi à maintes reprises.

Philip serra les dents et tira brutalement sur les cheveux de Wolf.

— Et quand j'en aurai fini ici, nous partirons pour l'Irlande.

Il prit une longue tige en fer qui avait été aiguisée à un bout et examina Wolf.

— Dommage que nous n'ayons pas de feu…

Kit se rendit compte que Philip était fou. Il n'était pas simplement retors, comme l'avait qualifié Wolf, il avait perdu l'esprit. Elle songea à Hugh et se dit qu'aucun être humain sensé n'aurait pu commettre de telles horreurs. Elle se mordit la main pour s'empêcher de crier. Smith se tourna vers elle et lui chuchota à l'oreille :

— Il va falloir faire vite. Surtout vous, ma dame.

Elle serra les doigts sur sa dague et hocha la tête.

— Je foncerai sur le comte pendant que vous tiendrez la femme occupée. Elle va sûrement vous voir avant que le comte s'avise que quelque chose ne va pas. Gilbert et les gars vont venir à la rescousse d'une minute à l'autre, maintenant. Etes-vous prête ?

Un signe de tête et le regard farouche de Kit furent une réponse suffisante. Ils pénétrèrent en trombe dans la pièce, Kit brandissant sa dague et William un gourdin.

Wolf était pleinement conscient, bien qu'il ait été frappé brutalement, mais il avait pensé dès le début qu'il avait avantage à paraître hors d'état de nuire. Philip pouvait abaisser sa garde — et peut-être même lui délier les mains. Et maintenant qu'il savait que son cousin préférait une victime bien réveillée, il n'était pas décidé à complaire à ses desseins pervers.

Toutefois, il était temps qu'il tente quelque chose. Les complices de Philip, y compris ce bâtard d'Hartford qui l'avait attiré dans ce piège, étaient sortis. Il savait fort bien qu'ils pouvaient revenir à tout moment, aussi, alors que Philip le contemplait en réfléchissant à la façon d'utiliser sa barre de fer sur lui, il s'inclina sur le côté et tomba de sa chaise.

C'était exactement la diversion dont William et Kit avaient besoin quand ils firent irruption dans la pièce. Tandis que Philip se penchait sur son cousin, Wolf lui donna des coups de pied furieux, l'atteignant à la poitrine et le renversant. William s'empressa de l'assommer avec son gourdin et le rendit inconscient.

Blanche poussa des cris d'orfraie quand elle se rendit compte de ce qui se passait et essaya de s'enfuir. Kit la fit trébucher, la plaqua à plat ventre dans la boue et s'assit sur elle. La gouvernante lutta pour se redresser, mais Kit la tenait solidement.

— William !

— Oui, ma dame ?

— Est-ce que Philip…

— Il est refroidi !

— Alors venez vous occuper de cette femme pendant que j'aide mon mari !

Wolf était allongé sur le sol, meurtri, ligoté étroitement et fort mal à l'aise.

— Kit ! lança-t-il d'une voix faible.

— Oui, mon mari, répondit Kit d'une voix étranglée par les larmes, en coupant les liens de ses poignets. Je suis venue à votre secours.

Elle l'aida à s'asseoir et l'enlaça de ses deux bras.

— Mais comment…

— Le baron Somers vous a sauvé la vie, dit-elle en le regardant. Oh, Wolf, votre œil ! Et cette plaie… elle a besoin d'être recousue.

— Ce n'est rien.

— Si, rétorqua Kit. Vous oubliez que je m'y connais fort bien dans ces choses-là.

— Où est Somers ? grommela Wolf en se remettant debout. Je jure par tous les saints que je vais l'expédier d'un coup de pied bien placé jusqu'en Cumbria…

Alors Gilbert Juvet arriva avec trois ou quatre hommes, autant qu'il pouvait en entrer dans la petite pièce.

— Tom ! s'écria Kit quand Tom Partridge s'avança vers elle.

Il avait le nez ensanglanté, mais à part cela il avait l'air indemne.

— Votre Grâce, dit-il. Je voudrais m'excuser…

— Vous excuser ?

— Pour vous avoir fait tomber…

Kit rit.

— C'était votre rôle, non ? dit-elle en lui prenant le bras. Nous les avons attirés dehors, comme nous le voulions.

— C'était vous ? demanda Wolf.

Il avait entendu du bruit à l'extérieur, mais il avait simplement pensé que cela avait fait sortir les complices de Philip, lui donnant une chance de dominer son cousin.

— Nous n'avons pas eu d'autre idée pour attirer les hommes de lord Philip dehors, déclara Gilbert.

— Nous avons créé une diversion, renchérit Kit.

— Où sont Hartford et ces autres bâtards ? s'enquit Wolf.

— Nous les tenons tous, Votre Grâce, répondit Gilbert. Plus de la moitié de la ville est là dehors pour voir Philip traîné hors de son trou.

— Nous avons dérangé du monde, n'est-ce pas ? lança Kit en riant à travers ses larmes.

— Certes, ma dame, acquiesça Daniel Page.

Avec un autre homme, il aspergea Philip Colston d'eau froide et le remit brutalement sur ses pieds.

Philip reprit vite connaissance. Il plissa les paupières, cracha et injuria tous les hommes présents, en particulier Wolf. Les citadins se contentèrent de rire de lui et il était comique, de fait, couvert de boue et écumant. Les hommes ne se montrèrent pas doux avec lui en l'entraînant dehors ; ils l'injurièrent à leur tour et le frappèrent à leur guise.

— Prenez les choses en charge, voulez-vous, Juvet ? demanda Wolf en suivant les hommes et leurs prisonniers hors du trou. J'aimerais ramener ma femme à la maison…

— Oui, Votre Grâce, répondit Gilbert, flatté de l'autorité que lui conférait le duc. A propos, John Carpenter est allé chercher sire Nicholas. Il ne devrait pas tarder.

— Merci, Gilbert, dit Wolf, pour avoir aidé ma femme à me sauver la vie.

Il posa un bras sur les épaules de Kit et la pressa tendrement contre lui. Gilbert haussa les épaules et les précéda.

— Je suppose que votre *Annalouise* n'aurait pas fait aussi bien ? ne put s'empêcher de remarquer Kit, même si elle s'était juré de ne pas mentionner l'autre femme à son mari.

— Qui ?

— Je sais que vous étiez fiancé avant qu'Henry vous ordonne…

Il se mit à rire haut et fort.

— Annegret ? Je n'ai jamais été fiancé à elle.

— Annegret, marmonna Kit.

— Et Henry ne m'a pas ordonné de vous épouser. Il m'a ordonné d'épouser sa sœur. Si j'avais su dès le début que vous étiez cette personne, il n'aurait pas eu à me donner cet ordre.

— En êtes-vous certain, Wolf ?

Il l'embrassa avec fougue.

— Annegret représentait une alliance pour mon grand-père. Elle signifiait encore moins pour moi.

Kit poussa un soupir soulagé. Le dernier de ses soucis était dissipé.

— Il ne pouvait y avoir d'autre femme pour moi que vous,

jeunette, dit Wolf en la retenant un instant avant qu'ils quittent la cachette.

Il y avait tant de torches allumées que l'on ne se serait jamais cru au cœur de la nuit. Conformément aux dires de Gilbert, la moitié de la ville au moins s'était rassemblée pour assister à la défaite de Philip, tant l'ancien comte de Windermere était impopulaire. Une foule énorme attendait de l'autre côté du pont, se moquant de Philip et l'insultant, lui jetant des fruits pourris et des légumes, tandis qu'il conspuait les gens présents en hurlant. Blanche se contentait de garder la tête basse tandis qu'elle était entraînée devant son ancien maître, incertaine de son sort.

Wolf et Kit restèrent en arrière, savourant un moment de tranquillité pendant que la foule se déchaînait après Philip. Les émotions des dernières heures submergèrent finalement la jeune femme, et elle ne put retenir ses larmes. Wolf la tint contre lui jusqu'à ce qu'elle se calme.

— Je dois vous ramener au château et m'occuper de ces blessures, dit-elle en reniflant.

— Oui, acquiesça Wolf avec un sourire. Pour la première fois, je pourrai me reposer tranquille dans notre lit de Windermere. Et vous pourrez me dire…

— Que se passe-t-il, là-haut ? demanda Kit en levant les yeux vers le pont et en essuyant ses dernières larmes.

Il n'y avait plus de tumulte. Les gens de la ville se taisaient et Philip braillait comme un fou. Il était impossible de comprendre ses paroles, mais Kit et Wolf aperçurent une échauffourée au milieu du pont. Puis il y eut un cri perçant et un homme se jeta du haut des piles, dans l'eau peu profonde de la rivière. Kit retint un cri et se couvrit la bouche des mains.

Philip. Ce devait être Philip.

Wolf descendit la berge dans le noir et s'avança dans l'eau

qui lui arrivait aux genoux. La foule se répandit sur la rive pour observer en silence le duc qui tirait son haïssable cousin de la rivière. Pas une seule personne ne fit des vœux pour sa survie, ni ne pria pour son salut.

23.

Château de Windermere
Octobre 1421

Un feu flambait dans l'immense cheminée de la grand-salle, où une superbe bannière neuve pendait des hautes poutres au-dessus de la table du duc. Des jonchées fraîches et parfumées recouvraient le sol. De jour, on pouvait voir le ciel à travers les vitres propres. Toute trace de suie et de cendres avait disparu, et la poussière était combattue par une armée de serviteurs fidèles et bien dirigés. Des fleurs séchées disposées dans des pichets ornaient chaque table, et une énorme couronne était accrochée sur le manteau de la cheminée.

Les tunnels sous le château étaient encore en train d'être comblés. C'était une tâche colossale de remplir des brouettes de terre et de les pousser dans les passages obscurs. Mais Wolf était déterminé à effacer toute trace de Philip et de ses dépravations. Il ne garderait rien qui rappelât l'odieux règne de Philip sur Windermere.

Par chance, Maggie, la chambrière aux cheveux bruns qui était si dévouée à Kit, n'avait souffert que d'une bosse à la tête la nuit où Christine Wellesley avait enfermé Kit avec le baron Somers. Elle avait été découverte le lendemain matin, séquestrée dans une garde-robe près de la chambre du duc, souffrant d'une terrible migraine et terriblement inquiète pour sa maîtresse. Elle devint la chambrière personnelle de Kit et sa dame de compagnie dès qu'elle alla mieux.

Lady Christine Wellesley quitta Windermere dans la disgrâce.

Le corps du baron Somers fut ramené à Somerton pour y être enterré.

Blanche Hanchaw et les hommes qui avaient été les complices de Philip furent conduits à Londres et jugés pour différentes charges. Tous furent déclarés coupables et pendus, sauf la gouvernante. Celle-ci fut condamnée à passer le reste de ses jours dans un cachot du Wessex, sous un vieux château décati qui n'était plus utilisé par son seigneur, le duc de Carlisle.

Les blessures de Hugh Dryden commencèrent à guérir avec du temps et des soins, mais il lui faudrait longtemps encore avant de pouvoir rejoindre ses propres terres.

Kit réprima un bâillement. Il était tard et bien qu'elle soit affamée, elle serait volontiers allée se coucher. De fait, elle avait songé à demander à Maggie de lui apporter un plateau dans sa chambre. Mais Wolf s'y était opposé. Il voulait sa duchesse au souper, car ils avaient des hôtes et il comptait faire quelques annonces.

Maggie vint aider sa maîtresse à s'habiller pour le repas. Kit venait de se reposer et ne pouvait comprendre sa fatigue persistante.

— Je vous ai apporté une petite collation, dit la chambrière. J'ai remarqué… euh… que vous aviez souvent faim ces derniers temps.

— C'est étrange, non ? releva Kit. Je ne me souviens pas d'avoir eu un tel appétit auparavant.

— Je suppose que vous ne…

— Quoi ? fit Kit en étouffant un autre bâillement.

— Eh bien, je me demandais juste si…

Un coup léger frappé à la porte interrompit leur conversation. Maggie alla répondre et introduisit Emma Juvet.

— Vous dormez encore ? demanda Emma en étreignant Kit.

Gilbert était maintenant le contremaître de Windermere, et sa position mettait souvent les Juvet en contact avec Kit et Wolfram Colston.

— Je ne comprends pas, dit Kit tandis que Maggie agrafait sa cotte. Je me suis déjà reposée cet après-midi, et je pourrais dormir encore.

Emma rit.

— Vous pourriez avoir une idée si vous y réfléchissiez un peu.

— Une idée ?

— Avez-vous envisagé la possibilité d'un bébé ?

— Pour l'amour du ciel ! Je… je…

Emma et Maggie sourirent largement, attendant qu'elle tire ses propres conclusions.

— Je suis grosse ? demanda-t-elle, déconcertée par cette notion.

Elle n'avait jamais fait attention à ses menstrues, même si elle savait que leur disparition indiquait généralement une grossesse. C'était juste que Wolf et elle n'avaient jamais parlé d'avoir des enfants. Et avec toute l'activité de ces derniers mois, elle n'y avait pas songé. Mais, à présent, l'idée lui paraissait alléchante.

Ils allaient avoir un enfant. Wolf et elle avaient fait un enfant ensemble.

Les deux autres femmes hochèrent la tête.

— Bien sûr, que c'est cela, dit Emma.

— Mais je ne suis jamais malade, protesta Kit, inquiète que cela ne soit pas vrai. Et je me souviens bien d'avoir entendu dire…

— Je n'ai jamais été malade quand j'attendais Alfie, coupa Emma. Pas une seule fois.

— Alors vous pensez que c'est possible ? demanda Kit, les yeux brillants. Vraiment ?

Emma acquiesça. Kit se demanda ce que Wolf dirait quand elle lui apprendrait la nouvelle. Elle choisirait pour cette annonce un moment tendre et tranquille… peut-être le matin de bonne heure, quand le soleil brillerait et qu'elle pourrait voir le visage de son mari. Il était d'ordinaire d'humeur amoureuse, quand il se réveillait…

Kit arriva la dernière dans la grand-salle. Wolf était juste sur le point de quitter ses hôtes pour aller la chercher, mais elle apparut, l'air ensommeillé… et quelque peu troublé.

— Kathryn, dit-il quand elle l'embrassa. Allez-vous bien ?

— Bien sûr, que je vais bien. Qu'est-ce qui pourrait ne pas aller ? répondit-elle avec un sourire.

Elle se tourna et salua d'un signe de tête les compagnons de Wolf. Ils étaient parés de leur plus belle tunique.

— Nicholas, Edward, comme vous avez un air de fête…

— Venez, tout est prêt, dit Wolf en la conduisant à leur table.

Les autres suivirent et prirent leur place. Des musiciens entrèrent dans la grand-salle et commencèrent à divertir les convives pendant que les serviteurs apportaient les premiers plats. Kit mangea avec appétit, heureuse de penser qu'elle ne nourrissait pas qu'elle-même, mais aussi son bébé.

Quand Wolf eut fini son repas, il se leva et demanda l'attention générale. Ses annonces commencèrent par l'attribution de terres à ceux de ses hommes qui allaient partir. Il s'agissait de Kenneth, d'Egbert et de Chester, qui avaient l'intention de se marier et de s'établir.

— Je souhaiterais que ces trois bons soldats ne me quittent pas, mais leurs domaines sont proches et nous les verrons souvent, dit Wolf. Je puis dire aussi que je comprends, maintenant, l'attrait d'un foyer et d'une femme. Lady Kathryn et moi-même vous offrons tous nos vœux.

Il leva sa coupe et tout le monde porta un toast aux chevaliers qui allaient quitter Windermere.

— Ensuite, nous devons prendre congé de mon cousin Nicholas, vicomte de Thornton.

Des protestations s'élevèrent des tables basses, mais Wolf continua.

— Il est temps pour lui de revendiquer son titre et de prendre son domaine en mains. Je me suis égoïstement appuyé sur lui pendant assez longtemps.

Il prit un parchemin posé sur la table.

— En outre, j'ai reçu récemment cette missive de notre grand-père de Brême. Il déclare que si son bâtard de petit-fils ne réclame pas bientôt ce qui lui revient, le roi Henry va sûrement recouvrer ses sens et révoquer ses dons. Il te presse, Nicholas, de rejoindre Thornton en toute hâte.

Des rires saluèrent l'avertissement, mais Wolf remarqua l'air choqué de Kit.

— Ne vous ai-je jamais dit que mon oncle n'a pas épousé la mère de Nicholas ? demanda-t-il à sa femme.

Elle secoua la tête, saisie.

— La valeur de Nicholas est plus grande que celle de tous les cousins légitimes que j'ai jamais eus, et je l'aime beaucoup, observa Wolf.

Sa voix était assez forte pour que Nicholas et tous les convives assis à sa table l'entendent.

— Nous avons été comme des frères pendant vingt ans et nous continuerons pendant quarante ans encore.

— Hourra ! Hourra !

— Enfin, reprit Wolf, je vous invite tous à revenir au mois de mai pour le baptême de notre premier enfant.

A cette nouvelle, des cris de joie retentirent et Kit regarda son mari, bouche bée. Il savait ! Il lui fit un clin d'œil en souriant largement.

— Bien sûr, je ne puis vous donner la date exacte, mais la naissance aura lieu au printemps.

Plus tard, les bougies éteintes et un feu agréable brûlant dans la cheminée de leur chambre, ils se retrouvèrent blottis l'un contre l'autre dans leur grand lit.

— Quand avez-vous compris que je portais notre bébé ? demanda Kit.

Il sourit.

— Je crois que c'est le matin où vous avez fini votre porridge, puis vous êtes attaquée au mien.

Elle lui donna un coup dans les côtes.

— Ou est-ce le jour, il y a deux ou trois semaines, où vous avez dormi jusqu'à midi, fait une sieste et êtes allée vous coucher la nuit à peine tombée ?

— Vaurien !

— Oh, Kit, comme je vous aime.

Il rit et la prit dans ses bras.

— Je sais que vos menstrues se sont arrêtées peu après que nous sommes arrivés à Windermere. Cela signifie que vous mettrez notre enfant au monde à la fin avril. Il me plairait qu'elle naisse l'anniversaire du jour où je vous ai emmenée de Somerton.

— Elle ?

— Bien sûr, dit Wolf. Je veux une fille qui vous ressemble exactement. Elle aura un père qui l'adorera et la choiera.

— Et que dites-vous de garçons ?

— Vous pourrez en avoir autant que vous voudrez, répondit-il avec un grand sourire, à partir du moment où vous me donnerez d'abord ma fille.

Il se tourna et défit les liens de sa chemise de nuit. Il baisa sa bouche, puis sa gorge et ses épaules. Kit frémit, submergée par un sentiment de chaleur, de sécurité et d'amour.

— Je vous aime, Wolf.

— Je sais.

— Ma vie n'aurait plus rien valu si Philip…

— Chut, mon amour, murmura-t-il en l'allongeant près de lui. Vous m'avez sauvé, et tout est bien.

— Mieux que ce que j'ai jamais espéré…

— Sentez-vous libre de me sauver n'importe quand, chuchota-t-il, et il montra à sa femme qu'elle était bien et sincèrement aimée.

HARLEQUIN

Collection *Les Historiques*

PROCHAINS RENDEZ-VOUS LE

1er avril 2008

LA VALLÉE DE L'ESPÉRANCE, ***de Lynda Trent* • *n°399***

Texas, 1887. Abandonnée par l'homme qu'elle aime et dont elle se croit enceinte, Amity Becker répond à la petite annonce matrimoniale d'un riche rancher du Texas. Lui cacher sa grossesse est certes condamnable, mais n'est-ce pas là le seul moyen d'assurer un avenir décent à son enfant ? Mue par cette certitude, elle se rend sur place _ pour découvrir que Clay Morgan, son futur mari, lui a également dissimulé un secret : il a non pas deux filles, comme il le lui affirmait dans sa lettre, mais cinq ! Et le moins qu'on puisse dire est qu'aucune ne semble ravie de la voir…

INTRIGUE À LA COUR, ***de Juliet Landon* • *n°400***

Angleterre, 1575. Alors qu'elle participe à une chasse au faucon sur le domaine royal, Adorna, fille du maître des divertissements à la Cour, est désarçonnée par son cheval et ne doit son salut qu'à la prompte intervention de sir Nicholas Rayne, un chevalier proche de la reine. A la suite de cet accident, la souveraine charge sir Nicholas d'assurer désormais la protection de la jeune fille. Bien qu'ayant peu d'affinités, les deux jeunes gens doivent cependant feindre de s'entendre pour complaire à Sa Majesté...

L'INGÉNUE EFFRONTÉE, ***de Georgette Heyer* • *n°401***

Angleterre, Régence. Convoqué au chevet de son grand-oncle, un vieillard acariâtre, sir Tristam Shield apprend que ce dernier a décidé, avant de mourir, de le marier à sa petite-fille, Eulalie de Vaupré, qu'il a récemment recueillie à la mort de ses parents. Conscient de devoir assurer sa lignée, et séduit par la dot de la demoiselle, sir Tristam consent à cette union. Les présentations ont donc lieu — mais sir Tristam tombe de haut quand sa promise lui déclare ingénument qu'elle l'épousera volontiers pourvu qu'elle puisse disposer d'un hôtel particulier et… d'un amant !

LA ROSE DU COLISÉE, ***de Michelle Styles • n°402***

République romaine, 69 av. J.-C. Veuve, la belle Silvana dirige avec son oncle une maison de plaisirs. Aux yeux de tous, elle offre l'apparence d'une femme comblée. Nul ne sait que son oncle est couvert de dettes et que la ruine les menace. Courtisée par de riches soupirants, dont le jeune et fougueux Eutychus qui veut l'épouser, elle répugne pourtant à faire un mariage d'intérêt. Mais, un jour, l'arrogant cousin d'Eutychus, Lucius Fortis, proche de Jules César, vient lui proposer un marché : il fera d'elle une femme riche pourvu qu'elle s'engage à renoncer à Eutychus. Humiliée d'être prise pour une créature vénale, Silvana refuse...

SCANDALE À LA PLANTATION, ***de Madris Dupree • n°403***

Angleterre et Amérique, 1742. Abandonnée, enfant, dans un orphelinat, Danielle Cooper a appris à se débrouiller seule et à ne compter sur personne. Travestie en garçon, elle survit de son mieux dans le quartier mal famé du port de Londres jusqu'au jour où, réduite à chaparder à bord d'un navire, elle est surprise en flagrant délit. Le capitaine de la goélette, lord Adrian Beaumont, prend en pitié celui qu'il prend pour un gamin des rues et décide de l'emmener avec lui — et sa fiancée — en Caroline du Sud où il a hérité d'une plantation…

LE SECRET DU DONJON, ***de Nicola Cornick • n°404***

Angleterre, 1645. Fiancés lors de l'été 1641, Anne Grafton et Simon Greville sont séparés par la guerre civile qui ensanglante l'Angleterre… Quatre ans plus tard, Anne Grafton, fidèle au parti du roi, apprend que son château va être réquisitionné par Simon Greville, qui s'est mis au service du Parlement. Ravalant sa fierté, Anne, désormais fiancée à autre homme, vient implorer Simon de renoncer à cet assaut. Mais ce dernier refuse de se laisser fléchir et investit la citadelle dont la rumeur affirme qu'elle abriterait un mystérieux trésor…

Le 1er mars

Rédemption - M.J. Rose • N°318

Psychothérapeute à Manhattan, Morgan Snow est confrontée à la disparition de Cleo Thane, une call-girl de luxe qui comptait parmi ses patientes. Une disparition d'autant plus inquiétante qu'elle survient au moment où un tueur en série s'en prend aux prostituées de la ville dans le but de sauver leur âme...

Noire révélation - Brenda Novak • N°319

Madeline n'avait que 16 ans lorsque son père, le respectable Révérend Barker, a mystérieusement disparu. Vingt ans plus tard, au moment où la voiture de son père est retrouvée, Madeline espère découvrir la vérité sur la nuit du drame. Mais de sulfureux indices sont retrouvés dans la voiture, qui laissent Madeline perplexe, et réveillent de douloureux souvenirs.

Noces de sang - Carla Neggers • N°320

Abigail Browning est veuve. Car l'homme qu'elle aimait a été assassiné pendant leur lune de miel, sur une île du Maine... Sept ans plus tard, elle est devenue flic et ne parvient pas à oublier ce crime, resté impuni. Jusqu'au jour où un appel anonyme la pousse à retourner sur l'île et à affronter le passé de son mari défunt...

Intention mortelle - Karen Harper • N°321

Lauren Taylor se fige lorsqu'elle découvre dans un journal le portrait-robot d'un pyromane recherché par toute la police du pays : elle connaît cet homme. C'est elle qui l'a introduit dans son village isolé du Montana, grâce à son avion de tourisme. Un homme responsable de dix incendies criminels. Un homme qui aime s'attaquer aux femmes seules et les voir brûler vives...

Un printemps à Blossom Street - Debbie Macomber • N°322

Lorsque Lydia Hoffman ouvre sa boutique sur Blossom Street, elle réalise son rêve de toujours. Car à travers la laine qu'elle y vend et les ateliers de tricot qu'elle anime, c'est son goût de la vie qu'elle transmet. L'envie d'avancer envers et contre tout qui guide son existence depuis qu'elle a vaincu la maladie. La boutique devient le rendez-vous privilégié de trois femmes – Jacqueline la bourgeoise, Carol, la jeune mariée en mal d'enfant et Alix la rebelle – qui, par delà leurs différences, vont se découvrir bien plus proches qu'elles ne le croyaient...

La dame au fleuret - Elaine Coffman • N°323

Ecosse et France, 1746

Lady Kenna Lennox doit fuir ses Highlands natales pour échapper à l'ennemi juré de sa famille, lord Ramsay, qui a assassiné son père et ses trois frères. Résolue à venger les siens, elle décide de se rendre à Paris pour apprendre à y manier l'épée avec le meilleur maître d'armes d'Europe, et de rentrer en Ecosse afin d'y affronter lord Ramsay en duel. Forte de cette résolution, elle se rend au port d'Edimbourg par un jour de neige, et use de son charme pour persuader un ombrageux capitaine corsaire, cloué à quai par la tempête, de l'embarquer à son bord...

Neige de sang - Rachel Lee • N°324 *(réédition)*

Quand l'avion où se trouvaient son mari et ses deux enfants explose, Jennifer ne songe plus qu'à mourir à son tour. Suicide ? Il n'en est pas question : ses parents en nourriraient une terrible culpabilité. Elle fait donc appel à un tueur à gages, avant d'apprendre que l'enquête sur la mort de sa famille a conclu à un attentat. Qui se cache derrière ce plan diabolique ? Jennifer va devoir faire vite pour le découvrir, avec l'aide de l'homme qui lui a révélé l'existence du mystérieux tueur. Un tueur embusqué déjà lancé à ses trousses, et que rien ni personne ne peut plus arrêter...

Le venin - Erica Spindler • N°325 *(réédition)*

Enceinte d'un ancien amant de sa mère, un homme pervers et violent, Julianna prend la fuite et décide de faire adopter l'enfant. Mais pas par n'importe qui. Par Richard et Kate Ryan, un couple parfait à ses yeux, à travers lequel elle vit par procuration. Jusqu'au jour où elle décide de s'immiscer réellement dans leur vie. En épiant Kate, elle s'efforce alors de lui ressembler au point de lui voler son identité et sa place dans le cœur de son mari...

L'ennemi sans visage - Heather Graham • N°326 *(réédition)*

Le soir du meurtre de sa mère, la petite Madison a douze ans. Avant de s'évanouir, elle sent l'étreinte glacée de la mort dans le cœur de sa mère, elle voit le sang couler... Douze ans plus tard, elle est de nouveau la proie de visions au moment où des meurtres se produisent. Mais jamais elle ne voit le visage de l'assassin. Les visions enferment Madison dans le cercle de la terreur, tandis que le serial killer se rapproche d'elle. Car ce n'est pas par hasard qu'il choisit chaque fois des femmes rousses, belles, et tatouées d'une rose. Comme elle...

Composé et édité par les
éditions Harlequin
Achevé d'imprimer en janvier 2008

BUSSIÈRE
GROUPE CPI

à Saint-Amand-Montrond (Cher)
Dépôt légal : février 2008
N° d'imprimeur : 71952 — N° d'éditeur : 13265

Imprimé en France